ROLAND MUELLER

Das Erbe des Salzhändlers

Buch

Man schreibt das Jahr 1158. Der Zollstreit zwischen Herzog Heinrich dem Löwen und Bischof Otto von Freising droht zu eskalieren. Da geht bei Vöhringen eine wichtige Handelsbrücke über die Isar plötzlich in Flammen auf und reißt den Salzhändler Anselm Zierl, der mit seiner Familie und drei Ochsengespannen auf dem Weg nach Augsburg ist, ins Verderben. Nur Anselms Sohn Kai überlebt die Feuersbrunst wie durch ein Wunder. Junker Gottfried, der in Diensten Heinrichs des Löwen steht, rettet ihn in letzter Sekunde aus den eisigen Fluten der Isar und nimmt ihn unter seine Obhut. Doch der Junge ist völlig traumatisiert, und bis auf seinen Namen sind all seine Erinnerungen wie ausgelöscht.

Nur ein schrecklicher Albtraum quält ihn immer wieder …

Erst Jahre später erkennt ein Ritter im Gesicht des Jungen Züge seines Vaters Anselm wieder, und Kai macht sich auf den Weg nach Innsbruck, um Licht ins Dunkel seiner Herkunft zu bringen und sein Erbe anzutreten. Dort stößt er auf ein verhängnisvolles Gespinst aus Lügen und Intrigen, Habgier, Fälschung und Verrat. Dennoch scheint er seine Bestimmung gefunden zu haben: Kai wird Salzhändler wie sein Vater Anselm. Und als er im bayerischen Munichen dem eigenwilligen Mädchen Lisa wieder begegnet, die mit ihren seherischen Fähigkeiten kurz nach Kais Rettung aus der tosenden Isar in ihm bereits ihren zukünftigen Mann erkannt hatte, kommt er auch dem dunklen Geheimnis auf die Spur, das Junker Gottfried über viele Jahre vor ihm verborgen hat.

Autor

Roland Mueller, geboren 1959 in Würzburg, ist ausgebildeter Erzieher und Sozialpädagoge. Er ist Managementtrainer und lehrt als Gastdozent an einer Fachhochschule Didaktik, Psychologie und Verhandlungstaktik. Nach Kurzgeschichten, Erzählungen und Drehbüchern gelang ihm mit seinem Debüt »Der Goldschmied« (1998) auf Anhieb ein großer Erfolg. Nach »Das Schwert des Goldschmieds« (2000), »Der Fluch des Goldes« (2002) und »Die Töchter des Pflanzenjägers« (2003) legte er mit »Das Erbe des Salzhändlers« seinen fünften historischen Roman vor.

Roland Mueller

Das Erbe des Salzhändlers

Historischer Roman

GOLDMANN

FSC
Mix
Produktgruppe aus vorbildlich bewirtschafteten Wäldern und anderen kontrollierten Herkünften

Zert.-Nr. SGS-COC-1940
www.fsc.org

Verlagsgruppe Randomhouse FSC-DEU-0100
Das FSC-zertifizierte Papier *München Super* für Taschenbücher aus dem Goldmann Verlag liefert Mochenwangenpapier

2. Auflage
Taschenbuchausgabe Juni 2007
Wilhelm Goldmann Verlag, München,
in der Verlagsgruppe Random House GmbH

Umschlaggestaltung: Design Team München
Umschlagfoto: Getty Images
NG · Herstellung: Str.
Druck und Bindung: GGP Media GmbH, Pößneck
Printed in Germany
ISBN: 978-3-442-46446-3

www.goldmann-verlag.de

Prolog

Im November des Jahres 1157

1

Seit zwei Tagen folgten die vier Mönche dem Waldweg zu Fuß. Nur der älteste von ihnen, Bruder Wernhardt ritt auf einem Maultier. Nebelnässe durchfeuchtete ihre Wollkutten.

»Wir sind da«, sagte Bertholdus.

Es roch nach Rauch, und sie hörten Hundegebell. Wernhardt verzog sein Gesicht vor Schmerz, und Bruder Bertholdus wusste, warum. Der Abgesandte des Bischofs von Freisingen hatte Nierenschmerzen.

Vor ihnen lag ein Jagdlager, groß genug, um einem guten Dutzend Zelten Platz zu geben. Hier schien es weniger neblig zu sein, denn als sie näher kamen, erkannten sie den dunklen Wald hinter den Zeltreihen. Dort schimmerten noch Reste bunt gefärbten Laubes. Wenn die Sonne herauskam, würde das Farbenspiel sicher prächtig werden. Aber darauf hoffte niemand mehr. Die Gegend war sumpfig, und die dichten Wälder hielten den zähen Nebel fest.

»Wir sind da«, sagte Bertholdus noch einmal und hoffte, dass Wernhardt etwas darauf antworten würde.

Aber der Bruder war müde. Die tagelange Reise durch die Kälte hatte sein Leiden nur verstärkt. Lieber wäre er im Kloster geblieben, in seiner Kammer oder im Hospiz bei Bruder Engelhardt. Aber diese Reise war ja wichtig und duldete keinen Aufschub.

»Herr, hab Erbarmen«, stöhnte er und schloss die Augen, als er eine neue Schmerzwelle herannahen spürte.

»Noch nicht besser?«, fragte Bertholdus.

Wernhardt schüttelte den Kopf und stöhnte, ohne die Augen zu öffnen.

»Manchmal glaube ich, es zerreißt mir den Leib.«

Das Maultier stand still und ließ den Kopf hängen. Bertholdus ahnte, dass Wernhardt das Ende ihrer Reise möglichst lange hinauszögern wollte.

»Nun sind wir ja da«, sagte Bertholdus bereits zum dritten Mal.

»Ja«, antwortete Wernhardt mühsam, »schick Bruder Markus voraus. Er soll uns ankündigen.«

Der Mönch blickte sich um. Aber Bruder Markus hatte längst verstanden und folgte bereits mit schnellem Schritt dem Weg, der direkt in das Lager führte.

Wernhardt blieb sitzen und atmete schwer. Dann, als der Schmerz allmählich nachließ, öffnete er die Augen. Bertholdus stand neben dem Tier und wartete darauf, dass er abstieg. Wernhardt versuchte, dem Schmerz, der immer noch in leisen Wellen durch seinen Leib fuhr, keine Beachtung mehr zu schenken. Er kletterte umständlich aus dem Sattel. Bertholdus und ein weiterer Mönch halfen ihm. Wernhardt richtete sich vorsichtig auf und atmete tief ein. Es war kalt. Er fror und zog seine Kutte um seine Schultern zusammen. So gingen sie das letzte Stück, und auf der Hälfte des Weges kam ihnen Bruder Markus entgegen. Er blieb vor der kleinen Gruppe stehen. Sein Gesicht war von der Kälte gerötet, und er räusperte sich vernehmlich.

»Was ist los?«

»Der Herzog ist nicht da«, hauchte Markus.

»Was? Aber wir waren angekündigt«, entgegnete Wernhardt.

Der Mönch vor ihm zuckte nur die Schultern.

Wernhardt knirschte mit den Zähnen. »Wenn das stimmt, ist es eine Unverschämtheit.«

Tatsächlich war bislang kein Vertreter des Welfen gekommen, um sie zu begrüßen. Dennoch hatte Wernhardt das Gefühl, man beobachtete ihn und seine Begleiter. Fast meinte er, die höhnischen Bemerkungen zu hören. Seht nur die Mönche, Heinrich lässt sie den ganzen weiten Weg aus Freisingen kommen, quer durch die Wälder, bis hierher in das Jagdlager. Aber der Herzog ist gar nicht da.

»Lasst uns die Glieder aufwärmen«, befand Wernhardt und presste seine Hand gegen seine schmerzende Seite.

Sie betraten das Lager. Knechte tränkten die Pferde der Herren, ein Mann schlug Holz, trotz der Kälte mit nacktem Oberkörper. Niemand nahm besondere Notiz von ihnen.

Das Zelt des jungen Herzogs stand im Zentrum des Lagers. Ringsum gruppierten sich die übrigen Zelte seiner Ritter. Heinrichs Domizil war groß, fast quadratisch, aus schwerem, dunkelgrauem Tuch. Als sein Vater gestorben war, so erzählte man, hatte er dessen Zelt zerschneiden und sich vom Tuchner ein neues, größeres fertigen lassen. So wie Friedrich eines besaß. Sein Freund und Vetter Friedrich Barbarossa, der Kaiser.

Ein Mann trat aus dem Zelt. Er war schlank, beinahe blond, mit einem auffallend hübschen Gesicht. Eine pelzverbrämte Weste in Heinrichs Farben trug er über seinem knielangen Wams. Statt eines Schwerts hing an seinem Gürtel ein Hirschfänger. Amüsiert blickte er auf die durchfrorene Gruppe der Mönche.

»Gott schütze euch auf euren Wegen, ihr frommen Männer«, begann er.

»*Deus hic!*«, murmelten die Mönche.

Bertholdus trat an seinem Mitbruder vorbei auf den Mann zu.

»*Deus hic!* Wahrlich, Gott sei hier, Junker. Das hier ist Bruder Wernhardt aus Freisingen, Gesandter des Bischofs. Wir wollen zu Heinrich.«

»Unser Herr ist nicht da.«

»Aber es hieß, er erwarte uns. Wo ist er?«

»Auf der Jagd.«

Bertholdus vergaß, den Mund wieder zu schließen. Er blickte sich nach seinem Mitbruder um und erkannte in dessen Gesicht neben dem ständigen Schmerz unverhohlenen Ärger. Wernhardt trat näher.

»Dank dir, Bertholdus«, sagte er mit einem Blick auf seinen Begleiter und sah dann den Mann vor sich streng an. »Wenn dies stimmt, empfinde ich es als Beleidigung, dass Heinrich …«

»Lieber Bruder, niemand wollte euch beleidigen. Aber es ist Jagd und …«

»Der Herzog weiß«, unterbrach Wernhardt ungehalten, »dass wir von weit her kommen, nur um …«

»Verzeiht«, unterbrach ihn der Mann, »aber wir haben nicht damit gerechnet, dass ihr vor heute Abend hier seid. Außerdem hat unser Herr immer gehofft, dass der Bischof in jener Angelegenheit selbst ins Winterquartier des Herzogs reist.«

»Bis nach Braunschweig?«

»Warum nicht?«

»Aber wir haben bereits vor Wochen Heinrichs Einverständnis zu diesem Treffen hier im Bayerischen erhalten.«

Wernhardt blickte auf Bertholdus, der eilig ein Pergamentblatt entgegennahm, das der vierte Mönch aus einem

Sack gekramt hatte. Er hielt dem Mann das Dokument entgegen.

»Ich weiß von der Vereinbarung«, wehrte der freundlich ab, »aber wie ich gerade sagte: Heinrich ist auf der Jagd. Doch nun kommt, und wärmt euch erst einmal auf.«

Wernhardt schnaufte und nickte dann.

»Endlich ein vernünftiges Wort«, murmelte er und trat als Erster in das Zeltinnere.

Dort erst stellte der Mann sich vor. Er nannte sich Gottfried und war Sekretär und persönlicher Diener des Herzogs. Er bot ihnen warme Ziegenmilch und frisches Brot an und versicherte dabei, dass Heinrich bis zum Abend von seinem Jagdausflug zurückkehren werde. Dann würde sich alles aufklären. Die Gespräche am warmen Feuer konnten beginnen, und alles würde sich zum Guten wenden.

Damit gaben sich die Mönche zufrieden. Gottfried war höflich, und seine Erklärungen brachte er mit ruhiger Stimme vor. Dennoch hatten Wernhardt und auch Bertholdus des Öfteren den Eindruck, dass er sich eines Lachens kaum erwehren konnte. Das konnte aber doch nur an ihren völlig durchweichten Kutten und ihrem damit verbundenen trostlosen Anblick liegen.

Im Inneren des großen Zelts war es warm und trocken. Gottfried ließ durch einen Pagen Wein reichen. Bald saßen sie alle um das Feuer und wärmten sich. Es dauerte jedoch noch Stunden, bis man ihnen mitteilte, dass Heinrich nun zurück sei. Gespannt warteten sie darauf, dass er sie begrüßen würde. Doch nichts dergleichen geschah.

Wernhardt wurde allmählich ungeduldig, und mit seiner Ungeduld steigerte sich auch sein Groll. Zuletzt bat Gottfried sie in ein weiteres Zelt, wo man ihnen Decken und Felle für die Nacht bereitlegte. Hier sollten sie bleiben, bis sich Heinrich am nächsten Morgen zu einem Gespräch bereit erklärte.

Wernhardt schäumte beinahe vor Wut. Volle vier Tage von Freisingen hierher unterwegs, in eisiger Novemberkälte und ständigem Nebel. Und dann hieß es, es sei bereits spät und der Herzog wolle erst am nächsten Tag mit ihnen sprechen. Dieser Welfe war ein bornierter, eingebildeter Grobian und schien alle Zeit der Welt zu haben, obwohl alle Beteiligten wussten, wie sehr ihm und nicht dem Bischof die Angelegenheit auf den Nägeln brannte.

2

Am nächsten Morgen lag erneut dichter, nasskalter Nebel über dem Lager. Jeder Schritt, die Rufe der Knechte, das Schnauben der Pferde – alles klang verhalten. Gottfried steckte den Kopf durch den Zelteingang.

»Gott zum frühen Gruße, ehrwürdige Brüder. Seid ihr schon auf?«

Er fragte, obwohl er sah, wie Wernhardt auf der Erde kniete und betete. Nun küsste der Mönch das kleine Holzkreuz in seinen Händen und erhob sich umständlich. Dann erst wandte er sich um.

»Wir sind es gewohnt, jeden Morgen ein Gebet an unseren Herrn Jesus Christus zu richten. Eine Sitte, die man hier wohl nicht kennt.«

»Heinrich wünscht auf der Jagd keine Strenge, Bruder.«

Wernhardt seufzte.

»Werden wir den Herzog sprechen können?«

»Er lädt euch sogar ein, mit ihm gemeinsam zu speisen.«

Der Mönch nickte zufrieden. Na endlich, schien er mit einem Seitenblick auf seinen getreuen Bertholdus zu sagen, endlich kommen die Dinge in Bewegung. Heinrich schien sich doch noch seiner Pflichten als Gastgeber zu erinnern.

»Richte dem Herzog aus, dass wir kommen werden.«

»Besser, ihr kommt gleich mit mir.«

Es entstand eine Pause.

»Jetzt gleich«, setzte Gottfried mit Nachdruck hinzu.

Im Zelt des Welfen waren neben dem Kochfeuer eine Reihe kleinerer Kohlefeuer entzündet worden, und es war wohlig warm. Heinrich saß auf einem Sessel, vor sich eine reich gedeckte Tafel, um ihn herum eine Reihe Männer. Die meisten schienen Lehnsmänner der Gegend zu sein. Beim Anblick der Mönche winkte er.

»Ihr frommen Herren aus Freisingen, ich grüße euch. Kommt, setzt euch zu uns. Wärmt euch, und füllt euch den Bauch!«

Er wartete, bis sie alle einen Platz gefunden hatten.

»Gott sei hier, Herzog Heinrich«, begann Wernhardt. »Wir entbieten dir den Gruß des ehrwürdigen Bischofs. Lass uns den Grund unseres Kommens erklären.«

»Später«, wehrte Heinrich kauend ab, »erst lasst uns essen.«

Wernhardt nickte. Zögernd griffen er und seine Begleiter zu. Heinrich kaute mit vollen Backen und grinste. Ab und an stieß er einen seiner Ritter in die Seite. Die lachten dann leise, und erneut konnte sich Wernhardt des Verdachts nicht erwehren, dass diese Heiterkeit ihnen galt. Der Mönch fühlte sich nicht sonderlich wohl, und so verlief das Essen mit leisem Geplänkel ringsum. Wenigstens waren seine Schmerzen verschwunden.

In dem Zelt herrschte ein ständiges Kommen und Gehen.

Einmal kamen Falkner herein und zeigten zwei Jungvögel in einem Korb. Heinrich beobachtete interessiert, wie die beiden Tiere heiser rufend mit den Flügeln schlugen. Er nickte zufrieden, und die Gelegenheit nutzte ein Knecht, um ihm eine Garnitur Sauspieße zu präsentieren. Heinrich erhob sich, beugte sich über die Tafel und wählte dann etliche Waffen aus. Er schien Zeit zu haben, und Wernhardt fragte sich, ob der Augenblick nicht günstig wäre, um erneut mit seinem Anliegen zu beginnen.

Viel gegessen hatte er nicht. Er trank auch nicht besonders viel, fürchtete er doch, was ihm blühte, wenn er die Kutte heben musste, um sich zu erleichtern.

»Verehrter Herzog«, begann er in dem Stimmengewirr und räusperte sich.

Zahlreiche Augen blickten ihn an. Der Löwe rülpste wohlig und gähnte dann. Wernhardt ließ sich nicht beirren.

»Worum es uns geht…«

»Aber ich weiß, warum ihr hier seid«, antwortete Heinrich, »aber hier bin ich nicht in meiner Eigenschaft als Fürst dieses Landes.«

Er schwieg einen Augenblick.

»Heute werde ich Glück haben. Und wisst ihr auch, warum?«

Wernhardt schüttelte den Kopf.

»Weil ich nun christlichen Beistand habe«, meinte Heinrich.

Wernhardt und Bertholdus blickten einander an, die beiden anderen Mönche hörten mit dem Essen auf.

»Ich verstehe nicht«, begann Wernhardt, aber Heinrich lachte laut, und die Ritter neben ihm grinsten oder lachten ebenfalls. Diese Mönche waren wirklich ein wenig begriffsstutzig.

»Christlichen Beistand«, wiederholte Heinrich langsam und zeigte mit dem Finger auf Wernhardt und Bertholdus, »weil ihr, liebe Brüder, heute Morgen mit mir kommen werdet. Begleitet mich und betet für mein Jagdglück. Ich bin sicher, bis zum Mittag haben wir ein feines Stück erlegt. Mit eurer Hilfe im Gebet.«

Wernhardt spürte, wie ihm schwindlig wurde. Auf die Jagd mitreiten? Augenblicklich meldeten sich seine Schmerzen zurück. Er versuchte, ruhig zu atmen.

»Es ehrt mich sehr, was du vorschlägst, Heinrich, aber in meinem Zustand …«

Wernhardt schüttelte den Kopf, und seine Miene zeigte Bedauern.

»Du musst wissen, ich bin zurzeit ein wenig leidend.«

»Dann wird dir die Jagd nur gut tun. Begleitet mich, und wir können dabei alles bereden. Wenn ihr hier bleibt, weiß ich nicht, wann und ob ich überhaupt dazu kommen werde. Ich will natürlich nicht, dass eure ganze Reise umsonst war.«

Bei den letzten Worten beugte er sich ein wenig über die Tafel; dabei lächelte er. In diesem Moment hatte Wernhardt einen bösen Gedanken, und im gleichen Augenblick wusste er, dass dieser Gedanke Sünde war. Er würde ihn beichten müssen.

»Lass mir einen Moment des Nachdenkens, Heinrich«, antwortete er mühsam.

»Denk nicht zu lange nach, Bruder. Die Meute wartet.«

Und als ob dies ein Stichwort gewesen wäre, begannen draußen vor dem Zelt die Hunde zu lärmen.

Für Wernhardt waren die letzten Stunden wie ein schlechter Traum gewesen. Er und Bertholdus hatten je ein Pferd erhalten. Beide waren sie keine geübten Reiter, und Wernhardt hatte Mühe, sich im Sattel zu halten. Seine Schmerzen wurden durch die Bewegung zu Pferd wieder schlimmer.

Der Herzog aber schien in seinem Element.

Obwohl der dichte Nebel kaum etwas erkennen ließ, stürmten er und seine Männer den voraushetzenden Hunden hinterher, wobei ihnen das schwierige Gelände nicht das Geringste auszumachen schien. Einige Male scheuten die Pferde vor einem vom morgendlichen Reif verharschten Hang. Die Ritter, das Reiten von Jugend an gewohnt, stürzten sich samt ihren Tieren wie im Rausch hinunter. Wernhardt und Bertholdus folgten, beide darauf bedacht, sich irgendwo am Pferd festzuhalten und der Erfahrung und dem Instinkt der Tiere zu vertrauen.

So ging das stundenlang.

Nur einige Male hielten sie an, um zu verschnaufen. Das nutzten die übrigen Reiter, um zu trinken, die Pagen, die ihnen auf Maultieren folgten, beeilten sich, aus dem Sattel zu springen und die Herren zu bedienen. Heinrich schwitzte, aber er lachte und streichelte seinem Pferd den Hals. Dann sog er die feuchtkalte Nebelluft ein.

Sie folgten seit dem frühen Morgen einer Spur.

Es hieß, ein großer Hirsch, den Heinrich am Abend zuvor in der Dämmerung verloren hatte, flüchte vor ihnen. Die Jagdknechte waren umso stolzer, diese Spur am Morgen wieder gefunden zu haben, um sie ihrem Herrn zu präsentieren. Jetzt wendete er sein Pferd, Speichel troff in langen Schlieren vom Maul des Tieres.

»Kennt ihr die Gegend hier?«, wollte er wissen.

»Nein«, beeilte sich Wernhardt zu antworten.

»Hinter dem Wald dort liegt ein Dorf. Dort machen wir Halt. Meine Männer glauben, es gibt Schnee.«

Tatsächlich war es im Lauf des Vormittags immer kälter geworden. Wernhardt hatte es bei dem schweißtreibenden Ritt kaum bemerkt, aber jetzt blies ein eisiger Hauch zwischen den Bäumen hindurch. Der Himmel war dunkelgrau, und ohne Zweifel roch es nach Schnee. Wernhardt schloss die Augen. Er spürte seinen Hintern nicht mehr, und seine Hände und Füße waren völlig taub von der Kälte. Wenn sie es bis in dieses Dorf schafften, würde er Bertholdus bitten müssen, ihm beim Halt aus dem Sattel zu helfen. Wenn er allein abstieg, würde er stürzen, und diese Blöße wollte er sich vor Heinrich nicht geben.

Der Herzog gab den Befehl zum Weiterritt. Erneut mühten sich die Pferde einen kleinen, steilen Hügel hinauf. Die übrigen Reiter sprengten an ihnen vorbei. Wernhardts und Bertholdus' Pferde zögerten, und so gerieten sie an den Schluss der Gruppe. Aber Gottfried, der Getreue des Herzogs, schien seine Augen überall zu haben. Er parierte seinen Braunen und wandte sich im Sattel um. Als er sah, wie die beiden Pferde mit den Mönchen im Sattel sich den Hang hinaufquälten, dabei links und rechts von Jagdknechten zu Fuß überholt wurden, wendete er sein Pferd und ritt beiden entgegen. Als er neben ihnen war, schlug er mit der Hand auf die Kruppe von Wernhardts Pferd.

»Auf, du hässliche Mähre, auf! Oder die Hunde soll'n dich fressen!«

Da stob das Tier mit langen Sätzen den Hang hinauf. Wernhardt hörte, wie es unter ihm vor Anstrengung ächzte, und er selbst wäre bei dem rasanten Spurt beinahe heruntergefallen. Der Herzog, inzwischen auf dem Hügelkamm angekommen, wandte sich im Sattel um, sah dies und lachte schallend.

»Bruder Wernhardt, du wirst tatsächlich noch ein großer Reiter!«, rief er.

»Zu gütig, Exzellenz«, knirschte Wernhardt mühsam, als sein Pferd mit dem Tier des Herzogs gleichgezogen hatte.

Kurz darauf erreichten sie den Ort.

Es war eine der zahlreichen Ansiedlungen, die es hier bereits seit der Zeit der Merowinger gab. Obwohl die Gründung bereits mehr als zweihundert Jahre her war, hatte sich der Ort kaum verändert. Die Zahl der Einwohner war über Jahrzehnte hinweg fast gleich geblieben. Neuankömmlinge gründeten eher neue kleine Weiler, statt die Einwohnerzahl eines Ortes zu vergrößern.

Die einzige Straße war breit genug, um zwei Karren nebeneinander passieren zu lassen. Braunschwarze Schweine ließen sich auch durch die Kälte nicht davon abbringen, in den dunklen Pfützen zu wühlen. Dünnes Eis zerbrach unter ihren schmutzigen Zehen.

»Wir bleiben hier!«, befahl Heinrich laut.

Die Reiter hielten auf einer Wiese voller kahler Bäume, neben einem halb fertigen Haus am Wegesrand, an dem ein Berg grober Steine von Bautätigkeit zeugte. Die Bewohner der kleinen Ansiedlung versammelten sich neugierig und blickten auf das Treiben der Jäger. Es waren ärmliche Gestalten, die meisten schmutzig und durchfroren. Die Kinder waren barfuß, so wie die meisten Frauen. Nur die Männer trugen Lumpen um die Füße gewickelt, und aus allen Gesichtern blickte der Hunger. Aus ihrer Mitte trat ein Mönch, beugte den Kopf und begrüßte die Ankommenden.

»Gott sei hier und segne euch, edle Herren.«

»Beug die Knie, frommer Mann. Du hast hohen Besuch. Das ist Herzog Heinrich, Herr von Bayern und Sachsen. Unser Fürst und euer Herr.«

Der Mönch beeilte sich tatsächlich, so etwas wie eine Verbeugung zu zeigen.

»Ehre und Frieden sei mit dir, Heinrich, und allen Herren in deiner Begleitung.«

Heinrich lachte und sprang aus dem Sattel. Er reckte und streckte sich und schlug sich dann mit beiden Fäusten auf die Brust.

»Ah, was für ein Tag!«

Er wandte sich um. Knechte waren bereits dabei, zwischen den Bäumen ein Feuer zu entzünden. Kaum züngelten die ersten Flammen, drängten sich alle um die Wärme. Bald kreisten Weinkannen. Wernhardt, endlich aus dem Sattel, hielt seine Hände so nahe wie möglich an die lodernden Flammen. Allmählich fragte er sich, wie lange er dem Treiben des Herzogs noch folgen sollte, und beschloss, nicht länger zu warten.

»Heinrich!«

Die Ritter blickten alle auf den Mönch und schwiegen.

»Ja, was ist?«, fragte der Herzog ungehalten.

»Hör mich an! Bischof Otto ist rechtmäßiger Betreiber der Zollbrücke von Vöhringen. Dein Ansinnen, diese Einkünfte für dich zu behalten, ist damit ohne Belang.«

Bis auf das Knacken des feuchten Holzes war nichts zu hören. Wie kleine Schauer aus leuchtenden Punkten sprühten Funken aus dem Feuer. Alle schwiegen und blickten auf die beiden frierenden Mönche, die sich ihre Hände rieben und immer wieder hineinhauchten.

»Deshalb seid ihr also gekommen?«, wollte Heinrich wissen, obwohl er es längst genau wusste.

»Bischof Otto macht dir ein Angebot.«

»Was redest du da?«, fragte Heinrich mit gefährlich leiser Stimme.

Wernhardt ließ sich durch den Ton nicht verunsichern. Er war müde, und ihm war kalt. Und er spürte erneut den

Beginn grässlicher Leibschmerzen. Es war höchste Zeit, dieser Farce ein Ende zu setzen.

»Unser Herr lässt dir ausrichten, dass ein letztes Wort beileibe nicht gesprochen ist. Es müsste möglich sein, eine Lösung zu finden, ohne dass es Streit gibt.«

»Streit?«, fragte Heinrich. Noch immer war sein Stimme leise, klang aber nach wie vor gefährlich.

Bertholdus fuhr sich mit der Zunge über die Lippen, zog seinen Mitbruder fast unmerklich an dessen Kutte, in der Hoffnung, er würde sich für diese Unterredung einen besseren Zeitpunkt suchen. Aber Wernhardt ließ sich nicht beirren. Er sah sich im Recht. Hatte sie der Herzog nicht unter beschämenden Umständen warten lassen? Dann zwang er sie, viele Stunden einer Spur zu folgen, die der erste Schnee dieses Jahres mit einem dünnen Hauch bedeckte. Tatsächlich hatte es kaum merklich zu schneien begonnen. Während das Feuer noch immer wohlige Wärme verbreitete, Holzscheite im Funkenregen barsten, schwiegen alle. Nur Heinrich blickte unverwandt auf den Abgesandten des Bischofs.

»Hör zu, was ich dir sage...«, begann er grimmig.

Da ertönten Hornsignale aus dem angrenzenden Wald.

»Der Hirsch!«, rief jemand.

Das Signal ertönte erneut.

»Sie haben ihn!«

Heinrich wandte den Kopf und lauschte.

»Endlich.«

Heinrich schien Wernhardt auf einmal vergessen zu haben und verlangte nach seinem Pferd.

»Auf, los auf, Männer!«, rief er, und alles lief durcheinander.

Wernhardt schloss die Augen. Erneut wich ihm Heinrich

aus. In diesem Moment verwünschte er den vermaledeiten Hirsch. Da zupfte ihn jemand am Ärmel, und als er aufblickte, sah er in Bertholdus' Gesicht.

»Bruder Wernhardt, wollen wir hier solange warten?«

»Nein, natürlich nicht. Das käme Heinrich nur recht.«

Wernhardt ließ zu, dass ihm Bertholdus half. Seine Füße waren noch immer wie Eisklumpen, aber wenigstens waren seine Hände wärmer geworden, und er konnte seine Finger wieder spüren. Bertholdus half ihm aufs Pferd.

»Kommt, ihr frommen Herren«, lachte Gottfried, um gleich darauf mit ernster Miene anzufügen: »Heinrich liebt es nicht zu warten.«

Aber er liebt es, andere warten zu lassen, hätte Wernhardt beinahe geantwortet, doch unterließ er es. Es war einfach zu kalt, um zu streiten, selbst wenn es dabei um die Manieren zwischen den Herren des Adels und des Klerus ging.

Kaum saßen er und Bertholdus im Sattel, folgten sie der breiten Spur der übrigen Reiter. Ein kurzer, aber scharfer Ritt durch den jetzt weiß bestäubten Wald folgte. Dabei ritten sie so schnell, dass sie Heinrichs nicht eben langsame Meute sogar noch einholten. Wernhardt lief unter seiner Kutte der Schweiß in Strömen vom Leib, und das erste Mal seit Tagen fror er nicht. Doch mehr als einmal wäre er vom Pferd gefallen, hätte ihn Gottfried, der neben ihnen ritt, nicht rasch gepackt und im Sattel aufgerichtet.

Endlich hielten sie an.

Die wartenden Reiter umstanden in einem Halbkreis einen Windbruch im Wald. Inmitten des schlammzerwühlten Bodens lag der Hirsch. Oder eher das, was von ihm übrig war. Das noch im Tod stattliche Tier war von einem Speer am Hals getroffen worden. Aber der hatte das Wild nicht getötet. Jemand hatte ihm den Rest gegeben, indem er große

Steine auf den Schädel des Tieres warf, so lange, bis es verendet war. Diese brutale Tat schien aus blanker Verzweiflung heraus geschehen zu sein.

Die Hunde saßen ruhig an der Seite der Knechte, nur manchmal winselte eines der Tiere leise. Gottfried saß ab, trat an den Kadaver und begutachtete ihn. Das Tier war aufgebrochen worden, und jemand hatte begonnen, hastig das noch warme Fleisch zu zerteilen. Dabei hatten ihn die Hunde gestellt.

Ein noch junger Mann, die schäbige Kleidung fast schwarz vor Schmutz und Nässe, kauerte wie ein Häufchen Elend auf dem Boden. Ein Jagdknecht hielt ihn grob an den Haaren fest.

»Er hat ihm die fettesten Stücke rausgeschnitten«, erklärte Gottfried und blickte auf den Herzog, der stumm im Sattel saß.

Ganz langsam glitt Heinrich vom Pferd. Er zog sich einen Handschuh aus und trat zu dem toten Hirsch, bückte sich und berührte das verunstaltete Wild. Stumm betrachtete er seine vom Blut nass glänzende Hand. Langsam ballte er sie zur Faust, sog dabei die kalte Luft ein und trat dann zu dem Mann. Der senkte den Kopf.

»Du hast mich um mein Vergnügen gebracht, Bursche. Und um einen Hirsch.«

Der Mann vor ihm auf dem Boden zitterte.

»Vergib mir, hoher Herr, ich …«

Heinrich schlug ihm seinen Handschuh ins Gesicht.

»Halt's Maul, du Missgeburt!«, schrie er. »Seit drei Tagen bin ich ihm gefolgt, und du schlachtest ihn ab wie einen tollen Hund!«

»Mein ist der Zorn, spricht der Herr«, begann Wernhardt.

Heinrich wandte den Kopf.

»... und mein ist die Rache. Auch das spricht der Herr. Ich kenne das Heilige Buch, Bruder Wernhardt.«

Heinrich trat von dem Mann weg, rieb sich mit Schnee das Blut des Hirsches von der Hand und trat zurück in den Kreis seiner wartenden Männer.

»Jochen!«

»Herr?«

»Zerwirk das Wild, schneid raus, was zu gebrauchen ist! Den Rest gibst du den Hunden.«

»Jawohl, Herr.«

Heinrich streifte den Handschuh über, stieg wieder auf sein Pferd und ordnete die Zügel.

»Und was wird mit dem da?«, wollte Gottfried wissen und deutete auf den am ganzen Körper zitternden Mann.

»Gottfried? Was geschieht mit einem Mann, der auf dem Grund und Boden seines Herrn wildert?«

Die Männer ringsum nickten, einige lachten verhalten, während Heinrich sich umblickte.

»Erbarmen, Herr!«, begann da der Mann zu flehen. »Ich hab ein Weib und vier kleine Kinder.«

Er begann kläglich zu weinen. »Wir brauchten das Fleisch, die Ernte war so schlecht, und dem Ulrich ist schon der Jüngste gestorben. So lang wollt ich doch nicht warten und ...«

Heinrich blickte nicht mehr auf, sondern fasste die Zügel kürzer. Wernhardt drängte sein Pferd nahe an das Reittier des Herzogs.

»Hab Erbarmen um Christi willen. Ja, der Mann hat sich versündigt, aber ist nicht genug Blut geflossen? Erweise dich als großmütiger Herr und sei gnädig.«

Heinrich blickte zu dem Mann, der wimmernd und

zitternd auf dem Boden kauerte, dann wieder auf den Mönch.

»Das hier berührt das Recht eines Lehnsherrn. So wie die Brücke zu Vöhringen. Ein Recht, das mir zusteht. Dies, Bruder Wernhardt, genau dies berichte Bischof Otto.«

Er wendete sein Pferd, drängte dabei das Tier des Mönchs zur Seite.

»Ihr beide solltet uns zurück ins Lager folgen. Es wird noch kälter werden«, sagte er.

Dann beugte er sich vom Rücken seines Pferdes herab zwei Knechten zu und deutete mit der Hand auf den noch immer leise wimmernden Mann.

»Hängt ihn auf!«, befahl er.

Heinrich schnalzte mit der Zunge, und sein Pferd setzte sich in Bewegung. Seine Getreuen folgten ihm.

Die zwei Knechte zerrten den Mann zu einer großen Buche. Der eine hielt den um sein Leben Bettelnden fest. Der andere warf ein Seil über einen Ast, knüpfte schnell eine Schlinge und legte sie dem Mann um den Hals. Er zog sie straff, schnell und geübt. Dann griffen beide Knechte nach dem Seilende.

Gemeinsam zogen sie an und zerrten den Mann dabei in die Höhe. Der röchelte, zappelte wild mit den Beinen und griff mit beiden Händen nach dem Hanf um seinem Hals. Während ihm Zunge und Augen herausquollen, schlangen beide Knechte das Ende des Seils um den Baumstamm und banden es fest.

Der Todeskampf des Mannes dauerte an. Dann, während beide Knechte ihre Waffen und ihre Ausrüstung aufhoben, streckten sich die Glieder des Gehenkten ein letztes Mal, und es war vorbei. Ohne die Mönche noch einmal eines Blickes zu würdigen, verschwanden die Knechte in der winterlichen Dämmerung des Waldes. Wernhardt glitt aus dem Sattel, fiel neben seinem Pferd auf die Knie und betete.

Erst als ihm Bertholdus aufhalf, merkte er, dass er wieder fror.

Teil Eins

Die Brücke am Salzsteig

Wie glückselig ist die Kammer,
wo die Hochzeit stattfand,
wo der Bräutigam der Braut
heute einen Kuss gab;
doch herrschte dort keine Gefahr
für ihre Unschuld,
nur die Gewalt des Heiligen Geistes.

Augustinus

3

»Er kommt!«, riefen aufgeregte Stimmen.

Die Kinderschar in der Nähe des großen Burgtores lugte neugierig um die Ecke. Tatsächlich waren auf der breiten Straße, die zur Burg heraufführte, Reiter zu sehen. Sie waren in vornehme Gewänder gehüllt, manche trugen das Kettenhemd sichtbar, ohne ein Wams darüber. An der Spitze ritten Pagen; einer von ihnen führte eine Lanze mit einem Wimpel in den Farben der Staufer. Friedrichs Farben.

Der Kaiser aller Deutschen erreichte am frühen Mittag die Burg Badenweiler. Als er in den Burghof einritt, wichen die Kinder am Eingang angesichts der dichten Folge von Reitern, Lehnsmännern und Knechten zurück, die sowohl zu Pferd als auch zu Fuß Teil der Begleitung des Kaisers waren.

Friedrichs mächtige Statur war unverkennbar.

Er lachte oft, und immer wenn er das tat, vibrierte seine Stimme und schien alles zu durchdringen. Sein helles, sommersprossiges Gesicht umrahmte ein kurzer, roter Vollbart.

An der Treppe zur Burgfeste hielt er an. Knappen eilten herbei und wollten ihm vom Pferd helfen. Doch Friedrich schwang ein Bein über die Kruppe des Hengstes und stand auf eigenen Füßen, ehe sich eine Hand bemühen konnte. Als er den Hausherrn und dessen Frau auf der Treppe erkannte, breitete er beide Arme aus.

»Heinrich!«

»Friedrich! Sei gegrüßt, Kaiser der Deutschen«, begann der Herzog.

»Sei auch du gegrüßt, teurer Vetter.«

Heinrich lächelte, und als Friedrich stehen blieb, trat er seinem Cousin und Herrn zwei Stufen die Treppe hinunter entgegen. Dann umarmten sie einander.

»Heinrich, mein Freund. Mir ist, als würde ich nach Hause kommen.«

»Aber du bist hier zu Hause«, bestätigte Heinrich. »Komm, du wirst müde sein.«

»Wie kommst du denn darauf?«, lachte Friedrich dröhnend. »Ein kleiner Ritt am Vormittag macht mir höchstens Appetit.«

»Und Durst, nicht wahr?«, wollte Heinrich wissen, obwohl er die Antwort bereits kannte.

»Und was für einen Durst!«, dröhnte Friedrich, legte seinen Arm um die Schultern des Herzogs und zog ihn erneut lachend an sich.

So schritten sie beide die wenigen Stufen zum Eingangsportal hinauf. Clementia von Zähringen, Heinrichs Frau, knickste tief vor dem Kaiser.

»Friedrich, unser Kaiser. Sei allerherzlichst gegrüßt …«

»Clementia, lass doch die Förmlichkeiten!«

Er zog sie an sich und drückte sie stürmisch. Die zierliche Gestalt der Fürstin verschwand beinahe unter den breiten Armen des Kaisers.

»Und, gibt es bald einen Prinzen?«, dröhnte er und fuhr mit der Hand über ihren Bauch, da, wo er vermutete, dass sich bald Veränderungen im herzoglichen Haushalt anzeigen mussten. Clementia errötete und schob den Arm des Kaisers behutsam von sich.

»Mein Fürst, nicht vor dem Gesinde«, hauchte sie, und

Friedrich lachte erneut sein unbeschwertes, lautes Lachen.

Gemeinsam führten der Herzog und seine Gemahlin den Kaiser in die Burg. Friedrichs Gefolgschaft schloss sich ihnen an. Im großen Saal hatte Heinrich eine festliche Tafel aufbauen lassen mit langen Bankreihen davor. Nur am Stirnende der Tafel stand ein Lehnstuhl. Zahlreiche Schalen und Platten mit kaltem und warmem Wildbret warteten. Diener trugen große Weidenkörbe voller Brotfladen herein, gefolgt von Pagen mit Weinkannen in jeder Hand. Auf Einladung seines Haushofmeisters nahmen die zahlreichen Begleiter des Kaisers ihre Plätze ein. Friedrich blickte sich suchend um, und so, als ob er diesen Blick erwartet hätte, zog sein Vetter ihn sanft am Ärmel.

»Clementia wird deine Männer bewirten und an meiner statt als Gastgeber auf alles achten. Für uns beide hab ich einen eigenen Tisch richten lassen.«

»Warum das, lieber Freund?«, fragte Friedrich.

Er war von jeher misstrauisch gegen allzu große Freundlichkeit, und er blieb es auch bei denjenigen, die sich Freund nannten.

»Wenn der Kaiser der Deutschen mich in meinem Haus besucht, teile ich ihn nicht mit seinen Lehnsherren«, begann Heinrich und lächelte. »Dafür ist später noch Zeit. Lass uns miteinander sprechen. Allein.«

»Ein Gespräch zwischen zwei Blutsverwandten?«

»Nein, viel mehr. Ein Gespräch zwischen zwei Freunden.«

Friedrich nickte kaum merklich und ließ zu, dass man sie beide in ein Gemach führte, wo tatsächlich eine kleine Tafel aufgebaut worden war. Ein Diener schloss leise die Tür hinter ihnen und ließ sie allein. Der Herzog kam Friedrichs fragendem Blick zuvor.

»Erlaube mir, dass ich dich bediene.«

Der Kaiser nickte. Heinrich bot ihm einen Platz an.

»Probier diesen Roten aus Venetien.«

Friedrich schüttelte den Kopf.

»Keinen Wein aus Italien. Nicht heute.«

Heinrich goss Weißwein aus einem Krug in zwei goldene Pokale und reichte einen davon seinem Vetter.

»Auf dich, unseren Kaiser.«

»Und auf dich und dein Glück, mein Freund«, antwortete Friedrich. Sie tranken beide; dann schwiegen sie und blickten einander lange an.

»Sag mir, warum bist du hier, Friedrich?«, fragte der Herzog sanft.

Der Kaiser zögerte mit der Antwort, dann nahm er einen tiefen Schluck aus seinem Becher.

»Die Lombarden müssen einmal mehr daran erinnert werden, wer ihr Fürst ist. Notfalls mit dem Schwert.«

Heinrich lachte, griff nach einem Stück Fleisch und biss hinein. Bratensaft lief ihm das Kinn hinunter. Er kaute vergnügt, während er sich mit dem Handrücken über die fettglänzenden Lippen fuhr. »Was ich immer schon sagte: Diese Krämerseelen sind ausgemachte Dummköpfe.«

»Du sagst es«, grunzte Friedrich verächtlich, griff nach einem Stück Brot und biss hinein.

»Stimmt es, dass sie dich nur noch Rotbart nennen?«, fragte Heinrich mit vollem Mund, obwohl er es genau wusste.

Friedrich grinste breit und ließ dabei seine Zähne sehen.

»Ja, stimmt«, antwortete er grimmig und zupfte Brotkrümel von seinem Bart, »aber sie erschrecken nicht nur Kinder mit meinem Namen.«

Wieder musste Heinrich lachen, und während er das tat,

griff er nach einem weiteren Stück Fleisch und biss herzhaft hinein.

»Dieses lateinische Gesindel«, sagte Friedrich. »Erst haben sie gespottet, jetzt zittern sie nur noch.«

Heinrich kaute noch immer. Dann, kaum dass er den letzten Bissen geschluckt hatte, blickte er seinem Vetter erneut unverwandt ins Gesicht.

»Warum bist du hier, Friedrich?«, fragte er erneut.

Barbarossas Miene wurde ernst.

»Wie ich schon sagte: Es geht um die Lombardei. Im Rat der Stadt Mailand haben sie einen neuen Wortführer. Auf einmal glauben diese Tuchhändler, nur weil sie Geld gescheffelt haben, können sie ihrem Fürsten die Treue verweigern. Sie wollen die städtischen Beamten, die Podestas, selbst ernennen! Wiederholt habe ich sie aufgefordert, dies zu unterlassen und die kaiserlichen Rechte zu achten.«

Heinrich blickte den Staufer an und ließ ihn weiterreden. Er wusste, dass jene »Podestas« Männer des Kaisers waren, von ihm bestimmt und ausgewählt. Sie dienten vornehmlich Friedrich und nicht den Städten.

»Statt zu gehorchen, rebellieren sie. Und wenn Piacenza und Brescia endlich stillhalten, erhebt sich Cremona. Hab ich die Cremoneser geschlagen, rebelliert Mailand. Dazu der Papst, der sich auf ihre Seite schlagen wird, sollte ich nur einen Hauch von Schwäche zeigen!«

Der Kaiser hatte sich in Rage geredet, und der Zorn ließ ihm die Adern an Hals und Schläfen anschwellen.

»Das ist der Grund für deinen Besuch?«

Statt darauf zu antworten, erhob sich Friedrich, trat ans Fenster und blickte hinaus. Das Treiben in der Burg Badenweiler wirkte beinahe beruhigend. Doch die Zeiten waren alles andere als friedlich.

»Ich besuche alle Lehnsherren meines Reiches«, erklärte der Kaiser.

»Du verbringst viel Zeit in Italien.«

»Aber ich bin Kaiser aller Deutschen, damit gut genug für Italien, genauso wie für das Reich der Franken. Die lombardischen Städte sind Teil davon. Muss ich dir das etwa erklären?«

Heinrich schüttelte lächelnd den Kopf und kaute am Rest seines Fleisches.

»Erinnerst du dich an Rom?«, wollte Friedrich wissen.

»Natürlich. Trotzdem, viele Lehnsherrn sehen dich mehr im Lateinischen als zu Hause.«

»Na und? Verdammt, die Lombardei ist mein, so wie Sachsen und Bayern deine Lehen sind.«

Heinrich lachte amüsiert über den erneuten Zornesausbruch seines Vetters. Er sah zu, wie Friedrich erneut aus dem Fenster in den belebten Burghof hinuntersah. Dort führten man eine Reihe prächtiger Pferde zu einer gemauerten Tränke, und das Sonnenlicht ließ das Fell der Tiere glänzen.

»Sie nennen dich Rotbart und fürchten dich als Fürst. Trotzdem führen sie Krieg gegen dich«, bemerkte der Herzog.

Friedrich wandte sich um und sah seinen Vetter unverwandt an.

»Fürchtest du mich denn, Heinrich?«

»Warum sollte ich das tun? Du bist mein Freund, mein Vetter. Wir sind von gleichem Blut. Dich fürchte ich nicht, sondern dich liebe ich. Und auf deinen Namen habe ich einen Eid geschworen. Das ist mehr, als dir die Lateiner je geben werden.«

Beide Männer blickten einander eine Weile lang an. Friedrich wusste um die rücksichtslose Art, die der mächtige Herzog an den Tag legte, wenn es darum ging, Einfluss und Besitz seines Hauses zu mehren. Nein, er hieß nicht alles gut, was Heinrich tat, aber bislang war der Herzog sein verlässlichster Verbündeter gewesen.

»Du warst immer ein Teufelsbraten, Heinrich«, sagte Barbarossa leise.

»Ich hatte in dir ein Vorbild, lieber Vetter«, entgegnete der Herzog ruhig.

Da mussten sie beide plötzlich lachen.

»König Konrad selig war dein Onkel, aber indem er dir die Krone übergab, traf er eine gute Wahl«, schmeichelte Heinrich. »Noch einmal: Was willst du von mir?«

»Ich brauche Truppen. Noch vor diesem Winter will ich die Lombarden schlagen. Unterstütze mich dabei.«

Heinrich nickte nachdenklich, stocherte mit einem Finger in seinem Mund herum und kratzte sich dann den Haarflaum an seinem Kinn.

»Ich glaube, ich werde ihn abrasieren«, begann er auf einmal. »Ja genau, gleich nachher lass ich den Bader kommen. Er soll ihn wegmachen.«

»Was sagst du?«, fragte Friedrich ein wenig verwirrt.

»Mein Bart. Clementia findet mich ohne ihn anziehender.«

Heinrich lächelte, und Barbarossa sog tief die Luft ein, bevor er antwortete. »Wenn du an ihrem Busen liegst, werden die Härchen auf ihrer weißen Haut kratzen. Manche Weiber mögen das nicht.«

Sie blickten einander an.

»Hilf mir gegen Mailand«, begann Friedrich erneut.

Heinrich zögerte, bevor er antwortete.

»Wie soll ich das anstellen? Ich kann niemand entbehren.«

»Heinrich, noch einmal: Ich bitte dich um deine Hilfe. Als Kaiser, als Freund und als Blutsverwandter.«

Im Burghof waren Rufe und lautes Gelächter zu hören.

»Wenn ich dir helfe«, begann Heinrich, »möchte ich dafür das Wort meines Kaisers in einer anderen Sache.«

»Von welcher Sache sprichst du?«

»Bischof Otto droht mir mit der Schied in Augsburg.«

»Otto«, begann Barbarossa vorsichtig, »ein frommer Mann, in Würden alt und weise geworden und im Geist sehr rege. Ich schätze ihn.«

»Der Mann ist eine Krämerseele, genau wie deine Lombarden.«

Barbarossa trat an die Tafel zurück, griff nach dem Weinkrug und goss ein. Dann trank er einen Schluck.

»Geht es immer noch um diesen Zoll?«

»Genau«, bestätigte Friedrich, »die Salzsäumer kommen über seine Brücke, und der Pfaffe verdient sich eine goldene Nase.«

»Wird bei der Brücke hübsche Mädchen haben.«

»Die können nicht hübscher sein als an einer herzoglich bayerischen Brücke«, antwortete Heinrich grimmig.

Er legte den Kopf ein wenig schief, blickte seinen Vetter an und wartete.

»Und, was willst du, dass ich tun soll?«, fragte Barbarossa ruhig.

Statt einer Antwort nahm Heinrich einen Schluck aus seinem Becher und fuhr sich mit dem Ärmel über den Mund.

»Was du mit den Lateinern machst, muss ich hier im Reich tun. Für Ordnung sorgen unter den Fürsten und dem Klerus.«

Friedrich lachte. »Vetter, mach dir die Kirche zum Feind, und du hast im Nu Krieg hier im Bayerischen. Das kostet dich Geld. Viel Geld. Warum regelst du die Sache nicht als Landesfürst?«

»Genau das will ich tun. Aber dazu brauch ich dein Wohlwollen.«

»Das hast du.«

»Und mein Recht als Landesfürst! Verbrieft! Setz deinen Namen und dein Siegel unter einen Erlass, der mir, dem Fürsten von Bayern und Sachsen, allein das Recht am Salzzoll gibt.«

»Zollrecht ist von jeher Lehnsrecht gewesen.«

»So ist es, ja«, entgegnete Heinrich unwillig, »aber Otto erkennt mein Lehen nicht an. Hab ich aber dein Siegel, hat er keine andere Wahl mehr und muss sich meinem Wort fügen.«

»Wenn ich tue, was du wünschst, was ändert das?«, begann Friedrich. »Glaubst du, der Freisinger sieht zu, wie das Salz über seine Brücke fährt, aber du kassierst?«

»Aber es ist mein Lehen und damit mein Recht, Zoll zu erheben!«

Wütend hieb Heinrich bei diesen Worten mit der Faust auf den Tisch.

»Aber es ist Kirchengrund«, entgegnete Friedrich ruhig.

Heinrich schloss die Augen. Er lehnte sich auf seinem Platz zurück und bemühte sich, seinen Zorn zu verbergen.

»Was die Stadt Bremen an Abgaben in diesem Jahr an mich entrichtet, sollst du für deinen Feldzug haben«, erklärte er schließlich. »Darauf mein Wort, Friedrich.«

Heinrich faltete seine Hände unter dem Kinn, hob dann den Kopf und blickte Barbarossa an. Der wusste, mit diesem Angebot war der Feldzug gegen Mailand gesichert.

»Also gut, ich werde deinem Wunsch entsprechen«, sagte Barbarossa feierlich.

»Gibst du mir darauf dein Wort, Vetter?«

»Ja, das Wort des Kaisers.«

Heinrich nickte zufrieden und lehnte sich in seinem Stuhl zurück. »Sehr gut. Du, lieber Vetter, hast hiermit mein Wort für die lateinische Sache. Wenn ich auch nicht selbst dafür an deiner Seite reiten kann …«

Er zögerte einen Moment, gerade lang genug, um Barbarossas zustimmendes Kopfnicken zu bemerken.

»… bleibe ich dein treuer Lehnsherr. Möge Gott der Allmächtige die aufmüpfigen Lombarden samt ihrem Geld ersäufen.«

Er griff nach seinem Weinkelch. »Und die Freisinger gleich dazu!«

Jetzt trank er, und Friedrich tat dasselbe.

4

Seit mehr als einer Woche war Anselm Zierl mit seiner Frau und den beiden Kindern unterwegs. Der wohlhabende Salzhändler stammte aus Innsbruck, und von dort waren sie auch aufgebrochen. Ihre Fracht, bestehend aus Steinsalz, wollten sie bis Augsburg schaffen. Dort würde der Lechner die ganze Ladung kaufen, um damit Fleisch zu pökeln.

Anselm ging bei dieser Reise nur Frieder, sein treuer Knecht, zur Hand. Aber nach dieser Fahrt würde er noch wenigstens einen Mann mehr brauchen, auch wenn das die Kosten erhöhte. Vielleicht gab es ja in Augsburg einen guten Fuhrknecht, den es reizen konnte, mit ihm nach Innsbruck zu kommen, um dort sein Auskommen zu haben?

Ein greller Blitz zuckte durch den Wald und unterbrach

seine Gedanken. Gleich darauf folgte krachend ein Donnerschlag. Die Ochsen blieben auf der Stelle stehen.

Anselm Zierl zog sich den Hut tiefer ins Gesicht und sah zum Himmel hinauf. Gewitterwolken türmten sich über ihnen. Erneut rollte Donnergrollen durch den Wald, und plötzlich ging ein heftiger Wolkenbruch auf sie nieder. Drei große Ochsengespanne mit jeweils vier Tieren vor einem Frachtwagen standen im strömenden Sommerregen und warteten auf das Ende der Sturzflut.

Der Himmel war kaum zu sehen, dichte Laubbäume verdeckten selbst das schmale Band durch den Wald, das die Straße sein musste. Schwere Tropfen bahnten sich ihren Weg durch das dichte Laubdach. Anselm hoffte nur, das Sommergewitter möge bald vorbei sein. Er bekreuzigte sich und murmelte zur Bekräftigung ein Gebet für den heiligen Christopherus. Das konnte nie schaden.

Es dauerte eine Weile, bis der Regen allmählich nachließ, um bald darauf ganz aufzuhören. Zuletzt ließ sich nur noch ein stetes Tropfen von den Zweigen und Blättern der Bäume hören. Bald erklang Vogelgezwitscher.

Anselm trat vor den Zug, zog ein Tuch aus seinem Wams und fuhr sich damit über das nasse Gesicht. Obwohl die Frachtwagen sich seit Stunden durch den schattigen Wald quälten und es nicht zu heiß gewesen war, nach diesem Regenguss noch dazu, schwitzte er. Jetzt aber frischte der Wind auf.

»Komm Jockel, komm weiter!«

Er stieß den Ochsen sanft mit dem Stock an. Das Fell war dunkel vom Regen. Im fahlen Sonnenlicht sah Anselm, wie der Dampf vom Leib des Tieres aufstieg.

»Zieh, Jockel! Komm, zieh an!«

Der Zugochse hob unwillig seinen massigen Schädel.

»Anselm, wie weit ist es noch?«

Die Frage kam von seiner Frau. Sie fragte ihn dies heute schon das dritte Mal. Anselm, wie weit ist es noch? Was, allmächtiger Herr im Himmel, sollte er denn noch darauf antworten? Dass es bis zur Brücke nicht mehr weit sein konnte? Das hatte er jedes Mal gesagt, wenn sie ihn gefragt hatte, und jedes Mal hatte sie so getan, als glaube sie ihm kein Wort. Dass ihm dieser Weg nicht so genau bekannt war, sagte er ihr lieber nicht. Denn er kannte seine Frau. Sie hätte mit dem Lamentieren nicht mehr aufgehört.

Aber ganz sicher war er sich über diesen eingeschlagenen Weg tatsächlich nicht. In Telfs hatte ihm ein Fuhrknecht dazu geraten. Aber auf den hätte er besser nicht gehört. Nur dessen Einladung zu einem guten Roten hatte er nicht ablehnen wollen, und später war es dann sehr fröhlich geworden. Josefa, Anselms Frau, war in der Kammer verschwunden und hatte Maria, die kleine Tochter, mitgenommen.

Dann war die hübsche Frau des Wirtes dazugekommen. Daran erinnerte sich Anselm noch. Trotzdem, er hätte nie auf den Mann hören dürfen. Verflucht, dreimal verflucht. Ja, es war Sünde, so zu fluchen, aber er musste es tun, sonst wäre er geplatzt. Anselm spuckte auf den Boden und murmelte zur Sicherheit hastig einige Worte an die Heilige Gottesmutter.

Dieser Weg war nie und nimmer richtig. Der Kerl in Telfs hatte sich nur großtun wollen. Wäre der Bursche in der Nähe gewesen, hätte er ihn an den Ohren gepackt und ihm sein Fell gegerbt. Hundsfott, elender!

»Anselm, ich hab dich was gefragt.«

»Bei allen Heiligen, Josefa, ich weiß es doch nicht. Der Welsche hat gesagt…«

»Der Welsche«, schnaubte sie verächtlich. »Hast du diesem Kerl tatsächlich geglaubt?«

»Er hat gesagt, dass er die Gegend kennt…«

»Anselm…!«

»Wenn wir die Brücke finden, dann…«

»Anselm, schweig!«

»Josefa, an der Isar lässt sich immer eine Furt finden. Zumal jetzt im Sommer.«

»Anselm, schweig endlich! Sag nichts mehr!«

Ihr Kopf verschwand wieder im Inneren des Wagens. Dummes Weib, dachte er, was fragt sie mich erst, wenn sie dann doch wieder alles besser weiß? Jetzt war sie wieder eingeschnappt. Er musste an den heftigen Streit denken, den sie in Telfs gehabt hatten. Dabei war gar nichts passiert.

Das Gewitter war vorbei, und es wimmelte wieder von Mücken. Noch schlimmer waren die grauen Bremsen, deren Stich so schmerzte. Die Ochsen warfen ihre Schädel hin und her. Von den Mäulern troff Speichel, während sie versuchten, mit ihren langen Zungen die ärgsten Plagegeister von den Schnauzen zu vertreiben.

Anselm stapfte zurück an die Spitze des Wagenzuges. Frieder, sein Knecht, mühte sich mit dem Gespann.

»Was ist los?«, wollte Anselm wissen und erschlug eine Bremse an seinem schwitzenden Hals.

»Er will nicht weiter«, sagte der Fuhrknecht und wies mit seinem Stock auf den Leitochsen.

Anselm seufzte und blickte auf das Tier. Mit ihm hatte er vor acht Jahren seinen Broterwerb begründet. Der Ochse war für ihn beinahe so etwas wie ein Partner. Er trat an das Joch, scheuchte einen Schwarm Mücken und Fliegen auf, die sich erneut wie eine Wolke auf das Fell des Ochsen setzten. »Was ist, alter Freund? Was hast du?«

Das Tier schnaufte.

Der Weg vor ihnen senkte sich langsam abwärts. Noch ein paar Schritte, und sie kamen an den Rand eines kurzen, aber steilen Hangs. Da führte der Weg hinunter. Anselm verstand. Immer wieder erstaunlich, aber dieser Ochse schien ein besonderes Gespür für einen guten oder weniger guten Weg zu haben.

Die Straße war verschlammt, und ablaufendes Regenwasser bahnte sich in selbstgeschaffenen Rinnen einen Weg. Die schweren Gespanne hier heil runterzubringen würde schwierig werden. Frieder war neben ihn getreten. Sein Wams tropfte am Saum noch vor Nässe. Stumm sah er den steilen Hang hinunter. Anselm erschlug eine weitere Bremse, die sich gerade auf seiner Hand niedergelassen hatte.

»Der Ochs meint Nein«, sagte Frieder plötzlich.

»Aha«, antwortete Anselm spöttisch und sah seinen Knecht von der Seite her an. »Tun wir jetzt schon, was der Ochs meint?«

Frieder kaute auf einem Grashalm herum.

»Der Weg ist steil«, meinte Frieder.

»Weiß ich, hab ja selber Augen im Kopf«, entgegnete Anselm.

Frieder starrte weiter durch den dämmrigen Wald den Hohlweg hinunter, in den das Wasser und längst gegangene Füße tiefe Rinnen gegraben hatten, starrte auf die kopfgroßen Findlinge im Schlamm. Da, wo keine Erde mehr war, blinkte der Schotter hervor. Er schwieg.

»Vater!«

Die Stimme gehörte Kajetan, den alle nur Kai nannten. Der knapp zehnjährige, ein wenig schmächtige Junge schob sich neben den beiden Männern vorbei, blieb dann am Rand des Abhangs stehen und blickte hinunter.

»Verflucht steil, Vater, aber zur Hölle, keiner wird uns helfen.«

»Red keinen Unsinn, Kai. Und fluch nicht, wenn deine Mutter dich hören kann.«

Anselm bedachte seinen Jungen mit einem strengen Blick, obwohl er es gar nicht so meinte. Die für sein Alter hoch aufgeschossene Gestalt, das halblange, braune Haar, sein Gesicht. Wenn er nur nicht so schmal wäre! Es ging ihnen doch gut, und am Essen brauchten sie nicht zu sparen.

»Wir müssen da runter«, beschied er.

Frieder spuckte aus.

»Weil wir nicht umkehren können«, erklärte Anselm, und Frieder nickte nur.

Das brauchte man ihm nicht zu sagen. Er stapfte zu den übrigen Gespannen. Anselm blickte ihm nach. Ja, sie mussten hier runter. Mit allen drei Frachtwagen. Und den Ochsen. Und der Frau und dem Mädchen und dem Jungen. Und dem Salz. Vor allem mit dem Salz. Ihr Auskommen für das nächste Jahr. Mit etwas Geschick würde auch ein hübscher Gewinn dabei zu erzielen sein. Er wandte sich zu seinem Sohn.

»Der Frieder und ich gehen mit dem Jockel und seiner Fuhre runter. Dann kommen wir wieder rauf und holen den nächsten Wagen. Du bleibst bei deiner Mutter und deiner Schwester und passt auf.«

»Aber Vater…«

»Kein Wort mehr, du tust, was ich dir sage.«

Anselm seufzte. Ihm war nicht wohl dabei. Die Aussicht, mit jedem der Gespanne hinunterzugehen und dann den steilen Hang wieder hinaufzusteigen, um den nächsten Wagen zu holen, ließ ihn sogleich schwitzen. Das würde schwer werden. Und gefährlich. Vor allem gefährlich. Außer

Jockel hatte keiner der Öchsen so ein stoisches Gemüt, um auf so steilem, rutschigem Boden zu gehen, mindestens eine Tonne Salz im Rücken. Am liebsten hätte er losfluchen wollen, aber das hätte seine Frau gehört. Kai stand noch immer vor ihm und blickte ihn an. »Vater…«

»Geh und sorg dafür, dass Mutter sich nicht ängstigt.«

Der Junge nickte gehorsam und eilte durch das Gestrüpp am Wegesrand zurück. Anselm blickte ihm nach. Sein Junge. Auf ihn war er stolz.

Der Fluss hieß Isar. *Isara,* die Reißende, wurde sie einst von den Kelten genannt. In einem dicht bewaldeten Tal mitten im Karwendelgebirge trat das Wasser aus dem Fels, sammelte weitere Rinnsale und folgte, breiter und schneller werdend, seinem Weg durch das Tal. Wo der Bach das erste Mal aus dem Wald trat, war er bereits kräftig angeschwollen. Schnell wuchs er zu einem breiten Fluss, ungebändigt und genährt von zahlreichen weiteren Wassern. Auch dieses Jahr waren eine lange Schneeschmelze und die letzten verregneten Wochen schuld am heftigen Anstieg des jungen Wildflusses. Die Wassermassen waren stark genug, um Geschiebe aus Fels und Geröll mit sich zu nehmen und so das Flussbett ständig zu verändern. Bis Vöhringen führte die Isar bereits so viel Wasser, dass sie in großen Flächen links und rechts über die Ufer trat. Und noch immer schwoll die »Reißende« an.

Bereits seit römischer Zeit führte eine Straße, von jedermann nur Salzsteig genannt, an der Ansiedlung vorbei. Die einzige feste Brücke auf die Entfernung eines ganzen Tagesmarsches lag hier unweit der kleinen Ansiedlung Vöhringen, der einzig sichere Übergang über den Fluss zu allen Jahreszeiten. Zusätzlich sparte man wenigstens zwei Tage, wollte man nach Augsburg und von dort weiter nach Norden. Der Grund gehörte der Kirche und damit zu einem Lehen des Klosters in Freisingen. Deren Mönche waren es, die vor langer Zeit diese Brücke gebaut hatten. Sie hatten dabei alte Steinfundamente, die wohl schon römische Legionäre errichtet hatten, als Untergrund für die Pfeiler aus schweren Holzbalken genutzt. Der Bau dieser Brücke und der Straße hatte fast zwei Jahre gedauert und in dieser Zeit den Menschen aus den umliegenden Weilern Auskommen und Brot gegeben.

Bischof Otto kassierte den Zollgroschen, und das Geld trieben eine Hand voll Knechte ein. Ihr Anführer, Dankred, schrieb jedes Fuhrwerk, jede Viehherde und jeden Handelszug auf. Er rechnete die Groschen ab, die der Bischof viermal im Jahr abholen ließ. Dazu kam immer ein Mann zu Pferd, überprüfte alles und wollte über jede Partie genau Bescheid wissen.

Nun lag die Brücke in der Sommerhitze.

Weiter im Süden gingen über den Wäldern erneut schwere Gewitter nieder. Hier aber lag feuchtwarme Sommerluft schwül über ihnen. Dankred döste, bis er auf einmal eingenickt war.

Irgendetwas kitzelte ihn an der Nase. Sicher eine Fliege. Nur die waren so hartnäckig. Elende Biester. »Verflucht!«, entfuhr es ihm, als er aus seinem Halbschlaf aufschreckte. Er sah auf einmal Gerunchs lachendes Gesicht vor sich. In seiner Hand hielt er eine Vogelfeder.

»Blödmann«, entfuhr es Dankred.

Der andere lachte.

»Dauert, bis man dich wachkriegt. Dabei kann ein Welfenknecht kommen und dir den Hals durchschneiden.«

Zwei weitere, neben ihm kauernde Männer lachten.

»Einen Welfen erkenne ich schneller als deinen blöden Scherz«, grunzte Dankred.

»Wie das?«

»Welfen stinken.«

»Staufer auch«, warf ein Wachposten neben ihm ein, und wieder musste Gerunch grinsen.

»Ihr seid ein blöder Haufen«, antwortete Dankred gut gelaunt.

»Richtig, und der beste blöde Haufen noch dazu«, entgegnete Gerunch stolz.

Jetzt konnte auch Dankred ein Lachen nur schwer unterdrücken.

»Betet alle, dass euch der heilige Christopherus euren Hochmut austreibt.«

Wieder lachten die Männer.

Dankred blickte sich um. Sie waren zu viert, die hier an der Brücke Dienst taten, Zollgroschen kassierten und jeden Reisenden kontrollierten. Eine verantwortungsvolle Aufgabe. Alle drei Monate kam ein Junker im Auftrag des Bischofs und zahlte ihnen ihr Handgeld. Keine Frage, es gab schwerere Arbeiten.

»Schafe!«, rief einer der Wächter und deutete auf die andere Seite der Brücke hinüber.

»Nicht so laut, du Dummkopf«, wies ihn Gerunch zurecht.

Bis auf Dankred griffen sie nach ihren Spießen. Die schmale Straße führte in einer sanften Kurve bis zum Beginn der Brücke. Dort näherte sich eine Gruppe singender Menschen.

»Mönche«, murmelte einer der Brückenwächter enttäuscht, »da ist nichts zu holen.«

»Keine Mönche, Pilger«, verbesserte ihn Dankred. »Weiß der Teufel, wo die hinwollen …«

Rasch bekreuzigten sich die Knechte bei der Nennung des Leibhaftigen. Man konnte ja nie wissen.

»Was machen wir mit ihnen?«

Dankred gähnte ausgiebig und befahl dann: »Lasst sie in Ruhe.«

Er lehnte sich wieder in den Schatten neben der Hütte, gähnte erneut und schloss die Augen. Gerunch kniete neben seinem Anführer.

»Dankred?«

»Mmmh.«

»Wir sollten uns die Pilger vorknöpfen. Denk daran, jeder Groschen zählt.«

»Wozu die Mühe, die haben doch nichts«, brummte Dankred.

»Trotzdem«, begann Gerunch wieder, »die Männer kommen noch aus der Übung, und es ist unsere Aufgabe, Brückenzoll einzutreiben.«

»Gerunch, du bist ein Heuchler. Sicher haben die Pilger ein junges Weibsbild dabei, und dein kleiner Freund hofft auf ein paar heiße Schenkel.«

Der Mann grunzte, und Dankred wusste, dass er dessen geheime Gedanken erraten hatte.

»Na, und wenn schon.«

»Wir warten, ob was Besseres kommt. Und jetzt lass mich in Ruhe.«

Gerunch legte sich seufzend auf den Rücken und starrte in die grünen Baumkronen über sich. Dankred aber schlummerte wieder ein.

5

Anselm lief der Schweiß an Hals und Rücken hinunter.

Die warme Luft und die feuchte Schwüle des Waldes waren der Grund dafür. Genauso wie die Anstrengung und die Angst, ob alles gut gehen würde. Die Tiere zogen an und gingen langsam und gleichmäßig, aber erst, nachdem er dem Leitochsen ein paar besonders derbe Schläge auf den massigen Kopf gegeben hatte. Das Tier hatte ihn angesehen, und Anselm war, als habe er einen ungläubigen, ja fast tadelnden Ausdruck entdeckt. So als frage sich die Kreatur in diesem Moment, ob sein Herr noch alle Sinne beieinander habe. Sollte er, der Leitochse dieses ersten Gespanns, tatsächlich mit einer Tonne Salz im Rücken diesen Weg hinuntergehen?

Anselm führte den Ochsen an einem Seil. Immer dann, wenn das Tier Anstalten machte, stehen zu bleiben, zog er erneut, begleitet vom pfeifenden Geräusch des Stockes. Anselm schämte sich dafür, aber diese Sprache verstand das Tier. So trottete es langsam, Schritt für Schritt den Hang hinunter.

»Pass auf, Frieder!«, rief Anselm nervös.

»Jaja«, tönte es von der anderen Seite.

Frieder schwitzte genauso. Er ging neben dem Fuhrwerk und versuchte, mit einem armdicken, langen Prügel das Gefährt zu bremsen. Dabei galt es, besonders Acht zu geben. Geriet das Holz zwischen die Speichen, war das Rad hin. Dann würde alles in einer Katastrophe enden. Genauso, falls der Wagen umkippen sollte, weil er nicht auf dem Weg blieb.

»Langsamer!«, rief Anselm, und Frieder stemmte sich mit dem Holz und seiner ganzen Kraft dagegen »Nicht so schnell! Frieder, nicht so schnell!«

»Hör dich doch, Herr«, keuchte der Knecht zurück und lauschte auf das knackende Geräusch des Holzes, das die schneller werdenden Räder bremsen sollte.

Der Frachtwagen rutschte mehr über den verschlammten Boden, als dass er rollte. Doch allmählich wurde der Wagen tatsächlich langsamer. Gott im Himmel, musste Frieder denken. Der Leitochse war ein sehr erfahrenes Tier und spürte die Kräfte, die auf dem Joch lasteten. Etwas, das man nicht von allen Ochsen sagen konnte. Die anderen waren so steile Strecken weniger gewohnt. Wie mochte diese Tour erst mit ihnen werden?

»Frieder!«, schrie Anselm plötzlich.

»Was …?«

»Hinten, Frieder! Pass mir ja hinten auf!«

»Pass schon auf, Herr.«

Er wandte sich um und trat zwei Schritte höher. Bis zu den Hüften war er voll nassem Schlamm. Die Nässe sickerte durch seine Beinkleider und ließ die Haut jucken. Das Ende des schweren Frachtwagens schlingerte hin und her, und unter der gewaltigen Ladung knarrte das ganze Gefährt bedrohlich. Die mächtigen Wagenräder mahlten bis zur Achse durch den Schlamm, schoben Schotter und kopfgroße Steine mühelos zur Seite. Allmählich senkte sich der Weg und wurde sanfter. Sie hatten es beinahe geschafft. Als ob der Leitochse dies spürte, verfiel er sogar in einen schnelleren Schritt. Anselm musste am Seil ziehen, um ihn im Zaum zu halten.

»Ho, Jockel, ho! Nicht so schnell!«

Am Ende des Abhangs lag eine Lichtung. Dort erst blieb das Gefährt stehen. Im fahlen Sonnenlicht des Waldes sah man die Tiere dampfen. Anselm trat zur Spitze und kraulte seinen Leitochsen zwischen den Hörnern.

»Braver Jockel, brav. Bist halt mein Bester.«

Er klopfte ihm den Hals. Frieder trat zu ihm. Sein Gesicht glänzte vor Schweiß. »Das ist gut gegangen, Herr.«

Anselm nickte und fuhr sich mit der Zunge über die Lippen.

»Ja, weil wir zu dritt waren.«

Frieder hob die Brauen.

»Na ich, du und der Jockel«, erklärte Anselm und lächelte.

Frieder nickte verstehend.

»Aber gleich wird es schwer.«

Erneut nickte Frieder und räusperte sich dann umständlich. Anselm kannte seinen Fuhrknecht lange genug, um zu wissen, wann der Mann etwas sagen wollte.

»Der Jockel muss mit.«

Er machte eine Pause und räusperte sich erneut.

»Wir spannen ihn aus, und die nächste Fuhre macht er wieder mit.«

»Gar keine schlechte Idee«, meinte Anselm und blickte den Hang hinauf.

Der Hohlweg war bereits nach dem ersten Durchgang aufgewühlt. Doch der tiefe Schlamm bremste alles. Mit der nächsten schweren Fuhre würde es leichter werden, und der Leitochse war wenigstens so viel wert wie ein ganzes Gespann. Der Ochse zögerte immer dann, wenn er instinktiv spürte, die schwere Ladung könnte gefährlich werden.

»Spann ihn aus!«, befahl Anselm.

Frieder nickte, spuckte aus und trat an das Joch, um den Ochsen von seinem Geschirr zu befreien.

Anselm wusste, Frieder war zufrieden, weil er in seiner einfachen Art Recht behalten hatte. Denn immer, wenn es so war, spuckte er aus, und das war dann Antwort und Einverständnis zugleich. Mit geübtem Griff fiel das letzte Seil. Frieder führte das Tier am Fuhrwerk vorbei und machte sich an den Aufstieg. Anselm folgte ihnen.

Er fand, dass sie trotz des falschen Weges bisher Glück gehabt hatten, großes Glück sogar. Sie waren eben ein gutes Gespann, er, der Frieder und der Jockel. Und bald würde auch sein Junge so weit sein.

Wenn er das hier hinter sich hatte, würde er in Augsburg eine Kerze spenden. Und zwar eine besonders große.

6

»Dankred!«

Der Brückenwächter sah auf. Balzer, einer seiner Männer, stand in der Tür.

»Da ist ein Mann. Er sagt, der Bischof schickt ihn«, sagte er und deutete mit dem Daumen hinter sich.

»Aber es ist noch gar keine Zeit für die Münze«, murmelte Dankred verwundert.

So nannten sie es, wenn der Beauftragte des Bischofs von Freisingen alle drei Monate den Zoll abholte und ihnen den Lohn auszahlte.

»Es ist auch nicht Herr Gerold, wie sonst immer.«

Dankred erhob sich von seinem Platz. Er hatte in eine Zwiebel gebissen, und der scharfe Geschmack breitete sich in seinem Mund aus, während er hastig kaute und dann seinen Bissen hinunterschluckte. Schnell wischte er sich beide Hände an seinem Wams ab.

»Was will er?«

»Weiß nicht. Aber er sagt, ihn schickt ein Herr, der dir wohl bekannt ist. Das soll ich dir sagen.«

Dankred schluckte und nickte dann.

»Lass ihn ein und verschwinde.«

Balzer machte Platz, und in den fensterlosen Raum trat ein hoch gewachsener Mann. Er blieb neben der Tür stehen und wartete, bis der Brückenwächter gegangen war. Dann drückte er hinter ihm die niedrige Holztür zu. Jetzt erhellte nur ein Kienspan den Raum. Der Besucher trug ein leichtes Wams mit kurzen Ärmeln, Beinkleider aus Leinenstoff und feste, um die Knöchel geschnürte Beinlinge aus Leder. Dankred konnte kein Schwert entdecken, dafür einen Hirschfänger. Am rechten Handgelenk baumelte an einer Schlaufe eine Lederpeitsche. Der Mann trug weder Hut noch Helm, und gegen die Hitze hatte er sich ein Tuch um den Kopf geschlungen. Das nahm er ab, tauchte es in einen Wassertrog neben der Hüttentür und tupfte sich damit den Hals.

»Gott zum Gruße«, begann Dankred höflich.

»Und mit ihm alle, die ihm dienen«, antwortete der Mann. »Bist du der Brückenwächter?«

»Ja, Herr.«

»Hast du auch einen Namen?«

»Dankred«, beeilte er sich zu sagen.

»Dankred«, wiederholte der Mann höflich. »Weißt du, warum ich hier bin?«

Der Brückenwächter nickte. Natürlich wusste er das. Es war schon eine ganze Zeit her, aber es fiel ihm augenblicklich wieder ein, woran ihn dieser Mann erinnerte. Etwas, worum er gebetet hatte, es möge niemals eintreffen. Doch Gebete verhallten nicht selten ungehört.

»Du hast damals geschworen, ein Versprechen einzulösen.«

»Ja, Herr«, entgegnete Dankred leise.

Der Mann trat näher. Er war jung und hatte ein auffallend hübsches Gesicht. Sein Auftreten hatte etwas bestimmtes. Er kam aus einer anderen Welt, der Welt des Adels, und Dankred spürte dies mit jedem Schritt, jeder Geste und jedem weiteren Wort des Mannes.

»Du weißt«, begann der Besucher wieder, »dass du nicht zögern darfst.«

»Ja, Herr, das weiß ich.«

Er schluckte und spürte dabei noch den Geschmack der Zwiebel in seinem Mund. »Wann soll es geschehen?«

»Heute.«

»Heute schon?«

»Heute *noch*«, verbesserte der Mann. »Kannst du alles vorbereiten?«

Dankred zögerte kurz, aber dann nickte er. »Ja, Herr.«

»Dann verlier keine Zeit, tu es. Genauso, wie man es dir gesagt hat.«

Jetzt band sich der Mann das Tuch wieder um seine Stirn und sah mit einem Mal verwegen aus. Er trat zur Tür. Dort wandte er sich noch einmal um. »Ein guter Rat: Mach deine Sache gut. Ein Versagen wird man dir nicht verzeihen. Da ist der Herr wie alle Herren. Ohne Gnade, verstehst du?«

»Ja«, nickte Dankred gehorsam, »ich verstehe, Herr.«

Er spürte, wie er schwitzte. Der Mann öffnete die Tür und verließ die Hütte. Es dauerte eine Weile, bis Dankred wieder klar denken konnte. Dieser Junker hatte ihn an eine Abmachung erinnert, die lange zurücklag. Er dachte daran, was er vorher gewesen war: ein simpler Knecht, der im Stift zu Freisingen tätig gewesen war und nie daran gedacht hatte, einmal ein so wichtiges Amt wie das eines Brückenwärters zu erhalten. Aber er konnte ganz leidlich lesen und schreiben, was ihm Mönche einst beigebracht hatten, und so kam er an den begehrten Posten.

Er trat vor die Hütte, die an den sanften Waldhang neben dem Fluss gebaut war, und ging die wenigen Schritte bis zur Brücke. Dort, am Geländer, starrte er, wie so oft, in Gedanken in den Fluss. Das Wasser toste unter seinen Füßen hindurch und umspülte die steinernen Sockel, auf denen die hölzernen Brückenpfeiler ruhten. Ein Baumstumpf, irgendwo weiter oben von den Fluten mitgerissen, trieb vorbei, fest umklammert von der Kraft des Hochwassers. Gerunch trat zu ihm.

»Wer war das?«, wollte er wissen.

»Ein Junker, den seine Eminenz geschickt hat.«

»Aber es ist doch noch gar nicht Zeit für die Münze«, wunderte sich Gerunch.

»Weiß ich, er war ja auch wegen einer anderen Sache hier.«

Die übrigen Knechte schlenderten näher, und Dankred wandte sich zu ihnen um. »Die Brücke muss mit Pech gestrichen werden. Dann kann das Wetter dem Holz nichts anhaben.«

»Aber Dankred, das geschieht doch immer erst im Herbst, bevor …«

Dankred schnitt ihm mit einer Handbewegung das Wort ab.

»Der Herr wünscht es jetzt«, betonte er und blickte erst Gerunch, dann seine Gehilfen der Reihe nach grimmig an.

Es war höchste Zeit, den Anführer herauszukehren. Diese Burschen wurden ja tatsächlich aufsässig!

»Hat das der Mann befohlen?«, begann Gerunch erneut, aber Dankred machte eine herrische Geste.

»Es ist einerlei, ob er es befohlen hat. Ich sage, wir streichen die Brücke.«

»Aber, Dankred...«

»Halt dein Maul! Wenn du es nicht tun willst, dann verschwinde! Kannst mir glauben, ich hab bald einen neuen Knecht, der mir hier zur Hand geht. Du kannst wählen.«

»Nein, nein«, beeilte sich Gerunch zu antworten. Gott bewahre! Das wollte er wirklich nicht. Dazu war dieser Posten zu angenehm. Hier zu stehen und den Tag lang zu warten, bis Fracht über die Brücke kam, war bequemer und weit weniger anstrengend, als Steine oder Lehm zu schleppen, Mörtel zu rühren oder gar an einer Kalklösche zu arbeiten. Trotzdem schmeckte es ihm nicht, die Holzbohlen und das Geländer mit Pech zu streichen, auch wenn Dankred behauptete, es geschehe zum Wohle des heiligen Christopherus. Es war so schwül heute, da war das kein Vergnügen, und wenn es regnen sollte, mussten sie sogar aufhören. Außerdem dauerte so eine Arbeit beinahe den ganzen restlichen Tag.

Sie begannen große Pechbrocken in einem Eisenkessel zu erhitzen. Bald stank es nach der schwarzen, zähen Masse, und während Balzer und Dankred immer weiteres Pech erhitzten, gossen die beiden übrigen Knechte die schwarze Masse auf die Bohlen zu ihren Füßen und verteilten sie mit kurzen, breiten Holzspateln. Zuletzt bestrichen sie sogar das Geländer damit. Als ein einsamer Krämer mit seinem Maultier vorbeikam, kümmerte sich Dankred um ihn. Er ließ ihn den Brückenzoll bezahlen und fand nicht einmal wie sonst Zeit für einen Schwatz.

Bis zum frühen Abend waren sie fertig. Sie schwitzten, und allen Männern klebte das zähe Pech an Wams und Händen.

»Geht nach Vöhringen in die Schänke«, befahl ihnen Dankred. »Dort bleibt und wartet, bis ich komme.«

»Und wer bleibt an der Brücke?«

Dankred zögerte mit seiner Antwort, und dann sagte er nur: »Das geht euch nichts an. Und jetzt macht schon, dass ihr fortkommt!«

Er sah den Männern nach, wie sie der Straße folgten. Als sie verschwunden waren, schritt Dankred noch einmal über die Brücke. Es stank nach dem frischen Pech. Dass sich dieser Gestank verflüchtigte, wusste er. Aber er wusste auch genau, dass er dies nicht mehr erleben würde. Weiß der Teufel, was sich die Herren dort alles ausgedacht hatten. Aber das Geld, das ihm der Junker zahlen würde, sollte leicht ausreichen, um eine Kuh und ein paar Schweine zu kaufen. Dann würde er nach Freisingen zurückkehren und in der Nähe des Klosters ein Stück Land bestellen. Sein Weib und seine beiden Kinder würden stolz auf ihn sein. Immer hatte er es versprochen. Dass sie eines Tages …

Hufschlag riss ihn aus seinen Gedanken. Er wandte sich um, und als er aufblickte, erkannte er erneut die bereits vertraute Gestalt. Der Junker saß zu Pferd, und seine nackten Arme waren glatt und gebräunt. Er blickte sich um.

»Gut, sehr gut. Ich sehe, man kann sich auf dich verlassen. Es wird den Herrn erfreuen, wenn ich ihm dies berichte.«

»Dank Euch, Herr«, stammelte Dankred.

»Aber du weißt hoffentlich, dass deine Aufgabe noch nicht zu Ende ist?«

»Es ist eine Sünde«, hauchte Dankred plötzlich.

Verdammt, was redete er da? Er hätte sich auf die Zunge beißen können. Der Mann glitt aus dem Sattel, behielt den Zügel in der Hand und trat näher. Er wirkte angenehm und hatte nichts von der Rauheit mancher Kriegsknechte, die sich vom Pagen zum Junker bis zum Ritter dienten. Sein sorgfältig geschnittenes Haar, sein auffallend hübsches Gesicht und seine saubere Kleidung machten ihn symphatisch.

»Denk nicht so viel nach, Dankred. Tu einfach, was man von dir verlangt. Glaub mir, es hat alles seine Richtigkeit.«

Dankred nickte eilig, und der junge Mann lächelte. Dann wandte er sich zum Gehen.

»Vergiss nicht, wenn das Werk getan ist, verschwindest du, bevor dich jemand sieht, verstanden?«

»Ja, Herr.«

Der Mann trat an ihm vorbei, wobei er das Pferd am Zügel mit sich führte. Er schritt über die ganze Brücke, und Dankred sah ihm nach. Das dumpfe Poltern der Hufe auf den Brückenbohlen tönte immer leiser, bis Pferd und Reiter auf der anderen Seite angekommen waren. Seltsam, musste Dankred denken, mehr als fünf Jahre bin ich hier gewesen. Sommer wie Winter habe ich auf dieser Brücke meinen Dienst getan. Unzählige Salzfuhrwerke, Tuchner mit ihren Stoffballen, Weinhändler, Wechsler, Krämer, Pilger, Ritter und ihr Hofstaat, Herren und ihre Damen aus mancherlei Gegend und viele Menschen mehr sind hier hinübergewechselt. Und nun ist dieses Pferdetrappeln das Letzte, was ich an meiner Brücke höre.

Er sah, wie der Junker sich in den Sattel schwang und gleich darauf im grünen Rand des Waldes verschwand. Neben der Hütte schwelte noch das Feuer, auf dem sie zuvor das Pech gekocht hatten. Die Fackeln lagen griffbereit. Wie oft mussten sie nachts noch welche anzünden, weil Reisende über die Brücke wollten. Vorbei, dachte er, auch das ist jetzt vorbei.

Er riss sich aus seinen Gedanken. Wenn dic Sonne erst

hinter den hohen Bäumen links und rechts des Flusses verschwunden war, lag der Flussgrund im tiefen Schatten. So lange wollte er nicht warten und hielt eine der Fackeln in die schwelende Asche.

Da hörte er hinter sich erneut ein Geräusch.

Er fuhr herum. Angestrengt blickte er in das Dämmerlicht des Waldes. Er glaubte, jemanden zu erkennen. Waren das seine Männer, die neugierig im Wald lagen und ihn beobachteten? Jedem einzelnen würde er das zutrauen. Er nahm die Fackel, steckte sie mit der kleinen Flamme voran in einen Erdhaufen und trat in das Unterholz neben der Hütte zurück.

7

Noch zweimal waren sie dem steilen Weg hinunter gefolgt und jedes Mal nahe an einem Unglück vorbeigeschlittert. Doch alles war gut gegangen. Anselm war besonders stolz auf seinen Sohn gewesen. Wie umsichtig der Junge war und wie flink. Bei den letzten zwei Fuhren hatte er die Aufsicht über die Wagen gehabt, und so konnten sich Frieder und Anselm ganz den Ochsen widmen. Störrisch waren die Biester gewesen, und mehrere Male hatten sie versucht, mitten am Hang einfach stehen zu bleiben. Heftig zitterten Muskeln und Sehnen unter dem glatten Fell, Schaum stand vor ihren Mäulern. Zog einer der beiden Männer an der Führungsleine oder benutzte gar die Peitsche, traten die massigen Tiere erst unwillig auf der Stelle, zerrten am Geschirr und wollten nur ohne die schwere Last der Salzwagen weiter. Zogen sie dann endlich wieder an, traten sie mit ihren breiten Hufen den aufgeweichten Boden zu Brei, sodass die Frachtwagen immer mehr darin einsanken. Aber das hatte dann noch sein Gutes. Die Gefahr, die Wagen würden den Hang hinabrutschen, wurde mit jedem Huftritt geringer. Der zähe Schlamm hielt alles fest. So hatte Anselm es verantworten können, Kai mit der Sicherung der Wagen zu betrauen.

Seine Frau saß auf dem zweiten Wagen und schimpfte.

Anselm wusste auch, warum. Sie hing an Kai. Auf ihren Ältesten war sie ebenso stolz wie er selbst, und dass ihm etwas zustoßen könnte, ängstigte sie ständig. Nun waren sie am Hangende angelangt. Laut der Grenzsteine waren sie noch immer auf dem Grund der frommen Brüder zu Freisingen. Anselm lächelte zufrieden. Der Weg war wieder der richtige. Es konnte nicht mehr lange dauern, bis sie die Brücke erreichten. Er kannte sie und wusste um den Zoll, der zu bezahlen war, denn er hatte die Summe in Gedanken bereits mehrere Male überschlagen.

Der Wald lichtete sich ein wenig, und vor ihnen lag die Straße. Ja, ganz sicher, ab jetzt kannte er sich wieder aus. Er seufzte erleichtert. Das Schwierigste war geschafft. Sie würden die Brücke passieren und mit etwas Glück noch heute Abend Vöhringen erreichen. Bestimmt gab es dort noch jene Schänke, die manchmal schwarzes Bier aus Freisingen verkaufte. Und seine Frau würde nichts mehr zu schimpfen haben, denn sie waren ja da, wo sie hin wollten, wenn auch nach einem Umweg. Anselm legte den Kopf in den Nacken. Es schien so, als bahnte sich ein neues Gewitter an.

»Es gibt noch ein Wetter«, bemerkte Frieder, und Anselm nickte.

»Weiß schon, aber es ist nicht mehr weit«, antwortete er. »Hinter der Brücke werden wir die Ochsen antreiben. Los, voran! Ich will vor dem Wetter drüben sein.«

Frieder nickte, und Anselm wusste, dass er verstanden hatte. Die Ochsen schritten in gleichmäßigem Trott dahin, und die Wagen, einmal in rollendem Schwung, ächzten und knirschten. Jedes Mal, wenn eines der Räder über einen großen Kiesel rollte, knackten Wagenrad und Deichsel gleichermaßen. Steine brachen unter dem Gewicht der Fracht, wenn sie nicht vorher in den Lehm der Straße gedrückt wurden. Anselm schob sich den breiten Hut in den Nacken, nahm seinen Holzstab und wandte sich zu Kai. »Führ sie einfach weiter, hörst du?«

»Ja, Vater. Aber wo willst du hin?«

»Zur Brücke. Werd uns ankündigen, dann geht es nachher schneller.«

Er wandte sich zum Gehen.

»Anselm, wo willst du hin?«

Das war Josefa. Statt einer Antwort blickte er zu seinem Sohn.

»Erklär du es der Mutter.«

»Ja, Vater«, grinste der Junge verschwörerisch, und Anselm schritt los. Er bemühte sich, große Schritte zu machen, und als er die Stimme seiner Frau erneut hinter sich hörte, musste er für sich lachen. Er vertraute ganz seinem Jungen. Der würde das schon machen, er konnte seine ängstliche Mutter immer beruhigen.

»Kajetan, wo will dein Vater hin?«

»Mutter, Vater sagt…«

Den Rest hörte Anselm nicht mehr. Er war schon zu weit weg, und das leise Rauschen der Bäume und das Vogelgezwitscher blieben die einzigen Geräusche, die zu hören waren. Trotzdem lachte er vergnügt übers ganze Gesicht. Er mochte seine Frau. Sie war zwar ein wenig ängstlich und betete für seinen Geschmack ein bisschen viel. Sie wollte über jeden seiner Schritte genau Bescheid wissen, und an manchen Tagen nörgelte sie an allem herum. Aber sie war eine gute Frau.

Anselm pfiff ein Liedchen, während er sich rasch der Brücke näherte. Ein Blick sagte ihm, dass Frieder Recht behalten hatte. Aber es schien so, als wollten die Elemente dieses Mal darauf warten, dass der Fuhrmann Anselm Zierl mit seiner Familie und seinen Gespannen samt dem Fuhrknecht trocken hinüberkam.

8

Ohne Sonnenlicht war es am Flussufer dämmrig geworden.

Anselm wunderte sich. Wie einsam die Brücke lag. Keine Geschäftigkeit wie sonst. Er trat bis an das Brückenhaus. Das Gebäude war leer. Die Plätze, an denen die Wächter ihre Schlafstatt hatten, lagen verlassen da, daneben ein roh gezimmerter Tisch mit zwei Bänken und zwei hölzernen Schemeln.

»Ist da wer?«, fragte Anselm und lauschte in die Stille.

Nichts regte sich. Als Anselm an das Geländer trat und in die Isar hinunterblickte, sah er das Hochwasser. Die Wassermassen, schaumig an manchen Stellen, sonst braun wie Lehm, schossen in wildem Strom vorbei.

Anselm trat ein paar Schritte auf die Brücke. Er spürte, wie unter seinen Füßen das Wasser an die Brückenpfeiler drückte und die Bohlen dabei leicht vibrierten. Dazu der starke Geruch nach Pech. Die ganze Brücke war mit der klebrigschwarzen Masse eingestrichen. Er betrachtete das Geländer. Zahlreiche Fliegen und Bremsen waren in den starken Dämpfen zu Tode gekommen. Jetzt klebten sie als schmieriger Brei auf der schwarzen Oberfläche, von der in der schwülen Luft ein strenger Geruch aufstieg. Anselm wollte diese Dämpfe nicht länger einatmen, denn er spürte, wie ihm beinahe schwindlig wurde. Er trat zurück und blickte sich erneut um. Alles wirkte ein wenig unheimlich, und dieser Eindruck verstärkte sich noch, als er noch einmal zur Hütte trat.

»Ist da wer?«, fragte er erneut.

Wo waren die Brückenwachen? Dieser Übergang war zinspflichtig, das wusste er. Er kannte den Anführer der Brückenwächter sogar, wenn er auch nur wenige Worte mit ihm gewechselt hatte.

Noch einmal lauschte er angestrengt, aber nur das Rauschen des Flusses war zu hören. Und Donner, der in der Nähe grollte. Ein weiteres Gewitter stand bevor. Anselm wollte so schnell wie möglich fort von diesem Ort. Wenn niemand hier war, um die Gebühr zu kassieren, konnte ihm das nur recht sein. Jeder Pfennig, den er einsparte, blieb für seine eigene Börse.

Als er sich umwandte und auf die Straße zurückblickte, sah er seine Frachtwagen heranrollen.

»Auf, Frieder, auf! Los, vorwärts! Beeil dich!«, rief er und winkte mit beiden Armen.

Und sogleich verfiel der Leitochse in schnelleren Schritt.

9

Frieder lenkte das erste Gespann auf die Brücke zu. Das Gefährt ächzte, und der gewaltige Aufbau schwankte hin und her, als die Tiere auf das kurze gerade Stück Straße einschwenkten, das zur Brücke führte. Anselm schritt ihnen entgegen.

»Nur zu!«, rief er. »Ich kümmere mich um die letzte Fuhre!«

Frieder nickte statt einer Antwort und trieb den mächtigen Leitochsen zu schnellerer Gangart an, indem er ihn mit der Spitze eines Stocks immer wieder in den Nacken stieß. Jockel hob unwillig den Kopf, schnaufte schwer und zog, zusammen mit den übrigen Tieren, den Salzwagen noch einen Deut schneller.

In diesem Augenblick blitzte es grell, und ein laut krachender Knall folgte. Das Echo des Donnerhalls rollte über sie hinweg und ließ den Lärm noch gewaltiger und beängstigender erscheinen. Der Leitochse erschrak sichtlich und machte beinahe einen Satz nach vorne.

Nicht nur Frieder hatte sich erschrocken, denn als er sich umblickte, sah er hinter den beiden nachfolgenden Wagen Anselm stehen. Der blickte zum Himmel hinauf, fast ein wenig vorwurfsvoll, so als ob er eine Entschuldigung erbitten wollte für den Schreck, den ihm die Elemente eingejagt hatten. So konnte Anselm die schwelenden Flammen nicht sehen, die sich plötzlich hinter ihm auf dem mit Pech versehenen Boden ausbreiteten.

»Meister Anselm!«, schrie Frieder aus Leibeskräften.

Es dauerte, bis der verstand. Anselm wandte sich um und erkannte das Feuer hinter sich. Er spürte die rasch ansteigende Hitze der Flammen und begann erschrocken das letzte Gespann anzutreiben.

»Frieder, zieh an! Schnell!«, schrie er zurück.

Ein zweiter Blitz, dem dicht darauf ein erneuter Donnerschlag folgte. Der Fuhrknecht wusste, was zu tun war, aber mit Entsetzen stellte er fest, dass die Brücke vor ihm ebenfalls brannte. Flammen züngelten über den mit frischem Pech bestrichenen Boden, fraßen sich schnell näher und leckten gierig an dem hölzernen Geländer empor.

»Steh!«, schrie er dem Leitochsen zu und zog an dessen Geschirr.

Doch das Gespann wurde nicht langsamer. Der Wagen drängte immer näher an das Brückengeländer. Frieder bekam es mit der Angst. Sie konnten doch nicht in diesem Tempo den Rest der brennenden Brücke befahren!

»Frieder, mach voran!«, brüllte Anselm hinter ihm.

Der Knecht hob den Kopf und sah kurz einmal das Gesicht der Frau und des Jungen. Ihre großen, weit aufgerissenen Augen. Der Leitochse weiß, was er tun muss, er ist erfahren, schoss es Frieder durch den Kopf. Der Jockel weiß es, er ist erfahren, erfahren. *Erfahren!*

Nun begannen die Ochsen zu brüllen. Panisch in ihrer Angst vor dem lodernden Feuer im Rücken zogen die Gespanne immer schneller. Doch als die Flammen auch vor ihnen immer höher aufflammten, versuchte Frieder verzweifelt, die Tiere doch noch zum Halten zu bewegen. Ausspannen, ich muss sie ausspannen! Doch das ließen sie nicht zu. Die Zugochsen hoben ihre massigen Schädel, und mehr als einmal entkam Frieder nur knapp den spitzen Hörnern. Aber sein Gespann wurde etwas langsamer.

»Haltet still, vermaledeite Viecher ihr!«, fluchte er, und jetzt tönte Anselms Stimme in dem Flammengeprassel.

»Frieder!«

»Kann nicht schneller!«

War es der Schrei, den Frieder einem der Ochsen direkt ins Ohr brüllte, war es der dichte Rauch, der ölig über die hölzernen Bohlen kroch, war es das Gebrüll der vor Panik halb wahnsinnigen Tiere?

Jockel machte einen großen Tritt nach vorne.

Und so, wie er es all die Jahre gewohnt war, stemmte er sich mit seiner ganzen Kraft ins Geschirr. Die drei anderen Tiere des Gespanns folgten, und der Wagen rollte an. Der Leitochse wusste doch immer, was zu tun war. Er steuerte immer weiter auf das Brückengeländer zu.

»Halt an Jockel, halt an! Steh!«, schrie Frieder panisch und versuchte, mit beiden Händen am Geschirr zu ziehen, in der Hoffnung, er könne das Tier zum Anhalten bewegen.

»Steh, Jockel!«

Doch dieses Mal gehorchte der Ochse nicht.

Dem Vorderrad konnte Frieder noch ausweichen, aber das mächtige Hinterrad schob sich auf ihn zu, bis er mit dem Rücken an das Geländer stieß. Es gelang ihm nicht mehr, die Füße rechtzeitig zur Seite zu bringen. Das Rad fuhr darüber und zermalmte sie. Frieder brüllte vor Schmerz. Auch, weil er wusste, dass dieser Wagen mit über zweitausend Pfund Salz nur noch ein Hindernis hatte: seinen Leib. Und noch immer bewegte sich das Gespann.

»Halt!«, kreischte Frieder in Todesangst. »Halt an!«

Ein Knacken ertönte, und mit einem Mal zerbrach das hölzerne Geländer hinter ihm, und er stürzte rücklings vom Rand der Brücke hinunter. Und während er noch einmal Luft holte, gewahr des Aufschlags im eisigen Wasser, sah er, wie der Wagen von der Brücke rutschte. Erst mit den Hinterrädern, dann mit der vorderen Achse, zog er mit seinem Gewicht die vier Ochsen in ihrem Geschirr mit sich. Frieder fiel ins Wasser und wurde von dem nachstürzenden Frachtwagen begraben.

Anselm hatte mit ansehen müssen, wie der erste Wagen in den tosenden Fluss stürzte. Dann sah er, wie seine Frau von dem Wagen vor ihm herunterkletterte, ihre kleine Tochter im Arm. Dann stand sie da, der Boden unter ihren Füßen schwelte bereits, während das Feuer sich gierig von Bohle zu Bohle fraß.

»Josefa, lauf weg!«, schrie Anselm verzweifelt.

Er spürte nicht, wie die Hitze unter seinen Fußsohlen das Leder seiner Schuhe verschmorte, spürte nicht die Glut, die ihm die Augenbrauen und Wimpern versengte. Gott, warum lief sie nicht weg? Sie würde verbrennen, bei lebendigem Leib verbrennen. Und mit ihr das Kind.

»So lauf doch!«, heulte er.

Die Flammen schlugen von allen Seiten an ihr hoch, sie war kaum noch zu sehen. Aber noch immer stand sie da, das Kind an sich gepresst. Dann stürzte sie sich plötzlich über das Brückengeländer.

Anselm sah es. Den Mund zu einem stummen Schrei geöffnet, spürte er noch, wie das Holz unter seinen Füßen zerbarst und wie er fiel und fiel, bis eine eiskalte Woge ihn und den Rest seiner kleinen Welt mit sich riss und im wilden Wasserwirbel verschlang.

10

Der Regen stürzte vom Himmel und wollte nicht aufhören. Es war beinahe dunkel, und heftiger Wind trieb die Regenschauer wie eine Wand vor sich her, sodass es das tropfnasse Gesträuch am Waldrand beinahe niederlegte.

Dankred bahnte sich einen Weg durch das Unterholz.

Nass bis auf die Haut wollte er nur das eine: weg von diesem Ort, so weit wie möglich. Gott im Himmel, was hatte er getan? So ein Unglück! Die Schreie der Männer, die Frau inmitten der Flammen, die Kinder! Großer Gott, die beiden Kinder!

Er atmete schwer und blieb für einen Augenblick stehen. Die Frau hatte ein kleines Kind im Arm gehabt, er hatte es gesehen. Und dann war sie gesprungen… Er hielt sich den Arm vor seinen Mund, sonst hätte er sich angesichts des soeben Gesehenen erbrochen. Dieser Regen wollte nicht weniger werden. Dankred wusste nicht, wo er sich befand, aber es war ihm so oder so einerlei. Die Straße. Irgendwo musste die Straße nach Vöhringen liegen. Obwohl es unaufhörlich weiterregnete, glaubte er noch immer den Geruch der brennenden Brücke in der Nase zu haben. Die glühenden Bohlen, das schmelzende Pech, das mit heller Flamme verbrannte und zischend in das wirbelnde Wasser tropfte. Der Geruch nach Fleisch. Verbranntem Fleisch. Jetzt, bei dieser Erinnerung würgte es ihn erneut heftig, und da übergab er sich. Er hustete, der Schweiß lief ihm das Gesicht herunter und vermischte sich mit dem Regen. Ein heftiger Blitz zuckte, und als Dankred aufblickte, sah er einen Schatten vor sich.

»Jesus und Maria!«, schrie er panisch.

Ein weiterer Blitz erhellte den Wald. Ein Pferd, darauf ein

Reiter. Donnergrollen folgte, und das Echo darauf rollte lange durch die schmale Flusssenke, bis es allmählich verebbte.

»Luzifer«, wimmerte Dankred wie ein Kind und bedeckte sein Gesicht mit beiden Händen, »Herr der Finsternis, verschone mich.«

»Ich bin nicht der Leibhaftige.«

Diese Stimme kannte er. Die gehörte zu dem jungen Mann mit dem auffallend hübschen Gesicht.

»O mein Herr, ich …«

»Sei still!«, gebot der Mann und trieb sein Pferd langsam auf ihn zu.

Dankred wich zurück. Es schien, als ob der Regen nachließ, denn das stete Prasseln der Tropfen selbst hier im dichten Wald wurde allmählich weniger. Dankred erkannte im Zwielicht ein kurzes Aufblitzen. Der Ritter streckte ihm einen Spieß entgegen.

»Glaub jetzt ja nicht, du kannst verschwinden und herumerzählen, was hier passiert ist.«

»Lasst mich vorbei, Herr«, bat Dankred.

Der Reiter trieb sein Pferd weiter auf ihn zu.

»Kein Wort, zu niemandem!«

»Bitte, lasst mich vorbei. Bitte!«, bettelte Dankred.

Die Spitze des Spießes berührte jetzt seine Brust. Dankred glaubte, dies wäre sein Ende, er atmete schwer und schloss die Augen. Hoffentlich geht es schnell, musste er denken. *Ganz schnell.*

»Hör mir zu, Dankred! *Dankred!*«

Er öffnete die Augen. Das Zwielicht der Nacht ließ nur einen Schatten erkennen.

»Hier, dein Lohn. Wie versprochen.«

Er fühlte den Beutel an seiner Brust. Er hing an der Spitze des Jagdspießes.

»Vergelts Euch der Herr«, murmelte Dankred.

Als er ihn mit beiden Händen umschloss, fühlte er, wie schwer er war.

»Und nun verschwinde!«

»Ja, Herr«, murmelte Dankred und hastete in die Dunkelheit des Waldes.

Mit einer Hand umklammerte er den Beutel, mit der anderen räumte er Gezweig zur Seite, raffte sich auf, wenn er stürzte, und hielt sich an Bäumen fest, wenn er ausruhen musste. Er wusste nicht, wie lange er so durch den Wald geirrt war, aber er tat es immer noch, als der Regen längst aufgehört hatte.

Gottfried trieb sein Pferd zurück zur Brücke.

Weder ihn noch den Wächter hatte jemand gesehen. Davon war er überzeugt. Was man von dem einfältigen Mann verlangt hatte, war erledigt worden. Dass die Brücke gebrannt hatte, als sich gerade ein Wagenzug darauf befunden hatte, war ein Unglück, gewiss, und so nicht vorgesehen gewesen. Er schimpfte leise vor sich hin und trieb dabei das Pferd weiter. Niemand hätte zu Schaden kommen sollen, und jetzt waren drei große Frachtwagen samt ihrer Ladung nebst Menschen und Vieh zu beklagen. Er überlegte fieberhaft. Man würde sie sicher vermissen und nach ihnen suchen. Andererseits, Unglücke wie diese geschahen immer wieder einmal. Nur wenige Frachten kamen gänzlich unbeschädigt da an, wo sie sollten. Die Straßen waren schlecht, und ein Felssturz oder ein schweres Unwetter konnten sie einfach verschwinden lassen und mit ihr alle, die darauf gerade unterwegs waren. Hatten die heftigen Regenfälle vor einer Woche nicht am Isarufer kurz vor der Anhöhe bei den Mönchen zwei Wagen voller Wein von Schlamm und Geröll begraben lassen? Und wie viele Händler waren bereits Opfer eines Überfalls geworden?

Aber je mehr er darüber nachdachte, umso mehr kam er zu dem Schluss, dass er nachsehen musste, was von den Unglücklichen noch übrig war.

Außerdem, so konnte er nicht mehr lange weiterreiten. In der Dunkelheit würde sich sein Pferd noch ein Bein brechen. Dann säße er hier fest. Er hielt das Tier an. Ein Geruch von verbranntem Holz wehte ihm zu. Die Brücke konnte nicht sehr weit entfernt sein. An dieser Stelle des Flusses waren die Ufer steil. Schemenhaft konnte er einen hellen Feuerschein erkennen. Er war nicht abergläubisch, auch wenn er wusste, dass es genug Zeitgenossen gab, die um nichts in der Welt durch diese Nacht geritten wären. Die Wälder waren voll unheimlicher Wesen, das wusste doch jeder. Er spürte eine plötzliche Bitterkeit in seinem Mund. Das schlimmste Wesen war der Mensch selbst. Aber das wusste er schon lange.

Vorsichtig trat das Pferd ein wenig weiter, und dann hörte er das Tosen des Wassers. Er zügelte sein Reittier und glitt aus dem Sattel. Pferd und Reiter waren tropfnass. Er band die Zügel fest an einen Baum und schlich dann die wenigen Schritte bis zu der Stelle, an der einmal die Straße mit der Brücke über den Fluss geführt hatte.

Das Haus der Brückenwärter hatte durch den Funkenflug ebenfalls Feuer gefangen und brannte nun lichterloh. Die Flammen erhellten das, was von der Brücke noch übrig geblieben war. Ein paar Bohlen hingen an den Resten der Uferbefestigung. Sie schwelten noch, und der Gestank nach heißem Pech hing in der Luft.

Er trat näher. Vor ihm auf dem Boden lag ein glimmender Span, der von einer der Bohlen übrig geblieben war, fast so lang wie sein Arm. Als er ihn aufhob und dagegen blies, flammte das Feuer auf und begann leise knackend zu brennen. Vorsichtig blickte er auf den Flussgrund hinunter. Das Wasser hatte die ausgeglühten steinernen Brückenpfeiler mit sich gerissen. Damit waren nicht einmal Spuren von dem Unglück zu sehen. Er spürte so etwas wie Erleichterung. Keine Spuren, das waren die Worte seines Herrn. Er wandte sich zu seinem Pferd, als er die Stimme hörte.

Er lauschte.

Zu antworten wagte er nicht. Riefen ihn die Seelen der Toten? Oder spielte der Teufel ein Spiel mit ihm?

Der Ruf ertönte erneut und wurde beinahe vom Tosen des Wassers verschluckt. Kein Zweifel, ein Hilferuf. Er wartete einen Moment, bis sich sein heftig schlagendes Herz beruhigt hatte. Natürlich fürchtete er sich, aber noch mehr war er neugierig.

Gottfried kletterte neben den Resten der Brücke die Uferböschung hinunter. Hier drängte das Hochwasser mit ungebremster Kraft vorbei, und einzig die hellgrauen Felsen im fahlen Nachtlicht wiesen ihm den Weg. Am Ufer bildete das Wasser flussabwärts kleine ruhigere Stellen, die bis an die steile Uferlinie reichten. Von dort war das Rufen gekommen.

Er kletterte bis zum Wasser hinunter und stieg dann hinein. Es war kalt. So sehr, dass seine Wadenbeine schmerzten, als er bis fast zu den Knien hindurchwatete, sich mit einer Hand immer an den glatten Felsen vorantastend. Das Wasser zerrte an seinen Beinen. Kein Zweifel, darin konnte niemand lange am Leben bleiben. Selbst wenn jemand das Unglück überlebt haben sollte, in der eisigen, reißenden Flut würden ihn die Kräfte rasch verlassen, und er würde ertrinken. Er hatte nichts gehört, sondern sein Gemüt hatte ihm einen Streich gespielt. Kein Grund, sich hier die Füße abzufrieren.

Da ertönte erneut ein schwaches Rufen.

Das Wasser hatte hier einen Haufen aus Schwemmholz, Zweigen und kleineren Baumstämmen angespült. Die starke Strömung drückte alles an einen steilen Uferabbruch, aus dem der Schotter hell hervorblinkte. Gottfried starrte einen Augenblick darauf, bis er den Jungen sah. Er watete zu ihm. Als er sich mit der Fackel über ihn beugte, blickte er in zwei große, erschrockene Augen. Gottfried, beinahe bis zum Bauch im Wasser, fühlte, wie die Strömung an ihm zerrte, aber die eisige Kälte des Wassers spürte er nicht mehr.

»Keine Angst, ich tu dir nichts«, begann er.

Er steckte die Fackel in das Gewirr aus Treibholz und angeschwemmtem Gut und griff nach dem Jungen. Er spürte dabei, wie sich in diesem Moment dessen Körper versteifte. Gottfried wollte ihn hochheben, aber der Junge krallte sich mit beiden Händen in das dichte Gezweig, als fürchtete er, jeden Moment doch noch von der Strömung erfasst und fortgetragen zu werden.

»Lass los, Junge«, sagte Gottfried behutsam.

Doch der hörte nicht auf ihn. Gottfried sah die Hände im Fackellicht. Ganz schmal waren sie, und leuchteten weiß vor Kälte trotz des schwachen Lichts. Der Junge zitterte am ganzen Körper, und in diesem Moment fühlte sich Gottfried so elend wie nie zuvor in seinem Leben.

»Herr im Himmel, ich habe gesündigt. Vergib mir!«

Allmählich spürte er das beginnende Gefühl der Taubheit, das an Stelle der Schmerzen in den Füßen trat.

»Komm, du musst loslassen.«

Er griff nach den Fingern des Jungen. Sie waren eisig.

»Ich bin bei dir«, sagte er sanft und bog ihm behutsam Finger für Finger auf.

Als die schmale Hand endlich frei war, sah er, dass der Junge damit nicht erneut greifen konnte. Die Kälte machte es ihm unmöglich. Rasch, aber genauso behutsam löste er auch die andere Hand, und dann hob er ihn hoch, nahm ihn in den Arm und watete vorsichtig durch das strömende Wasser zurück.

An der schmalen steilen Uferböschung angekommen, sah er durch den Wald vereinzelte Lichter schimmern. Er hörte Stimmen, Gesänge. Menschen. Die Neugierde war also doch stärker als jeder Aberglaube. Das Feuer hatte die Bewohner der nahen Ansiedlung angelockt. Beinahe hätte er lachen müssen, denn um sich Mut zu machen, sangen sie Psalmen. Es konnte nicht mehr lange dauern, dann würde man ihn und den Jungen entdecken.

Gottfried schlich bis zum Waldrand, wo das Pferd noch immer wartete. Er hob den Jungen in den Sattel und stieg dann selbst auf. Ganz sanft drückte er dem Tier die Fersen in die Seite. Der Wallach trat langsam und vorsichtig in den dunklen Wald. Gottfrieds Augen gewöhnten sich rasch an die Dunkelheit, die nicht so vollständig war, dass nicht doch große Bäume zu erkennen gewesen wären, denen es auszuweichen galt. Der weiche Boden verschluckte jegliches Geräusch des gleichmäßig gehenden Tieres. Hingen Zweige zu tief, beugte er sich mit seiner Last im Arm darunter, und die Zweige der Bäume strichen über seinen Rücken. Der Junge in seinem Arm zitterte.

Er ritt gerade so weit in den dichten Wald hinein, dass er sicher sein konnte, nicht verfolgt zu werden. Dann, auf einer Lichtung, hob er den Jungen herunter und bettete ihn auf seinen Umhang. Er schien zu schlafen, und als Gottfried nach dem Herzschlag horchte, war er sich nicht sicher, noch etwas zu hören. Er zog ihn aus, rieb ihm die Hände, die Füße und massierte ihm die Glieder. Dann sattelte er das Pferd ab, nahm die Satteldecke und wickelte ihn darin ein. Seine Füße umschlang er mit seinem Umhang. Mehr konnte er nicht tun. Er setzte sich unter einen Baum.

»Herr im Himmel, vergib mir! Vergib einem Diener, der seinem Herrn schlecht gedient hat. Ich habe gesündigt. O Herr, vergib mir!«

Es würden noch Stunden vergehen, bis die Morgendämmerung den neuen Tag ankündigte. Dann erst wollte er aufbrechen.

So schlief er ein.

11

Am nächsten Morgen durchquerten sie den Wald in der entgegengesetzten Richtung, und so entfernte sich der Reiter mit dem Kind im Arm immer weiter von der kleinen Ansiedlung Vöhringen. Gottfrieds Gedanken überschlugen sich, und er wusste, dass er eine Entscheidung treffen musste.

Der Junge war beim ersten Morgenlicht zu sich gekommen, und die weit aufgerissenen Augen und seine langsamen Gebärden zeugten vom Schrecken der Nacht. Er sprach nicht, kein einziges Wort. Gottfried hob ihn in den Sattel und führte das Pferd durch den dichten Wald. Er folgte dem Weg jetzt flussaufwärts und musste nur einmal einem großen überschwemmten Teil des Waldes ausweichen.

Am frühen Vormittag hielt Gottfried das Pferd am Flussufer an und ließ das Tier saufen. Es gab hier noch keine Brücke, aber an einer Stelle schien es so etwas wie eine Furt zu geben, denn Reisende zu Fuß machten sich daran, diesen Weg einzuschlagen. Sie lachten und scherzten, neugierige Blicke musterten ihn und seinen Begleiter. Ein Fischer erbot sich, die gesamte Gruppe für einen Groschen durch die Furt über den Fluss zu führen.

»Aber nass werdet ihr werden, und die Weiber wird's bis zum Schoß kitzeln«, warnte der Mann lachend.

Als Antwort lachten auch die Leute. Und einige der Frauen begannen zu überlegen, ob sie sich die langen Kleider wenigstens bis zu den Knien raffen und dann höher binden sollten. Oder sollte man sie lieber so belassen und dafür nass werden? Zuletzt siegte bei allen Frauen die Scham, denn es galt einfach als ungebührlich, die nackten Füße oder gar Waden zu zeigen.

»Und die Mannsbilder?«, fragte ein Mann den Fischer. »Wo werden die nass?«

Der kratzte sich an der Nasenspitze, und seine Antwort war knapp.

»Am Arsch werdet ihrs spüren. Nass und dann eiskalt.«

Es folgte kreischendes Gelächter der ringsum Wartenden. Der Fischer nahm ungerührt einen langen Stock in die rechte Hand und schickte sich an, seinen Weg über die weit verstreuten Findlinge zu suchen, hin zum tiefer und schneller fließenden Fluss. Die Reisenden machten sich daran, ihm zu folgen. Gottfried wandte sich zu Kai, der noch immer stumm im Sattel saß. »Warte hier, hörst du? Ich frag, ob uns der Mann über den Fluss führt.«

Der Junge zeigte keine Reaktion, und Gottfried seufzte; dann ging er und sprach mit dem Fischer.

Kai blickte sich um.

Er sah zwar alles ringsum, aber es war ihm einerlei. Er bemerkte die dicht bewaldeten Uferstreifen, zwischen denen vereinzelte Rauchsäulen aufstiegen. Wahrscheinlich Fischer, die in den Auwäldern lebten und ihren Fang räucherten. Direkt vor ihm führte eine schmale Straße den Wald hinauf, und über dessen Spitzen hörte er das Klopfen vieler Hämmer.

»Gott sei mit dir! Woher kommst du?«, fragte plötzlich eine Stimme, und der Junge blickte sich um.

Da stand ein Mädchen, nicht viel jünger als er. Sie streichelte das Pferd und blickte zu ihm hinauf. Er sah, dass sie Sommersprossen hatte und eine kleine Haube aus Leinen auf ihrem Haar trug. Sonst war sie einfach gekleidet und barfuß.

»Sag, woher kommst du?«

Er wollte antworten, aber er wusste nicht, was er sagen sollte. So wandte er seinen Kopf nur scheu in die Richtung, aus der sie gekommen waren.

»Kannst du nicht reden?«

Warum war sie so neugierig? Warum konnte sie ihn mit seinem Kummer nicht allein lassen? Gottfried trat hinzu. Er sah erst auf das Mädchen, dann auf den stummen Jungen auf dem Pferderücken.

»Na, kleine Jungfer Naseweis? Was machst du hier?«, wandte er sich an das Mädchen.

»Ich hole Wasser«, antwortete sie.

Gottfried blickte auf den Jungen, in der Hoffnung, irgendeine Reaktion in dessen Gesicht zu erkennen.

»Warum schaut er so traurig?«, wollte das Mädchen wissen.

»Er hat Schlimmes erfahren müssen.«

Das Mädchen legte den Kopf schief und musterte Kai lange und eindringlich mit einer Mischung aus Neugier und Mitleid. Gottfried musste lachen. Er trat vor, hob das Mädchen an den Hüften in die Höhe und stellte es wie eine Puppe auf einen großen Stein, der hier am Ufer lag.

»Wird er wieder reden können?«, fragte sie ungerührt.

»Ich hoffe es.«

»Und lachen?«

»Weiß nicht, ob er überhaupt lachen kann.«

»Man müsste ihn dazu bringen. Kannst du das nicht, edler Herr?«

»Weiß nicht, hab es noch nicht probiert.«

»Wirst du es versuchen?«

»Sag, weißt du, dass du Löcher fragen kannst?«

Das Mädchen schob beide Arme des Mannes weg.

»Damit du es gleich weißt, schöner Herr, ich kann dich nicht heiraten.«

»Oho«, entgegnete Gottfried mit gespieltem Erstaunen, »erst glaubte ich, nur eine vorlaute Jungfer zu hören, aber jetzt denke ich anders. Ich hoffte, dass du mit mir dein Glück gefunden hast. Nun stelle ich fest, ich bin gar nicht der Auserwählte! Bleibt mir nur, ins Kloster zu gehen.«

»Spotte nur, aber mein Herz gehört einem anderen«, sagte sie ernsthaft, und der Ton der Überzeugung war so deutlich, dass Gottfried mit dem Lachen aufhörte und verwundert einen Schritt zurücktrat.

»Sag schon, wer ist der Glückliche?«

»Der da, mit den traurigen Augen.«

Sie deutete auf Kai, der keine Reaktion zeigte. Gottfried aber lachte.

»Ja, ihr zwei passt gut zusammen. Er ist stumm, dafür redest du ständig. Beim Andenken an unseren Herrn, was für ein Paar! Aber genug geschwatzt, wir müssen weiter. Habe die Ehre, Jungfer Naseweis.«

Er verbeugte sich galant vor dem Kind, stieg dann auf und ordnete die Zügel. Dann wendete er mit einem Zungenschnalzer das Pferd und lenkte es zum Flussufer hin.

»Ich werde auf dich warten, Junge mit den traurigen Augen«, rief das Mädchen.

Gottfried musste erneut lachen und wandte sich im Sattel um.

»Nimm dich in Acht vor der Kleinen. Sie ist eine Füchsin und weiß, was sie will.«

Kai blickte zurück. Sie stand da, winkend, und er sah sich nach ihr um, bis sie nicht mehr zu erkennen war.

12

In den folgenden Stunden versuchte der Junker immer wieder, den Jungen zum Sprechen zu bringen. Wer war er, woher kam er? Doch der Junge schwieg. Gottfried hoffte, irgendwann die alte Straße zu erreichen, die bis an den Bodensee führte. Er wollte nach Constantia. Dort hielt sich sein Brotherr auf. Wenn das Wetter so anhielt, würde er die Reise in drei Tagen schaffen. Die Sonne schien warm, und die wenigen schneeweißen Wolken verhießen keine neuen Regenfälle.

Im Augenblick kam er nicht so schnell voran, denn mit dem Jungen war ein schnelles Reiten kaum möglich. Die Gegend war hügelig, von dichten Wäldern bedeckt und kaum besiedelt. Ihr jetziger Weg führte sie durch sumpfige Wälder, die manchmal von kleinen gerodeten Lichtungen unterbrochen wurden. Hier gab es Menschen, die in Hütten nahe am Wasser eines großen Sees lebten und sich vom

Fischfang leidlich ernährten. In einem namenlosen Weiler kaufte Gottfried ein paar frisch gefangene Fische.

Mitten im Wald hatte ein Sturm Bäume umgelegt.

Gottfried hielt an und ließ das Pferd, an eine Leine gebunden, selbst nach Futter suchen. Er warf einen raschen Blick auf den Jungen. Seit er ihn vom Pferd gehoben hatte, kauerte er stumm auf der Erde und starrte in das dichte Grün des Waldes.

»Willst du mir nicht wenigstens deinen Namen sagen?«

Der Junge antwortete nicht, er sah nicht einmal auf.

»Ich weiß ja nicht mal, wie ich dich nennen soll«, erklärte Gottfried geduldig.

Der Junge hob langsam den Kopf.

»Also sag schon, wie heißt du?«

»Kai«, antwortete er plötzlich.

»Kai?«, wiederholte Gottfried, und der Junge nickte. »Wir sollten reden, du und ich. Am besten beim Essen. Kannst du Holz sammeln? Für ein schönes, großes …«

Da stockte Gottfried in seiner Rede, weil ihm bewusst wurde, was er da von der gepeinigten Seele erwartete.

»Lass gut sein«, murmelte er und erhob sich.

Verflucht, dachte er bei sich, ich schäme mich, und je länger ich diesen Jungen da ansehe, ihn bei mir habe, umso mehr plagt mich das, was geschehen ist. Er suchte lange nach geeignetem Feuerholz, denn der Wald war hier noch jung und saftig.

Später, als das Feuer brannte, kauerte Kai noch immer auf der Erde, beide Arme um seinen hageren Körper geschlungen, und starrte mit seltsamer Leere ins Nirgendwo. Gottfried kannte diesen Blick. Er hatte seinen Herrn bei dessen Feldzug gegen die Wenden begleitet. Die Kämpfe waren kurz und hart gewesen. Gottfried erinnerte sich. Da gab es Kriegsknechte, die nach der Schlacht denselben starren Blick hatten. Manche erholten sich nie wieder davon und trugen ihn wie einen ständigen Ausdruck in ihrem Gesicht. Frater Leonhard meinte, dass der Teufel ihnen die Seele gestohlen habe, und jedermann wisse, für eine Seele gäbe es auf Erden keinen Ersatz. Wer sie verliert, erhält keine neue mehr. Gottfried wusste nicht, ob er das glauben sollte, aber er wusste, dass der Krieg manchen Menschen Erlebnisse verschaffte, die sie so seltsam werden ließen. Aber war das, was dort in der Nacht am Fluss geschehen war, mit einem Krieg zu vergleichen?

Er wandte sich den beiden Fischen zu. Er hatte sie nur ausgenommen, mit Salz aus seinem Vorrat eingerieben und dann der Länge nach auf einen Holzstock gespießt. Jetzt waren sie gar und verbreiteten einen köstlichen Duft. Er nahm einen der Fische und trat zu dem Jungen.

»Da, Junge… Kai!«, verbesserte er sich. »Iss!«

Der blickte auf.

»Du musst essen.«

Langsam, fast behutsam, griff Kai nach dem hölzernen Spieß. Gottfried nickte zufrieden, holte sich den zweiten Fisch und setzte sich dann unweit des Jungen auf den Boden. Vorsichtig begann er zu essen. Der Fisch war heiß, aber sein helles Fleisch schmeckte zart und saftig. Er schloss die Augen und kaute. Als er nach den nächsten Bissen aufblickte, hatte der Junge seinen Spieß noch immer in der Hand, ohne auch nur an dem Fisch geschnuppert zu haben.

»Iss Junge, iss ihn auf!«

Gehorsam biss er hinein, und zuletzt verschlang er den Fisch hastig. Ehe sich Gottfried versah, waren nur noch die Gräten übrig. Er hielt ihm die Hälfte seines Fisches entgegen, und der Junge griff danach und verschlang diesen genauso schnell. Gottfried lächelte.

»Du musst ja mächtigen Hunger gehabt haben.«

Der Junge blickte ihn an, und dann sagte er: »Sie sind alle tot, nicht wahr?«

Gottfried schluckte. Die Frage kam ihm gar zu plötzlich, und als er in das ernste, schmale Gesicht des Jungen blickte, spürte er einen Schmerz in seinen Eingeweiden bei dem Gedanken daran, was geschehen war.

»Ja«, antwortete er.

Der Junge nickte langsam, als hätte er diese Bestätigung gebraucht.

»Woher kamen deine Leute?«, fragte Gottfried behutsam.

»Ich weiß nicht.«

»Hast du noch Verwandte?«

»Weiß nicht.«

»Wenn du sprichst, klingt es, als wärst du aus dem Babenberger Land.«

Gottfried musterte den Knaben. Seine Kleider waren einfach, und er trug nur einen Schuh aus dünnem Leder an seinem linken Fuß. Der Junge antwortete nicht.

»Ich will nach Constantia«, begann Gottfried erneut. »Ich nehme dich mit. Dort ruhst du aus und kommst zu Kräften, und dann werden wir sicher jemanden treffen, der ins Österreichische will und dich mitnimmt. So lange höre ich mich um. Vielleicht erkennt dich jemand wieder oder weiß von deinen Leuten.«

Kajetan sah den Junker eine Weile unverwandt an. Gottfried bemerkte nicht die kleinste Spur von Schmerz in dem traurigen Kindergesicht. Kein Unverständnis, keinen Zorn. Nur Leere.

»Kann ich nicht bei dir bleiben?«, fragte Kai plötzlich.

»Aber …«

Gottfried stockte in seiner Antwort. Er hätte ihm gern von seinem Herrn erzählt, der große Stücke auf ihn hielt und ihn so förderte. Dieses Leben war angenehm. Er, Gottfried, würde es nicht mehr so führen können, wenn er Kai mit sich nahm. Aber da war etwas im Blick dieses Jungen, das ihn schweigen ließ. War es Reue, die eine plötzliche Verantwortung in ihm weckte?

»Wenn du willst, kannst du bei mir bleiben.«

Der Junge verzog keine Miene, sondern blickte ihn mit seinen großen ernsten Augen unverwandt an.

»Dein Name, Kai, kommt doch von Kajetan, nicht wahr?«, fragte Gottfried.

»Nur meine Mutter nannte mich so«, antwortete der Junge.

Gottfried schloss die Augen, lehnte sich mit dem Rücken an einen Baum und atmete tief ein. Es roch nach Harz, Moos und dem letzten Rauch des verloschenen Feuers.

13

Die Dächer der Stadt leuchteten im Sonnenlicht, und das Wasser des Sees rollte in sanften Wellen bis vor die Stadtmauer. Davor herrschte rege Betriebsamkeit. Pferde wurden neben einer Brücke ans Ufer hinuntergeführt, getränkt, gewaschen, dann gebürstet und gestriegelt. Immer wieder kamen Reiter durch das breite Tor in die Stadt herein.

Gottfried brachte den Jungen bei den Stallknechten unter, um sich dann sogleich bei seinem Herrn zu melden. Der bewohnte zwei Räume eines hübschen Hauses unweit des

Tors. Ein Mann war bei ihm und zeigte ihm ein prächtig gearbeitetes Schwert. Bei Gottfrieds Eintritt blickten beide auf.

»Gott sei hier, mein Herr!«, grüßte Gottfried und trat vor seinen Fürsten.

Der Herzog begrüßte ihn knapp. Mit einem Wink entließ er den anderen Mann, der sich höflich verbeugte, bevor er ging.

»Es ist alles so geschehen, wie du befohlen hast«, begann Gottfried.

Er zögerte und suchte nach Worten.

»Aber es ist ein Unglück geschehen.«

»Wovon redest du?«

»Es war ein Händler mit seinen Leuten auf der Brücke. Während sie brannte. Die Wagen samt dem Mann und den Seinen stürzten in den Fluss.«

Gottfried blickte aufmerksam in das Gesicht seines Fürsten. Er wollte wissen, ob diese Nachricht irgendetwas darin auslöste. Etwas wie Bestürzung, Zorn, Unbehagen oder gar Anteilnahme. Aber da war nichts. Entweder hatte sich Heinrich so sehr in der Gewalt, dass ihn diese Nachricht nicht erschrecken konnte, oder es war ihm einfach gleichgültig.

»Gab es Zeugen?«

Gottfried zögerte und suchte erneut nach den richtigen Worten.

»Ich frage dich, hat jemand das Unglück gesehen?«

»Alle kamen um, bis auf einen Jungen.«

»Und?«

»Ich fand ihn im Fluss. Nahe am Ufer.«

Gottfried schwieg, aber Heinrich lächelte wissend.

»Du hast ihn mitgebracht, ja? Hierher?«

»Ja, mein Fürst.«

»Jetzt haben wir also einen Mund, der reden kann.«

»Er weiß nichts.«

»Was macht dich denn so sicher?«

»Mein Fürst, glaube mir …«, begann Gottfried.

Heinrich unterbrach ihn.

»Du hättest ihn ertränken sollen.«

»Aber er weiß wirklich nichts. Sein Geist hat Schaden genommen. Er kann sich an nichts erinnern. Er weiß nur seinen Namen.«

»Gebe Gott, dass du Recht behältst.«

Der Herzog betrachtete ihn forschend, und Gottfried bemühte sich, diesem Blick standzuhalten.

»Er kann bleiben. Ich brauche immer Kriegsknechte. Aber du allein kümmerst dich um ihn.«

»Ja, Herr. Danke.«

Gottfried blieb wartend stehen und hoffte, dass Heinrich etwas sagen würde. Etwas, das ihm, Gottfried, sehr am Herzen lag. Die Erfüllung dieses Auftrags sollte erneut seine Zuverlässigkeit und Loyalität zeigen, denn er wollte Ritter werden, und Heinrich wusste das. Obwohl Gottfried nicht aus adeligen Kreisen stammte, hatte ihm Heinrich in dieser Frage durchaus berechtigte Hoffnungen gemacht. Zumal er längst die Voraussetzungen mitbrachte, durch die ein junger Mann gemeinhin zum Ritter geschlagen wurde. Jetzt war wieder so ein Moment, in dem der Fürst ihm seine Gunst erweisen konnte. Natürlich musste Gottfried noch warten, bis ein Turnier anstand, bei dem er sich beweisen konnte.

Ein Wort dazu von Heinrich hätte ihm genügt. Aber der schwieg. Gottfried verbarg seine Enttäuschung und verließ den Raum. Auch später am Tag äußerte sich der Herzog nicht mehr zu dieser Angelegenheit.

Als ob die schweren Unwetter der letzten Wochen reinigende Wirkung gehabt hätten, begannen im Land eine Reihe sonniger Tage mit warmer Luft, die sich angenehm anfühlte, zumal nur ein schwacher Wind wehte.

Kai sprach kaum ein Wort. Gottfried war der Meinung, dass sein Schützling eine Beschäftigung brauche, damit er sich ablenken könne. So ließ er ihn einfache Tätigkeiten verrichten: Wasser und Feuerholz holen, die Pferde füttern und die Tiere zur Tränke führen. Er war sich nicht sicher, wie lange es dauern würde, bis Kai sich wieder an die Ereignisse der Nacht erinnern sollte. In den Nächten schlief der Junge unruhig, denn er träumte schlecht. Wenn er dann erwachte, schweißgebadet und zitternd vor Furcht, dauerte es lange, bis er wieder einschlief. Doch nie erzählte er von seinen Träumen.

Fünf Tage später befahl Heinrich der Löwe die Abreise aus Constantia. Der Herzog wollte zurück nach Badenweiler, um dort den Sommer zu verbringen. Auf der gleichnamigen Burg im Badischen wartete seine Frau Clementia. Sie hatte beides, Burg und dazugehöriges Land, vor Jahren mit in die Ehe gebracht. Obwohl das Stammhaus des Löwen, Dankwarderode in Braunschweig, größer war, galt die Badenweiler Burg als feiner Besitz. Sie lag auf einer Anhöhe, inmitten der anmutigen Landschaft des Badenweiler Landes, und gestattete den Blick über das weite Land.

Die Gegend dort war milder als der bayerische Teil des herzoglichen Lehens. Die Winter waren nicht so streng und die Sonnentage zahlreicher als in anderen Teilen des Landes. Obwohl es genauso dichte Waldungen wie im Bayerischen gab, waren die Badenser Bauern unermüdlich damit beschäftigt, die dichten Wälder zu roden, um neue Ackerflächen zu gewinnen und Getreide anzubauen.

Die Bauern bewirtschafteten drei Felder. Eines trug die Frühjahrssaat, das zweite den Sommerertrag. Das dritte Feld blieb leer und ruhte, um dafür im nächsten Jahr wieder bewirtschaftet zu werden. Auf diesen brachliegenden Feldern wühlten zahlreiche kleine, schwarze Schweine, die sich in den umliegenden Wäldern von Eicheln ernährten.

Auch entstanden immer mehr Wiesen, die, durch Heckenraine getrennt, mit ihrer Pflanzenvielfalt Scharen von Frauen und Kindern anlockten, die Kräuter sammelten. Über die Weiden zogen Schafe, grasten sie kurz, um zur nächsten Weide weiterzuziehen.

Die Bauern pflanzten Obstbäume auf diesen Wiesen. Eingerahmt von Schlehenhecken wuchsen in dem milden Klima Quitten-, Birnen- und Apfelbäume, und die ansässigen Mönche zeigten den Bauern unermüdlich die Kunst, Sorten noch edler und fruchtiger, saftiger und wohlschmeckender zu machen.

Heinrichs Tross war gerade groß genug, dass er zügig reisen konnte, aber nicht so klein, um Ziel für marodierende Unfreie zu sein, von denen es angeblich in den Wäldern wimmelte. Das waren Gerüchte, denn niemand hatte diese Banden je zu Gesicht bekommen. Doch sie hielten sich hartnäckig wie alle Gerüchte. Wahrscheinlicher war, dass Heinrich und seinen Rittern der Ruf der unerbittlichen Krieger vorauseilte, und den Sieger unzähliger Fehden wollte niemand ernsthaft als Gegner.

Kai reiste mit an den Rhein und blieb bei seinem Retter und Gönner Gottfried auf der Burg Badenweiler. Zuerst lernte er die Tätigkeiten eines Stallburschen. Dabei erwies er sich besonders geschickt im Umgang mit Tieren. Störrische Maultiere, die sich nicht satteln lassen wollten, junge Pferde, die im Stall keilten, oder Hunde, die mit ihrer Kläfferei die Knechte die halbe Nacht wach hielten, galten als seine Spezialität. Er bewies große Geduld, und bald wurde es zur Gewohnheit, nach Kai zu rufen, wenn es Aufregung mit einem Tier gab.

Vielleicht lag es daran, dass er langsam, zaghaft fast, zugänglicher wurde. Er sprach nach wie vor nicht, wenn er nicht musste, hörte lieber zu, doch wenn jemand das Wort an ihn richtete, antwortete er, und seine Rede war knapp und genau.

Für Kai bedeuteten diese Tage und die darauffolgenden Wochen eine große Veränderung, einen Wechsel in eine andere Welt. Er, der einer Familie von Salzhändlern entstammte, erlebte nun das Gebaren der Edlen, die am reichlich gedeckten Tisch ihres Fürsten teilhaben wollten. Kai wunderten und faszinierten die Bräuche bei Hof, die ritterliche Minne und ihre Sitten. Oft staunend erlebte er all die Menschen, die in der großen Burg ihren Platz und ihre feste Aufgabe und somit ihr Auskommen hatten. Andere hofften wenigstens auf die Brosamen, die bei Tisch übrig blieben. Er wunderte sich über die Art all dieser Menschen und ihre Einstellung zum Leben. Niemand schien sich große Gedanken darüber zu machen, wohin ihn sein Lebensweg führen sollte. Jeder nahm duldend und stillschweigend seinen Platz ein, und niemand dachte daran, wie er sein Los verändern konnte.

Nur einer machte eine Ausnahme. Gottfried.

Jedermann nannte ihn Herr, und Kai fand, dass er in ihm einen trefflichen Vertrauten gefunden hatte, und dies nicht nur, weil es ihm gelang, ihn in seinem Schwermut immer mehr aufzuheitern und zu trösten.

Gottfried galt als wohlgelitten, und niemand wagte es, seinen Schnabel gegen ihn zu wetzen. Er diente Heinrich als dessen persönlicher Page, war aber auch sein Schreiber, Vorleser, Leibdiener und Waffenknecht. Mehr noch, Heinrich übte gerne mit Gottfried bei den täglichen Waffenübungen der Ritter. Gottfried konnte mit dem Schwert umgehen und brachte seinen Herrn in mancher Übungsrunde ordentlich ins Schwitzen. Doch seine Aufgaben waren noch vielfältiger als die der übrigen Dienstboten des Löwen. Letztendlich war er aufmerksamer Schatten und Beobachter gleichermaßen.

All dies dankte ihm Heinrich mit Wohlwollen und mancher Vergünstigung. Auch Heinrichs Ehefrau Clementia schätzte den jungen Mann, der so treffliche Lieder auf sie sang und dem es gelang, immer wieder lobende Verse über sie zu finden. Jedermann in der Burg wusste, Gottfried verehrte die Frau seines Fürsten, so wie es ein Ritter in der hohen Minne tat. Doch er war ja kein Ritter, und was er tat, war deshalb kaum mehr als lobende Schwärmerei, nicht recht für einen Habenichts ohne vornehme Herkunft, aber auf der Burg doch geduldet. Und obwohl Gottfried noch nicht einmal den Rang eines Junkers innehatte, nannte ihn beinahe jeder so, und kein weiterer Ritter machte ihm diese Hingabe streitig. Das verwunderte umso mehr, als Clementia eine anmutige Frau und sich ihrer Wirkung durchaus bewusst war. Sie galt nie als erste Partie für einen so mächtigen Landesfürsten wie den Löwen. Beinahe einen Kopf kleiner als ihr Mann, war sie nicht so schlank wie die edlen Frauen in diesen Zeiten. Ihr Haar trug sie sorgsam hochgesteckt unter einer Haube, fast immer mit einem Schleier daran, der ihr bis zur Hüfte reichte. Nur wenn sie ausritt, trug sie ein Tuch über ihrem Haar, das, sorgsam festgesteckt, das Gesicht und ihre hohe Stirn frei ließ. Ihr Gesicht war schmal und edel, mit immer rosigen Wangen. Sie trug nie viel Schmuck, und ihr Auftreten war stets bescheiden. Sie war keine auffallende Schönheit, aber sie verstand es, sich vorteilhaft zu kleiden; falscher Pomp war ihr verhasst. Jedermann respektierte und achtete sie, denn sie war fromm und sehr großzügig zu ihren Untertanen, wenn man sie auch nur selten innerhalb der Burg umherstreifen sah.

Außerdem war sie dem Herzog wirklich zugetan.

Auch Heinrich schätzte sie, und dieses Gefühl zwischen zwei Edelleuten von so hohem Stand war bereits mehr, als sich in jener Zeit schickte. Eine Hochzeit galt in erster Linie der Zeugung von Nachkommen und immer als Möglichkeit, Ansehen und Besitz zu mehren. Nur Narren heirateten einzig der Liebelei wegen, sagte ein geläufiges Wort, und jeder aus den Reihen des Adels hielt sich daran. Doch Heinrich war seiner Frau über all die Jahre immer mehr zugetan, und eifersüchtig wachte er über die Troubadoure, die sich in höfischer Minne als geistreiche Sänger und Erzähler darboten. Nur Gottfried galt als zu erhaben, und Heinrich vertraute ihm. Dagegen war Gottfried keiner sonstigen Liebelei auf der großen Burg abgeneigt. Er tändelte mit jedem Frauenzimmer, ohne Unterschied von Stand und Ansehen, und betörte sie mit seinem Charme und seinem blendenden Aussehen.

Gottfried beobachtete Kai in all den Wochen und Monaten genau. Er ließ ihn in seiner Kammer schlafen, lauschte, wenn er träumte. Aber in Kais Gedächtnis regte sich nichts, was man Erinnerung nennen konnte.

Wie in jeder Burg wurde schnell geklatscht, und zuletzt wurden die Gerüchte immer lauter. Konnte dieser Junge nicht einfach das Kind eines einfachen Ritters sein, der auf der Burg lebte? Oder vielleicht sogar ein Bastard, den Heinrich bei einer seiner zahllosen Reisen in seine Lehnsgebiete gezeugt hatte?

Gottfried durfte solches Gerede nicht zulassen. Er wusste, der Herzog reagierte darauf mit jenem Unmut, der Teil seines Rufes war. Und allmählich war es an der Zeit, Erinnerungen des Jungen aus dem Dunkel zu holen.

Nicht alle, aber wenigstens so viele, dass das Gerede aufhörte.

14

Die Wärme der aufgeheizten Burgmauer ließ die Luft flimmern. Es war der Nachmittag vor dem Sonntag, dem einzigen freien Tag in der Woche. Dann ruhte beinahe alle Geschäftigkeit auf der Burg. Jedermann ging zur Messe, und sonst gab es nicht so viel zu tun.

So war der späte Sonnabend für Kai die angenehmste Zeit. Alle Arbeiten in den Stallungen waren getan, er hatte sein Wams und sein Hemd frisch gewaschen, und nun war es an der Zeit, sich einen Platz auf der Burg zu suchen, an dem man Gemüt und Seele ruhen lassen durfte. Sein liebster Platz war der hohe Burgfried. Beugte man sich über die Brüstung, konnte einem bei der ungewohnten Höhe leicht schwindlig werden. Kai hatte sich in die Sonne gesetzt, und Gottfried, der ihm gefolgt war, saß neben ihm.

Das Land lag im Sonnenlicht, und in der Ferne reihte sich Hügel an Hügel, fast vollständig von dichten Wäldern bedeckt.

»Träumst du gerade, Kai?«, wollte Gottfried plötzlich wissen, ohne bei seiner Frage die Augen zu öffnen.

»Nicht so, als wenn ich schlafen würde.«

»Dann denkst du nach?«

»Ja.«

»Erzähl mir was. Erzähl mir von deinen Träumen.«

»Da gibt es nichts zu erzählen.«

»Wirklich? Dann sag, woran du denkst.«

Kais Antwort ließ auf sich warten, und Gottfried drängte ihn nicht. Ein Falter setzte sich auf seine Fußspitze, aber er konnte es nicht sehen, denn noch immer hielt er die Augen geschlossen und genoss die warme Sonne.

»Dass ich so weit von meinen Erinnerungen fort bin«, begann Kai zu sprechen.

Gottfried seufzte und gähnte wohlig.

»Das ist wahr«, murmelte er dann, »weit weg.«

»Gottfried? Meinst du, etwas davon kehrt zurück? Ich meine, was einmal Teil von mir war: mein bisheriges Leben, meine Träume und Wünsche.«

»Wie schön du das sagst.«

Kai schüttelte den Kopf. Ihm war nach einer ernsthaften Antwort zu Mute. »Sag mir, glaubst du, es kommt wieder?«

»Ich weiß es nicht.«

Kai schwieg, und weil er gar nichts mehr sagte, öffnete Gottfried die Augen und blickte ihn an. »Ich weiß es nicht. Aber es ist möglich. Hab einfach Geduld.«

Darüber sprachen sie oft, doch forschte Kai immer weniger in seinen Gedanken. Nicht weil es ihn nicht mehr interessierte, sondern weil bei all seinen Bemühungen nichts von dem, was wie im Nebel hinter ihm lag, zurückkehrte. Keinen noch so winzigen Augenblick lang schob sich ein Moment der Erinnerung in seinen Geist. So hatte er es beinahe aufgegeben, danach zu suchen, und hoffte trotzdem, dass noch etwas auftauchen würde, das ihn an früher erinnerte.

Unweit der Burgkapelle lebte Bruder Aethelstan. Er war ein Mönch vom Orden der Benediktiner, ein Mann von beinahe fünfzig Jahren, mit einem dichten grauen Bart, der beinahe vollständig sein stets zufriedenes Gesicht bedeckte. Er verwaltete die kleine, erlesene Bibliothek der Burg und beriet Heinrich manchmal in religiösen Fragen. Der Mönch war kein geweihter Priester, trotzdem übte er das Amt des Burgkaplans aus. Er galt als vielseitig interessierter Mensch, und seine Klugheit rührte von der ständigen Bereitschaft her, über alles nachzudenken.

Für Gottfried und Kai hatte es sich bald ergeben, dass Aethelstan sie einmal in der Woche, eben am Sonnabend, zu einem Nachtmahl, wie er es selbst nannte, einlud. Dann kochte er für sie, und immer war das Essen einfach, aber sehr gut. Er kochte dicke Suppen, die er raffiniert würzte, oder buk frisches Brot. Dazu bot der Mönch immer eine Kanne Wein an, dessen Herkunft er jedoch zu Beginn der Einladung nicht preisgab. Stattdessen mussten sie davon kosten und hatten dann Zeit, herauszufinden, woher der Tropfen stammte. Da der darauffolgende Sonntag der einzige Tag in der Woche war, an dem die Bediensteten der Burg eine halbe Stunde länger schlafen durften, hatten sie dafür die ganze Nacht Zeit. Aethelstan verriet ihnen die Herkunft des Tropfens immer erst am Ende ihrer Zusammenkunft, wenn ihn Gottfried oder Kai nicht schon vorher erraten konnten. Dabei saßen sie in seltsamer Vertrautheit zusammen, redeten, lachten und lernten so voneinander. Ein alter Mönch, ein stets verliebter Mann und ein blutjunger Bursche ohne Erinnerung an sein bisheriges Leben.

»Ich habe ein Lied in der letzten Messe gehört, Bruder Aethelstan«, begann Gottfried an diesem Abend höflich, »du und der Kastellan, ihr habt es gesungen.«

Der Mönch nickte. »Ja, Leonhard hat eine sehr gute Stimme.«

Er lächelte und forderte Gottfried damit auf weiterzusprechen, und der fuhr fort:

»*Verborgene Taten aufdeckend, wird ein jeder dann Geheimnisse*
offen besprechen, und Gott wird die Herzen dem Licht wieder öffnen.«

Er hielt inne, blickte den Mönch an, bevor er weitersprach: »Seitdem ich dies gehört habe, drängt mich eine Frage.«

»Mehr noch, sie nagt in dir, nicht wahr?«, antwortete der Mönch, und der Schalk blitzte in seinen Augen.

Auch Kai entging dies nicht. Er spürte, was immer Gottfried fragen würde, Aethelstans Antworten würden befreiend sein, ganz gleich, wie sie lauteten. Kai sah den Bruder wissend nicken, bevor er antwortete: »*Judicii signum.* Ich mag diese Verse sehr, aber noch mehr mag ich sie mit einem guten Sänger zusammen singen. Der Text dieses Liedes gibt uns eine Vorstellung davon, was geschieht, sollten wir jemals glauben, eine Sünde ließe sich vor Gott verbergen. Sie kommt immer ans Licht, wie das Gras, das unter dem Schnee des Winters verborgen liegt.«

»Das Lied ist schön«, bestätigte Gottfried, »trotzdem, die Zeilen hab ich mit Furcht gehört, und selbst jetzt denke ich mit Schauder daran.«

»Aber warum? Vieles, was wir Menschen erleiden und erdulden müssen, tun wir, weil wir voller Furcht sind. Wir sind nicht frei in unserem Aberglauben. Statt an den einzigen Gott verschwenden wir unsere Gedanken an Geisterwesen, Gespenster, Dämonen. Deshalb leben wir in einer ständigen Furcht.«

»Und was hilft uns vor dieser Furcht?«, wollte Kai wissen.

»Die Liebe«, antwortete Aethelstan. »Nur sie allein hilft uns, dieser Furcht Herr zu werden.«

Gottfried nickte verstehend, nahm einen Schluck von seinem Wein und begann zu sprechen.

»Ja, Bruder Aethelstan, die Liebe. Genau das wollte ich hören, denn ich liebe tatsächlich. Aber ich fürchte, dies ist eine andere Art Liebe als diejenige, die Gott, unser Herr, sich wünscht.«

Nun schwieg er und kaute auf seinen Lippen, bemüht weiterzureden.

»Meine Liebe ist schwierig. Sie ist so ohne Wonne des Fleisches, aber gerade diese möchte ich, ja ich verzehre mich beinahe nach ihr. Du weißt, was ich meine?«

»Natürlich. Du sprichst von der niederen Minne, bei der dich ein Weib gewähren lässt.«

Aethelstan lächelte, und sein Lächeln hatte von beidem etwas, Güte und Verständnis. Dies ermunterte Gottfried erneut weiterzusprechen. Seine Frage hatte nun etwas Flehendes: »Sagtest du nicht, dass Gott selbst uns ermahnt, den Blick für die Wahrheit nicht zu verschließen? Ist es gerecht, wenn zwei Menschen sich zugetan sind, aber Recht und Sitte lassen sie zögern, einander zu lieben und zu begehren?«

»Mit Recht meinst du, dass sie nicht im Stand der Heiligen Ehe stehen, nicht wahr?«, fragte Aethelstan. Gottfried nickte.

»Und mit Sitte das, was wir den Drang und den Willen des Fleisches nennen?«

Wieder nickte Gottfried nur. Aethelstan nahm einen Schluck Wein, leckte sich genießerisch die Lippen und begann zu sprechen. »Das Recht und die Sitten, zwei Dinge, die nur scheinbar etwas miteinander zu tun haben.«

Seine Augen ruhten eine ganze Weile erst auf Gottfried, dann auf Kai. Endlich sprach er weiter: »Beginnen wir mit der

Wonne des Fleisches. Der heilige Benedikt sagt: Ein Mann, der mit seiner eigenen Frau so innigen Umgang hat, dass er, selbst wenn sie nicht seine Ehefrau gewesen wäre, mit ihr zu verkehren gewünscht hätte, begeht eine Sünde. Nun frage ich dich: Wenn du dies mit einer Jungfrau wünschst, ist das…«

Er sprach nicht weiter, sondern blickte Gottfried aufmerksam an.

»Oh, Herr im Himmel«, flüsterte der und vergrub sein Gesicht in beiden Händen.

»Nun«, fragte Aethelstan behutsam, »war es das, was du wissen wolltest?«

»Stimmt es, was der heilige Benedikt sagt?«

»Wer bin ich, dass ich an den Worten eines Heiligen zweifle?«

»Also ist es richtig«, seufzte Gottfried.

»Ist es von Belang, ob etwas richtig ist? Hat uns Menschen dies je gestört?«

Gottfrieds Miene zeigte nun leise Verzweiflung, die Kai so noch nie an ihm gesehen hatte. Welche der jungen Mägde auf der Burg war der Grund für diesen traurigen Zug um seinen Mund?, fragte er sich. Er glaubte immer, alle Mädchen zu kennen, denen Gottfried schöne Augen machte, oder noch besser, die ihn unverhohlen einluden, sie zu pflücken, wenn er sich denn getraute. So nannten sie es zumindest. Und Gottfried ließ sich nie lange bitten.

Aber jetzt zögerte er. Die Antwort war ihm zu wenig gewesen, und sein Ringen um die nächsten Worte war beinahe spürbar. Allmählich war sich Kai sicher, an wen Gottfried dachte. Natürlich! Da gab es doch diese junge, bildhübsche Küchenmagd, ein besonderes Mündel der Herzogin. Eleonore hieß sie. Genau, da wo sie war, war auch Gottfried! Dass ihm das nicht eher aufgefallen war! Kein Zweifel, Gottfried war in sie verliebt! Bruder Aethelstan lächelte wieder.

»Du bist also auf der Suche nach der Wahrheit. Weil du hoffst, sie gibt dir Halt. Und du hoffst, die Liebe wäre diese Wahrheit.«

»Ist sie es etwa nicht?«, wollte Gottfried wissen.

»Eine gute Frage«, begann der Mönch lächelnd.

»Ist sie es?«, fragte Gottfried erneut und beinahe ängstlich vor der möglichen Antwort.

»Wenn du glaubst«, antwortete Aethelstan, »dass für dich in der Liebe alle Wahrheit liegt, dann ist sie es für dich. Aber vergiss nicht, wir Menschen sind immer auf der Suche. Ein ganzes Leben lang. Halte dich an Gott und folge deinem Herzen.«

»Aber der heilige Benedikt…?«, begann Gottfried, doch Aethelstan winkte ab.

»An Gott sollst du dich halten. *Amor vincit omnia!*«

»Die Liebe besiegt alles«, übersetzte Gottfried, und der Bruder nickte, während seine Augen vergnügt blitzten.

»Das stammt nicht aus dem Munde des heiligen Benedikt, aber es haben auch andere Menschen schöne Worte gesagt. Auch wenn sie keine Heiligen waren«, erklärte Aethelstan beinahe fröhlich.

Gemeinsam kehrten sie spät in der Nacht in ihre Kammer zurück. Kai goss sich etwas Wasser in die Hände und rieb sich damit über sein vom Wein erhitztes Gesicht. Er kroch unter seine Decke und streckte sich wohlig aus.

»Die Liebe besiegt alles«, murmelte Gottfried, als auch er sich auf seinem Strohsack niedergelassen hatte.

Kai schwieg und lauschte in die Dunkelheit.

»Weißt du was?«, sagte Gottfried. »Diese Worte sind sehr

schön. Sollte ich eines Tages Ritter im Dienste des Fürsten sein, werde ich genau diese Worte auf meinem Schild führen. *Amor vincit omnia!*«

Wenig später waren sie beide eingeschlafen.

15

So vergingen die Wochen, wurden zu Monaten und füllten die Jahre.

Aus Kai wurde ein kräftiger, drahtiger Bursche, der sich auf dem Tanzboden genauso wie auf dem Fechtplatz gut zu bewegen wusste. Die stete Traurigkeit in seinem Gesicht war zwar fast verschwunden, doch eher still und in sich gekehrt blieb er weiterhin. Den Streichen der übrigen Burschen und Knappen, den groben Scherzen der Dienstboten untereinander blieb er fern. Doch er war wohlgelitten, und sein melancholischer Zug erregte die Aufmerksamkeit und auch die Begehrlichkeit so manch weiblicher Bewohner der Burg. Ja, selbst die Fürstin war auf ihn aufmerksam geworden, und Gottfried musste ihr vor ihren Hofdamen die tragische Geschichte ihrer ersten Begegnung erzählen. Natürlich achtete er darauf, nichts zu sagen, was ihren eigenen Gemahl als Mitbeteiligten ins Spiel brachte. Bald glaubte es jeder: Kai war zusammen mit Pilgern über die Isarbrücke gegangen und dabei in der Dunkelheit ins Wasser hinuntergefallen. So hatte ihn Gottfried gefunden und mit auf die Burg gebracht. Heinrich, der diese Version der Ereignisse ausreichend fand, war sichtlich zufrieden.

An einem Abend, an dem Gottfried wieder einmal gesungen hatte, ernannte er ihn zum Junker.

Gottfried war über alle Maßen erfreut, denn nun befand er sich auf dem Weg, den er sich in seinen Träumen immer ausgemalt hatte: dem Weg zur Ritterschaft. Und hatte ihm Kai trotz der schrecklichen Erlebnisse nicht dazu verholfen? Kein Zweifel, der Junge brachte ihm Glück.

Nach wie vor bewahrte Gottfried das Geheimnis um Kais Herkunft. Mehr noch, er verdrängte geschickt immer mehr, dass er selbst Teil der Verschwörung um die Isarbrücke gewesen war. Doch er beobachtete genau, ob Kais Erinnerungsvermögen nicht doch noch zurückkehrte.

Inzwischen hatte auch der Seneschall der Burg ein Auge auf Kai geworfen. Von jeher hofften junge Burschen, dass sie von ihm ausgewählt und in die Burg geholt werden würden, um dort als Pagen an der Tafel des Fürsten zu dienen. Eine Berufung in den Haushalt, vielleicht sogar an den Tisch des Fürsten war eine große Ehre. Wer sich bewährte, ließ den Stall und die Arbeit dort für immer hinter sich, trug alle Tage ein feines Gewand und hatte immer genug zu essen.

Kai wartete eher halbherzig und hoffte doch insgeheim, eines Tages zu den Auserwählten zu gehören. Doch vergeblich. Die Wochen vergingen, und nichts geschah.

Dafür freundete er sich mit einem Jungen in seinem Alter an. Er hieß Rudolf und stammte aus einer großen Bauernfamilie mit zwölf Kindern, von denen noch sieben am Leben waren. Er war der Viertgeborene in dieser Reihe, sein älterer Bruder Ulrich war ins Kloster gegangen.

Herr Arnold, Kastellan des Ritters Konrad, hatte Rudolf eines Tages als Treiberburschen bei einer Jagd gesehen. Er hatte seinem Vater einen schönen Betrag als Ablöse gezahlt, und fortan war Rudolf Teil des Gesindes des Ritters. Sein weiterer Lebensweg stand fest: Er wurde der persönliche Bursche des Ritters Konrad vom Tal.

Rudolfs Herr war ein grober, ungeschlachter Klotz, der sein kleines Lehen von seinem Vater geerbt hatte, einem ebenso ungeschlachten Kerl ohne Manieren und von zweifelhaftem Ruf. Doch sein Sohn überbot ihn längst in allem.

Aus Anlass der Rückkehr des Fürsten von seiner Burg Dankwarterode weit im westlichen Sachsenland befahl der Seneschall ein Turnier auf der Badenweiler Burg. Zahlreiche Ritter aus der Umgebung wurden dazu eingeladen. Alles Lehnsmänner des gestrengen Herzogs, die bei diesem Anlass Gelegenheit hatten, wieder einmal mit dem Löwen zu sprechen, zu tafeln und dabei ihren Treueschwur zu erneuern. Zu diesem Turnier kamen sie alle, auch der Ritter Konrad.

Rudolf war nicht sonderlich glücklich in den Diensten des gestrengen Konrad. Dafür beneidete er Kai um seinen Herrn. Der Junker Gottfried war ein Herzensbrecher, der sich an kein weibliches Wesen wirklich band. Fast jede Woche musste er sich einem betrogenen Liebhaber aus dem Gesinde stellen, der seine Ehre beim Stockfechten oder gar im Ringkampf wiedererlangen wollte. Sogar Heinrich musste seinen Junker ermahnen, ein wenig Ruhe einkehren zu lassen, denn Aufruhr unter dem Gesinde wegen des hübschen Gesichts des Junkers wollte er in seinem Haus nicht haben.

Aber Gottfried wurde beinahe übermütig. Immer unverhohlener drängte er Heinrich, ihn zum Ritter zu schlagen. So würde sich das Problem in Wohlgefallen auflösen, denn ein Dienstbote konnte einem Ritter nicht verbieten, sich einer Magd oder sonst einem weiblichen Wesen des Gesindes zu nähern. Das war allgemein üblich und Inhalt zahlreicher Gespräche zwischen den Männern des Adels. Für die ehrbaren Sitten gab es die hohe Minne und für die bloße Fleischeslust die niedere Minne mit den übrigen Frauen. Alles andere war Schwärmerei.

Aber Rudolf, der Knappe, schwärmte. Mehr traute er sich nicht, denn er war sehr schüchtern. Ständig in Kais Nähe, hing er an dessen Lippen und himmelte jedes weibliche Wesen an, das ihm über den Weg lief. Bald verband die beiden jungen Männer eine Freundschaft, die auf den einen oder anderen Beobachter eher wirkte, als wären sie einander mehr zugetan, als es der Frater und die Sitten erlaubten. Liebe unter Männern war allenfalls etwas für Mönche, aber wer in der Burg dabei erwischt wurde, wie er seine Gunst einem Jungen oder gar einem Mann schenkte, riskierte peinliche Bestrafung. Aber Rudolf genoss einfach nur die Freundschaft des stillen, immer aufmerksamen Kai. Zudem war dieser der Bursche des begehrtesten Junkers weit und breit.

An einer langen quer genagelten Holzstange warteten die Pferde der Streiter. Obwohl nur ein Übungsstechen bevorstand, hatten die Adeligen ihre besten Reittiere mitgebracht. Dazu ihren Hofstaat, oftmals die ganze Familie und nicht wenige Dienstboten. So zeigte man sich und das, was man als Herr darstellte, ganz gleich ob man ein eher unbedeutender Graf oder selbst ein Herzog war.

Kai war mit seiner Arbeit beinahe fertig.

Beide Pferde, das Streitross und das Handpferd seines Herrn, standen da, frisch gebürstet und gestriegelt, der Schweif beider Tiere kurz gebunden, Zaumzeug und Augenschutz angelegt, die Mähnen sauber gekämmt und zu kleinen Zöpfen geflochten. Das diente nicht nur als Schmuck, sondern war oft der letzte Halt eines Ritters, um sich vor dem drohenden Fall aus dem Sattel zu retten. Rudolf trat neben ihn.

»Gott sei hier«, grüßte er.

»Gott zum Gruße, Rudolf«, antwortete Kai freundlich und betrachtete den Jungen.

Rudolf war ein wenig älter als er selbst, hoch aufgeschossen und dabei zaundürr. Sein blondes Haar war kurz geschoren, und er roch, als hätte er länger schon keine Bekanntschaft mehr mit dem Wasser gemacht. Kai mochte ihn trotzdem gut leiden.

»Kommst du mit, heute Nachmittag?«, wollte der Junge wissen.

»Wohin?«, fragte Kai.

Rudolf blickte sich vorsichtig um; dann lächelte er beinahe verschwörerisch.

»Hab mir ein Mädchen ausgeschaut.«

»Wirklich?«

»Ja, und heute will ich sie fragen.«

»Wer ist es?«

»Will ich noch nicht sagen.«

Rudolf wirkte verlegen, auf seinen Wangen erschienen zwei rote Flecken.

»Ah, verstehe, und ich soll dein Werber sein?«, sagte Kai.

Rudolf wurde bis zu den Ohren rot. »Nun, du könntest sie dir doch mal ansehen.«

»Warum?«, wollte Kai wissen. »Wenn du mir sagst, wer es ist, dann könnte ich dir…«

»Besser, du kommst mit«, unterbrach ihn Rudolf hastig.

»Aber warum gerade ich und nicht Heriman oder Carlus?«

Beide Burschen waren Freunde von Rudolf, obwohl sie noch jünger als er waren.

»Ich glaube, du hast mehr Ahnung von solchen Dingen.

Der Junker, Herr Gottfried, und du, ihr sprecht über solche Sachen.«

»Was meinst du mit ›solchen Sachen‹?«, fragte Kai belustigt.

»Na, die Liebe«, entgegnete Rudolf hastig und begann sogleich, verlegen an seinem Daumennagel zu kauen.

Kai schmunzelte, nickte dann und antwortete: »Wenn es dir so wichtig ist, dann komm ich mit, aber nur wenn Gottfried mich heute Nachmittag nicht mehr braucht.«

Rudolf strahlte übers ganze Gesicht.

»Rudolf!«, dröhnte eine Stimme.

»Das ist mein Herr«, flüsterte der Junge und blickte Kai an.

Sein Blick war mit einem Mal voller Furcht. Der Junge wischte sich schnell die Hände an seinem Wams ab.

»Rudolf!«

In der Stimme schwang Ungeduld und herrischer Zorn.

»Ja, Herr. Ich komme schon, Herr!«

Der Junge lief eilig zwischen den Pferden davon. Kai blickte ihm nach. Auf der anderen Seite des Weges saß der Ritter Konrad auf einer niedrigen Bank vor seinem Zelt. Er trug seine Übungsrüstung. Nur der Helm und seine Handschuhe fehlten. In seiner Rechten hielt er einen Krug, aus dem er einen langen Zug nahm. Rudolf stürzte zu ihm.

»Du Taugenichts, wo warst du?«, fuhr ihn der Ritter an.

Nicht nur Rudolf merkte an der schweren Zunge, dass der Ritter betrunken war.

»War bei den Pferden, Herr, hab dem Hengst und der Stute Futter gegeben. Denkt nur, die Stute frisst wieder, Herr.«

Der Ritter starrte ihn an und rülpste laut.

»Wir gehen auf den Platz«, sagte er mit schwerer Stimme.

»Ja, Herr.«

»Nimm meinen Schild und das neue Schwert. Ich will es ausprobieren. Und beeil dich.«

»Ja, Herr.«

Rudolf beeilte sich, den Anweisungen seines Herrn zu folgen. Es war so sicher wie das Morgengebet, dass er sehr ungemütlich werden würde, wenn man seinen Wünschen und Launen nicht nachkam. Der Ritter erhob sich ächzend und stapfte los. Rudolf schulterte den beinahe mannshohen Übungsschild, ergriff das neue Schwert und folgte ihm. Kai blickte den beiden nach, bis eine Stimme neben ihm seinen Namen rief.

Er wandte sich um, und Gottfried stand vor ihm.

»Ich werde heute Morgen mit Herrn Ligsalz und Herrn Ludowig üben. Du kannst mir die Waffen tragen.«

»Ja, Gottfried.«

»Und, Kai, nach dem Kampf möchte ich den Herren eine Erfrischung anbieten.«

»Ich bringe den geräucherten Fasan. Und einen Krug Wein. Ist es dir so recht?«

»Ja, Kai. Ich verlass mich auf dich, dass uns nichts fehlen wird.«

Der Junker lächelte, und Kai erwiderte das Lächeln.

Er holte Helm, Schwert und den Schild. Diese Waffen wie auch die Rüstung waren nur geborgt und stammten aus der Waffenkammer der Burg. Kriegsbeute aus Heinrichs Feldzügen, die nun in Gottfrieds Händen zu neuen Ehren kam. Nicht nur der Junker wusste: Gelang ihm auf dem Übungsturnier ein Sieg, konnte ihm sein Herr die Waffen sogar schenken. Wenig später schleppte Kai die Ausrüstung zu einem Platz am Rande des Übungsfeldes.

Rudolf hielt noch immer Schild und Schwert seines Ritters, während ein Herold des Herzogs vor dem Ritter stand, ein Pergament in der Hand.

»Edler Herr Konrad, es ist richtig, was Ihr sagt, aber Euer Kontrahent, Herr Goteschalch, ist bis jetzt nicht gekommen. Wenn Ihr keinen anderen Herausforderer benennen könnt, dann müsst Ihr warten, bis Ihr nach den anderen Herren wieder an die Reihe kommt.«

»Ich bin der Erste«, blaffte der Ritter.

Seine ausgestreckte Hand stieß auf das Pergament in den Händen des Herolds, Herrn Klingsor. »Da, da muss es doch stehen.«

»Sicher, Herr Konrad sicher, wie ich Euch gerade sagte, aber…«

»Ich bin der Erste und warte nicht«, wiederholte er mit schwerer Zunge und schob den Mann zur Seite.

Von den umstehenden Rittern erntete er eisige Blicke. Es verstieß gegen die guten Sitten, den Herold des Gastgebers bei einem Turnier so zu behandeln.

»Rudolf!«, schrie er erneut, obwohl der Bursche beinahe neben ihm stand.

»Ja, Herr Konrad?«

»Nimm den Schild und stell dich da hin. Bis Goteschalch kommt, will ich mir das Blut ein wenig aufwärmen.«

»Herr…«

»Mach schon!«

Der Junge gehorchte. Er nahm den Schild aus Eichenholz und stellte sich in Positur. Der Ritter trat vor, zog das Schwert aus der Umhüllung, nahm es in die Hand und schwang die Waffe prüfend. Die blitzblanke Klinge sirrte durch die Luft. Es war kein stumpfes Übungsschwert, sondern scharf geschliffen. Eine schwere Klinge, die man am besten mit beiden Händen führte.

»Aufgepasst, Rudolf.«

»Ich bin bereit, Herr«, sagte der Junge. Der Ritter grunzte statt einer Antwort.

Er spuckte noch einmal neben sich auf den Boden, stellte sich auf und ergriff mit beiden Händen den Schwertknauf. Mit einem wuchtigen Streich ließ er die schwere Klinge auf den hölzernen Schild fahren. Es krachte dumpf, und der nächste Schlag folgte. Hieb für Hieb fuhr nun auf den Übungsschild nieder, und Rudolf hatte alle Hände voll zu tun, den mächtigen Schlägen standzuhalten. Dabei trieb der Ritter seinen Burschen Schritt für Schritt vor sich her, und bei jedem Schlag zitterte der gewiss nicht leichte Schild. Kai stand am Rande der Übungsbahn und sah zu. In einem Korb lag das Essen für seinen Herrn und dessen spätere Gäste, in der Hand hielt er den Krug voll Wein.

Der Ritter Konrad schwitzte.

Unverdrossen hieb er auf den Schild ein, und jedes Mal ächzte das dicke Holz unter den gewaltigen Hieben des Handschwerts.

»Herr, wie lange noch?«, tönte Rudolfs Stimme.

Der Ritter drosch auf den Schild ein, als hätte er den Ruf seines zurückweichenden Burschen nicht gehört.

»Herr, sagt, wann ist's genug?«, rief Rudolf.

Der Ritter antwortete nicht.

Schlag auf Schlag folgte; das Schauspiel hatte etwas Rohes. Fingerlange Splitter sirrten durch die Luft, wenn die Klinge wieder einmal in das Holz gefahren war. Kai war der Mund trocken geworden. Nicht nur er sah, wie sich am oberen Rand des Schilds ein Riss auftat. Irgendwann würde das Holz an dieser Stelle auseinander reißen. Damit würde der Schild seinem Träger keine Deckung mehr bieten.

»Herr, ist's Euch noch nicht genug?«, rief Rudolf laut.

Die übrigen Ritter umstanden das Rund und beobachteten das Spektakel. Einige blickten sich verstohlen an. Jeder sah den klaffenden Spalt auf der Oberseite des Schildes. Wer würde zuerst etwas sagen? Doch den Übungsrund durfte man nicht so einfach betreten. Außerdem, was tat der Ritter schon? Er übte mit seinem Burschen. Es war alles rechtens.

»Herr, haltet ein!«

Unvermindert drosch der schwitzende Mann auf den Schild vor sich. Sein Gesicht war von der Anstrengung verzerrt, mit jedem Hieb zuckte ein wildes Leuchten über sein Gesicht. Er keuchte, und jeden Treffer begleitete ein tiefes Grunzen.

»Herr, bitte!«, schrie Rudolf nun voller Angst, »Herr Konrad, ich bitt Euch sehr! Bitte, Herr Konrad!«

Ein weiterer Schwerthieb traf nun genau die geschwächte Stelle des Schildes. Alle hörten den kurzen Aufschrei. Die Klinge verschwand tief im Holz und ließ sich nicht mehr herausziehen. Trotzdem zerrte der Ritter ungeduldig daran. Als er das Schwert endlich wieder frei hatte, zitterten Rudolfs Beine. Dann sank er langsam in die Knie, bis er zur Seite glitt und auf dem Boden zu liegen kam. Der Schild, am oberen Rand bis fast zur Mitte geborsten, lag auf ihm und bedeckte sein Gesicht und die Brust. Um ihn herum breitete sich eine Blutlache aus und wurde langsam immer größer.

Kai ließ seinen Korb auf den Boden fallen, stellte den Weinkrug daneben und wollte über die Abgrenzung steigen, aber Gottfrieds Hand hielt ihn fest. Der Herold lief zu dem am Boden liegenden Knecht. Ein weiterer Herold trat dazu. Beide beugten sich über die leblose Gestalt. Dann erhoben sie sich und schüttelten nur ihre Köpfe.

Der Ritter Konrad atmete tief und fuhr sich mit der Hand

über das schwitzende Gesicht. Dann zuckte er mit den Schultern, drehte sich um und stapfte an den Rand des Übungsplatzes. Er stieß das Schwert mit der Spitze in die Erde und ließ sich schwer auf eine Bank fallen. Dann griff er nach seinem Krug und trank. Zwei Knechte trugen Rudolfs Leichnam fort, doch der Ritter starrte teilnahmslos an ihnen vorbei ins Leere. Kais rechte Hand umklammerte den Rand der hölzernen Absperrung, dass seine Knöchel ganz weiß hervortraten.

»Dank sei Jesus Christus«, stieß er hervor. »Danke, in Ewigkeit Amen.«

»Wofür dankst du?«, fragte ihn Gottfried ruhig.

»Dass ich nicht einen solchen Trunkenbold zum Herrn habe wie der unglückliche Rudolf.«

»Kai, ein Bursche nennt einen Ritter nicht Trunkenbold. Das ist eine Beleidigung. Hast du verstanden? Dafür dürfte er dir die Zunge herausschneiden, und niemand könnte ihn daran hindern.«

»Ja, Gottfried«, stieß Kai hervor.

Kai blickte zu Ritter Konrad, aber er sah ihn nicht gleich, weil ihm die Tränen die Sicht trübten.

16

Der Herold erklärte den Tod des Burschen Rudolf als einen Unglücksfall. Dies war jedoch kein Hindernis für die weiteren Kämpfe. So fand die nächste Runde als ernsthafte Herausforderung statt.

Herr Ligsalz erbat sich als Übungsgegner den Junker Gottfried. Das war eine besondere Ehre, denn ein Ritter trat normalerweise gegen einen Mann von gleichem oder höherem Stand an, aber niemals gegen einen Anwärter auf die Ritterschaft. Zumindest nicht vor Publikum.

Gottfried hatte ein leichtes Handpferd gewählt, während sein Herausforderer ein schweres Streitross benutzte. Alle Zuschauer waren sich sicher, dass allein ein Zusammenprall der beiden Pferde das leichte Tier des Junkers umwerfen musste.

Doch Gottfried zeigte von Beginn an, was er konnte.

Kurz vor dem Zusammentreffen der beiden Pferde duckte er sich, und die Übungslanze des Herrn Ligsalz strich über ihn hinweg. Beide Pferde streiften sich nur. Als Gottfried an dem Ritter vorbei war, stellte er seine Übungslanze senkrecht und warf sie weg. Dann riss er mit der linken Hand sein Reittier so schnell herum, dass es beinahe ausglitt, und setzte dem Ritter nach. Erst als sein Pferd beinahe die Seite des Gegners berührte, stand er im Sattel auf und hieb mit dem Übungsschwert nach der Schulter des Ritters. Dem gelang es noch, seinen Schild hochzureißen, aber der Schwung seines galoppierenden Pferdes und der ungestüme Angriff von der Seite waren zu viel. Der Ritter stürzte aus dem Sattel und fiel krachend zu Boden.

Die Menge applaudierte.

Der Angriff war kühn und geschickt gewesen, und was Gottfried da gezeigt hatte, durfte man getrost als hohe Kunst des Kampfes bezeichnen. Nur wenige Ritter konnten dies, und der Junker war noch nicht einmal ein solcher. Kai wandte den Blick schnell zu den beiden Burschen des Ritters am Rand des Turnierplatzes. Die hatten schon die Beine über die Bande geschwungen und warteten nur noch auf das Zeichen des Herolds. Senkte er den Stab in seiner Hand, durfte der Ritter von seinen Knechten versorgt werden. Doch der Herold hob nur seinen Arm und winkte. Dies war das Zeichen, dass der Kampf weiterging. Die beiden Knechte blieben weiter mit einem Bein sprungbereit an der Bande stehen, bis ein weiterer Dienstherr des Herzogs sie gänzlich hinter die Absperrung verwies.

Der Ritter wälzte sich auf dem Boden zur Seite und kam langsam wieder auf die Knie. Seine Übungslanze lag neben ihm, ebenso wie sein Schwert. Der Schild behinderte ihn. Gottfried galoppierte auf ihn zu, parierte dann aber sein Pferd. Der Ritter kniete vor ihm auf dem Boden und versuchte aufzustehen. Er atmete schwer, und trotz des Helms konnte man sehen, wie er dabei sein Gesicht verzog. Dann stützte er sich auf seinen Schild, und es gelang ihm aufzustehen. Als er dann stand, warf er den Schild neben sich auf den Boden. Da ließ auch Gottfried seinen Schild neben seinem Pferd auf den Boden gleiten und sprang aus dem Sattel.

Ein Raunen ging durch die Menge.

Kai ahnte, was der Junker vorhatte. Er hätte auf seinem Pferd sitzen bleiben dürfen und dabei gegenüber einem Ritter zu Fuß einen Vorteil gehabt. Er rief seinem Kontrahenten etwas zu, doch der schüttelte den Kopf und bückte sich nach seinem Schwert. Gottfried trat einen Schritt zurück und wartete, in der rechten Faust das blanke Schwert.

Der Ritter griff sogleich an, aber jeder konnte sehen, dass er seinem jüngeren Gegner nicht gewachsen war. Gottfried umtänzelte den Ritter, obwohl er genau wie dieser eine dicke Übungsrüstung aus schwerem Wollstoff trug. Ohne die schützenden Schilde trieben sie sich gegenseitig im Übungsrund hin und her, sodass die Schwertklingen bei jedem Zusammenprall Funken sprühten. Beide zielten sie mit den stumpfen Klingen auf den Körper des Gegners. Der Ritter platzierte kaum einen Treffer, während Gottfried ein sicherer Hieb nach dem anderen gelang. Da wankte der Ritter plötzlich, und Gottfried trat zurück.

»Ist Euch wohl, edler Herr Ligsalz?«, fragte er. Der Ritter nickte mühsam.

Anscheinend hatte ihn der Sturz vom Pferd doch ernsthafter verletzt, als es bislang den Anschein gehabt hatte. Er keuchte schwer. Da wandte sich Gottfried zum Kampfrichter um und rief laut: »Herr Klingsor, ich bitte um eine Kampfunterbrechung.«

»Nenn mir den Grund dafür!«, rief der vom Rande des Übungsrundes zurück.

»Ich möchte aufhören, wenn es der Herr Ligsalz gestattet.«

»Aufhören?«, rief Herr Klingsor. »Dann gibst du also auf, Junker?«

»Ja, Herr Klingsor. Ich gebe auf. Herr Ligsalz ist der Sieger. Gott selbst ist Zeuge.«

Alle blickten auf den Ritter, der sich nur noch mühsam auf den Beinen halten konnte. Die Geste des Junkers zeugte von jener Fairness, die für einen Ritter Teil seiner Persönlichkeit sein sollte. Kai, der alles genau beobachtet hatte, bewunderte Gottfried in diesem Augenblick wie nie zuvor.

Die Zuschauer raunten und flüsterten fachkundig.

Der Übungsleiter erfasste die Situation und gab der Unterbrechung des Kampfes statt. Sogleich rannten die beiden Burschen des Ritters auf den Platz und führten ihren Herrn stützend zum Rand. Gottfried schob das Schwert in die Scheide zurück, als der Ritter, gestützt auf seine beiden Burschen, vor ihm anhielt.

»Mit Verlaub, junger Freund, für einen Junker schlägst du wacker drein. Hoffentlich bist du bald im Stand eines Ritters, denn dann werde ich dich zu einer Revanche fordern.«

»Edler Herr Ligsalz, es wird mir eine besondere Ehre sein, und ich verspreche Euch schon jetzt vor Zeugen, dass ich Euch dann zur Verfügung stehe.«

Mit diesem höflichen Wortgeplänkel war der Ehre des Ritters Genüge getan. Trotzdem blieb er noch immer stehen und blickte auf den schwitzenden Junker. »Gut gekämpft, Gottfried. Gott segne dich.«

»Ich danke Euch, Herr Ligsalz. Ich danke Euch sehr.«

Der Ritter nickte, dann führten ihn die beiden Burschen vom Platz. Kai aber rannte auf Gottfried zu und beglückwünschte ihn. Dann half er ihm, die Rüstung abzulegen.

Gottfried ließ ihn gewähren und drängte ihn nicht, etwas zu sagen. Er kannte ihn gut genug, um zu wissen, dass er sich, wenn er in Ruhe gelassen wurde, am wohlsten fühlte. So konnte er sich am einfachsten von Rudolfs tragischem Tod ablenken. Gottfried tauchte seine Hände in einen Wasserbottich und wusch sich das Gesicht und die Hände. Dann zog er sich sein Wams samt Unterzeug aus und goss sich das Wasser aus dem Bottich über den Kopf. Er schüttelte sich und tastete mit einer Hand nach einem Tuch. Herr Ludowig, der unbemerkt neben ihn getreten war, reichte es ihm. Gottfried griff danach und trocknete sich sein Gesicht.

»Ich danke Euch, Herr Ludowig.«

»Nicht so förmlich, sonst müsste ich dich ja Herr Gottfried nennen.«

Gottfried lachte, schwieg aber. Wie sollte er dem Ritter auch erklären, dass dies, ein Herr und Ritter zu sein, sein sehnlichster Wunsch war? Ludowig war nur wenig älter als er, aber im Gegensatz zu ihm stammte er aus einem alten Grafengeschlecht, dessen Wurzeln bis in die Zeit der Merowinger zurückreichten. Die beiden Männer konnten sich recht gut leiden, und seit sie auf der Burg weilten, galten sie als unzertrennlich.

»Weiß man schon was von Herrn Ligsalz?«, wollte Gottfried wissen.

»Nicht viel. Nur, dass es nichts Ernstes ist. Das hat der Bader gesagt«, antwortete der Ritter. »Wahrscheinlich irgendwas gebrochen. Gräm dich nicht, das kommt in einem Kampf immer wieder vor.«

»Ja, aber wenn du es mir bei unserem Kampf nicht nachsiehst, dass ich deinen Freund und Waffengefährten …«

»Keine Sorge«, unterbrach ihn der Ritter, »ich trag es dir nicht nach.«

Ludowig lachte herzlich, und sein Lachen war ansteckend genug, dass Gottfried mitlachen konnte.

Jemand räusperte sich hinter ihnen, und sie wandten sich beide um. Kai stand da, mit einem Korb, aus dem Brot, ein Tontopf mit Schmalz und ein ganzer gebratener Fasan hervorschauten. In der anderen Hand hielt er eine Kanne Wein.

»Ah, unser Essen«, meinte Gottfried. Der Ritter nickte nur, aber Gottfried war nicht entgangen, wie er Kai prüfend angesehen hatte.

»Wollen wir gleich hier essen?«, begann Gottfried, und der Ritter Ludowig nickte zum Einverständnis.

Kai begann Gottfrieds Waffen, Helm, Schwert und das Kettenhemd von einer niedrigen Bank auf den Kampfschild am Boden zu legen. Gleich nachdem er serviert hatte, würde er die Waffen auf mögliche Schäden untersuchen. Die beiden Männer sahen ihm zu, wie er mit geschickten Bewegungen das Essen auf der Bank anrichtete und dann eine saubere Pferdedecke auf dem Boden ausbreitete.

»Ich kann noch ein paar Kissen von Herrn Ligsalz lei-

hen«, begann Kai, »das hat er mir heute Morgen angeboten und…«

»Lass gut sein«, entgegnete Gottfried, »Herr Ludowig und ich wollen uns nur stärken, denn wir sind für den nächsten Waffengang vorgemerkt.«

Die beiden Männer ließen sich nieder, und erneut sah der Ritter auf und musterte Kai aufmerksam.

»Dein Gesicht erinnert mich an jemanden.«

»Ich bin schon viele Jahre im Dienste des Junkers Gottfried«, erklärte Kai höflich, »und hab nie einem anderen Herrn gedient.«

»Das meinte ich nicht«, antwortete Herr Ludowig langsam, »ich glaube beinahe, dass ich deinen Vater kannte.«

Kai wäre um ein Haar die Weinkanne aus der Hand gefallen.

»Nun«, begann Gottfried vorsichtig, »wie oft sieht man ein Gesicht und vergisst es nicht mehr. Obwohl mir das eher bei einem hübschen Mädchen passiert.«

Der Ritter lachte über Gottfrieds Einwand und zuckte mit den Schultern.

»Ihr kanntet meinen Vater, Herr Ludowig?«, begann Kai.

Der Ritter blickte auf. Seine Miene zeigte Überraschung: Es war nicht üblich, dass ein Page einen Ritter ungefragt ansprach.

»Ich kannte einen Mann, dem du ähnlich siehst.«

»Und wie hieß er, ich meine, wer war er? Und woher stammte er?«

»Kai«, begann Gottfried, »wir brauchen noch Brot!«

»Gleich, ich hole es gleich.«

Er blickte den Ritter an, und in seinem Blick lag nur die Hoffnung, er möge weitersprechen.

»Sein Name war Zierl, und er stammte aus Innsbruck. Er handelte mit Salz.«

Kai starrte den Ritter mit offenem Mund an. Gottfried beobachtete ihn genau, aber da sah er nichts, was mit einer Erinnerung zu tun haben könnte.

»Kai, das Brot«, mahnte Gottfried.

»Ja, gleich.«

»Sofort«, entgegnete Gottfried schnell, »wir werden uns gleich wieder für einen Übungsgang ankleiden müssen, und du musst meine Waffen noch durchsehen!«

»Ja«, nickte Kai und lief widerstrebend zu den Zelten zurück.

Die beiden Männer blickten ihm nach.

»Ich habe von deinem Burschen und seinem verlorenen Gedächtnis gehört«, begann Ludowig.

»Ja, es fehlt ihm an Erinnerung«, entgegnete Gottfried. »Kanntest du wirklich seine Familie?«

»Ich kannte einen Salzsäumer mit diesem Namen und entdecke jetzt im Gesicht deines Burschen diese Ähnlichkeit. Und wie du schon gesagt hast – wie oft sieht man ein Gesicht und vergisst es nicht wieder.«

Er lachte wieder und nahm von dem Fasan, den ihm Gottfried reichte. Während er in das Fleisch biss, füllte der Junker beide Becher. Kai kehrte zurück mit einem halben Laib dunklen Brotes, in ein Stück sauberes Leinen gehüllt. Gottfried nickte ihm zu, Kai kniete nieder und legte das Brot samt dem Tuch zwischen sie. Ludowig schnalzte mit der Zunge, brach ein Stück davon ab und biss hinein. Sie aßen schweigend. Gottfried betrachtete Kai verstohlen. Er sah, wie es in dem jungen Gesicht arbeitete, wie seine Gedanken gingen und wie er versuchte, weitere Fragen an den Ritter zu richten.

»Höret, Rittersleut! Höret, ihr edlen Herren!«, tönte laut die Stimme des Herolds.

Die Geschäftigkeit ringsum schien für einen Moment weniger zu werden, und der Herold, Herr Klingsor, trat vor den Eingang des Übungsrundes.

»Eine gute Nachricht: Herr Ligsalz ist wohlauf!«

Laute Beifallrufe ertönten.

»Er wird bei den weiteren Kämpfen als Gast dabei sein. Und nun die nächsten Kontrahenten. Dies sind der edle Herr Ludowig und der Junker Gottfried!«

Erneute Beifallrufe ertönten, und sogleich begannen die ersten Zuschauer, an den Übungsrund zu drängen, in der Hoffnung, dort die besten Plätze zu erhalten. Ludowig war von seinem Platz aufgestanden und ging, den Rest seines Essens kauend, dann mit Herrn Klingsor plaudernd, zu seinem Sattelplatz zurück, wo bereits sein Bursche mit der Ausrüstung wartete. Gottfried hatte sich ebenfalls von seinem Platz erhoben.

»Er weiß etwas von meinem Vater«, murmelte Kai.

»Er glaubte es nur, aber er hat sich getäuscht«, sagte Gottfried.

»Hat er das gesagt?«

Gottfried schwieg und streifte sich erst das Wams, dann seinen langen Rock über. Dann griff er nach dem Kettenhemd und legte es an. Er ächzte und stöhnte dabei ein wenig, was als Aufforderung an Kai zu verstehen war, ihm zu helfen. Aber der tat nichts dergleichen, sondern blickte nur in die Richtung, in die der Ritter gegangen war. Endlich saß die Rüstung. Kai trat zu Gottfried und zog ihm die Riemen an den Seiten fester zu.

»Ich werde ihn fragen«, meinte Kai plötzlich. »Und er muss mir alles sagen, was er weiß.«

»Dann mach das! Frag ihn!«, entgegnete der Junker etwas heftiger, als er es wollte. »Herr im Himmel, wie soll ich mich auf einen Kampf vorbereiten, wenn du gerade jetzt mit deinen alten Geschichten anfängst?«

»Es kam so überraschend«, sagte Kai, »ich hätte doch nicht geglaubt, jemand zu treffen, der meinen Vater kannte.«

»Er sagte, dass er sich an ein Gesicht erinnert, einen Mann, dem du ähnlich siehst. Das besagt gar nichts.«

»Aber es könnte doch so was wie eine Spur sein.«

Gottfried blickte ihn an und nickte dann grimmig.

»Das könnte es, ja. Es könnte aber auch sein, dass ich diesen Kampf gegen Herrn Ludowig verliere, nur weil mein Bursche irgendwelche Geschichten hören will, meine Waffen nicht einwandfrei sind und das Pferd nicht trocken gerieben wurde.«

»Die Stute hab ich gleich trocken gerieben«, entgegnete Kai hitziger, als er es wollte, und seine Augen blitzten dabei, »und den Waffen fehlt nichts.«

Gottfried antwortete ihm nichts darauf, sondern trat auf ihn zu und nahm ihm Schwert und Helm aus der Hand. Er zog die Klinge aus der Scheide und schwang sie prüfend hin und her.

Die Zuschauer hinter ihnen wurden ungeduldig, und als sich einige von ihnen umwandten, um nach Gottfried zu sehen, klatschten und riefen sie ungeduldig nach ihm.

Da lachte der Junker über das ganze Gesicht und schritt auf den Übungsrund zu. Und so stolz und strahlend, wie er das tat, war er von einem Ritter nicht zu unterscheiden.

17

Gottfried gewann noch zwei weitere Übungskämpfe, und bei beiden sahen Heinrich und seine Gemahlin Clementia zu. Das Turnier am nächsten Tag war jedoch nur für die Ritterschaft reserviert, und nur wer diesen Stand und den stolzen Namen besaß, durfte daran teilnehmen. Herr Ligsalz war nicht mehr dabei, beim Sturz vom Pferd hatte er sich seinen linken Arm gebrochen. Aber der Bader auf der Burg hatte ihm die Knochen wieder gerichtet, und nun saß der Ritter etwas blass, aber ansonsten guter Stimmung auf der Tribüne. Statt seiner trat Heinrich selbst in den Rund, was das Publikum mit langem und lautem Beifall bedachte. Dass der mächtige Fürst die Stelle des eher unbedeutenden Grafen einnahm, galt als Wertschätzung. Als Gottfried jedoch das prächtig gezäumte Pferd des Herzogs auf den Platz führte, war der Jubel und der Applaus der Zuschauer nicht geringer. Kai beobachtete von seinem Platz aus, wie sehr vor allem die weiblichen Zuschauer beim Anblick des Junkers in Jubel ausbrachen. Er würde ihm heute Abend von vielen schmachtenden Gesichtern berichten können.

Heinrich gewann erst das Stechen, dann den Zweikampf zu Pferd. Nur beim Zweikampf Mann gegen Mann ließ er sich vertreten.

Am selben Abend lud der Löwe zu einem großen Fest.

Erst traten Spielleute auf, die Lieder vortrugen, dann ließ der Herzog seinen Seneschall vortreten, der in langen blumigen Worten eine üppige Speisenfolge ankündigte. Kaum hatte er mit seiner Aufzählung geendet, als die Pagen in einer langen Reihe hintereinander hereinmarschierten. Jeder von ihnen trug eine Schale oder Platte. Darauf, kunstvoll angerichtet, lag Wildbret in vielerlei Art. Hirsch und Wildschwein, Waldtauben, Enten, Reiher, sogar Pfaue. Dann folgten Braten vom Schwein, vom Rind, vom Lamm und von jungen Ziegen. Ganze Berge gebratener Hühner wurden aufgetragen, dazu Schüsseln voller Obst und Gemüse. Es gab Weißkraut, sauer eingelegt mit dicken Speckstreifen gekocht, das dampfend heiß hereingetragen wurde, Kohl, der mit Gewürzen eingefärbt war, und kleine Hirsekuchen, die Heinrichs Frau so sehr schätzte.

Stimmengewirr erfüllte die Luft, und immer, wenn eine besonders große Schale hereingetragen wurde, ergingen sich die anwesenden Gäste in lauten Hochrufen und fröhlichem Applaus.

Kai war aufgeregt.

Heute Morgen, noch vor den ersten Kämpfen, hatte ihn der Seneschall, Herr Rabeneck, zu sich gerufen und ihm eröffnet, dass er am selben Abend an der Tafel des Fürstenpaares auftragen durfte. Als erstes Mal und dies, obwohl er keinerlei Übung darin hatte! Letzteres schien Herrn Rabeneck nicht zu stören. Er schickte ihn zum Barbier, der ihm die Haare schnitt und die Augenbrauen zupfte. Dann ließ er ihn ein neues Wams und ein paar Beinkleider anprobieren, und als alles passte, bekam Kai ein paar neue Schuhe mit langen Spitzen vorne dran.

»Fall mir nicht hin, sonst bleibt dies dein einziger Dienst bei Tisch«, ermahnte ihn der Seneschall.

Doch Kai hatte sich zu früh gefreut.

Er durfte natürlich nicht selbst bedienen, sondern nur Speisen in den großen Saal tragen, wo verdiente und geübte Pagen sie entgegennahmen, um dann richtig aufzutragen. Aber das war ihm gleich. Ja, er war aufgeregt, obwohl er nicht recht wusste, warum. War es, weil er viele berühmte Ritter zu sehen bekommen sollte? Oder weil er den Fürsten und seine Frau einmal mehr aus der Nähe betrachten konnte? Beide zeigten sich in prächtigen Gewändern.

Einerlei, Kai trug eine große Platte nach der anderen herein. Dieses Mal waren es Flusskrebse, die in einem heißen Sud schwammen. Das war zwar eher ein Essen für die armen Leute, aber der Herzog liebte es. Besonders, wenn sie in weißem Burgunder gesotten worden waren. Und genau das war mit diesen Krebsen geschehen. Eingehüllt in eine Duftwolke aus Wein und Kräutern bewegte sich Kai hinter den übrigen Pagen her, und als er im Saal angekommen war, griff ein älterer Page, den er nur vom Sehen her kannte, nach der Platte und nahm sie ihm ab. Kai trat zurück, bis er die Mauer des Saales in seinem Rücken spürte, und betrachtete das Bild vor sich.

An einer langen Tafel, die quer durch den ganzen Burgsaal ging, saßen auf langen Bänken unzählige Männer, die meisten in Begleitung ihrer Ehefrauen, Töchter oder Schwägerinnen. Keiner war ohne Schwert, und sie trugen ihren Reichtum bei dieser Gelegenheit ohne Scheu. Wann sonst konnte man byzantinische Seide, mit Zobelfellen verbrämte Westen, Leinenwämser mit kunstvollen Stickereien und mit Samt besetzte Kleider der Frauen bewundern? Während nur einige Männer ein Barett oder kleine Samtkappen auf ihren Häuptern trugen, war keine Frau ohne Schleierhaube gekommen, die manches Schmuckstück an der Stirn oder um den Hals noch deutlicher sehen ließ. Natürlich war dies nicht gottgefällig, aber es gab keine armen Ritter, die als Vasallen Herzog Heinrich dienten. Die Zeit war eine Zeit der Herren, und selbst wer nur ein kleines Lehen besaß, war auf seinem Land ein König.

Wie es die Sitte verlangte, warteten sie auf das Gebet und

einen Tischgruß des Herzogs. Erst dann begannen sie mit dem Essen. Der Boden um die Tafel herum war mit einer dicken Schicht frischer Holzspäne bedeckt, von der ein würziger Geruch aufstieg.

Große Hunde trotteten herein. Wolfshunde, eine Rasse, die nun sehr in Mode kam und von den Rittern in Aquitanien, in der Lombardei, aber auch im nördlichen Sachsen geschätzt wurde. Die Tiere, die ihren Herren mühelos bis zu den Hüften reichten, kauerten sich auf dem Boden nieder, darauf wartend, dass die ersten Knochen oder Fleischstücke von der Tafel herabgeworfen wurden.

Statt Tafelgeschirr aus Zinn ließ Heinrich große, flache Brotscheiben auflegen, auf die dann Fleisch und Pasteten, Getreide oder Obst gehäuft wurden. Die Gäste aßen bis auf das Brot alles auf, und waren sie fertig, legten die Pagen neue Brote auf. Es galt als unschicklich, das Brot zu essen. Entweder man warf es den wartenden Hunden zu, oder die Pagen sammelten es wieder ein, denn auf die saft- und soßengetränkte Unterlage warteten die Armen.

Zu Tisch sollte Gottfried singen.

Die Herzogin selbst hatte ihn darum gebeten, und ihre Bitte war ein ganz besonderer Gunstbeweis. Als er eintrat, applaudierten die Lehnsmänner höflich. Gottfried lächelte und wirkte tatsächlich etwas verlegen. Kein Wunder, einen Höfling zu beklatschen galt als Ausnahme und Gunstbeweis gleichermaßen. Aber nicht wenige Ritter hatten bei den Übungskämpfen zugesehen, und die Geste des Junkers gegenüber seinem Kontrahenten, dem Ritter Ligsalz, hatte sie beeindruckt. Gottfried nahm seine Laute, das Stimmengewirr wurde daraufhin leiser, und auf ein Nicken der Herzogin begann er zu singen.

»Wie glückselig ist die Kammer,

wo die Hochzeit stattfand,
wo der Bräutigam der Braut
heute einen Kuss gab;
doch herrschte dort keine Gefahr
für ihre Unschuld …«

Nun lachten einige leise, und die Gesichter der meisten Frauen färbten sich in zartes Rot, doch Gottfried sang die letzte Zeile.

»… nur die Gewalt des Heiligen Geistes.«

Nach diesen Worten klatschten alle.

Gottfried Stimme war gut, zumal es ihm gelungen war, die Sätze langsam zu singen, sodass sie alle verstehen konnten. Zudem sang er in der Sprache der Franken und nicht in Latein.

So, wie er da saß, ruhte so mancher Blick lange und wohlgefällig auf ihm. Er war ein schöner Mann, und seine Art, besonders sein freundliches Lachen, ließ erneut so manche Frau auf der Burg hoffen, genau wie so manchen Mann, den so eine glatte, helle Haut, gepflegtes Haar und ein solch hübsches Gesicht zum Schwärmen brachte.

»Bravo!«, rief Heinrich.

Er erhob sich von seinem Platz und blickte auf die Schar der zahlreichen Gäste, die entlang der Tafel saßen.

»Gottfried hat uns allen gezeigt, welch ein edler Geist in ihm steckt. Ja, er berechtigt zu großen Hoffnungen.«

Ein Raunen ging durch den Saal, und zahlreiche Adelige begannen schnell mit ihrem Nebenmann zu flüstern. Was bahnte sich hier an? Gab es heute Abend noch ein Ereignis zu feiern? Kai hielt unwillkürlich den Atem an. Tatsächlich, neben Heinrich lag sein Schwert!

»Ihr müsst wissen, er ist mein Junker«, fuhr Heinrich lauthals fort. »Ja, dazu mein Ohr und Mund, etwa wenn es darum geht, einen Brief an meinen hochwohlgeborenen Vetter Friedrich, unseren Kaiser, zu schreiben.«

Nun klatschten alle Beifall, und Gottfried senkte bescheiden den Kopf. Der Herzog hob die Hand. »Und er ist der Troubadour meiner Frau.«

Die Anwesenden raunten wohlwollend, schwiegen dann höflich. Einige nickten mit den Köpfen in seine Richtung.

»Nicht wahr, Gottfried?«

»Es ist so, wie Ihr sagt, mein Fürst.«

Heinrich trat zu ihm und legte ihm die Hand auf die Schulter.

»Junker, ich suche nach einem Mann, der Worte ausspricht, die niemand sonst wagen würde auszusprechen. Außer, er will seinen Kopf gerne in der Schandgeige sehen.«

Die Zuhörer lachten. »Oder seine Zunge gleich dem Henker überlassen? Sag mir, wen kann ich wohl meinen?«

»Ich weiß nicht, mein Fürst«, entgegnete Gottfried, als ihn der Herzog erneut anblickte.

»Oh, nun enttäuschst du mich aber.«

Die Anwesenden lachten leise und verhalten, genossen aber sichtlich die Rede ihres Gastgebers.

»Denk nach«, begann Heinrich erneut, trat einen Schritt zurück und blickte sich Beifall heischend im Rund seiner Gäste um.

Es war beinahe still in dem großen Saal, und Kai glaubte, dass nur sein Herzschlag zu hören sei.

»Ihr meint den Narren, Herr«, stellte Gottfried fest, und als Heinrich nickte, lachten und klatschten die übrigen Ritter und Frauen.

Erneut dauerte es ein wenig, bis sich das Stimmengewirr gelegt hatte.

»Genau, den Narren. Ich habe darüber nachgedacht und

stelle fest: Ich habe keinen. Und hätte so gerne einen. Deshalb hab ich mir gedacht, dass du heute Abend mein Narr sein sollst.«

Nun klatschte niemand mehr, und auch das Lachen erstarb.

»Aber mein Herr, dazu bin ich nicht geschickt genug.«

»Du bist nur bescheiden, Gottfried, aber das kenne ich ja an dir.«

»Mein Fürst …«

Heinrich unterbrach ihn mit einer ungeduldigen Geste.

»Nein, sei still. Das wäre auch im Sinne meiner Gemahlin.«

Als Heinrich seinen Blick zu ihr wandte, legte sie ein Stück Fleisch langsam, mit spitzen Fingern auf ihren Teller zurück.

»Nicht wahr, geliebte Frau?«, fragte Heinrich. »Es ist doch auch in deinem Sinne, dass ein Troubadour *alle* seine Qualitäten zeigt, auch die, die wir noch nicht von ihm kennen.«

Sie senkte den Blick. Kai blickte zu Gottfried. Er sah, wie er verlegen wurde, in einer Art, die Kai so noch nie an ihm bemerkt hatte. Der Kopf der Herzogin blieb gesenkt, und sie starrte auf den Rest ihres Essens. Bruder Aethelstan, der nicht weit von ihr saß, begann, auf seinem Platz unruhig hin und her zu rutschen.

»Sieh nur, Gottfried, ich habe sogar etwas für dich«, begann Heinrich weiterzusprechen.

Ein Diener trat neben den Herzog und überreichte ihm eine Kappe aus besticktem Samt. An allen Seiten war der Stoff zu kleinen bestickten Spitzen genäht, und an jeder einzelnen baumelte eine kleine Glocke, ähnlich wie sie auch Schafen gerne um den Hals gehängt wurde. Der Herzog griff mit zwei Fingern nach einer Glocke und ließ sie tönen.

»Na?«, fragte er laut in die Runde. Alles johlte, und die Wogen schlugen noch höher, als er sich umwandte, die Kappe seinem Junker aufs Haupt setzte und dann zurücktrat. »Eine Narrenkappe! Seht nur, sie passt!«

Sie klopften auf die Tische vor Vergnügen. Nur Bruder Aethelstan senkte sein Haupt; er schien der Einzige zu sein, der keinen Gefallen an diesem Scherz hatte.

»Mein Herr«, begann Gottfried, und obwohl er gute Miene zu diesem Spiel machte, war seine Verlegenheit zu spüren, »mein Fürst, ich kann nicht in diese Rolle schlüpfen.«

»Man kann alles lernen. Wenn man dafür der Dame seines Herzens dient, ist jeder Aufwand gerechtfertigt, meinst du nicht?«

»Aber, mein Fürst«, protestierte Gottfried vergeblich.

»Nicht wahr?«

Wieder schwiegen alle und blickten verwundert auf den Herzog und seinen ersten Mann im Saal. Die leise Schärfe war selbst denjenigen nicht entgangen, die dem Wein und dem Met großzügig zugesprochen hatten.

Kai blickte auf die Herzogin. Sie hob endlich ihren Kopf, und als er ihr Gesicht sah, erschien es ihm so lieblich wie nie zuvor. Sie kämpfte mit sich. Aber würde sie etwas sagen? Nein, musste er gleich darauf denken, warum sollte sie? Sie war die Frau des Herzogs, und ein Mann, der eine Dame umschwärmte und sie anbetete, musste auch mit dem Spott leben, den diese Schwärmerei mit sich brachte.

Gottfried wollte nach der Kappe greifen, aber Heinrich sagte nur: »Lass sie da, wo sie ist, und sei unser Narr heute Abend. Ich wünsche es, und meine Frau wünscht es auch.«

Er sah sich zu ihr um und sah, dass sie noch immer ihren Blick auf dem Junker ruhen ließ.

»Nicht wahr, meine Liebe?«, fragte er laut.

Niemand wagte zu atmen, bis die Herzogin ihren Gemahl ansah, danach den Junker. Schließlich nickte sie. Kai wagte nicht zu atmen, doch als er den Kopf umwandte, blickte er durch einen hohen schmalen Türbogen, der in den Vorraum führte, in dem zahlreiche Mägde und Knechte beschäftigt waren. Und einige hatten sich dort neugierig versammelt, um dem Treiben zuzusehen. Ganz vorne stand Eleonore, die hübsche Küchenmagd, und hielt sich beide Hände vor den Mund. Kai sah, wie sehr sie bei dieser Posse litt.

»Nun mach uns allen und der Frau des verklärten Herzens die Freude. Sei ein Narr, Junker!«

Gottfried stand auf, trat vor die Tafel und lächelte. Dann beugte er kurz den Kopf in Richtung der Fürstin, nickte erst ihr und dann seinem Herrn zu.

»Musik!«, befahl Heinrich laut. »Spielt den Bärentanz!«

Zögernd begannen die Ersten zu klatschen. Der Tanz war recht bekannt, denn fahrende Bärentreiber spielten ihn, während sie gefangene und für den Tanz abgerichtete Braunbären vor Publikum auftreten ließen. Die Spielleute begannen mit der Melodie, und Gottfried drehte sich im Kreis, wiegte seine Hüften und bemühte sich dabei, den unbeholfenen Tanz eines Bären zu imitieren.

Da hob Heinrich lachend seinen Becher an den Mund und stürzte den Inhalt mit einem Zug hinunter. Und die übrigen Gäste taten es ihm gleich. Eleonore wandte sich um, stieß die hinter ihr Stehenden zur Seite und eilte davon. Auch Kai war aus dem Saal gelaufen, den Gang entlang, und es war ihm egal gewesen, dass er beinahe andere Dienstboten, ja sogar edle Herren und Damen umgerannt hätte. Er hoffte nur, dass niemand seine Tränen sah. Tränen der Wut, denn er war sehr wütend und enttäuscht. Weniger über die Haltung des Burgherrn. Eher über das Verhalten von Gottfried, seinem Vorbild und Mentor. Er war ein Junker! Versierte Ritter wie Herr Ligsalz oder Herr Ludowig forderten ihn heraus, weil sie sein Können schätzten. So, wie es die Frauen auf der Burg schätzten, wenn ihnen der hübsche, charmante, fröhliche und kluge Junker Gottfried Komplimente machte, sie sogar zart küsste. So, wie es Bruder Aethelstan schätzte, wenn der Junker in leidenschaftlichem Disput über die Wahrheit parlierte, und wie es jedermann tat, der mit ihm zu tun hatte. Und nun ließ er sich zum Narren machen! Dabei war es nicht das Amt, o nein. Der Narr ist nur eine Figur, hatte Aethelstan einmal gesagt, der die Dinge mit Namen nennt, die sonst keiner aussprechen darf. Aber wie konnte das gehen, dass ein Junker dieses Amt übernahm? Kai flüchtete sich in die gemeinsame Kammer und fiel auf sein Bett, aber er konnte nicht einschlafen.

18

Später dann, als sich die Tür leise knarrend öffnete, setzte er sich auf seinem Strohsack auf.

Gottfried trat ein, in seiner Hand eine Kerze. Er trat zu seinem Schlafplatz, stellte die Kerze auf den Boden und setzte sich langsam auf das Bett. Als er seinen Kopf hob, blickten sie einander an. Sie schwiegen. Kai fühlte, wie sich seine Augen mit Tränen füllten. Er wollte es nicht, aber das passierte ihm seit dem Tod des unglücklichen Rudolph immer wieder. Er zog die Nase hoch.

»Nun sag schon was«, forderte ihn Gottfried auf.

»Warum?«, fragte Kai.

Gottfried schwieg und vermied es, Kai weiterhin anzublicken.

»Warum hast du dir das gefallen lassen? Du, ein Junker. Auf der Suche nach der Wahrheit.«

»Ach, die Wahrheit«, seufzte Gottfried leise.

Er legte die Narrenkappe behutsam neben sich und schob den mit Gänsefedern gefüllten Leinensack, der ihm als Kopfkissen diente, bis zur Wand hinter seinem Bett. Dann legte er sich auf den Rücken und verschränkte beide Arme im Nacken.

»Bruder Aethelstan hat gesagt«, begann Kai und stockte dann mitten in seinem angefangenen Satz.

Er schwieg und zog erneut seine Nase geräuschvoll hoch.

»Was hat er gesagt?«

Gottfried drehte bei seiner Frage den Kopf, und in der engen Kammer tanzte sein Schatten über die kahlen, roh gemauerten Wände. Durch eine winzige Fensteröffnung wehte ein kühler Lufthauch und trug das Geräusch eines Mannes herein, der hustete. Einer der Wachtposten, die ihre Runde auf der Burgmauer machten. Wie jede Nacht.

»Du bist enttäuscht von mir, nicht wahr?«, fragte er, und als Kai darauf nicht antwortete, seufzte er. »Doch ja, du bist enttäuscht, ich weiß es. Aber Heinrich ist mein Herr. Ich, du, wir alle unterliegen seiner Gnade. Und seiner Willkür.«

»Bruder Aethelstan hat es dir gesagt«, entgegnete Kai schniefend, »dass auch Gott dein Herr ist. Und *er* ist auch die Wahrheit.«

»Ja«, seufzte Gottfried, »das war eine von Heinrichs Launen. Morgen ist ein neuer Tag, und der Fürst hat alles vergessen, genau wie ich. Du solltest dasselbe tun.«

»Das glaubst du wirklich?«

»Kai, mein einziger Wunsch ist größer und mir wichtiger als alles andere: Ritter will ich werden. Das weißt du. Sag nichts, denn ich kenn alle deine Einwände: Dass ich nicht aus adeligem Hause stamme, keinen großen Namen, keine Ländereien hab. Ich erbe auch kein Lehen. Aber ich bin auf dem Weg, einmal die Würde eines Ritters zu erhalten. Ich weiß es! Weil ich es fühle! Heinrich kann mir diese Ehre nicht länger verwehren.«

»Und dafür bist du bereit, dich zum Narren machen zu lassen?«

Statt einer Antwort blickte Gottfried an die Decke, und eine Weile sagte er nichts. Eine Motte tanzte dort und flog dann auf das Licht zu.

»Der Himmel allein schickt uns Regen und Wind, lässt dem Tag die Nacht folgen, sorgt für uns. Dafür will Gott nicht viel, nur die Aufmerksamkeit für sich. Die wünscht er von allen Menschen, gleich welchen Standes. Lange glaubte ich, dies sei der Grund, warum wir in dem Stand verharren, in den wir geboren wurden.«

»Aber ist es nicht so?«, warf Kai ein.

»Nein, wir sind bequem und glauben, das Leben verlangt von uns wenig Aufwand, keine Anstrengung. Einmal erschöpft, voll wie ein Scheffel Hafer, dann glauben wir, ist es genug.«

»Eigenes Denken ist nicht immer richtig«, begann Kai düster.

»Weil zu wenige Menschen denken! Einige tun es ja, aber der Rest ist einfach nur bequem. Weißt du nicht, wie sie reden? Tu dein Tagwerk und denk nicht an die Grillen, die doch nur Wunschträume sind. Jeder bleibe in seinem Stand und folge lieber einem Herrn, als selbst zu denken und zu handeln. Ja, so reden sie! Aber sie sind gleich dabei, diejenigen zu tadeln, die denken. Denken wir beide etwa nicht? Und stellen wir dabei nicht immer wieder fest, dass es uns der Wahrheit näher bringt?«

Jetzt lachte Gottfried, drehte sich auf die Seite, stützte sich auf einen Arm und blickte zu Kai hinüber.

»Ich will nicht verharren, denn ich habe meinem Herrn treu gedient und werde dies weiter tun. Treu, so wie ich es geschworen habe. Doch dafür will ich alles: die Liebe, das Leben und die Ehre eines Ritters. Diesen Handel muss Heinrich mit mir machen.«

»Dafür darf er dich zum Narren machen«, zischte Kai noch einmal und bereute sogleich die voreilig ausgesprochenen Worte.

Gottfried drehte sich langsam um, bis er wieder auf dem Rücken lag.

»Hätte ich keine Liebe, ich wäre bloß ein Narr, eine lärmende Schelle!«, begann er. »Ich wünsche mir, dass du einmal die wahre Liebe erfährst. So tief und schön, so rein wie ich. Dann wirst du verstehen. Was ist dagegen das Amt eines Narren?«

Kai drehte sich wortlos zur Wand, und während er dabei dem Pochen seines aufgewühlten Herzens lauschte, hörte er, wie Gottfried die Kerze ausblies.

»Die Liebe besiegt alles«, sagte er. Kai antwortete ihm nicht darauf.

Er schwieg, bis er eingeschlafen war.

19

Gottfried lauschte lange in die Dunkelheit.

Der Junge schlief, so wie die übrige Burg, aber er konnte nicht schlafen. Nicht nach den Ereignissen an diesem Abend, nicht nach all dem, was passiert war. Langsam richtete er sich auf. Es machte ihm nichts aus, dass es dunkel war, denn da, wo er jetzt hinwollte, brauchte er kein Licht. Er kannte den Weg, denn er war ihn oft in Gedanken gegangen.

Dann stand er vor der Kammertür. Sie musste ihn gehört haben, denn bevor er zaghaft anklopfen konnte, öffnete sie ihm. Aber er trat nicht ein, sondern blieb stehen und blieb es noch, als er ihre leise flüsternde Stimme hörte.

»Komm.«

Er zögerte noch immer.

»Komm zu mir«, bat sie erneut, und dann erst folgte er ihrer Bitte.

Er trat ein. Sie wartete, bis er die Tür geschlossen hatte. Dann sah sie an ihm vorbei, und er verstand. Er tastete nach dem Riegel und legte ihn langsam vor die winzige Kammertür.

Dann blickten sie einander an. Sie trug nur ein hauchdünnes Hemd, das ihr bis zu den Füßen reichte, ihr Haar war offen und unbedeckt.

»Ich hatte gehofft, du wärst noch auf«, flüsterte er.

»Ich konnte nicht schlafen. Weil ich mir gewünscht habe, dass du kommst«, antwortete sie leise.

»Als ich nach dir sah, warst du verschwunden.«

Sie nickte nur langsam, und dabei sah sie ihn unverwandt an.

»Diese Posse heute Abend…«, begann er, doch sie legte ihren Finger auf den Mund.

Er verstand. Sie hatte Recht, was sollte er noch darüber reden? Er war hier, bei ihr. Das war wichtig, nichts anderes. Aber gerne hätte er etwas gesagt, um die seltsame Begebenheit zu erklären.

»Er ist unser Herr, er darf es tun«, begann er, aber wieder schüttelte sie schnell den Kopf.

»Sprich nicht davon. Du bist hier, und ich hatte mir so gewünscht, dass du kommst.«

»Ich konnte an nichts anderes mehr denken als an dich«, sagte er nur und blickte sie an.

»Liebster«, hauchte sie, und sein Herz schlug schneller.

Nun griff sie nach ihrem Hemd und zog an der Schleife auf ihrer Brust. Wie ein Vorhang fiel der Stoff auf den Boden, und sie stand da, ihr ganzer Körper ein leises Beben. Ihre Nacktheit raubte ihm beinahe den Atem. Wie schön sie ist, musste er denken, schöner als ich sie mir vorstellen konnte. Sie trat auf ihn zu, er nahm sie in die Arme und küsste sie lange. Dann hob er sie hoch und trug sie die wenigen Schritte zu ihrem Bett und legte sie darauf nieder. Sie sah ihm zu, wie er seine Kleider auszog und sich zu ihr legte. Und dann war ihr Mund auf seinem Mund, seine Haut auf der ihren, und mit ihren Händen erforschten sie einander. Sie liebten sich, als müssten sie jeden Augenblick nachholen, der ihnen bisher verwehrt geblieben war. *Folge deinem Herzen, denn die Liebe besiegt alles.*

Als sie voneinander ließen, die Körper noch heiß von der Wonne ihrer Nähe, blieb er ganz dicht neben ihr liegen. Langsam ringelte er eine Locke von ihrem langen Haar um seinen Finger. Sie hatte die Augen geschlossen.

»Die Wahrheit«, murmelte er. »Du bist die Wahrheit.«

Sie rückte ganz nahe zu ihm, und er blies die Kerze aus. Er fühlte sich nicht verletzt oder gar gedemütigt, sondern nur zufrieden. Und glücklich.

20

Am nächsten Morgen schien alles so wie immer.

Gottfried war längst auf und lärmte geschäftig in der gemeinsamen Schlafkammer umher, während er sich wusch und sein Haar kämmte.

Kai setzte sich in seiner Bettstatt auf und sah ihm dabei zu. Er hatte zwar geschlafen, aber wieder einmal hatten ihn seltsame Träume gequält. Der letzte war wieder der schrecklichste gewesen: eine Frau, die mitten im Feuer stand. Sie brannte lichterloh…

»Und, wie seh ich aus?«, wollte Gottfried wissen.

»Wie immer.«

»Ich meine mein Haar.«

»Wie immer.«

»Hast du schlechte Laune?«

»Nein.«

»Gut, dann erheb dich, mein Herr. Wir wollen in die Messe.«

»Wird Eleonore auch da sein?«, wollte Kai wissen.

Kai forschte im Gesicht des Junkers. Er wurde nicht rot, und auch sonst war keine Spur von Verlegenheit zu sehen.

»Eleonore? Wie kommst du darauf? Sie wird da sein, aber sie sitzt weit hinten, beim Gesinde. Ich werde sie kaum sehen können.«

»Natürlich, ich vergaß. Narren sitzen bei ihrem Herrn.«

Gottfried sog langsam die Luft ein, und Kai sah, wie er sich beherrschte.

»Sieh zu, dass du aus dem Bett kommst«, entgegnete er eisig und wandte sich zur Tür.

»Gottfried!«

Er blieb stehen, ohne sich umzublicken.

»Was immer die Wahrheit ist, aber ein Ritter ist stolz.«

Gottfried öffnete die Tür, und noch immer wandte er sich nicht nach Kai um.

»Ich werde Herrn Ludowig bitten, mich anzuhören. Er muss mir erzählen, was er weiß. Denn ich will aus Badenweiler fortgehen. Nach Innsbruck. Vielleicht erfahre ich dort, woher ich komme und wer ich bin«, sagte Kai.

Wortlos trat Gottfried hinaus und ließ die Tür ihrer Schlafkammer hinter sich zufallen.

Sie sprachen nicht mehr darüber, aber ein Woche nach diesen Ereignissen saß Gottfried in der Studierkammer der Burg und bereitete ein paar Dokumente vor, die Heinrich noch am selben Tag mit seinem Siegel versehen wollte. Die letzten Gäste des Turniers hatten Badenweiler verlassen. Ein Diener öffnete die Tür, und Heinrich trat mit raschem Schritt ein.

»Gott sei hier, mein Herr!«, grüßte ihn Gottfried und erhob sich von seinem Platz.

Der Herzog begrüßte ihn mit einem kurzen Kopfnicken.

»Bist du damit fertig?«, fragte er und deutete mit dem Kopf auf die Pergamente.

Heinrich mochte keinen Schreibkram. Er las, was man ihm vorlegte, genau, und was er nicht verstand, ließ er sich erklären. Aber er setzte ungern eigene Worte auf und verließ sich lieber auf seinen Sekretär. Auf Gottfried.

»Es ist alles bereit für deinen Namen und das Siegel«, begann Gottfried, dann schwieg er und suchte nach weiteren Worten.

»Ist noch was?«

»Der Junge. Kai. Er will die Burg verlassen.«

Der Junker blickte in das Gesicht seines Fürsten. Aber den schien diese Eröffnung nicht sonderlich zu interessieren.

»Warum erzählst du mir das?«, fragte er und ließ sich auf einem Stuhl vor dem kleinen Tisch nieder.

Er nahm eines der Pergamente und studierte es. Gottfried stand immer noch da und schwieg.

»Ich habe dich gefragt, warum du mir das erzählst.«

»Weil ich wissen will, ob du gestattest, dass er geht.«

Heinrich legte das Pergament auf den Tisch zurück.

»Du hast ihn damals hergebracht«, stellte der Herzog fest.

»Ja, mein Fürst.«

»Sein Geist ist nie mehr zurückgekehrt, nicht wahr?«

»Nein, er kann sich bis heute an nichts erinnern. Er weiß nur seinen Namen und dass er vielleicht aus Innsbruck stammt.«

»Und, stimmt das?«

»Es ist möglich, aber …«

»Was aber? Red schon, was weißt du noch?«

Der Herzog sah ihn an, und Gottfried bemühte sich, dem forschenden Blick standzuhalten.

»Der Ritter Herr Ludowig stammt aus dem Bayerischen, und er glaubte, in dem Jungen den Sohn eines Salzhändlers zu erkennen.«

»Er glaubte?«, fragte der Herzog langsam.

»Ja, er war sich nicht sicher, meinte, dass er sich auch getäuscht haben könnte.«

»Weiß der Bursche davon?«

»Ja.«

Der Herzog verzog seinen Mund zu einem breiten Grinsen.

»Wie ich es damals schon sagte: Du hättest ihn ertränken sollen.«

Heinrich ergriff erneut einen Bogen Pergament und begann zu lesen. Dann blickte er auf. Gottfried stand noch immer vor ihm.

»Er kann gehen. Aber sag ihm, dass er nie mehr zurückzukommen braucht.«

Teil Zwei

Die Salzhändler

Der Krieg, sagt man, dauert hundert Jahre.
Er unterscheidet sich nicht sonderlich von dem,
der ihm vorausging.
Nicht mehr als von dem, der ihm folgen wird.
Wie Hagel oder wie die Pest stürzt sich
der Krieg auf das Land,
wenn man ihn am wenigsten erwartet.
Wenn die Kornähren schwer und
die Mädchen hübsch sind.

François Bourgeon, *Die Gefährten der Dämmerung*

Halleluja!
Der Gerechte wird grünen wie ein Palmbaum
und wie eine Zeder breit wachsen.
Halleluja!

Augustinus

21

Der Salzsteig folgte der Brücke über den Fluss. Aus dem einstigen Handelsplatz war längst eine respektable Stadt geworden. An der »Brücke über den Inn« lebte es, geschäftig und lebendig. Doch Kai erinnerte sich nicht an diesen Ort.

Er durchwanderte Innsbruck bis zum späten Nachmittag und hoffte, auf irgendetwas zu stoßen, das ihm vertraut vorkam. Doch da war nichts. Kein Haus, keine Gasse, nichts kam ihm bekannt vor. Wäre das Wetter nicht so mild und heiter gewesen, wäre er in tiefe Traurigkeit verfallen, schlimmer als je zuvor, seit er die Burg des Löwen verlassen hatte.

Als er schon aufgeben wollte, hielt er einen Gassenjungen an und fragte ihn, ob es hier eine Familie mit dem Namen Zierl gebe. Der Junge überlegte nicht lange, sondern deutete auf ein großes Haus unweit der Stadtmauer. Mehr wusste er auch nicht zu sagen, denn er war noch keine neun Jahre alt und kannte die Geschichten der alten Familien nicht.

Das Anwesen nannte sich »Beim Zierl« und war ein auffallend stattliches Gebäude. Das Mauerwerk war zur Straße hin mit Holzbalken unterteilt, die Stützbalken mit Schnitzereien verziert. Alle Wandflächen bis unter den Giebel zeigten bunte Fresken: schwere Frachtwagen, die sich ihren Weg über das Land und das Gebirge suchten. Das ganze Haus, drei Stockwerke hoch, bis zum Giebel schmaler werdend, strahlte Reichtum aus. Es zeigte den Stolz eines Standes, dem seine Besitzer bereits seit Generationen ihr Auskommen verdankten. Hier lebte die Familie Zierl, und sie lebte vom Salz. Doch obwohl er das stattliche Haus eine ganze Weile lang betrachtete, regte sich nichts, was ihn an irgendetwas aus seiner Kindheit erinnert hätte.

Auf der Straße herrschte rege Geschäftigkeit.

Gleich nach dem Stadttor führte der Salzsteig an einer Reihe kleinerer, schmaler Häuser vorbei. Dann ragte das Handelshaus ein wenig in die Straße hinein, und genau in der Mitte begann eine Hofeinfahrt, durch die sich ständig schwere Frachtwagen schoben. Einer der Wagen, verstaubt und die Räder voller hart verkrustetem Schlamm, war so hoch beladen, dass er gerade durch die Einfahrt passte, über der sich die Außenmauer des Gebäudes schloss.

Niemand beachtete ihn, und das Tor blieb offen stehen. So trat er nach dem Gespann durch die Einfahrt und fand sich in einem großen, überraschend breiten und hellen Innenhof wieder. Zahlreiche Knechte waren damit beschäftigt, Ochsen und Maultiere anzuspannen oder die Tiere zu füttern und zu tränken. Auf der rechten Seite lag ein offener Torbogen. Dort glühte in einer Esse ein Kohlenfeuer, und Kai hörte den Klang von Hammerschlägen auf blankem Eisen.

Frachtkutscher standen in kleinen Gruppen zusammen, stolz ihren Stand zeigend: knielanges Wams aus Leinen oder fein gewebter Wolle, darunter Beinlinge aus fein gegerbtem Rehleder, an den Knöcheln zusammengebunden, derbe Holzpantinen an den Füßen, mit Lederriemen festgebunden, damit sie ihr Träger beim Laufen nicht verlor. Alle trugen breite Hüte aus Filz, die in heißem Dampf in Form gebogen wurden. Kein Hut war ohne Schmuck. Muschelschalen, Kornähren und das Kreuz, alles Pilgerzeichen aus Blei und Zinn, Falkenfedern, kleine Messingschellen. Derlei Hüte waren wie die langstieligen Peitschen Stolz und Wahrzeichen der Fuhrknechte, vornehmlich der Salzkutscher oder Salzfahrer, wie man sie auch nannte.

Die Fracht bestand überwiegend aus Salz, aber auch aus Getreide und Mehl, das in großen Säcken abgeladen wurde. Dazu lenkten die Fuhrknechte ihre Wagen nahe an die vordere Hauswand des großen Kontors. Fuhrknechte spannten die Zugochsen aus, Pferde waren seltener in den Gespannen. Andere Knechte kletterten auf den großen Wagen hinauf und zerrten die schweren Planen zur Seite. Unter dem Firstbalken des Kontorgebäudes hing ein Seil herab. An dessen Ende hing ein Haken, und daran befestigten sie immer zwei Säcke auf einmal. Dann ertönte der Ruf »Auf!«, und sogleich begannen kräftige Hände im Inneren des Hauses zu ziehen. Über einen Flaschenzug gelenkt, glitten die schweren Säcke rasch in die Höhe, bis sie an einem offenen Laden in der Wand von kräftigen Händen gepackt und ins Innere gezogen wurden. Das alles geschah schnell und sicher und wirkte auf einen Beobachter wie eingeübt. So ein Frachtwagen war in weniger als einer halben Stunde vollständig abgeladen. Dann schoben zahlreiche Helfer den Wagen in eine Remise, um Platz für den nächsten zu machen. Kai war von dem reibungslosen Ablauf beeindruckt.

»Was machst du hier?«, wollte ein Mann wissen.

Er war unbemerkt neben ihn getreten und musterte ihn aufmerksam. Kai war nicht sonderlich teuer gekleidet, aber er sah auch nicht wie einer jener Taglöhner aus, die von Hof zu Hof zogen, um sich als Knecht zu verdingen.

»Hab zugesehen«, antwortete Kai.

»Aha, und? Suchst du Arbeit?«

»Nein, ich…« Jetzt zögerte er. »Ich such nach meinen Leuten.«

Der Mann nickte, so als ob er genau verstehen würde.

»Kaufleute oder Fuhrleute?«, wollte der Mann wissen.

»Beides«, entgegnete Kai.

»Und wie heißt man deine Leute?«, fragte der Mann geduldig.

»Zierl.«

Der Mann blickte ihn aufmerksam an. »Zierl? So heißt unser Brotherr. Wer bist du?«

»Kajetan Zierl«, entgegnete Kai und forschte im Gesicht des anderen nach einer Reaktion, Überraschung oder Freude über ein Wiedersehen. Doch davon war nichts zu merken.

»Hab Geduld mit mir«, entgegnete der Mann scheinbar unbeeindruckt, »aber ich bin erst seit zwei Jahren hier. Geh durch die Pforte da und frag dort nach. Vielleicht kann man dir helfen.«

»Hansei!«, rief eine Stimme. Der Mann drehte sich um.

»Komme gleich!«

Er wandte sich wieder an Kai. »Dort drüben!«

Er deutete mit dem Arm auf eine Tür, und dann ließ er ihn stehen. Der Mann eilte zu einem großen Wagen, der jetzt leer von Knechten über den Hof gerollt wurde. Ein weiterer Mann trat ihm in den Weg.

»Wer war das?«

»Einer, der behauptet, ein Zierl zu sein.«

Der andere lachte. »Was, schon wieder einer?«

Da lachte auch der Mann mit dem Namen Hansei.

»Ja, schon wieder einer. Jetzt ist das Dutzend bald voll. Aber der Herr hat gesagt, wir sollen alle zu ihm schicken. Das hab ich gemacht.«

Da lachten sie beide und legten dann rasch Hand mit an, um den schweren Wagen aus dem Weg zu rollen.

Kai war vor die Pforte getreten. Mit einem Hammer, der

an einer Schnur neben dem Eingang hing, klopfte er gegen das Portal. So wie es alle taten, die Einlass in das Handelshaus begehrten. Nach einer Weile wurde eine winzige Klappe in der schweren Tür geöffnet. Zwei Augen musterten ihn.

»Gott sei hier!«, grüßte Kai.

»Gott zum Gruße, junger Herr. Was kann ich dienen?«, fragte ihn eine Frauenstimme.

»Ich bin Kai.«

Die Augen blickten ihn an.

»Wie sagtet ihr, junger Herr?«

»Kai«, sagte er, »aber meine Mutter nannte mich Kajetan.«

Die Gestalt stieß einen leisen Schrei aus, dann schlug sie die kleine Fensterklappe zu, und er hörte, wie die schwere Tür geöffnet wurde. Vor ihm stand eine alte Frau. Sie starrte ihn an, als wäre er der Leibhaftige.

»Kai?«

Er nickte nur, denn sein Mund war plötzlich wie ausgetrocknet. Es hätte zu keiner weiteren Silbe, geschweige denn einem Wort gereicht.

»Jesus und Maria, Heilige Mutter Gottes, der junge Herr«, hauchte die Frau, und als Kai auf sie zutreten wollte, blieb sie immer noch in der Tür stehen.

»Aber der junge Herr ist tot«, hauchte sie entschuldigend.

»Nein, ich bin nicht tot. Ich bin hier und lebe. Ja, ich lebe und ich bin Kajetan Zierl.«

»Die Stimme«, sagte sie, »die Stimme ist ähnlich, und das Haar. Das Gesicht, ja das Gesicht …«

Er konnte ihr nicht weiterhelfen und zuckte eine wenig hilflos mit den Schultern.

»Kai«, hauchte sie plötzlich und hielt sich dic Hand vor

den Mund. Das Haar der alten Frau war beinahe weiß, und sie ging leicht gebückt. Und er sah, dass sie kurzsichtig war. Aber das erste Mal hatte er ein leises Gefühl der Hoffnung. Da war jemand, der sich scheinbar an ihn erinnerte. Ihm sagte die Frau nichts. Trotzdem lächelte er sie an, und da trat sie plötzlich vor und schloss ihn in ihre Arme. Sie drückte ihn an sich, ließ ihn dann gleich wieder los und zog ihn ins Haus. Als die schwere Tür hinter ihm zugefallen war, konnte man den geschäftigen Lärm aus dem Hof nur noch verhalten hören. Kai sog langsam die Luft ein. War da ein Geruch, den nur ein lang vertrauter Ort haben kann? Düfte, die man nie vergisst, wo immer hin es einen verschlägt? Denn da war er sich sicher: Einen Geruch konnte man ebenso wenig vergessen wie ein oft gesagtes Wort oder eine vertraute Melodie. Aber nichts regte sich in seiner Erinnerung. Gar nichts.

22

»Lobet den Herrn«, rief die alte Magd, während sie hastig in das Zimmer trat.

»Gunda!«, tönte es scharf.

Sie hielt inne in ihrer Begeisterung und blickte den Meister an.

»Was ist denn los?«, wollte Hannes Zierl wissen. »Ist das eine Art, so hereinzuplatzen? Hast du vergessen, was sich gehört?«

Auf einem schweren, mit einem Samtstoff bezogenen Tisch lagen Geldstücke, einige Bogen Pergament, Siegelwachs und ein schwerer silberner Ring. Zierl war dabei gewesen, Lohngelder zu zählen.

»Also red schon, bevor du platzt«, brummte er die Magd an.

»Der junge Herr, er lebt!«, sprudelte sie hervor.

»Wovon redest du?«, fragte Lotte, Zierls Ehefrau.

Sie erhob sich von ihrem Platz am Fenster. Dort hatte sie an einem Teppich gewebt. Langsam trat sie neben ihren Mann.

»Kai lebt, hochherzige Frau.«

»So, er lebt«, entgegnete Zierl kühl und ohne sonderliche Anteilnahme. Er sah seine Frau an, die kaum merklich den Kopf schüttelte.

»Und wo ist er jetzt?«, wollte er wissen.

»Na hier, Meister, hier. Er wartet draußen. Ich führe ihn gleich herein«, sagte die Magd und wandte sich um.

»Nein!«, sagte Zierl.

Die Magd blickte in das teilnahmslose Gesicht ihres Brotherrn und in das nicht minder bemüht teilnahmslose Gesicht seiner Frau.

»Bist du noch bei Verstand? Da kommt schon wieder ein Kerl von der Straße, sagt, er sei mein verschollener Neffe, und du hast nichts Besseres zu tun, als ihn hereinzubitten?«

»Aber Meister«, begann die Magd, doch der Mann blickte sie streng an.

»Jeder dahergelaufene Lumpenkerl kann derlei behaupten.«

»Aber er ist es. Dieses Mal bin ich mir sicher, ich… ich…«

»Still! Sei still!«, schalt nun die Frau des Hauses, und Zierl wandte seinen Kopf ein klein wenig ungnädig.

Er mochte es nicht, wenn seine Frau sich einmischte, aber dieses Mal brauchte er ihre Unterstützung. Seit dem spurlosen Verschwinden seines Bruders hatte es all die Jahre einige

Strolche gegeben, die ihm frech ins Gesicht gelacht und behauptet hatten, sie wären der inzwischen zum jungen Mann gereifte Sohn seines verschollenen Bruders. Die Magd holte erneut Luft, um etwas zu sagen, aber Zierl schnitt ihr mit einer herrischen Geste das Wort ab.

»In Gottes Namen, lass ihn rein!«, befahl er.

Wenig später stand Kai auf der Schwelle, und Hannes Zierl trat auf ihn zu.

»Sei gegrüßt, junger Mann. Du behauptest, Sohn meines Bruders Anselm selig zu sein.«

»Ja«, beeilte sich Kai zu antworten, »der bin ich.«

Er wusste nicht, ob er auf die Frau, wohl seine Tante, oder auf den Mann, der ja sein leiblicher Onkel war, zutreten und sie umarmen sollte. War das Zeigen solcher Gefühle in seiner Familie üblich? Er hätte es gerne getan, denn irgendwie war ihm auch selbst danach zu Mute. Doch die beiden Leute da vor ihm blickten ihn an, als sähen sie ihn das erste Mal in seinem Leben. Er betrachtete sie. Nicht einmal die Stimme seines vermeintlichen Onkels löste irgendeine Empfindung bei ihm aus. Er spürte, wie er zu schwitzen begann.

»Deine Herkunft, kannst du die beweisen?«

»Ich … beweisen?«, stammelte Kai verduzt.

Er blickte ratlos zwischen Zierl und seiner Ehefrau hin und her.

»Ja, ein Beweis«, entgegnete der Mann ungerührt. »Sei es ein Siegel oder ein Pergament.«

»Mein Wort«, begann Kai, aber ein schneller, spöttischer Blick von Hannes zu seiner Frau ließ ihn verstummen.

»Das ist mir zu wenig.«

Hannes betrachtete ihn eingehend, und auch seine Frau musterte den Jungen skeptisch. Kai kam sich vor wie ein soeben angeliefertes Möbelstück, dessen zukünftiger Besitzer sehen wollte, ob es wohlgeraten war.

»Ich kannte meinen Neffen Kai, den Sohn meines Bruders. Er war fast noch ein Kind, als ich ihn das letzte Mal gesehen habe. Daran erinnere ich mich noch. Ich gebe zu, du ähnelst ihm, und er müsste nun in deinem Alter sein. Erzähl mir einfach von dir und deiner Familie.«

»Das kann ich nicht.«

Hannes neigte seinen Kopf und wartete darauf, dass Kai weitersprach.

»Meine Erinnerungen spielen mir einen Streich«, begann Kai behutsam, »ja, ich blicke zurück und weiß nichts von meinem Vater und meiner Mutter.«

»Und deine Schwester?«

Kai schluckte.

»Du hattest doch eine Schwester, oder?«, fragte ihn nun die Frau, von der er glaubte, sie wäre seine Tante.

»Ich weiß es nicht«, gab er zur Antwort.

»Du weißt es nicht?«, fragte sie kühl zurück.

Hannes seufzte. »Anselm hatte zwei Kinder, die er beide taufen ließ. Sein Ältester wurde in Innsbruck geboren und nur einen Tag später getauft. In der Kirche gibt es ein Register, in dem alle stehen, die vor Gott geweiht sind. Du solltest hingehen und dir dort letzte Gewissheit holen.«

Kai musterte die beiden vor sich und wusste, er brauchte mehr als ein paar Worte, um seine Herkunft nachzuweisen.

Er nickte wie betäubt, und Zierl öffnete ihm die Tür. Er begleitete ihn selbst bis zum Hoftor und deutete mit der Hand zum Ende der Gasse hinunter.

»Unweit vom Markt. Du kannst die Kirche gar nicht verfehlen.«

Kai nickte und ging. Hannes Zierl sah ihm nach, bis er

am Ende der Gasse zwischen den Häusern verschwunden war. Dann kehrte er ins Haus zurück. Er bemühte sich, ruhig und gelassen zu wirken, nahm die respektvollen Grüße der Dienstboten entgegen und wünschte seinem Vorarbeiter eine gute Nacht. Doch sein Herz klopfte, und er konnte kaum atmen. Als er wieder vor der Tür zur großen Stube stand, zögerte er einzutreten. Aber welchen Grund gab es denn, sich zu fürchten, musste er denken. So trat er ein und schloss die Tür hinter sich. Seine Frau blickte auf, und er bemerkte, dass sie zitterte, als ob ihr kalt wäre. Hannes tat so, als bemerke er dies nicht, trat an den Tisch, ordnete die Pergamentbögen und schob sie dann in ein Futteral aus blauem Samt.

»Er ist es, nicht wahr?«, fragte Lotte.

Hannes antwortete nicht.

»Natürlich ist er es. Die Größe, die Haare …«

Sie schwieg auf einmal, und er blickte sie an.

»Ja, er hat Anselms Gesicht. Nur die braunen Augen sind von ihr.«

Er wandte sich um, so, als müsse er sich genau vergewissern, dass sie beide allein im Zimmer waren.

»Es ist gut, dass wir vorgebaut haben«, stellte er fest.

»Ja«, antwortete sie, und er sah, wie sie nach Worten suchte.

»Was willst du sagen, Lotte?«

»Er hat als Erstgeborener das alleinige Recht über dieses Haus.«

»Meinst du, das hätte ich vergessen? Du weißt genau …«

Hannes unterbrach seine Rede, holte Luft und sprach dann mit gedämpfter Stimme zu seiner Frau.

»Es ist nun mein Haus, und ich habe es dir bereits damals gesagt. Wenn wir dumm sind, verlieren wir alles. Alles, Lotte!«

»Er könnte uns die Tür weisen.«

»Das könnte er nicht. Weil wir vorgesorgt haben. Weil wir Gottes Hinweis richtig verstanden haben. Hätte der Allmächtige gewollt, dass Anselm und die Seinen heil und gesund zurückkehren, dann wäre es so geschehen. Aber sie sind verschwunden, für immer. Nur sein Sohn...«

»Er kann sich wirklich an nichts erinnern«, warf sie schnell ein.

»Ja, und wir sollten dafür sorgen, dass dies auch so bleibt.«

Sie schwieg und fuhr mit der Hand über ein Seidentuch, das sie aus ihrem Ärmel gezogen hatte.

»Wir beide sorgen dafür, ja? *Wir beide!*«

»Ja, Hannes«, sagte sie nur und knüllte den Stoff in ihrer Hand.

Sie zitterte noch immer.

23

Kirchen blieben bei Tag kaum stille Orte.

Nachts dagegen waren die Gotteshäuser meist leer. Dann beherbergten sie nur Gott und manchmal wenige Unerschrockene, denen die Dunkelheit nichts ausmachte. In einer Kirche versteckt zu nächtigen verlangte Mut. Der Aberglaube ließ auch im Hause Gottes heidnische Geister nicht gänzlich vergessen.

Kai wollte nicht warten. Die lange und mühevolle Reise aus dem Badischen durch das Land der Bayern über die Berge bis hierher war zu Ende; in dieser Stadt wollte er einen neuen Anfang machen. Der seltsame Empfang in seinem vermeintlichen Elternhaus konnte ihn nicht einschüchtern. Er war sich sicher, es würde sich alles aufklären. War er erst einmal längere Zeit in einst vertrauter Umgebung, würden sich die Erinnerungen nach und nach einfinden. Ein Anfang schien gemacht, denn hatte Gunda, die alte Magd, ihn nicht wiedererkannt?

»Gottes Gruß an diesem Ort!«, rief Kai in die Stille hinein. »Jemand hier?«

Seine Worte verhallten in dem leeren Raum. Es blieb still. Die einsetzende Dämmerung wirkte in den kühlen, hohen Mauern der Kirche beklemmend. Was es von draußen zu hören gab, waren die Geräusche der allmählich einsetzenden Nacht. Ein letztes Singen der Vögel, das Schnauben der Pferde, wenn sie die Mückenschwärme von ihren Nüstern bliesen, verhaltenes Lachen der letzten Heimkehrer von den umliegenden Feldern vor der Stadt.

Kai spürte sein Herz klopfen. Er war nicht so abergläubisch wie andere Menschen, aber das fast dunkle, kaum beleuchtete Innere der Kirche war ihm unheimlich. Wie konnte es Gott in so einem Haus aushalten, fragte er sich. Wie sollte sich hier die Kraft des Wortes für die Menschen entfalten, wenn diese strengen Mauern beim bloßen Anblick bereits Unbehagen und Ängste erzeugten?

Nun war es beinahe dunkel. Ein winziges Licht flammte auf und bewegte sich auf ihn zu. Kai erschrak und spürte, wie sein Herz immer schneller schlug. Eine gebeugte Gestalt tauchte vor ihm auf, das Gesicht alt, zerfurcht, von unzähligen Falten durchzogen. An der dünnen Tonsur erkannte Kai den Mönch, der in der Hand ein Talglicht hielt. Ein neugieriges Augenpaar musterte ihn. »Deus hic! Was willst du?«

»Ich möchte den Hüter des Kreuzes sprechen. Bist du das, frommer Mann?«

Der Mann trat näher und leuchtete Kai mit seinem Licht.

»Sprich, was willst du?«

»Erkennst du mich?«, begann Kai hoffnungsvoll.

»Sollte ich dich kennen?«

»Ich hoffte es, frommer Mann. Kai heiße ich.«

»Kenne niemand mit diesem Namen«, entgegnete er.

»Ich hatte gehofft, dass…« Kai stockte. »Ich bin auf der Suche nach den Meinen.«

»So?«

Der Mönch beugte sich noch etwas näher zu ihm und leuchtete ihm abermals in sein Gesicht.

»Du bist noch jung«, stellte er fest. »Sag, aus welchem Hause stammst du?«

»Das ist es ja gerade. Ich hoffte, ihr könntet es mir sagen.«

Der Mönch betrachtete ihn argwöhnisch.

»Ich weiß nicht, wer ich bin«, sagte Kai.

Da legte der Mönch seinen Kopf schief, betrachtete ihn wie ein seltenes Tier, und Kai begann daraufhin, rasch seine Geschichte zu erzählen. Der Mönch blieb die ganze Zeit so vor ihm stehen, den Kopf ein wenig geneigt, und in der beinahe alles umhüllenden Dunkelheit vermochte Kai nicht zu sagen, ob ihm der Alte noch zuhörte. Als er mit seiner Erzählung geendet hatte, drehte sich der Mann einfach um.

»Komm mit!«, befahl er.

In der Kirche war es stockfinster geworden, und außer einem Lichtschein über dem Altar war das Talglicht in der Hand des Mönchs das einzig Erhellende. Die kleine gebeugte Gestalt ging mit kurzen, schnellen Schritten an der Wand entlang. Kai folgte ihr. Ihre Schatten hüpften in grotesken Sprüngen über die Wandmalereien. Kai erkannte zu wenig von den farbigen Bildern, denn das flackernde Licht vor ihm war zu schwach.

Direkt neben dem Altar stiegen sie eine enge Treppe hinunter. Kai beeilte sich, dem Mönch zu folgen. Am Ende standen sie beide in einem großen Raum mit einer rohen niedrigen Decke. Die Luft hier war trocken und ohne den modrigen Geruch nach Feuchte und Schimmel. Der Mönch stellte sein Licht in eine Nische in der Wand. Dort lag ein großes in Leder gebundenes Buch. Er griff nach einem weiteren Licht und entzündete es. Damit wurde es heller. Kai sah sich um. Dies hier musste einer der geheimen Räume sein, in denen sich die Menschen in Kriegszeiten versammeln konnten. Viele Kirchen hatten solche Plätze, denn seit jeher waren Räume wie diese, unter dem Altar Gottes gelegen, letzte Zuflucht für die Menschen. Der Mönch betrachtete ihn noch einmal eingehend, schüttelte dann den Kopf und griff nach dem Buch. Er hob es auf ein Pult, das einzige Möbel in dem ansonsten kahlen Raum.

»Kai, sagst du, ist dein Name?«

»Er steht für Kajetan. Aber nur meine Mutter nannte mich so.«

»Woher weißt du das?«, wollte der Mönch wissen.

»Es ist das Einzige, was ich noch weiß.«

»Was für eine seltsame Geschichte.«

»Aber es ist die Wahrheit.«

»Mag sein«, entgegnete er und begann das Buch aufzuschlagen, »aber es ist und bleibt eine seltsame Geschichte.«

Er beugte seinen Kopf über das Buch. Kai erkannte eng beschriebene Pergamentseiten, die im Licht gelblich schimmerten.

»Aus welchem Hause stammst du?«

»Zierl.«

»Die Salzzierls?«

»Genau.«

»Ich kenne Meister Hannes und seine Frau. Von weiterer Verwandtschaft ist mir nichts bekannt. Weißt du, wie alt du bist?«

»Nein.«

»Was für eine seltsame Geschichte«, wiederholte der Mönch. »Weißt du wenigstens den Ort deiner Geburt?«

»Innsbruck, so sagte man mir. Du glaubst mir nicht, Bruder, nicht wahr?«

»Dieses Buch«, entgegnete er, ohne auf Kais Frage einzugehen, »enthält die Namen aller hier Geborenen und Getauften. Bist du wenigstens getauft?«

»Ich denke schon, denn das Beten war mir nie fremd.«

»Endlich ein gutes Zeichen«, beschied der Mönch und beugte sich erneut über die eng beschriebenen Folianten.

Langsam fuhr seine Fingerspitze über die Seite. Er blätterte hin, dann wieder zurück, hob den Kopf, um nachzudenken. Zuletzt zählte er die Finger seiner Hände.

»Du kannst höchstens zwanzig Jahre alt sein. Aber wenn das so ist, dann ist das seltsam«, sagte der Alte auf einmal und schüttelte langsam den Kopf.

Er wandte sich zu ihm, und Kai sah, dass er ganz helle graue Haare hatte, da, wo die Tonsur noch Haare übrig gelassen hatte.

»Was?«, wollte Kai wissen. »Was ist so seltsam? Hast du einen Namen gefunden?«

»Nein«, sagte der Mönch und klappte das Buch langsam und sorgfältig zu.

Erneut blickte er Kai lange und aufmerksam an.

»Ich kann keinen finden, denn in diesem Buch fehlt eine Seite.«

»Aber wie kann das sein?«

»Das weiß ich nicht«, entgegnete der Mönch, und Kai

sah, dass er das erste Mal seit ihrer Begegnung verwirrt war.

Der Mönch blieb ratlos.

Er kannte die Zierls, aber er glaubte immer, Hannes und seine Frau wären die alleinigen Inhaber des großen Handelshauses. Er beschrieb beide als gottesfürchtige und großzügige Christen, die es sich nicht nehmen ließen, dieses Haus Gottes mindestens einmal in der Woche aufzusuchen, um zu beten. Zusätzlich zur Messe, an der beide keinen Sonntag fehlten. Außerdem stifteten sie alle Kerzen, die zu den Feierlichkeiten der Kirche angezündet wurden.

Dass Hannes Zierl noch einen Bruder gehabt hätte, verneinte der Mönch. Er gab aber zu, dass der alte Frater Eusebius, Hüter des Kreuzes in diesem Gotteshaus, vor einem Jahr gestorben war. Seitdem verrichtete er hier seinen Dienst und hoffte, er würde so alt werden dürfen wie sein Vorgänger.

24

Kai war durch die Dunkelheit zu seinem vermeintlichen Elternhaus zurückgekehrt.

Der stete Betrieb auf dem Hof war längst zu Ende, und außer einem Wachtposten war niemand mehr auf der Straße. Als Kai erneut an das Hoftor klopfte, öffnete ihm ein unbekannter Diener, und als er sagte, wer er sei, gebot ihm der Mann sogleich, ihm zu folgen.

Hannes Zierl empfing ihn höflich. Mit keinem Wort ging er auf Kais Besuch in der Kirche ein, sondern geleitete ihn in eine Kammer, wo ein Bett mit einer Decke stand. Sie wollten alles prüfen, befand Hannes Zierl knapp und wünschte ihm eine angenehme Nacht. Kai hatte eine andere Vorstellung von seiner Rückkehr gehabt. Dies hier gestaltete sich nüchtern und kühl. Doch er war zu müde, und der weiche Strohsack ließ ihn rasch einschlafen.

Am nächsten Morgen führte ihn Hannes durch das Haus.

Vom ersten Moment an war alles seltsam und anders, als Kai es sich vorgestellt oder insgeheim erhofft hatte. Es waren nicht so sehr die fehlenden Erinnerungen, die sich einfach nicht einstellen wollten. Eher die unverbindliche Höflichkeit und Teilnahmslosigkeit, mit der ihm jedermann begegnete. Gunda, die alte Magd, bekam er nicht mehr zu Gesicht, und als er einmal nach ihr fragte, tat Hannes so, als hätte er seine Frage gar nicht gehört. Kai stellte fest, solange er Interesse, ja Bewunderung und Anerkennung für die Leistungen und den Reichtum des Hauses zeigte, war Hannes zufrieden und huldvoll. Dann aber, als es um die Frage der weiteren Zukunft ging, vertröstete er ihn und bat ihn beinahe ständig um Geduld. Hannes versicherte ihm, es würde alles in Ordnung kommen. Was Kai weit mehr verwunderte, war, dass weder Hannes noch seine kurz angebundene Frau etwas über den Verbleib seiner Familie wissen wollten. Nicht einmal fragten sie ihn, was aus Anselms übriger Familie geworden war.

Kai erfuhr durch eine andere Magd, dass sein Vater in Begleitung eines altgedienten Fuhrknechts nach Augustusburg, oft auch Augsburg genannt, gewollt und dass ihre Reise damals vor Jahren im Frühling begonnen hatte. Wann das gewesen sei, konnte die Frau jedoch nicht mehr sagen. Als Kai dies Hannes gegenüber ansprach, entgegnete der nur, dass er davon nichts wisse. Außerdem höre er nie auf das

Geschwätz der Dienerschaft im Hause. Damit war für ihn die Angelegenheit erledigt.

So vergingen die Tage.

Kai machte sich nützlich, half beim Be- und Entladen der Frachtwagen und beim An- und Abschirren der Zuggespanne. Aber auf alle Fragen blieben die übrigen Knechte und Mägde einsilbig. Allmählich hatte Kai das Gefühl, man hatte sie eingeschüchtert. Es war geradezu auffallend, wie jedermann darauf achtete, keinen näheren Kontakt mit ihm zu haben. Kein Bediensteter nahm wirklich Notiz von ihm, wenn es nicht notwendig war. Mittags saßen alle, auch Hannes und seine Frau, mit der gesamten Dienerschaft an einer langen Tafel. Doch die Gespräche blieben einsilbig, höflich zwar, aber ohne dass es wirklich jemanden interessierte, was während seines Aufenthaltes in der Burg des Herzogs alles geschehen war. Hannes hörte zwar zu, aber seine Fragen zeugten nicht von Interesse oder gar Neugier. Lotte, seine Frau, fragte niemals, sondern erwiderte höchstens einen Gruß.

Dafür gab es erstaunlich viele Dienstboten im Hause. Allein vier junge Mägde waren für das Wohl von Hannes' Gemahlin verantwortlich. Dazu wimmelte es von Knechten in dem angeschlossenen Kontor des Hauses. Doch an ihn selbst oder gar seine Eltern schien sich niemand zu erinnern. Die einzige Person, die sich an ihn erinnert hatte, war Gunda, die alte Magd, die jetzt aber auf einmal genauso einsilbig und karg in ihren Worten war wie das übrige Gesinde.

»Fragt mich nicht, junger Herr«, bat sie ihn immer wieder, »ich weiß doch nichts mehr. Ist auch schon so lange her.«

Doch Kai ließ nicht locker. Allmählich erfuhr er von ihr in sparsamen Worten von seinem Vater, seiner Mutter und seiner Schwester. Und damit von einer Sitte, die so von jeher in diesem Handelshaus üblich gewesen war: Der Vater zahlte allen männlichen Nachkommen bereits zu Lebzeiten einen festen Betrag aus. Mit diesem Geld mussten sie ein eigenes Unternehmen aufbauen. Erst wenn dieses erstmals einen Gewinn abwarf, durfte er unter das heimische Dach der Familie zurückkehren. Die Mädchen der Familie bekamen ihren Anteil dagegen als Mitgift bei ihrer Hochzeit und sollten damit Handwerk oder Handel des späteren Ehemanns unterstützen. So war es bereits Kajetans Urgroßvater, seinem Großvater und dann auch seinem eigenen Vater ergangen. Nun wäre Kai an der Reihe gewesen. Bis zu jenem rätselhaften Verschwinden, an das er sich nicht erinnern konnte. Das erzählte ihm die alte Magd. Doch selbst die Namen seiner Eltern und seiner Schwester sagten ihm nichts, und jeden Abend verschwand er in seiner schmucklosen Kammer und verfiel in grüblerische Verzweiflung.

Unumschränkter Patron des Hauses war Hannes Zierl.

Zwar oblag alles, was mit der Führung des Haushaltes zu tun hatte, seiner Frau, aber er war derjenige, der das Sagen hatte. Kai stellte allmählich fest, dass die Eheleute Zierl enorm reich sein mussten, wenn sie auch nicht sonderlich beliebt waren. Die Bediensteten des Hauses speisten zwar nach altem Brauch allesamt mit an der Tafel des Hausherrn, blieben dabei aber still und respektvoll, wie Kai es selbst an der Tafel des Herzogs so streng niemals erlebt hatte. All diese Tage über blieben Hannes Zierl und seine Frau in ihrem Gebaren von einer Kühle, die sich Kai nicht erklären konnte. Darüber verzweifelte er allmählich. War das immer schon die Art seines Onkels und seiner humorlosen Tante gewesen? Er wusste es nicht und beschloss, noch einmal mit Gunda zu reden. Wenn sein Onkel und seine Tante in ihren Auskünften schon so kurz angebunden waren, sollte wenigstens die alte Magd erzählen, wie es zu Zeiten seiner Kindheit hier gewesen war. Ihre knappen Antworten würde er ihr nicht mehr abnehmen. Doch plötzlich war sie von einem Tag zum anderen nicht mehr da. Hannes erklärte, sie sei krank, sodass er sie ins Hospiz der frommen Schwestern hatte schaffen lassen.

Heute war Sonnabend. Ihm wurde wieder einmal bewusst, wie sehr ihm die langen Abende bei Bruder Aethelstan fehlten. Hannes hatte dem Gesinde für den Abend freigegeben und ihnen sogar erlaubt, das Haus zu verlassen. Kai aber bat er zu bleiben.

Es klopfte an der Tür.

»Ja, nur herein!«, sagte Kai.

Die Kammertür ging auf, und seine Tante trat ein. Er war überrascht, denn er hätte nicht damit gerechnet, dass sie ihn hier aufsuchte. Wie immer wirkte sie kühl und unnahbar.

»Heute Abend werden wir Wernher und Elisabeth zu Gast haben.«

Sie schwieg nach dieser Eröffnung, wohl um ihm Gelegenheit zu geben, etwas zu sagen. Aber Kai schwieg. Diese Namen sagten ihm nichts.

»Sie waren erfreut, als sie hörten, du wärst wieder da.«

Kai nickte zögernd. Er wusste nichts darauf zu antworten.

»Du freust dich gar nicht«, bemerkte sie.

»Verzeih mir, Tante. Ich bin undankbar.«

Sie lachte kurz, dann wandte sie sich um und wollte seine Kammer verlassen. Jetzt fasste sich Kai doch ein Herz und fragte: »Sag mir, wer sind diese Leute?«

»Aber was soll diese Frage?«

»Es ist nur, weil ich mich nicht an sie erinnern kann.«

»Wernher und seine Frau Elisabeth, die besten Freunde

deiner Eltern selig? An sie wirst du dich doch wohl erinnern. Wernher ist dein Taufpate.«

Ihre Antwort war entrüstet gewesen, und Kai nickte mühsam. Sie schüttelte leicht den Kopf, zuckte mit beiden Schultern und verließ den Raum. Kai lauschte ihren Schritten auf der steilen Stiege, die in das Erdgeschoss des Hauses führte, bis sie nicht mehr zu hören waren.

Wernher war ein mittelgroßer Mann mit einem fröhlichen Gesicht und lautem Lachen. Sein Leib zeigte bereits den Ansatz zu einem Bauch, der ahnen ließ, dass gutes Essen und Trinken zu seinen liebsten Beschäftigungen zählte. In seiner Begleitung befand sich seine Frau Elisabeth, die ein Kleid trug, das wie der Schleier und der Überwurf in schlichtem Stil gehalten war. Sie trug keinerlei Schmuck. Beide begrüßten erst den Gastgeber, seinen Onkel, dann die Tante. Als Wernher seine Tante sogar an sich zog, um ihr einen Kuss auf die Stirn zu hauchen, glaubte Kai, dass sie sich dagegen sträubte, gerade lang genug, dass es einem aufmerksamen Beobachter auffallen musste. Aber er konnte sich auch getäuscht haben. Wernher wandte sich um und breitete beide Arme aus.

»Kajetan! Junge! Lobet den Herrn! Komm zu mir!«

Kai folgte der Aufforderung, und Wernher nahm ihn mit einem kräftigen Ruck in seine Arme, drückte auch ihm einen Kuss auf die Stirn. Erst dann ließ er ihn wieder los.

»O ja, der Himmel ist gerecht, und Gottes Segen sei mit dir. Du siehst prächtig aus.«

»Dank euch, mein Herr«, antwortete Kai höflich.

»Mein Herr? Aber wie redest du mit mir, Junge?«

Kai bemühte sich zu lächeln. Sollte er jetzt zugeben, dass er den Mann und dessen Frau da nie zuvor in seinem Leben gesehen hatte? War das nicht eine Unhöflichkcit, dic es zu unterlassen galt, so wie er es einst bei Gottfried erlernt hatte? Er begrüßte auch die Frau. Sie sagte nichts, küsste ihn scheu auf beide Wangen und lächelte dann nur.

»Lasst uns mit dem Essen beginnen«, sagte Hannes.

Kai war ihm beinahe dankbar dafür, dass er damit diesen eigenartigen Moment erst einmal gerettet hatte. Sie nahmen alle Platz, und zwei Diener begannen aufzutragen.

»Ist es so richtig?«, fragte Hannes, deutete dabei auf die auftragenden Dienstboten und blickte Kai an.

Bevor er darauf antworten konnte, wandte sich sein Onkel an seinen Gast. »Wernher, du musst wissen, unser heimgekehrter Neffe war Page am Hofe des Herzogs Heinrich. Dort hat er das Dienen bei Tisch der Herrschaften gelernt, nicht wahr?«

»Ja«, antwortete Kai knapp.

»Was für ein Glück«, bemerkte Wernher und lachte jovial, »und welche Ehre. Diene einem Fürsten, um die Kunst des Dienens wirklich zu lernen.«

Kai lächelte höflich. Wernhers einnehmende Art war nicht unangenehm, aber sie wirkte auf Dauer aufdringlich. Dabei war er einer jener Menschen, die schnell gute Laune verbreiten. Er begleitete alles mit einem Lachen, stieß seine Frau in übertrieben seltsamer Vertrautheit an und gebärdete sich überhaupt sichtlich erfreut über Kais Heimkehr. Während alle zugriffen, nahm Kai ein langes, dünnes Messer zur Hand und stocherte damit in seinem Essen herum.

»Stimmt was nicht?«, wollte Wernher wissen, aber bevor Kai etwas entgegnen konnte, sprach der Mann weiter: »Hannes hat mir von der Dunkelheit deiner Gedanken erzählt. Das ist noch alles neu für dich; es wird dauern, bis du wieder entdeckst, was du so lange vermisst hast. Dein Heim, deine Familie, die sich um dich sorgt. Du musst Geduld haben. Aber sei versichert, wenn dein Geist nicht mehr ins Reine kommt, ist dies nicht weiter schlimm. Du bist am Leben, und alles Weitere wird sich zeigen, nicht wahr, Kajetan?«

Wernher blickte zu Hannes, und der nickte sogleich, wie zur Bestätigung. Die beiden Frauen taten es ihm nach. Kai fühlte erneut den kühlen forschenden Blick seiner Tante, aber Wernher plapperte munter weiter.

»Erzähl uns von deiner Zeit bei Hofe«, begann er und blickte dabei erst auf Hannes, dann auf dessen Frau. »Unsereins verkehrt nicht an den Tischen des Adels. Wir sind Händler, und unser Stand ist mit deren Stand nicht vergleichbar. Seis drum, wir sind deswegen nicht weniger zufrieden, nicht wahr? Wie die Geistlichkeit immer sagt: Jeder Stand hat seinen Platz, und jeder Mensch ist von Gott dem Herrn auf eben diesen Platz gesetzt worden, und niemand vermag …«

»Du isst ja gar nichts«, unterbrach Hannes Wernhers Redefluss und blickte auf Kai.

»Ich …, ich habe keinen Hunger.«

Nun schwiegen sie alle, aber keiner ließ sich bei seinem Essen stören. Kai legte das Messer behutsam neben seinen Teller und blickte auf.

»Ich war in der Kirche. Bei Bruder Johann. Er suchte meinen Namen im Taufregister, fand aber nichts. Er glaubt, dass eine Seite aus dem Kirchenbuch fehlt.«

Hannes lachte höhnisch.

»Das Geschwätz eines alten Mannes. Bruder Johann ist alt, sein Geist verwirrt. Jeder hier weiß das. Nur aus Barmherzigkeit ist er noch Hüter des Kreuzes.«

Nach dieser Erklärung widmeten sich erneut alle schweigend ihrem Essen. Nur Kai nicht. Dafür aßen Wernher und seine Frau mit gesundem Appetit. Als Hannes einmal von seiner Schüssel aufsah, blickte er Kai direkt ins Gesicht. Er lächelte nicht, sondern seufzte tief. Er warf einen raschen Blick zu seiner Frau, die kaum merklich nickte. Dann schob er die Schüssel von sich und rülpste leise. Er schien sich auf seine Aufgabe als verständiger Gastgeber zu besinnen.

»Du warst beinahe acht Jahre im Badischen, hast auf einer Burg deinem Herrn gedient. Weißt du schon, was du tun wirst?«

»Ja, ich möchte Vaters Anteil, um damit meinen Teil zum Geschäft beizutragen.«

Hannes sog langsam die Luft ein.

»Aha, und du meinst, dass du genug vom Handel, vom Salzhandel besonders, verstehst? Vieles verlernt man wieder …«

»Und vieles lernt man dazu«, schloss Kai schnell.

Kai sah, wie sein Onkel leise mit den Fingerspitzen auf den Tisch trommelte.

»Wir handeln mit Salz bis ins Frankenland, und auch die Normannen kaufen es. Genauso wie die Lombarden und die Venezianer. O ja, in diesem Jahr sind Zierlsche Frachtwagen sogar bis nach Sizilien unterwegs. Solche Handelsbeziehungen hatte mein seliger Bruder niemals.«

»Das mag ja sein«, begann Kai, aber Hannes unterbrach ihn mit einer Geste.

»Junge, da ist nichts, worauf wir uns stützen könnten«, meinte er mit fester Stimme und wagte erneut einen raschen Seitenblick zu seiner Frau.

»Aber, lieber Hannes«, begann Wernher wie auf ein Stichwort hin, »alles hat seinen Ursprung in diesem schrecklichen Unglück. Ich sehe das nicht als mangelnden Respekt oder gar …«

Hannes schnitt ihm sichtlich ungeduldig das Wort ab, und Wernher schwieg. Erneut begann er zu essen. Auch seine Frau aß weiter, so als ob sie der Verlauf des Gesprächs nichts anging.

Hannes blickte Kai lange an und sagte dann: »Deine Geschichte ist sehr bunt.«

Kai spürte, wie ihm heiß wurde. Er fühlte sich verwirrt, und sein Kopf begann zu dröhnen. Warum um alles in der Welt, warum nur war da kein Hauch der Erinnerung? Warum nur?

»Sieh her«, begann Hannes geduldig, »du hast gesagt, du ganz allein hast das Unglück überlebt. Und der Mann, der dich gefunden hat …«

»Der wäre kein Zeuge für meine Sache«, warf Kai hastig ein, »er kam erst später dazu.«

»Nun, gut, aber was ist mit dieser Brücke? Du hörtest selber nur, sie sei verbrannt. Das ist beinahe acht Jahre her. Und was ist jetzt? Warst du jemals wieder dort?«

»Nein«, gab Kai zu.

Über das Gesicht der Tante huschte ein zufriedenes Lächeln, leise und schnell, genauso schnell, wie es wieder vorbei war.

»Vielleicht wurde die Brücke wieder aufgebaut? Damit wären alle Spuren des einstigen Brandes verschwunden. Weißt du, wie es jetzt dort aussieht? Nein? Ich will es dir sagen, denn unsere Fuhrwerke fahren über den Salzsteig dort vorbei. Die Brücke bei Vöhringen gibt es nicht mehr. Die neue Brücke führt weiter oben unweit Munichen über den Fluss.«

»Du, ihr, ihr glaubt mir nicht«, begann Kai. »Dass ich hier gelebt habe, dass ich …«

Er hielt inne und sah, dass seine Tante schwieg. Wernher

wollte etwas entgegnen, aber Hannes strenger Blick ließ ihn schweigen. Da spießte er ein Stück Braten auf seine Messerspitze und schob es sich stumm in den Mund. Hannes Zierl fuhr fort: »Ich glaube, dass dir der Schmerz Geschichten vorgaukelt, von denen du glaubst, sie wären so passiert.«

Seine Frau zupfte mit spitzen Fingern an ihrem Schleier, und Hannes beugte sich ein wenig über den Tisch. »Die Zierls handeln seit jeher mit Salz. Aber dieses Geschäft hat zwei völlig verschiedene Ursprünge, denn dein Vater hat ...«

»Sein Teil steht mir zu!«

Die Tante lachte spöttisch. Kai stellte auf einmal fest, dass er sie nicht mochte. Seltsam, dass dies ausgerechnet in diesem Augenblick so deutlich wurde. Es hätte ihn interessiert, ob er sie schon als Kind nicht gemocht hatte. Als Hannes ihm antwortete, war seine Stimme ruhig.

»Kai, als ihr in jenem Frühjahr aufgebrochen seid, hatte ich keine Ochsen, erst recht keine Frachtwagen. Ich handelte mit Tuchen, Filz und Loden. Erinnerst du dich daran?«

Kai schüttelte den Kopf.

»Nein? Meine Ware habe ich immer mit Maultieren geführt. Nun handle ich fast nur noch mit Salz, ich besitze selbst dreißig große Ochsengespanne, und viele Knechte arbeiten für mich.«

Jetzt räusperte sich die Tante: »Was glaubst du wohl, wo dies alles herkommt? Onkel Hannes ist ein fleißiger Mann und angesehener Bürger. Das hat Gott gefallen. Und es gefällt ihm, dass mein Gemahl einen beträchtlichen Teil des Vermögens jedes Jahr für die Heilige Mutter Gottes spendet.«

»Vielleicht plagt ihn ein schlechtes Gewissen«, entfuhr es Kai.

»Das muss ich mir nicht bieten lassen«, wies ihn Hannes zurecht und warf dann seiner Frau einen raschen Blick zu.

In Kai brodelte es.

Er ballte die Fäuste. Oh, wie sie ihn anwiderten, diese braven, selbstgefälligen Leute. Wie sie kein Wässerchen trüben konnten und doch bei erstbester Gelegenheit einen Platz im Hause eingenommen hatten, der ihnen nicht zustand, dessen war er sich sicher. Wernher und sein Eheweib interessierte nichts außer dem, was dieser gedeckte Tisch hergab. Sie aßen, als wäre es das letzte Essen in ihrem Leben.

»Vater hätte mich nie ohne einen Teil zurückgelassen«, entgegnete Kai, bemüht, ruhig zu sein. »Sein Erbe steht mir zu.«

»Junge«, begann Hannes noch einmal und schlug dabei einen versöhnlichen Ton an, »deine Familie ist tot. Damit bist du pro forma der Einzige, der aus diesem Zweig der Zierls Ansprüche erheben kann. Aber du hast nichts, was uns helfen könnte, einen Beweis zu erbringen. Ich will dir gerne glauben, dass du der Sohn meines seligen Bruders bist, aber was ist mit der übrigen Familie? Was, wenn schon morgen der Nächste käme, um seinen Teil zu fordern? Eine Frau, die vorgibt, deine Mutter selig zu sein? Oder eine junge Maid, fest davon überzeugt, sie wäre deine Schwester? Sie würden alle klagen, vor dem Rat der Stadt. Und dann? So eine Klage wäre ohne Nutzen. Und warum? Weil nichts und niemand vorhanden ist, der die Richtigkeit ihrer Rede beweist. Mit deinem Belang wäre es dasselbe: Du kannst nichts vorweisen, keinen Zeugen, kein Dokument, nichts. Gar nichts. Du hast uns nur eine Geschichte erzählt. Eine wahrlich bunte Geschichte.«

Hannes schüttelte den Kopf.

»Vielleicht kommt eines Tages deine Erinnerung wieder

und dein Geist wieder ins Lot. Du kannst lesen und schreiben, hast vielfältige Talente. Komm zu mir in das Geschäft, hier gibt es genug Arbeit für dich. Im Kontor oder in der Rechnungsstube. Ich verspreche dir, du wirst dein Auskommen haben …«

»Niemals!«, rief Kai. »Niemals, hört ihr!«

Er war aufgesprungen und starrte alle wütend an. Hannes, seinen Onkel, und dessen Frau, seinen Paten und dessen Gemahlin.

»Ich bin Anselms Sohn! Damit steht mir mein Erbteil zu!«

»Das klingt wie ein letztes Wort«, sagte Hannes.

»In dieser Sache schon.«

»Dann kann ich nichts für dich tun.«

»Gott bewahre, Hannes Zierl, das brauchst du auch nicht.«

Kai stieß seinen Sessel um, dass er auf den Boden stürzte. Dann stapfte er wütend zur Tür, riss sie auf, und erst auf der Schwelle wandte er sich noch einmal um.

»Der Tag kommt, da du Rechenschaft ablegen musst. Ach ja, bevor ich gehe, ein Wort an dich, liebe Tante, vergiss niemals, eifrig zu beten. Vielleicht wirst du noch eine Heilige hier auf Erden!«

Er schlug die Tür zu und schritt wütend durch die Halle. Er hörte, wie die Tür hinter ihm noch einmal aufgerissen wurde. Hannes' Stimme dröhnte laut: »Kai, wenn du uns jetzt verlässt, brauchst du nicht wiederzukommen, hörst du? Niemals wieder setz einen Fuß in dieses Haus!«

Als die Eingangstür hinter ihm ins Schloss fiel, wusste Kai, dass er seine Familie endgültig verloren hatte, und in diesem Moment hasste er die ganze Welt.

25

»Salz, Salz! Der Herrgott erhalts!«

Der Mann, der die Worte rief, lachte fröhlich dabei. In einer Hand hielt er eine Ratsche, und das schnarrende Holz war beinahe lauter als eine Glocke. Kai, der seit einer Weile ohne Ziel durch die Stadt mit ihren engen Gassen gewandert war, blieb stehen. Es war schon dunkel, und er hatte noch gar kein Quartier für die Nacht. Innsbruck heute noch zu verlassen wäre nicht klug, dann würde er die Nacht irgendwo im Freien verbringen müssen.

»Salz, Salz! Feinstes Salz!«

Er beobachtete den Mann, der ein Maultier an einem Strick mit sich führte. Das Tier war unter seinem schweren Packsattel voller Waren kaum noch zu sehen.

»Weiß wie Schnee und rein wie Wasser!«, rief der Mann. »Morgen schon, da bin ich weiter! Kauft, ihr Leute, weißes Salz!«

Manchmal scheint einem das Unglück zu folgen, musste Kai denken. Salz und alles, was damit zu tun hatte. Ihn verfolgte es.

Er blieb stehen, und immer mehr Menschen kamen näher, manche traten aus den ringsum gelegenen Häusern. Vor einer Hauswand brannte eine große Pechfackel. Damit war es hell genug, um dem Mann mit seinem Maultier zuzusehen. Er war ein reisender Salzhändler, ein Säumer, wie sie genannt wurden. Diese Händler zogen kreuz und quer durchs Land, um ihre Ware anzupreisen. Sie verkauften keine so großen Mengen wie die Zierls, die das Salz gleich in ganzen Frachtzügen von den Bergwerken und Salinen transportierten. Die Salzscheiben dieses Händlers hatten verschiedene

Größen und jede Scheibe ihren Preis, denn es gab kaum verlässliche Waagen. Immer mehr Menschen umdrängten ihn, um noch etwas Salz zu kaufen.

Kai wollte weiter, nein, mehr noch, er wollte vor allem fort aus Innsbruck, wenn er auch nicht genau wusste, wohin. Doch gerade als er sich umdrehen und gehen wollte, beobachtete er, wie ein völlig zerlumpter Kerl sich hinter das Maultier des Händlers schlich. Kai schien der Einzige zu sein, dem dies in der ganzen Geschäftigkeit auffiel. Dann auf einmal griff der Mann nach dem Schweif des Maultiers und zog grob daran. Da erschrak das Tier so sehr, dass es trotz der schweren Ladung auf dem Rücken einen Satz nach vorne machte. Gleichzeitig riss es sich los. Wild um sich keilend, sprang das Maultier umher und trat dabei nach allen Seiten aus. Erschreckt stoben die Menschen auseinander.

Ein Huftritt traf den Salzsäumer in den Bauch; mit einem Schmerzenslaut fiel er um. Kai sah noch, wie das Maultier immer weiter um sich trat und dieses Mal den zerlumpten Bettler traf. Auch der stürzte wie ein gefällter Baum zu Boden und blieb regungslos liegen.

Die Menschen blieben in sicherer Entfernung stehen und sahen zu, wie das Maultier erneut kurze Sprünge vollführte und dabei um sich trat. Allmählich müde werdend, versuchte das Tier nun, seine Ladung an einer Hauswand abzustreifen. Laut kreischend brachten sich die dort stehenden Menschen in Sicherheit. Erneut machte das Maultier seinen Rücken rund, und Salzscheiben, so groß wie Holzteller, fielen zu Boden und zerbrachen in kleine Stücke. Kai stellte sich dem Tier in den Weg.

»Ho!«, rief er. »Halt ruhig, mein Guter, ruhig.«

Er wich einem Huftritt aus und packte das lose Seil. Da blieb das Tier stehen. Kai ging langsam zu ihm und streichelte es am Hals. Dann kraulte er es zwischen den beiden aufgerichteten Ohren.

»Ganz ruhig, mein Guter, bin ja bei dir. Niemand wird dir mehr was tun. Schau nur, dem Lumpenkerl hast du's schon gegeben.«

Das Maultier zitterte immer noch, aber es beruhigte sich allmählich. Auf dem Boden ringsum lagen zerbrochene Salzplatten, und bei jedem Schritt knirschte es. Kai führte das Maultier etwas abseits und band es an einem Holzpfahl fest.

Der Händler kauerte auf dem Boden. Er versuchte aufzustehen, aber es ging nicht. Da ihm niemand half, blieb er, wo er war, und hielt sich stöhnend die Seite. Kai trat zu ihm und beugte sich über ihn. Der Salzsäumer verzog sein Gesicht vor Schmerz.

»Mein Wanst brennt wie Feuer. Das Biest wird ihn mir eingetreten haben«, stöhnte er mühsam.

»Lass sehen«, meinte Kai, aber der Mann krümmte seinen Leib und hielt sich erst den Bauch, dann wieder die Seite.

»Komm, ich helfe dir«, meinte Kai und zog den Mann am Ärmel.

Der stöhnte nur wieder und verzog das Gesicht.

»Dank dir, junger Herr, der Herr segne dich.«

»Schon gut, komm jetzt, stütz dich auf mich.«

Der Mann folgte und konnte nun aufstehen. Kai führte ihn zur Seite, wo sein Maultier stand. Der Salzhändler hielt sich an dem aufgetürmten Gepäck fest.

»Blödes Biest, blödes«, murmelte er zärtlich und kraulte das Tier.

Er wandte sich zu Kai.

»Sie ist eine Stute. Meine Prinzessin, aber Manieren wie eine Dirne. Aber ich geb zu, es ist auch nicht schwer, sie zu erschrecken.«

Er versuchte zu lachen, verzog aber gleich sein Gesicht vor Schmerz.

»Macht es dir was aus, wenigstens die Salzscheiben aufzuheben, die noch heil sind? Will dir für deine Mühe auch einen ganzen Pfennig geben.«

»Lass deinen Pfennig«, entgegnete Kai, »wirst ihn für den Bader brauchen, wenn er sich deine Knochen anschaut.«

Der Mann stöhnte vor Schmerz und nickte gequält. Sich den Bauch haltend sah er zu, wie Kai die restlichen, noch intakten Salzscheiben aufhob und wieder sorgsam in den Packkörben verstaute. Inzwischen hatten flinke Finger das restliche Salz am Boden aufgehoben und das, was zermahlen lag, sogar mit den Händen zusammengekratzt. Reines Salz war zu kostbar, um es einfach auf der Erde liegen zu lassen.

Dann ließen sie sich den Weg zu einem Bader zeigen.

Der untersuchte den Salzsäumer genau, tastete ihm alle Rippen und auch den Bauch ab, aber er fand nichts. Daraus schloss er, dass sich der Salzsäumer nichts gebrochen hatte, und da er auch kein Blut spuckte, schien er auch sonst keine gefährlichen Verletzungen zu haben. Doch er sagte ihm einen grünen und blauen Leib voraus und höllische Schmerzen bei jedem Schritt, den er in den nächsten Tagen gehen würde.

Vorsichtig gehen konnte er schon wieder, wenn auch mit langsamen, schlurfenden Schritten. Er nannte sich Winthir. Dankbar für die Hilfe lud er Kai zu einer Kanne Wein in einer Schänke ein. Dort waren zahlreiche Händler eingekehrt, und viele von ihnen wollten bald weiter. Entweder gen Süden, wo die warme Luft der lombardischen Ebene angenehmeres Reisen versprach, oder in die entgegengesetzte Richtung. Das Wetter schien sich zu drehen, Wind kam auf.

Die zahlreichen Menschen hatten diese Schänke in eine

richtige Karawanserei verwandelt. Da gab es Pilger, Händler, Gaukler und Dirnen, und alle ruhten hier aus, bereit, ihre gefahrvolle und mühsame Weiterreise wieder aufzunehmen. Die beiden Männer fanden einen kleinen gemütlichen Platz unweit eines Schanktisches aus grobem Holz. Winthir bestellte für sie beide je einen Teller Suppe und zusammen eine Kanne Wein. Dazu einen halben Laib schwarzes Brot.

Winthir begann zu erzählen.

Er war nicht viel älter als Kai und stammte aus einem Dorf mit dem Namen Pasinga. Dieser Weiler lag inmitten dichter Wälder im Bayerischen, dort wo sich einer der Nachbarorte mit dem Namen Munichen in wenigen Jahren zu einem Marktflecken gemausert hatte. Regelmäßig fand dort ein Salzmarkt statt. Winthir erzählte, und während er das tat, erinnerte sich Kai wieder an den seltsamen Ritt auf dem Pferd des Junkers, ihren Halt am Isarufer und die Begegnung mit dem blutjungen Mädchen. Damals, als ihn Gottfried im eiskalten Wasser des Flusses gefunden und gerettet hatte.

Von Munichen führte ein Weg bis zum Isarufer hinunter. Die Gegend um die wachsende Stadt war sumpfig, dicht bewaldet und von Mücken und maulfaulen Burschen bewohnt, die sich ihr Brot mit Fischfang und Holz verdienten. So wenigstens beschrieb Winthir den Ort. Aber Munichen hatte bereits seit einigen Jahren Stadtrecht und galt als aufstrebender Platz an der Salzstraße. Der Händler berichtete, dass immer mehr Menschen aus dem dicht bewaldeten Umland dorthin strömten, um im Schutz der Stadtmauer zu leben. Er selbst wollte auf seinem Weg nach Augsburg dort vorbei und auf dem Markt Geschäfte machen. Der kleine, stämmige Mann mit dem kurzen, dunkelbraun gelockten Haar und einem ehrlichen Gesicht konnte schon wieder lachen, während er erzählte. »Bin mir sicher, dass ich alles Salz, was ich noch habe, hier verkaufen kann. Vom Erlös kaufe ich auf dem Markt in Munichen billiges Bruchsalz ein und ziehe weiter ins Frankenland. Dort pökeln sie ihr Fleisch damit.«

»Das wird eine weite Reise werden«, bemerkte Kai.

Winthir nickte und kaute auf einem Kanten Brot herum, womit er den Rest seiner Suppe aufwischte und samt dem Bissen in den Mund schob. Es schien ihm besser zu gehen, obwohl er noch leise ächzte, wenn er sich auf seinem Platz bewegte, um sich bequemer hinzusetzen.

»Aber ich rede und rede nur«, sagte er und blickte Kai an, »erzähl du jetzt, was ist dein Tagwerk?«

»Nichts«, entgegnete Kai freimütig, »zumindest weiß ich nicht, was ich machen soll.«

In wenigen Sätzen erzählte er von seinem Dienst am Hofe Heinrichs und wie er mit seinen Nachforschungen in seinem einstigen Elternhaus gescheitert war. »Jetzt bleibt mir wohl nur noch der Weg zurück ins Bayerische«, seufzte er zum Abschluss seiner Erzählung.

»Als Page?«

»Nein«, erwiderte Kai heftiger, als er es wollte. »Nie wieder, lieber gehe ich als Windenknecht auf eine Dombaustelle.«

»Ja, dafür gibt's gutes Geld«, meinte Winthir, »aber ich sag dir gleich, das ist schwere Arbeit, und alt wirst du dabei nicht.«

»Weiß ich«, sagte Kai und ließ seine Schultern müde hängen, »aber von irgendwas muss ich leben.«

»Dein Junker …«, begann Winthir, aber Kai unterbrach ihn sofort.

»Er ist nicht mein Junker«, antwortete er schnell, »und

ich sagte schon, ich gehe nicht mehr zurück. Weder zu ihm noch zu einem anderen Herrn.«

Winthir nickte und sah Kai dabei zu, wie der den Rest seiner Suppe löffelte und sich dann gesättigt auf seinem Platz zurücklehnte. Die Schänke hatte sich noch weiter gefüllt, und beide waren froh um ihren kleinen, aber ungestörten Platz.

»Du hast gesagt, deine Leute waren Salzhändler«, begann Winthir behutsam.

»Ja, aber sonst hab ich keine Erinnerung an diese Zeiten.«

»Aber die können ja wiederkehren.«

»Woher willst du das wissen?«

»Es passiert so dann und wann. Hab davon gehört.«

Kai blickte ihn an und schwieg. Winthir beugte sich zu ihm und legte ihm eine Hand auf die Schulter. »Du bist voll Zorn, weil dir Unrecht geschehen ist. Warum kommst du nicht mit mir? Ich sag dir, wo wir wirklich ein Auskommen hätten. Eines das ausreicht, ein Weib zu suchen und zu heiraten, eine Schar Kinder zu bekommen und alle hungrigen Mäuler zu stopfen. Verstehst du? Genug zu haben, um zufrieden zu leben, bis der Allmächtige sagt, es ist genug.«

Er schnalzte mit der Zunge. »Was will ein Mann mehr?«

Kai lächelte. »Du hast dir alles hübsch zurechtgelegt, was?«

»Warum nicht? Jede Reise dauert lang und ist oft genug einsam. Da hat man Zeit für Träume.«

Kai stellte fest, Winthir konnte ihn mit seiner Rede fesseln. Und er konnte ihn gut leiden. Der aber blickte sich um. Überzeugt, dass niemand sonst ihrer Unterhaltung lauschen konnte, schob er Kai die Weinkanne hin. Der nickte und nahm einen guten Schluck. Dann begann Winthir wieder zu sprechen: »Ich bin Salzhändler, und das, was mein Maultier und ich tragen können, ist mein Geschäft, und ich hab mein Auskommen. Du aber scheinst aus einem Handelshaus zu stammen. Diese Erfahrung steckt vielleicht noch in dir. Ich bin sicher, es kommt der Tag, wo alles wieder zurückkehrt, deine Erinnerungen, deine Träume und deine Wünsche. Eben dein früheres Leben.«

Kai musste lächeln. Es war eine Weile her, dass jemand so mit ihm gesprochen hatte. Winthir sprach weiter: »Es heißt, weit unten im Süden, an der lombardischen Küste, ernten die Römer seit vielen hundert Jahren Salz. Es ist nicht wie das Steinsalz aus den Bergen, denn sie holen es aus dem Meer. Aber es ist auch nicht mit dem Meersalz zu vergleichen. Nein, man sagt, dieses Salz ist ganz fein und glasig, beinahe durchsichtig. Ja, es schimmert rosig wie die Haut eines jungen Mädchens.«

Bei dieser Vorstellung leuchteten Winthirs Augen, und Kai musste lachen. Winthir aber störte sich nicht daran, sondern fuhr fort: »Dieses Salz ist so fein, dass jedes Fleisch darin eingelegt köstlich und von feinem Geschmack wird. Außerdem sind die Apotheken in den Klöstern ganz begierig darauf. Nirgendwo im Land der Franken, selbst auf dem Weg zur Küste hin, wo es über das Meer nach England geht, gibt es so ein Salz.«

Er holte nun tief Luft, und Kai sah, dass dem Mann beide Wangen glühten. »Die Händler kommen nicht so weit, dass sie Meersalz kaufen und damit handeln. Nein, eine solche Reise würde auch viele Monate dauern.«

Er schüttelte den Kopf. »Nein, das lohnt nicht.«

Jetzt machte er eine Pause, und als Kai noch einen Schluck Wein nahm, wartete er, bis der getrunken hatte, zog dann die Kanne zu sich und tat es ihm nach.

»Erzähl weiter«, bat Kai, und Winthir nickte.

»Stell dir vor, wenn es gelänge, so eine ganze Ernte zu kaufen und über das Gebirge bis nach Munichen, ja noch weiter, bis Augsburg zu bringen, wären wir gemachte Leute. Denn nirgends sonst kann man Rosensalz kaufen. Weder im Land der Staufer noch der Welfen.«

»Heißt es so?«, wollte Kai wissen, »Rosensalz?«

»Ja, weil sein Geruch angeblich den Hauch frischer Rosenblüten hat und weil es rosig schimmert.«

»Wie die Haut eines jungen Mädchens.«

Winthir lachte, und auch Kai musste lachen.

»Dieses Salz, hast du es schon mal gesehen?«, wollte Kai wissen.

»Nein«, räumte Winthir ein und schüttelte den Kopf, »aber stell dir vor, wir könnten davon einen ganzen Karren voll in unsere Heimat schaffen. Auf jedem Salzmarkt wären wir die Könige!«

Winthirs Begeisterung hatte sein Gesicht erneut zum Leuchten gebracht. Kai blickte ihn lange an. »Dazu bräuchten wir Geld.«

»Ich hab all die Jahre gut gespart«, begann Winthir.

»Nun, ich hab auch etwas«, entgegnete Kai zögernd.

Sie blickten einander lange an und vergaßen dabei den Lärm und die Aufregung rings um sich.

Dann lachte jemand, und dieses Lachen erkannte Kai sofort.

Als er sich umsah, blickte er direkt in das Gesicht von Wernher. Auch der Pate hatte ihn erkannt, und für einen Moment wusste er nicht, was er nun tun oder sagen sollte. Kai sprang auf und blieb neben dem Tisch stehen.

»Kajetan!«, begann Wernher in seiner etwas theatralischen Art, nachdem er sich wieder gefasst hatte. »Du hier? Was für eine Überraschung, sag, was tust du …?«

Er schwieg, als er Kais eisige Miene sah. So standen sie einen Moment lang voreinander. Man sah Wernher seine Verlegenheit an, die so gar nicht zu dem wortgewandten Mann passen wollte.

»Nur meine Mutter nannte mich Kajetan«, stellte Kai fest.

»Mag sein, mein Junge, aber oft spielt einem die Erinnerung einen Streich. Das ist mir auch schon so gegangen.«

»Hör mit dem Geschwätz auf!«, blaffte Kai. »Du bist so wenig mein Pate, wie mein Vater einen Mann wie dich zum Freund hatte.«

»Du tust mir Unrecht«, begann Wernher kläglich.

»Er weiß alles, warum noch den Narren geben?«, fragte eine Stimme, und Kai wandte sich um.

Elisabeth, Wernhers Frau, trat näher, während Menschen an ihnen vorbei in die Schänke eintraten. Pilger und Fahrensleute sahen sich nach einem Platz um oder baten um etwas zu essen.

»Wer seid ihr beide?«, wollte Kai wissen.

Die Frau atmete tief, und als Wernher etwas sagen wollte, legte sie ihm rasch die Hand auf seinen Arm.

»Wir sind Gaukler und ziehen durch das Land, um unsere Kunst zu zeigen. Wir sollten dich glauben machen, du seiest unser Patenkind. Wernhers Hände sind geschickt, aber noch geschickter ist sein Mund, wenn er Geschichten erzählen soll«, sagte sie mit einem zärtlichen Seitenblick auf den Mann.

»Ihr seid also Fahrensleute«, stellte Kai fest, »und von wem stammte die Idee für diese Posse? Von Hannes oder von seiner Frau?«

»Er war es«, entgegnete nun Wernher, »denn er traf uns auf dem Weg zur Kirche, gab uns ein schönes Stück Geld und versprach uns noch mehr, wenn wir dir eine Komödie spielten. Allein die Aussicht, sich einmal an einem reich gedeckten Tisch so richtig satt zu essen ...«

Er seufzte und senkte den Blick. Seine Gefährtin ergriff seine Hand und hielt sie fest.

»Ihr habt eure Rolle schlecht gespielt«, entgegnete Kai, »ich habe euch keinen Moment lang geglaubt.«

Er ließ beide stehen, wandte sich ab und setzte sich wieder neben Winthir. Die beiden schlichen davon und verließen die Schänke. Kai sah ihnen ohne eine Regung nach.

»Du hast Leute getroffen, die du kennst?«, fragte Winthir behutsam, aber Kai schüttelte sogleich den Kopf.

»Nein«, antwortete er, »erst dachte ich, die beiden zu kennen, aber ich habe mich getäuscht. Es ist wie so oft: Ich habe keine Erinnerung an sie.«

Später legten sie sich in Winthirs kleiner Kammer unter dem Dach zum Schlafen nieder. Der Schankwirt, auf Gäste eingestellt, überließ ihnen sogar eine große Pferdedecke, und kaum waren sie beide darunter gekrochen, schliefen sie schon tief und fest.

Am nächsten Morgen zählten sie ihr Geld: Fünfundzwanzig Silberpfennige. Wobei Kai nur ganze sechs Pfennige beisteuern konnte. Geld, das er in Badenweiler für seine Dienste als Bursche bei den Turnieren bekommen hatte. Würde es für das Rosensalz reichen? Und gab es überhaupt so viel davon, dass sie einen Ochsenwagen voll bekamen?

Am frühen Morgen brachen sie auf. Winthir konnte schon wieder ganz leidlich gehen, doch war sein Bauch ein einziger grünblauer Fleck, so wie es der Bader gesagt hatte.

Aber darauf achtete Winthir nicht, sondern vielmehr begann er, zusammen mit Kai, unweit der Viehschwemme zahlreiche Salzsäumer anzusprechen. Viele Händler wollten über das Gebirge zum Bodensee zurück. Von dort führte ein Weg den Rhein hinauf bis zu den Kaiserpfalzen. Eine gute Gegend, um Geschäfte zu machen. Den Handelsweg nach Augsburg wollte dagegen keiner machen. Der Zoll am neuen Salzmarkt Munichen schreckte ab, weil er einen Teil der Gewinne auffraß. Dort waren zudem viele Salzhändler, die aus Reichenhall oder aus Hallstatt Salz verkauften. Ihr weißes Gold war teuer genug. Selbst als Bruchsalz ließ es sich noch gut verkaufen. Kai und Winthir wurde immer deutlicher, dass sie sich einer starken Konkurrenz gegenübersehen würden. Mit all der Fragerei, den Gesprächen mit den Händlern war es beinahe Mittag geworden.

Ein Großteil der Salzhändler war bereits aufgebrochen. Bis ab dem Nachmittag neue Händler aus dem Süden ankommen würden, lag der Markt beinahe verwaist in der Sonne. Unweit des Stadtbrunnens boten zahlreiche Bäume Schatten, und ebendort trafen sie auf einen Salzhändler, der sich Parlerheinrich nannte. Er war ein wortkarger, beinahe mürrischer Mann, der erst auf ihre drängenden Fragen antwortete. »Gott sei mein Zeuge. Ich weiß nichts von Rosensalz. Ist eine Geschichte, mehr nicht.«

»Eine Geschichte? Also hast du davon schon mal gehört?«, wollte Kai wissen.

Der Mann sah ihn nicht an, sondern wandte sich wieder seinem Gespann zu. Er hatte einen zweirädrigen Karren abenteuerlich hoch mit Salzscheiben beladen. Davor waren zwei Maultiere gespannt. Er nestelte am Geschirr der Tiere herum, und plötzlich wandte er sich um.

»Hab nur einmal davon gehört«, begann er. »Römer haben Becken aus behauenen Steinen gebaut. Dort unten an der Küste brennt die Sonne sehr heiß, und das Wasser verschwindet.«

Er machte eine Handbewegung. »Nur das Salz bleibt übrig, und es ist nicht weiß, sondern grau.«

Kai blickte zu Winthir, und der, als ob er auf dieses Stichwort nur gewartet hatte, begann seine Frage: »Grau? Nicht rosig und…?«

»Davon hörte ich nichts«, antwortete Parlerheinrich und wandte sich wieder seinen Maultieren zu. »Und ich weiß auch nichts weiter.«

Als er mit dem Gespann fertig war, sah er sich noch einmal zu den beiden Männern um. »Niemand hat es wirklich gesehen, aber ab und an taucht es auf einem Salzmarkt auf. Dann ist es kaum mit Gold aufzuwiegen.«

»Was heißt das?«, wollte Kai wissen, und der Mann blickte wieder erst ihn, dann Winthir an.

»In Constantia haben sie dafür zwei Silberpfennige gezahlt.«

»Zwei Silberpfennige?«, fragte Winthir ungläubig.

»Für ein halbes Pfund«, erklärte Parlerheinrich beinahe feierlich.

Winthir und Kai sahen sich staunend an. Zwei Silberpfennige waren ein kleines Vermögen, ein gutes Reitpferd konnte man bereits für fünf Silberpfennige kaufen.

»Das ist kaum zu glauben«, begann Winthir vorsichtig.

»Eben darum glaub ich es auch nicht«, schnaubte Parlerheinrich verächtlich. »So erzählt man es, aber dabei war ich bei so einem Handel nicht.«

»Aber…«, begann Kai, doch der Salzhändler unterbrach ihn.

»Möglich, dass die Lateiner es noch ernten, aber wenn, dann nur wenig, und ob sie uns das Zeug auch verkaufen, weiß der Himmel.«

»Aber wenn es denn stimmen würde«, begann Kai erneut,

»dann wäre mit diesem Rosensalz ein Vermögen zu machen.«

»Du scheinst dich ja auszukennen«, antwortete der Salzhändler nun spöttisch und schlang den Rest eines Strickes an seinem Karren fest.

Kai wollte ihm antworten, doch als er dem Mann dabei zusah, wie er das abenteuerlich hoch getürmte Fuhrwerk noch einmal inspizierte, schossen ihm plötzlich Gedanken durch den Kopf, wild und ungeordnet, so lange, bis auf einmal ein Bild vor ihm entstand. Er sah ein Gespann, groß und schwer beladen, aber es waren vier Räder daran, und genauso groß war die Anzahl der Zugtiere davor. Und in Gedanken sah er einen Mann darum gehen und alles genau inspizieren. Kai schwankte einen Moment, als ob ihn ein Stoß getroffen hätte. Warum war ihm plötzlich so schwindlig? Er schüttelte den Kopf, als könnte er damit das plötzliche Unwohlsein vertreiben. Als er tief durchatmete, war der Spuk vorbei.

»Wenn du das Salz so hoch türmst, kommst du niemals über die Berge«, begann er langsam.

Parlerheinrich wandte sich zu ihm um, und das erste Mal sah man ihn verblüfft. »Was hast du gesagt?«

»Deine Ladung ist für diesen Karren zu schwer. Nimm noch ein Gespann Maultiere oder besser gleich einen größeren Wagen. Einen mit vier Rädern.«

Der Salzhändler blickte über die Schulter auf die verzurrte Salzladung.

»Was zum Teufel redest du da?«

Die folgenden Worte kamen so aus Kais Mund, als ob er sie aus einem Buch ablesen würde: »Geht es einen steilen Hang hinauf und der Boden ist nass und schlüpfrig, wird dein Karren samt den Maultieren immer wieder zurückrutschen. Die Tiere werden bald müde sein, und du kommst nicht richtig voran. Gehen die Maultiere dann einen Hang hinunter, ist die Ladung viel zu schwer für zwei Tiere. Der Karren mit dem Salz drauf wird sie von der Straße schieben, weil sie das Gewicht nicht lange halten können. Dann verlierst du alles, Gespann und Ladung.«

»Woher weißt du das alles, du Klugscheißer?«, unterbrach ihn der Mann wütend.

Kai hielt ein, doch bevor er darauf antworten konnte, zog ihn Winthir mit sich. »Halleluja, ich hab's gewusst, nicht alle Gedanken sind in Vergessenheit geraten, du bist …«

»Ach, Unsinn«, antwortete Kai ungehalten und machte sich von ihm los.

Er blieb stehen und sah noch einige Bilder, Schleier nur. Sie waren nicht klar genug, um ihm etwas zu sagen. In seinem Kopf brauste es, und er blickte Winthir an. Der sah nur ein erschrockenes Gesicht.

»Geht es dir gut?«, fragte Winthir mitfühlend, und Kai nickte.

»Dann lass uns das Salz der Römer suchen«, sagte er, hielt ihm die Hand hin, und Kai schlug feierlich ein.

26

»Man nimmt fette Fische, zum Beispiel Lachse, Aale, Alsen, Sardinen, und zusammen mit diesen Fischen getrocknete Gewürzkräuter und Salz. Alles zusammen kommt in ein Fass und wird mit einem Deckel verschlossen und sieben Tage in praller Sonnenhitze stehen gelassen. In den folgenden Tagen rührt man die Mischung jeweils gründlich um.

Nach Ablauf dieser Zeit kann man die inzwischen entstandene Brühe abschöpfen.«

So berichtete einst Gargilius Martialis, ein römischer Chronist, über die Herstellung von Garum, einer Würzsoße der Römer, die noch bis weit in die Zeit Ostroms in der römischen Küche benutzt wurde. Doch diese Zeiten waren längst vorbei. Jetzt aßen die Menschen nicht eben raffiniert, eher derb, und nur wer es sich leisten konnte, fett. Genug und schmackhaft die Reichen, sparsam und einfach die Armen.

Was die Römer einst an Fischbecken und Teichen mit Speisefischen und Krebsen angelegt hatten, war bereits lange verschwunden. Genauso wie ihre Austernbänke. Auch die berühmten Salzbecken an der etruskischen Küste gab es längst nicht mehr, aber die Gerüchte darum hielten sich.

Kai und Winthir lernten bei ihrer Reise gen Süden, über den Brennerpass bis Trient, an der Berner Klause vorbei, wo im fernen Dunst Verona liegen musste, nur wenig Essfreuden der Lombarden kennen. Noch immer aßen Taglöhner und einfache Leute auf dem Land das Arme-Leute-Essen ihrer Vorväter: Käse, Sellerie, Koriander, Weinraute, dazu mindestens vier Knollen Knoblauch, alles zusammen in einem Mörser zerkleinert, mit Öl gemischt, dann dick auf Brotstücke gestrichen. Moretum nannten es bereits ihre Vorfahren, und unter diesem Namen lernten es auch die beiden Salzhändler kennen.

Das einfache Essen aber hielt sie nicht von ihrer Weiterreise ab, genauso wenig wie das Wetter. Die Tage waren mild und warm. Im Gebirge regnete es manchmal, aber dann, näher gegen die Ebene hin, nicht mehr, und der Frühling beeilte sich. Das, was ihr Maultier trug, verkauften oder tauschten sie. Es reichte für das Essen, eine Kanne Wein, manchmal eine Unterkunft, einen Strohsack für beide. Ihre Silberpfennige griffen sie nicht an, sondern hüteten sie wie einen Schatz, und der Kontrakt, den sie miteinander geschlossen hatten, war der zweier Freunde und Partner. Doch wo immer sie einkehrten, anhielten oder um Unterkunft baten, niemand konnte Genaues über das römische Salz sagen. Es blieb bei Geschichten, die immer üppiger und geheimnisvoller wurden, je mehr sie hörten. War dann noch ein Krug Wein im Spiel, war es beinahe unmöglich zu unterscheiden, wo die Wahrheit endete. Niemand konnte ihnen genau sagen, woher das Rosensalz stammte, wer an seiner Gewinnung arbeitete oder wo man es kaufen konnte. Aber alle, die glaubten, darüber etwas zu wissen, schworen auf die Heilige Maria, Mutter des allmächtigen Herrn Jesu Christi, dass es solch ein Salz wirklich gab.

So vergingen die Tage und Wochen.

Die Vorräte auf Winthirs Maultier waren beinahe aufgebraucht, und mit jedem Tag, an dem sie erfolglos die Straße gen Süden zogen, nährte all ihre Gedanken die Hoffnung, die sie sich insgeheim noch immer machten. Keiner von beiden wollte aussprechen, was sie wohl jeder für sich dachten. Dass es dieses Salz vielleicht einmal gegeben hatte. Aber das musste lange vor ihrer Zeit gewesen sein, und war es nicht Beweis genug, dass niemand etwas darüber berichten konnte?

Mit Kai geschah jedoch eine Veränderung.

Solange er und Winthir auf der Landstraße unterwegs waren, kamen ihm immer wieder Gedanken in den Sinn, die er längst verloren glaubte. Stundenlang konnte er dann seinem Gefährten schildern, wie ein Fuhrwerk bespannt war, wie es beladen werden musste, wie viele Ochsen man dafür brauchte, ja, wie man diese schweren Zugtiere mit einem

Joch anbinden und führen konnte. Was man tun musste, um die Tiere zum Gehen zu bewegen, wie viel sie zu schaffen vermochten und wie lange eine Reise mit so einem Gespann über die Berge zurück ins Bayerische dauerte. All das berichtete Kai dann, ohne auch nur einmal richtig darüber nachzudenken. Es schien tatsächlich so, als wären Teile seiner Erinnerungen auf einmal wieder zurückgekehrt. Doch so, wie er sich an all die Feinheiten des Salzgeschäftes erinnerte, desto hartnäckiger weigerten sich seine Erinnerungen, Licht in die Herkunft seiner Familie zu bringen. Er wusste zwar nun, dass er neben seinen Eltern eine Schwester gehabt und sein Vater einen Fuhrknecht beschäftigt hatte. Wie sonst hätte er gleich mit mehreren großen Ochsengespannen von Innsbruck aus die Salzmärkte ansteuern können? Er war sich sicher, schon einmal in seiner Kindheit in Salzburg, Augsburg und sogar in Nürnberg gewesen zu sein, denn er konnte Gegebenheiten dieser Orte ziemlich genau schildern. Winthir, der etliche Male bereits an diesen Orten gewesen war, bestätigte Kai, dass es sich genau so verhielt, wie er berichtete.

Mehr als einmal versuchte Kai, sich das Gesicht seines Vaters oder seiner Mutter, seiner Schwester oder eines der Knechte in Erinnerung zu rufen. Doch das Einzige, was er dann vor sich sah, war das spöttische Gesicht seines Onkels und die hochmütige Miene seiner Tante, die ihm wohl seine Herkunft bestätigten, aber nichts weiter zu seinem Erinnerungsvermögen beitragen wollten. So blieb es in einem Teil seines Verstandes weiterhin dunkel. Eine Dunkelheit, die ihm umso bedrohlicher erschien, je mehr er versuchte, sich den Erinnerungen zu nähern, die ihm von den letzten Tagen, ja Stunden seiner Familie berichten sollten.

Die flache weite Ebene lag seit über einer Woche hinter ihnen, genau wie Mailand, die trutzige, große und lebendige Stadt.

Seit dem frühen Vormittag waren sie durch endlose Pinienwälder marschiert. Irgendwo vor ihnen ließ sich das Meer nur vermuten. Manchmal, nach dem Geschrei der Möwen, glaubten sie, es sehen zu müssen. Doch meist waren da nur Lichtungen, die irgendwann einmal ein Waldbrand geschaffen hatte und auf denen sich erneut frisches Grün drängte. Doch jetzt lichtete sich der Wald, und auf ihrem Weg kamen sie seit Tagen wieder an den ersten Feldern vorbei.

Dann, als sie es gar nicht mehr vermuteten, endete der Wald auf einer sanften Anhöhe und gab den Blick über das Meer frei.

»Na, was sagst du jetzt?«, fragte Winthir.

Kai antwortete nicht, sondern blickte über die endlos weite Küste, sah das Wasser und die Buchten, die smaragdgrün schillerten. Die Sonne darüber verzierte die Wellenkämme mit glitzernden Streifen. Das also war das Meer. Daran hatte er keinerlei Erinnerung. Er war sich sicher, dass er es jetzt zum ersten Mal sah.

Still blieben sie die nächste Stunde auf einem Hügel sitzen, ließen das Maultier grasen und blickten nur lange auf die Küste hinunter. Einmal entdeckten sie ein Fischerboot. Gestalten darauf ruderten ein Stück aufs Meer hinaus, um ihre Netze auszuwerfen.

»Die werden wir befragen«, begann Winthir. »Fischer kennen ihre Küste.«

Kai nickte nur stumm.

»Und selbst wenn sie nichts sagen wollen, irgendjemand wird etwas wissen, und dann ist es nur eine Frage, wie hartnäckig wir sind.«

Aus Winthirs Erklärungen klang eine unerschütterliche Zuversicht.

»Glaubst du wirklich, wir finden jemanden, der uns was sagen kann?«

»Du nicht?«, wollte Winthir wissen und sah Kai aufmerksam an.

»Es fällt mir schwer.«

Winthir schwieg. Er beschattete mit einer Hand seine Augen und blickte erneut auf das blaue Meer hinaus. Eine Brise wehte herauf, und die Luft roch auf einmal nach Salz und frischer Erde.

Wenig später brachen sie auf und stiegen einen schmalen, sandigen Weg den Hügel hinunter. Sie kamen durch lauter Weinberge, die, nicht sonderlich groß, von niedrigen, rohen Steinmauern umgrenzt waren. Da trafen sie auch Leute bei der Arbeit. Wenn Winthir versuchte, sie mit seinem Sprachgemisch aus Latein und lombardischen Brocken nach den Salzbecken der Römer zu fragen, schüttelten sie nur die Köpfe. Wenigstens bestätigten sie ihnen, dass unten an der Küste Fischer lebten. Vielleicht wussten die mehr.

Am späten Nachmittag erreichten sie eine winzige namenlose Ortschaft. Nach ein paar Schritten an den niedrigen Fischerhütten vorbei ertönte eine laute Stimme, die sie sogleich gut verstanden.

»Hähnchen, geh mir fort mit diesem Fraß.«

Kai und Winthir traten neugierig in einen kleinen Hof, in dem es nach Fisch und Salz roch. Zwei Männer standen da und stritten sich lautstark vor einer Gruppe braun gebrannter Männer und Frauen.

»Deus hic! Gelobt sei Jesus Christus«, grüßte Winthir, und Kai beeilte sich, seinen breiten flachen Sonnenhut aus

Stroh zu ziehen, den er irgendwo bei Bozen von einem fahrenden Händler erworben hatte.

»In alle Ewigkeit. Christenmenschen«, seufzte der Mann selig, den der andere Severin genannt hatte. »Wer seid ihr?«

Kai und Winthir stellten sich vor; auch die beiden Männer nannten ihre Namen. Sie waren seltsame Erscheinungen. Der eine lang und dürr, dabei so hoch aufgeschossen, dass ihm die knochigen Arme weit aus seinem schäbigen Wams hervorsahen. Der andere klein und eher rundlich, jedoch mit einem gutmütigen Blick. Sie nannten sich Severin und Hähnchen und stammten irgendwo aus der Gegend von Mainz.

»Ich warne euch«, begann der Große, »wenn ihr Hunger habt, esst lieber Baumrinde oder teilt das Mahl mit eurem Maultier. Den Fraß hier kann keiner essen.«

»Hol doch der Teufel deine Einfalt, Severin: Hier gibt's kein Gasthaus, sondern die Leute teilen das, was sie haben.«

»Stockfisch«, erklärte Severin kurz und trocken, »den brechen sie auseinander wie ein Stück Holz. Und so schmeckt er auch.«

»Severin!«

»Hast du dich nie gefragt, warum sie den Fisch hier nicht frisch fangen und essen?«, fragte er den Mann mit dem Namen Hähnchen und deutete mit dem Arm. »Da, sieh nur, dort ist das Meer.«

»Severin!«

»Bei den Gebeinen unseres Herrn, Stockfisch ist ein Fraß für die Mauren.«

»Mauren essen Stockfisch?«, fragte Kai mit unschuldiger Miene, aber Severin setzte sich auf den Rumpf eines umgedrehten Fischerbootes wichtig in Positur, was gekünstelt und übertrieben bei ihm aussah.

»Junger Freund, du hast einen weit gereisten Mann vor dir. Ich habe alle Länder dieser Erde gesehen und dazu noch welche, die niemand außer mir kennt. Hör genau zu, was ich dir sage: Mauren essen Stockfisch und traniges Hammelfleisch, und ihre Küche ist langweilig und völlig ohne Geschmack.«

»Preiset den Herrn«, bemerkte Hähnchen gleichmütig, »wenn jedes Wort, das Herr Severin sagt, schmerzen würde, sähen wir uns alle schreiend auf dem Boden wälzend.«

»Hähnchen, du elender…«

»Wimmern vor Schmerzen!«

»Du bist ein heuchlerischer…«

»Schmerzen, wie bei der Tortur des Heiligen Stefanus!«

»Hähnchen!«, bellte Severin.

»Schmerzen!«, bellte Hähnchen zurück.

Kai und Winthir mussten lachen.

Die beiden Männer schienen ihren Streit als kleinen Wettstreit zu betrachten. Sie wirkten trotzdem herzlich und unterhaltsam.

Noch immer umstanden sie die Bewohner der wenigen Hütten. Sie verstanden wohl kaum ein Wort, ergötzten sich dagegen an der regen Mimik und Gestik der beiden Männer. Einer der Zuschauer, wohl kein Fischer wie die übrigen Bewohner des Ortes, trat nun zu ihnen.

»Gott sei mit euch! Ihr kommt von weit her?«

Die Männer grüßten und stellten sich vor.

»Ich bin hier, weil ich es mir zur Aufgabe gemacht habe, diesen Leuten den rechten Weg zum Herrn zu weisen.«

»Du bist ein Priester?«, wollte Severin wissen.

»Ja. Diese Leute würden sofort in ihren alten Götterglauben verfallen, wäre nicht jemand da, der aufpasst.«

»Wir sind Pilger«, erklärte Hähnchen, »auf dem Rückweg von Messina. Wir suchen ein Quartier für diese Nacht, etwas zu essen …«

»Aber nicht wieder diesen Fraß«, warf Severin rasch ein.

»Und vielleicht eine Auskunft«, fügte Winthir schnell hinzu, bevor erneut ein endloser Streit begann.

»Halt, halt, nicht so schnell. Das ist eine Menge auf einmal«, lachte der Frater. »Kommt mit mir.«

Er schritt los, die Männer folgten ihm. Der kleinen Gruppe schlossen sich die Einheimischen an. Unter einem windgeschützten Dach neben einer der Hütten waren ein roher Tisch und davor zwei lange Bänke aufgestellt. Dort hieß er sie sich niedersetzen.

»Wollt ihr euch nicht zu uns setzen, Frater?«, fragte Kai höflich. Die zuvorkommende Anrede fiel dem Mann sofort auf.

»Danke dir, Junker. Aber wie kommt das? Ich sehe kein Schwert an deinem Gürtel. Hat dich ein Gelübde …«

»Halt«, unterbrach ihn Kai lachend, »ich bin kein Junker, sondern Salzhändler.«

»Oh, ein feiner Handel.«

»Meine Freunde und ich haben Hunger.«

Der Frater beugte sich ein wenig zu ihnen.

»Die Leute hier sind arm, aber gastfreundlich. Aber in letzter Zeit sind viele Pilger unterwegs, und die essen sich jedes Mal satt, ohne sich wenigstens ein bisschen für die Gastfreundschaft zu bedanken. Versteht ihr?«

Er rieb Daumen und Zeigefinger einer Hand während seiner Erklärung.

»Satt essen?«, begann Severin. »Das möchte ich sehen. Diesen Fraß kann kein Mensch fressen.«

»Du urteilst hart. Warte nur, bis Magdalena kommt, die Schwester dieses Mannes.«

Er zeigte mit dem Kinn auf einen der Fischer, der in der Tür stand.

»Sag ihm …«, begann Kai.

»Nein«, unterbrach ihn der Frater, »was immer du sagen willst, sag es ihm selbst. Er versteht es gut.«

»O nein«, sagte Severin und hielt sich die Hand vor den Mund, »dann hat er gehört, wie ich geflucht habe.«

»Benedicte«, sagte der Frater nur und zuckte mit den Schultern. »Benedicte. Ein loser Mund fängt sich kaum selber ein.«

Kai stand von seinem Platz auf und begrüßte den Mann. Dann bat er ihn um etwas zu essen für sich und seine Begleiter. Er gab ihm dafür einen ganzen Silberpfennig. Der Mann nahm die Münze, prüfte sie, und dann strahlte er Kai an.

»Ihr seid die Ersten, die bezahlen. Dafür wird Magdalena kochen.«

Seine Schwester kochte für sie, und das erste Mal schien Severin satt und zufrieden; auch Hähnchen rülpste nur leise wohlig vor sich hin.

Die Salzhändler boten Severin und Hähnchen an, mit ihnen nach den Salzbecken der Römer zu suchen, und die beiden Pilger, die von Messina her kamen, waren damit einverstanden, denn beide wollten über die Alpen zurück nach Hause.

27

Nur geübte Augen konnten es entdecken. Hinter dem breiten Sandstrand ließ sich tatsächlich in einer Senke der Umriss eines großen, runden, von Steinblöcken eingefassten Beckens erkennen. Uralte Bäume wuchsen da und streckten ihre armdicken Wurzeln über die Beckenränder, die, längst gesprengt, ihre einstige Größe nur noch ahnen ließen. Der Wind wehte Sand und Erde darüber, und das tat er seit Jahrhunderten.

Magdalenas Bruder Vito hatte ihnen das einstige Salzbecken gezeigt, doch in dem lichten Wald, der überall an der Küste bis an den Strand heranreichte, waren sonst keine Spuren einstiger Anlagen mehr zu erkennen. Der Fischer erklärte ihnen, dass in dieser Gegend erst seit ein paar Jahren wieder Menschen lebten. Seit den Kreuzzügen gab es hier immer wieder Sklavenhändler, die von See her Pilgerzüge in der Nacht überfielen, um die Menschen auf ihre Schiffe und in die Sklaverei zu verschleppen.

Kai schaute sich um, und als er Winthir ansah, erkannte er dessen Enttäuschung. Wenn das hier wirklich die gesuchten Salzbecken waren, erforderten sie in der Vorstellung der Betrachter viel Phantasie. Severin und Hähnchen ließen sich im Schatten nieder. Beide schwitzten. Vito, der Fischer, blieb stehen und kaute auf einem Grashalm herum. Winthir schüttelte wieder und wieder seinen Kopf.

»Das ist alles?«, wollte er wissen.

Vito hörte auf zu kauen, blickte Winthir an und nickte dann langsam, bevor er zu sprechen begann. »Hat noch mehr gegeben, so erzählen es die Alten. Aber die anderen Becken lassen sich nicht mehr finden. Seit ewigen Zeiten haben sich die Leute aus den Dörfern weiter im Süden hier ihre Steine geholt und damit ihre Häuser gebaut.«

»Die hier hat keiner geholt«, bemerkte Kai, und Winthir nickte.

»Zu weit weg, das lohnt nicht«, erklärte Vito knapp.

Winthir seufzte tief und blickte sich erneut um. »Wie viele solcher Plätze hat es hier gegeben?«

»Weiß nicht«, bemerkte der Mann und zuckte mit beiden Schultern.

»Da ist ein Weg«, bemerkte Hähnchen und deutete mit dem Daumen hinter sich auf einen schmalen Saumpfad, der in den Wald führte.

»Dem sollte man einmal folgen«, bemerkte Severin.

»Und mal schauen?«, fragte Hähnchen unschuldig. »Meinst du, das sollten wir tun?«

»Genau!«

»Gibt vielleicht was zu finden?«

»Vielleicht eine Burg.«

»Burg? Was für eine Burg?«

»Niemand weiß genau, was es hier gibt, warum also keine Burg?«

Severin blickte seinen Freund an. »Du erstaunst mich immer wieder.«

»Warum?«

»Du bist ein Wunder unseres Herrn Jesus Christus.«

Hähnchen blickte Severin aufmerksam an und wusste nicht recht, ob er sich geschmeichelt fühlen sollte, denn irgendeine Bosheit hatte er wohl eher erwartet. »Bei seinem Namen, warum das?«

»Es gibt Menschen, die können ohne Verstand durchs Leben gehen«, erklärte Severin feierlich, »und ich kenn einen, klein und dick wie ein Fass.«

»Lumpenkerl«, entgegnete Hähnchen beinahe liebevoll.

Er wollte noch etwas sagen, aber dann stützte er sich an Severins langer Gestalt ab und erhob sich ächzend von seinem Platz.

»Komm, auf, lass uns nachsehen.«

Beide verschwanden zwischen den ersten Baumstämmen in dem angrenzenden Wald. Winthir stand immer noch da und schüttelte den Kopf.

»Was ist?«, wollte Kai wissen.

»Siehst du das?«, fragte Winthir und deutete auf die verlandete, mit Sand und Erde gefüllte Senke vor ihnen.

»Ja, natürlich.«

»Weißt du, was das heißt?«

»Ja, dass du Recht gehabt hast. Das ist der Beweis, es gibt sie, die Salzbecken der Römer.«

Winthir lachte gequält und trat näher.

»Kai, um dies hier wieder herzurichten …«

Er stockte in seiner Rede und ließ beide Hände resignierend sinken.

»Aber warst du es nicht gewesen, der so begeistert …?«

Jetzt schwieg auch Kai. Winthir wirkte auf einmal niedergeschlagen.

»Mein Freund, wir bräuchten allein für dieses Becken da einen ganzen Sommer, bis wir es wieder mit Wasser füllen könnten. Und wir wissen noch gar nicht, ob die Wasserrinnen noch da sind. Wir müssten auch sie erst einmal finden.«

Er seufzte tief. »Ich hab mir alles ganz anders vorgestellt.«

Kai antwortete nicht und sah seinen Freund und Partner nur an. Er hatte Recht, das hier war ein Berg voll Arbeit, und es sah nicht so aus, als könnten sie es mit ihren eigenen Händen so weit bringen, dass sie noch in diesem Jahr würden Salz ernten können.

»Wenn wir unser Salz nicht mehr kaufen müssten, dann…«, begann Vito plötzlich.

Winthir und Kai blickten auf, und Vito sprach weiter: »Viele Männer aus den Dörfern ringsum brennen Holz für die Erzhütte oder tragen Fische auf den Markt. Sie könnten auch Salz ernten…«

»Was glaubst du, werden sie haben wollen?«, fragte Winthir mit einem raschen Blick auf das verlandete Becken in der Mulde vor ihnen.

»Salz«, erklärte Vito bestimmt.

Er erklärte ihnen in seiner knappen Art, dass die Fischer in den Dörfern bislang ihr Salz immer von fahrenden Händlern gekauft hatten.

»Meine Leute sind Fischer. Die brauchen immer Salz.«

Winthir blickte auf die bewaldete Stelle. »Wenn es uns gelingt, dieses und vielleicht noch ein weiteres Becken wieder herzurichten, könnten wir beginnen.«

Hähnchen und Severin traten aus dem Wald. Sie waren mit kleinen Ästen und Blättern bedeckt, und an Severins Beinkleidern hafteten Kletten. Ihre Gesichter glänzten vor Schweiß.

»Das ist tatsächlich ein verwunschener Ort«, begann Severin in seiner leicht theatralischen Art. »Mit etwas Glück könnte man einen Waldgeist sehen.«

»Habt ihr was gefunden?«, wollte Winthir wissen.

Seine Niedergeschlagenheit war wie weggeblasen, und als Hähnchen bestätigend nickte, trat er auf die beiden Männer zu.

»Ist nicht weit im Wald. Wieder eine große Senke mit zwei Becken, beide beinahe zugewachsen, aber die einstige Größe lässt sich noch erkennen.«

Nun war die Neugier der Übrigen geweckt, und sie folgten den beiden Männern noch einmal durch das Gesträuch. Was sie antrafen, war nicht viel anders, als was sie hier bereits gefunden hatten: Nicht weit entfernt, vom Grün beinahe vollständig überwuchert, lagen zwei große, runde Becken, deren steinerne Einfassungen stellenweise noch zu erkennen waren. Doch schienen die Steine nicht so sehr beschädigt zu sein wie die des ersten Beckens, denn es gab weniger Bäume, die direkt am Rand wuchsen und mit ihren Wurzeln die Einfassungen beschädigt hatten. Hinter ihnen ließ sich zwischen den tief hängenden Zweigen das Meer erkennen.

Winthir war plötzlich wie ausgewechselt.

Er blickte sich um, schritt dann den Weg ein Stück zurück und begann laut zu reden. »Drei große Becken! Wenn wir genug fleißige Hände finden, die mit uns jedes leer graben, könnte man bald sehen, ob sie beschädigt sind und was sie taugen. Müsste doch mit dem Teufel zugehen, wenn wir sie nicht bald wieder mit Wasser füllen könnten.«

Kai legte den Kopf in den Nacken.

»Die Bäume müssten wir fällen, damit viel Sonne auf die Stelle trifft, nur so kann das Wasser trocknen, und das Salz bleibt zurück.«

Er blickte Winthir an, und der strahlte. Kai nickte zufrieden. So kannte er den Salzsäumer.

28

Erst glaubten sie, es würde viele Wochen dauern, bis sie alle Becken wieder freigegraben hatten, doch dann meldeten sich in wenigen Tagen immer mehr Männer aus den umliegenden Fischerdörfern. Sie fingen an, den Wald zu roden. Sie fällten Bäume, gruben deren Wurzeln aus und schaufelten Sand und Erde aus den einstigen Wasserbecken. Kai und Winthir, wie auch Hähnchen und Severin, arbeiteten mit, und jeden Abend fielen sie müde auf ihre Schlafplätze unter einem rasch errichteten Holzdach, das ihr Lagerplatz war. In das kleine Fischerdorf kehrten sie nicht zurück, denn so sparten sie den Weg morgens und abends. Außerdem war die Gegend einsam, und niemand wusste, wem das Land gehörte. Doch selbst, wenn jemand einen Anspruch angemeldet hätte: Mit der Aussicht, mit Salz bezahlt zu werden, hätte er sie weiterarbeiten lassen. Da waren sie sich völlig sicher.

Keiner wusste, ob es an der Euphorie aller lag. Vielleicht war die warme, nicht zu heiße Sonne oder der Glaube der Lateiner an die seltsamen Tedeschi und deren Traum von den Salzbecken der Grund für ihr erstaunlich schnelles Vorankommen. Bereits nach einer Woche waren alle drei Anlagen so weit freigeschaufelt, dass sie die tatsächliche Größe erkennen konnten. Am Beckengrund entdeckten sie große Felsblöcke. Dies mussten dieselben sein, die einst von den Römern aus dem Meer geholt worden waren.

Gemeinsam besserten sie die zahlreichen Risse und Löcher aus. Die Kanäle, durch die das Meerwasser in die Becken strömte, gruben sie ebenfalls frei, besserten sie mit Lehm aus und fertigten Schieber aus Steinplatten. Als das erste Mal seit vielen Jahrhunderten das Wasser in die Becken zurückströmte, jubelten alle.

In der heißen Sonne verdunstete das Wasser schnell. Dann zogen sie die steinernen Schieber in die Höhe und ließen immer wieder Wasser in die kreisrunden Becken fließen. Ungeduldig warteten sie, bis das Wasser beinahe verschwunden war, kletterten in die Becken hinunter und schaufelten restlichen Sand und Erde in Körbe, die sie wieder hinausschafften und unweit der ausgegrabenen Stellen auf kleine Hügel schütteten. Nichts sollte das Meerwasser trüben können.

Jeden Abend ließen sich die Taglöhner und Fischer auf einem Stück Stoff ihre Arbeit besiegeln. Kai und Winthir, die beide als Einzige schreiben konnten, unterzeichneten jeden Arbeitstag mit ihren Namen. Damit stand bei der ersten Salzernte jedem Mann für eine Arbeitswoche ein Sack Salz zu, mit einem Gewicht von fünf Pfund.

Winthir und Kai wussten zu diesem Zeitpunkt noch immer nicht, ob ihr kühner Plan aufgehen würde. Doch mit jedem Tag, an dem die Becken sauberer und aufgeräumter wurden, erkannten sie, dass es die Salzbecken wieder geben würde, wie schon zu Zeiten der Römer: Das Wasser floss bei Flut in die Becken, die dicht mit großen Felsblöcken aus dem Meer bestückt waren, und lag dann wie ein großer Spiegel in der gleißenden Sonne. Das Wasser begann zu verdunsten, und auf den blanken Spitzen der Felsblöcke auf dem Beckengrund zeigte sich der erste dünne Salzhauch. War das Wasser so weit verschwunden, dass man in die Becken hineinsteigen konnte, kratzten die Männer mit hölzernen Spateln das Salz ab und sammelten es in flache Tonschalen und leerten diese in weich gegerbte Lederhäute. Die Feuchtigkeit ließ es grießähnlich und duftend zurück. Solange es sich noch feucht anfühlte, vergruben die Männer die Säcke in flache Erdkuhlen. Darüber gossen sie ständig frisches Meerwasser. Tatsächlich blieb das Salz so über viele Wochen feucht und entwickelte einen feinen Geruch.

Ein Teil des Salzes wurde gleich auf einer selbst gebauten Waage gewogen und als Bezahlung den Helfern übergeben.

Sie kannten nur ihre Arbeit.

Die wenigen Vergnügungen waren arbeitsfreie Sonntagnachmittage, die sie am Strand verbrachten, wo sie Muscheln und Krebse suchten, Fische fingen, um sie am Feuer zu braten. Manchmal fingen die Taglöhner wilde Kaninchen in der Falle oder erwischten Vögel mit ihren Leimruten. Einmal in der Woche wanderten sie mit dem Maultier in einen der umliegenden Weiler und tauschten Salz gegen Öl, Gerste und Wein. Oder sie blieben bei einem Fest gleich die ganze Nacht dort, um dann auf den Stufen der Kirche den Rest der Nacht zu schlafen. Erst zur frühen Messe wachten sie wieder auf. Mehr als ein ganzes Jahr verbrachten sie so, und jetzt kündigte sich der Herbst langsam an.

Ihre Ernte war erfolgreich gewesen. Es war genug Salz in die zahlreichen gegerbten Ledersäcke abgefüllt, dass es für einen guten Handel reichte. Das Gewicht machte nach Abzug der Bezahlung für die Helfer mehr als drei Tonnen aus.

Die letzten drei Tage hatten sie nur noch damit zugebracht, ihren Ertrag in weitere Säcke zu verteilen. Noch war das Wetter schön, und mit jedem Sonnentag gab es genug Salz, das sich gewinnen ließ. Und heute wollten sie alles Salz zur Seite legen, das sie als zusätzliche Prämie für die Helfer verteilen wollten. Ohne die Hilfe der zahlreichen Hände hätten sie es nie geschafft. Es galt, großzügig zu sein. Auf einmal tönten Rufe vor ihnen. Als zuerst Kai und Winthir, dann auch Severin und Hähnchen die Köpfe hoben, hörten sie es laut und deutlich.

»*Diabolo!*«

Severin ließ die hölzerne Schaufel in seiner Hand sinken. Zwei der Helfer kamen gelaufen und hielten atemlos vor ihnen an. Wild gestikulierend deuteten sie immer wieder auf den Waldrand hinter ihnen.

»Was sagen sie?«, wollte Severin wissen.

Kai schüttelte den Kopf.

»Ich verstehe nicht alles, aber es ist irgendwas passiert.«

Die beiden Männer schwiegen jetzt und atmeten nur heftig.

»Gib ihnen erst mal was zu trinken«, meinte Severin zu Hähnchen gewandt.

Der schöpfte aus einem Eimer frisches Wasser und reichte es den beiden Taglöhnern. Der erste nickte dankbar, trank die Kelle leer und schöpfte dann selbst neu, um sie seinem Gefährten zu reichen. Als sie sich beide beruhigt hatten, begannen sie in ihrem schnellen Dialekt zu sprechen. Kai hörte ihnen aufmerksam zu, denn er verstand sie bereits ganz gut. Als die beiden geendet hatten, schlugen sie zahlreiche Kreuzzeichen und sanken dann erschöpft auf dem Boden nieder. Die übrigen Gefährten betrachteten Kai neugierig und warteten, was er ihnen sagen konnte.

»Sie haben dort etwas Schreckliches gesehen«, begann er langsam und deutete auf den Waldrand.

»Und was?«, wollte Winthir wissen.

Kai blickte seinen Freund an. »Den Teufel. Sie sagen, dort wäre der Teufel.«

Erschrocken schwiegen alle; die beiden Männer nickten nur und bekreuzigten sich eifrig.

Alle blickten sie nun in die Richtung, aus der die beiden Männer gekommen waren. Der Wald dort war dicht, aber sie fanden alle, dass er nichts von der drohenden Unheimlichkeit jener finsteren Wälder in ihrer Heimat hatte. Zudem schien die Sonne warm, zahlreiche Vögel lärmten, und nicht weit entfernt rauschte beruhigend das Meer. Suchte sich der Teufel nicht düstere und bedrohlichere Orte für sein Erscheinen aus?

»Ich werde nachsehen«, sagte Kai und wischte sich Salzkrümel von seinen Händen.

»Bleib lieber hier«, bat Severin mit ängstlichem Gesicht, und auch Hähnchen nickte heftig.

»Er hat Recht. Was, wenn dort wirklich der Teufel ist?«

»Und wenn nicht?«, entgegnete Kai.

Er wandte sich um, griff nach seinem langen Wanderstock. Dass seine Knie ein wenig zitterten und er vor Aufregung zu schwitzen begann, brauchte ja keiner zu wissen. Er trank noch einen großen Schluck Wasser aus dem Bottich und schritt los. Dichtes Unterholz ließ kaum etwas erkennen. Er war nicht lange gegangen, als er hinter sich Schritte hörte.

»He, so warte doch«, zischte eine Stimme halblaut.

Er wandte sich um und musste beinahe lachen.

Alle übrigen Gefährten schlichen ihm nach. Sogar die beiden Taglöhner folgten ihm. Winthir erreichte ihn als Erster. Als Kai ein wenig spöttisch über die Schar der Gefährten blickte, kam Severin ihm zuvor: »Wir wollten dich nicht alleine ziehen lassen, vielleicht brauchst du unsere Hilfe.«

»Genau«, entgegnete Hähnchen, »wenn's wirklich der Teufel ist, kann ich ihn mit einem Gebet bannen.«

Er hielt sein selbst geschnitztes Holzkreuz in die Höhe, und die beiden Taglöhner bekreuzigten sich erneut.

»Mit euch brauch ich den Teufel wirklich nicht zu fürchten«, entgegnete Kai trocken, und als alle ernst nickten, musste er sich rasch abwenden, um nicht laut loszulachen.

Jetzt schritten sie zusammen weiter, aber keiner sprach mehr etwas. Ein schmaler Pfad, eher von Wild als von Menschen begangen, führte sie durch das Dickicht. Hier war es schattig und damit kühler. Manchmal, wenn ein Ast knackte oder leiser Wind die Zweige rauschen ließ, hielten sie an und verharrten auf der Stelle, um zu lauschen. Die Furcht vor der Unheimlichkeit des Waldes steckte in ihnen. Seltsam, musste Kai denken, in ihm weckte er eine andere Erinnerung. Erst große Kälte und Angst. Und dann Ruhe und allmählich wiederkehrende Lebensgeister. Dazu immer den Geruch nach Harz, Moos und dem letzten Rauch eines erloschenen Feuers. Erinnerungen, aber keine, die ihn den Wald fürchten ließen.

Es dauerte dann doch eine ganze Weile, und immer wieder fragte Kai die beiden Taglöhner, ob sie noch auf dem richtigen Weg seien. Doch beide nickten immer nur eifrig und deuteten auf den schmalen Weg vor sich.

Sie erreichten eine Lichtung, die bis zum Meer hinunterreichte, und dort, am Rand, blieben sie alle stehen. Denn was sie sahen, war grauenvoll.

Da standen drei große Frachtwagen.

Manche zeigten noch die Spuren eines Brandes, einige der großen Leinenplanen hingen im Gesträuch. Dazwischen lagen die Reste von niedergemetzelten Maultieren, wohl die Zugtiere. An den Bäumen ringsum waren einige Fuhrknechte angebunden. Man hatte mit Pfeilen auf sie geschossen, manchen waren die Augen ausgestochen worden, anderen hatte man Zunge und Nase abgeschnitten. Alle Leichen waren nackt.

Der Überfall musste schon eine ganze Weile zurückliegen, denn die sterblichen Überreste waren von allerlei Getier angefressen worden. Der Gestank der Verwesung war entsetzlich, Fliegenschwärme brummten und flogen in kleinen Wolken auf.

»Gott der Gerechte, wer war das?«

»Diabolo!«, wimmerten die beiden Taglöhner und drängten sich aneinander.

Kai, der auf einer Burg gelebt hatte, war den Anblick schwerer Verletzungen aus rauen Ritterfehden gewohnt. Doch diese Grausamkeit entsetzte ihn.

»Der Teufel war hier«, ächzte Severin mühsam und ließ sich zitternd auf einem Baumstumpf nieder.

»Nein«, murmelte Kai, »das waren Menschen, die sich wie Teufel gebärdet haben.«

»Wer kann das gewesen sein?«, fragte Winthir noch einmal.

Kai zuckte die Schultern.

»Es ist nicht weit zum Meer. Vielleicht Piraten?«

Er blickte sich um. »Dies wird uns lehren, nicht weiterhin so sorglos zu sein.«

Eine Krähe setzte sich mit flatterndem Flügelschlag auf die Reste eines Kadavers und begann mit ihrem schaurigen Mahl.

Erst weigerten sich die Männer.

Sie wollten die Toten nicht mit ihren Händen von den Bäumen binden oder aus den Resten der Scheiterhaufen herausziehen, wo man sie zur Ergötzung gequält hatte. Kai und auch Winthir beschworen die Übrigen, sich nicht noch zu versündigen, indem sie die sterblichen Überreste den wilden Tieren ganz zum Fraß überließen. Und so bestatteten sie die zehn Männer in einem großen Grab, das sie mit Stöcken und bloßen Händen in die sandige Erde des Waldes gruben. Und Hähnchen sprach ein Gebet. Erst als es auf den späten Nachmittag zuging, waren sie mit ihrer traurigen Tätigkeit fertig. Sie waren müde, und nicht nur Kai fühlte sich so erschöpft, als wenn er den ganzen Tag lang Salz geschaufelt hätte.

Die drei schweren Wagen waren unbeschädigt.

Was immer darauf transportiert worden war, ließ sich nicht mehr feststellen, denn die unbekannten Angreifer hatten alles als Beute mitgenommen. Zwar meinte Winthir, dass es sich nur um Mailänder Samt gehandelt haben konnte, aber die übrigen Gefährten wollten dies nicht so recht glauben. Warum sollte ein Handelszug seine Ware hier an diesem unwirtlichen Teil der Küste transportieren, wenn es mit einem Schiff schneller ging? Und was sollten die Fischer in den kleinen Dörfern mit Samt?

Dann gingen sie alle zum Meer hinunter, um sich zu waschen. Dort fanden sie auch Spuren: Reste von Schiffstauen, ein zerbrochenes Fass und die schmutzigen Fetzen einer Plane. Alle waren sich sicher, dass er nur von einem der Wagen stammen konnte. Damit war es nicht mehr unwahrscheinlich, dass Piraten den Handelszug überfallen und alle niedergemetzelt hatten. Von da an waren sie nie mehr ohne einen wachsamen Blick über das Meer. Doch weit und breit war niemand, nicht einmal ein Segel der Fischer ließ sich irgendwo erkennen.

Als es immer mehr auf den Abend zuging, wanderten sie den Weg vom Meer wieder hinauf. Die teils versengten, herrenlosen Frachtwagen standen noch immer einsam auf der Lichtung.

»Lasst uns von hier verschwinden«, bat Winthir, sich immer wieder misstrauisch umblickend.

Kai nickte nur und blickte dann den Wagenspuren nach, die auf dem schmalen, trockenen Weg zu erkennen waren. Der Weg kam vom anderen Ende der Lichtung aus dem Wald. Mehr noch als die Frage, warum sich diese Wagen hier im Wald fortbewegt hatten, interessierte ihn, woher sie eigentlich gekommen waren. Er folgte den Spuren, dabei den Boden aufmerksam betrachtend.

»Wo willst du hin?«, fragte Winthir, und die anderen blickten wie er auf Kai.

»Will nur wissen, wohin dieser Weg führt«, antwortete er.

Tatsächlich verlief eine schmale Straße durch den Küstenwald. Kai erkannte die tiefer werdenden Spuren, die von den mächtigen Wagenrädern stammten. Der Weg wurde anscheinend kaum benutzt. Die anderen hatten ihn eingeholt.

»Warum kehrst du nicht um?«, nörgelte Severin in seiner manchmal weinerlichen Art.

Kai sah kurz ihn, dann Winthir an, und dann nickte er langsam mit dem Kopf.

»Was ist?«

»Des einen Leid ist des andern Glück«, murmelte er und dachte daran, von wem diese Worte stammen konnten. Einerlei.

»Was murmelst du da?«, wollte nun auch Winthir wissen.

»Ich weiß jetzt, wie wir das Salz nach Hause schaffen können.«

Als er der Reihe nach die Gesichter der Gefährten musterte, sahen sie ihn nur ungläubig an.

»Er meint die Wagen«, murmelte Severin, und Kai nickte.

»Denkt nach! Wenn die drei Fuhrwerke bis hierher gekommen sind, dann diese Straße herunter.«

»Schön und gut, aber was willst du nun anstellen?«

»Ganz einfach, wir laden das Salz auf und machen uns auf den Weg.«

»O ja, das ist ganz einfach«, bemerkte Hähnchen, und die Übrigen lachten, »und ziehen werden wir wohl selber, was? Oder woher willst du Zugtiere bekommen?«

Vito wusste wieder einmal die Antwort.

Er holte erneut Taglöhner aus der ganzen Gegend zusammen, die die schweren Wagen durch den Wald hinauf auf die schmale Straße ziehen sollten. Kai drängte darauf, dies so bald wie möglich zu tun. Er glaubte nicht, dass die geheimnisvollen Angreifer noch einmal zurückkehren würden, aber weder er noch Winthir wollten jetzt noch etwas riskieren.

Bis zu einem Dutzend Männer spannten sich vor lange Taue, die an die Wagen gebunden waren. Für die schweißtreibende Arbeit bezahlten sie jedem Mann einen Sack voll Salz. Das war eine gute Entlohnung, denn die Ausbeute, welche die Tedeschi hier gemacht hatten, sprach sich herum. So kam auch ein Vogt aus einem Dorf weit hinter den Hügeln und versprach ihnen für dreihundert Pfund kostbares Salz drei Ochsengespanne.

Nach einer Woche kehrte er tatsächlich zurück, drei Gespanne mit je zwei großen Ochsen mit sich führend. In seiner Begleitung befand sich ein deutscher Fuhrknecht mit dem Namen Pellrich. Er war froh, nun mit Händlern zurückreisen zu können. Nach so vielen Monaten harter Arbeit hatten sie genug Salz gewonnen, um sich auf die Heimreise zu machen.

29

Sie beschlossen aufzubrechen, als auch an der Küste die Tage kühler wurden. Die letzten beide Nächte waren bereits recht kalt gewesen. Winthir und Kai führten das erste Gespann mit dem Wagen daran. Dann folgten Hähnchen und Severin, Pellrich bildete den Schluss.

So zogen sie an der Küste entlang. Ihre Reise schien einfach. Sie mussten nur der Handelsstraße folgen, dic an

Mailand vorbei immer weiter nach Norden über die Berge führte, bis sie die dunklen Wälder im Bayerischen erreichten. Wenn der Winter nicht vorher kam, musste die Reise bis nach Brixen in weniger als dreißig Tagen zu schaffen sein.

Doch sie täuschten sich.

Das Wetter schlug um, und der Winter kam mit aller Macht. Es begann tagelang zu schneien, begleitet von heftigem Sturm. So saßen sie allein viele Tage lang in einem namenlosen Nest nördlich von Verona fest. Wenigstens konnten sie warme Felle und Decken kaufen, sich jeder wollene Kleider übereinander ziehen und ihre Beinlinge samt Schuhen mit trockenem Moos ausstopfen, Brennholz aufpacken und alles mit Salz bezahlen. Das tauschten sie auch gegen Lebensmittel und zwei gut gelagerte Fässer voll Wein. Die Ochsen zogen das zusätzliche Gewicht klaglos. Aber sie kamen nur bis zur nächsten Ansiedlung. Dort blieben sie, denn erneut tobte ein heftiger eisiger Schneesturm, der sie kaum vorankommen ließ.

An diesem Abend, während sie warteten, dass die heftigen Schneefälle endeten, lauschten sie einem Geschichtenerzähler in ihrer Herberge.

»Der Krieg, sagt man, dauert hundert Jahre.

Er unterscheidet sich nicht sonderlich von dem, der ihm vorausging.

Nicht mehr als von dem, der ihm folgen wird.

Wie Hagel oder wie die Pest stürzt sich der Krieg auf das Land, wenn man ihn am wenigsten erwartet.

Wenn die Kornähren schwer und die Mädchen hübsch sind.«

»Wohl wahr«, raunten die Zuhörer.

Sie waren Reisende, genau wie Kai und Winthir mit ihren

Gefährten: Salz- und Tuchhändler, fahrende Sänger, Gaukler, Possenreißer, und nicht zu vergessen die zahlreichen Pilger.

»Der Kaiser«, fuhr der Geschichtenerzähler fort, »ist müde von all den Händeln und dem Streit. Doch um seine Krone zu schützen, sein Haus und seinen Namen zu wahren, muss er tapfere Männer um sich versammeln und in den Krieg ziehen. Es geht gegen die Städte. Sie sehen sich im Recht. Verweigern sie ihm doch Tribut und Ehre, sparen mit Wohlwollen und erinnern sich nicht mehr ihrer Treue. Sie erlauben sich Dinge, die sich nur ein Kaiser erlauben darf.«

Als der Erzähler an dieser Stelle eine kleine Pause machte, waren leise Flüche zu hören.

»Die Soldaten machen keinen Unterschied«, sprach ein Mann, »mir haben sie alles Vieh gestohlen und das Haus angezündet.«

»Mir haben sie meine Magd geschändet, und nur weil ich mit meiner Familie in den Wald geflüchtet bin, blieben wir unversehrt.«

»Hol der Teufel das Kaiserpack.«

»Und die Lombarden dazu! Wenn ihr mich fragt, die sind alle gleich.«

Alles schwieg, aber Kai wollte mehr erfahren. Er wandte sich an den Erzähler. »Was weiß man über den Streit?«

»Barbarossa will ein Reich aller Deutschen und damit zeigen, dass er Kaiser ist. Die Lombarden leben in befestigten Städten und wollen dem Kaiser keinen Tribut mehr bezahlen.«

»Das ist nicht die ganze Wahrheit«, ertönte eine Stimme.

Alle wandten sich zu dem Sprecher um. Unweit des großen Herdes, der die übrige Küche von dem Schankraum trennte, stand ein Mann. Er trug das dunkel gelockte Haar, das an den Schläfen bereits erste graue Strähnen zeigte, sorgfältig frisiert. Genauso sorgfältig war sein glattes Gesicht rasiert. Er war auffallend gut gekleidet, trug ein langes Wams, reich bestickt bis über die Knie, und dazu eine Weste aus dunklem, im Licht blau schimmerndem Samt. Saum, Kragen und die Ärmelenden waren mit schneeweißem Fell verbrämt. Der Mann trug eine goldene Kette um den Hals und ein Kurzschwert an seinem breiten Ledergürtel. Auf dem Kopf saß ein samtenes Barett in derselben Farbe wie seine Weste, mit einer langen Pfauenfeder daran. Als er seinen langen, roten Umhang ablegte, erkannte Kai, dass er fein gegerbte Lederhandschuhe trug, die ihm bis zu den Ellenbogen reichten.

»Messer Gandolfo«, nickte ein Mann, »seid gegrüßt. Bitte, macht uns die Ehre und setzt Euch zu uns.«

Der Mann nickte freundlich und zog sich seine Handschuhe aus. Kai staunte. Der Mann hatte beinahe schneeweiße Hände, zartgliedrig und gepflegt, wie es nur Menschen haben, die nicht zu arbeiten brauchen, da ihr Vermögen es ihnen erlaubt, dass andere dies für sie tun.

Gandolfo nahm unweit an ihrer Tafel Platz und blickte auf den Geschichtenerzähler: »Ich bin Patrizier, und man heißt mich Gandolfo«, begann er in gewähltem Ton. »Ich spreche für meine Stadt Mailand, aus der ich stamme. Ich bin Tuchhändler. Kein Herzog und kein Kaiser haben etwas dafür getan, dass wir eine starke Stadt sind. Das waren wir Bürger allein.«

»Aber der Kaiser zürnt!«, warf der Geschichtenerzähler ein.

»O ja, das tut er«, gab Gandolfo zu und lächelte, »aber was verlangen wir schon von ihm? Unsere Beamten selbst zu ernennen. Dies will Barbarossa nicht dulden und auch nicht, dass wir selbst bestimmen, was wir ihm und seiner Schatulle zahlen wollen. Das ist der Grund dafür, dass er den Krieg mit den Städten sucht.«

Jetzt schwiegen alle, denn die offenen Worte des Mannes hatten sie verblüfft. Gandolfo lächelte nun grimmig.

»Wir sind freie Lombarden. Wir schänden keine Frauen, wir töten kein Vieh und plündern auch kein Land, auf dem wächst, was wir essen und trinken. Jesus Christus sei mein Zeuge, dass es so ist, wie ich es sage.«

»Gott sieht es und Gott weiß es«, entgegnete Severin und bekreuzigte sich, und zahlreiche Hände ringsum taten es ihm nach.

Gandolfo lächelte mild und wandte sich ein wenig um.

»Herr Wirt! Bring Wein für all jene, die heute wie ich ausharren und warten, bis uns der Winter wieder freigibt.«

Da hob ein Lachen und Lärmen an, der Wirt schleppte Dutzende von Weinkrügen heran. Und Gandolfo, der Sprecher des Mailänder Städtebundes, bezahlte alles.

30

Es dauerte noch Tage, bis sie die endlosen Ebenen hinter sich lassen konnten und mit ihren Wagen den Weg übers Gebirge einschlugen.

Hier zeigte sich der Winter mit ganzer Kraft. Es begann erneut zu schneien. Ohne Unterlass fiel der Schnee beinahe ein Woche lang und bedeckte jeden Weg und jeden Steg, alles Land mit kaltem Weiß. Dann endeten die Schneefälle, und eine grimmige Kälte fiel über das Land. Überall, wo Menschen wohnten, versuchten diese verzweifelt, dem strengen

Frost Herr zu werden. Doch es war so kalt, dass man glauben konnte, alle Feuer zusammen würden gegen die Kälte nicht anbrennen können, um nur etwas Wärme zu spenden.

So mühten sich die drei einsamen Gespanne durch den hohen Schnee, begleitet von den nebligen Atemschwaden der Menschen und der Tiere. Sie kamen nur langsam voran, denn immer wieder mussten sie halten und ein Feuer entzünden, um sich zu wärmen. Und jedes Mal dauerte es länger, bis sie sich wieder aufrafften, das wohlig warme Feuer zu löschen, um sich wieder auf den Weg zu machen. Kai wäre lieber etwas strenger marschiert, aber sie mussten mit ihren Kräften haushalten. Außer Wärme fehlte es ihnen an nichts. Ihre Vorräte würden noch viele Tage reichen, sie trugen alle warme Kleider, und ihr kostbares Feuerholz brauchten sie nicht anzugreifen, denn es gab genug Holz in den Wäldern links und rechts ihres Wegs. Unter der Last des Schnees brachen ganze Bäume und stürzten um, von dumpf krachendem Geräusch begleitet. Eines der Wasserfässer war während der letzten Nacht in der Kälte geplatzt. Das wog schwer. Nicht so sehr der Verlust des Wassers. Das war leicht zu ersetzen, aber ein geborstenes Fass war immer ein Verlust. Fässer waren teuer, und nur ein versierter Fassbinder konnte es so reparieren, dass es wieder seiner Bestimmung dienen konnte. Aber in den wenigen Weilern, durch die sie kamen, gab es keine Fassmacher. Die Orte waren leer und verlassen, die wenigen Häuser verfallen oder noch von den Spuren der Plünderungen gezeichnet. Einmal sahen sie in der Ferne einen Hügel, von dem eine dicke schwarze Rauchsäule aufstieg. *Wie Hagel oder wie die Pest stürzt sich der Krieg auf das Land, wenn man ihn am wenigsten erwartet.* Der Krieg der Lehnsherren. Besser sie machten, dass sie fortkamen. Marodierende Soldaten würden einen so fetten Wagenzug sicher nicht verschmähen. Aber die bittere Kälte ließ auch den Krieg erstarren.

»Gebe Gott, der allmächtige Herr, dass wir niemanden zu Begehrlichkeiten verführen«, murmelte Severin, und keiner widersprach ihm.

»Wenn dieser Gandolfo nicht gelogen hat, droht uns keine Gefahr«, bemerkte Pellrich. »Dies hier ist Lombardenland.«

»Kaiserliche Erde«, grunzte Hähnchen, als ob er das letzte Wort behalten wollte.

Doch Severin antwortete ihm nicht. Stattdessen trat er auf der Stelle. Er bibberte, obwohl er bis zum Hals in ein dickes Fell eingehüllt war, die Füße mit Schaffell umwickelt.

»Ist dir etwa kalt?«, fragte Kai unschuldig, und die Übrigen kicherten ob der Frage unter ihren dicken Schals und Tüchern, die ihre Gesichter beinahe gänzlich verhüllten.

»Kalt?«, fragte Severin ganz unschuldig und blieb auf der Stelle stehen. »Aber wie kommst du denn darauf? Bei dieser Hitze hier wird mir noch das Hirn ausdörren.«

»Das ist doch bei dir schon vor langer Zeit passiert«, bemerkte Hähnchen trocken.

Alle wussten, nun begann wieder eine der endlos ausgetragenen Streitereien zwischen den beiden, die nichts weiter als Wortgefechte waren. Und dabei war es so kalt, dass jedes Wort in der eisigen Luft weit zu hören war.

31

Der Anführer des Rudels war ein großer grauschwarzer Wolf mit schlanken, stämmigen Läufen, dichtem Fell und gelbgrauen Augen.

Die jungen Rüden, stille Anwärter auf den Platz des Leitwolfs, und die Weibchen hungerten. Die Wölfe waren den ganzen Tag über bereits auf der Suche nach Beute durch die Hochwälder gestreift. Alles, was sie aufspürten, war ein krankes Reh, am Vorderlauf verletzt, das für seine Schwäche bezahlen musste. Richtig satt wurde davon keines der Tiere, und der Leitwolf wusste, dass sie der Kälte nur trotzen konnten, wenn sie eine wirklich große Beute jagten, die sie alle satt machte. Dann kam eine weitere eisigkalte Nacht, und das Rudel schlief dicht aneinander gedrängt, um sich zu wärmen.

Der nächste Morgen begann neblig; das fahle Licht des frühen Tages vermochte ihn kaum zu durchdringen. Die Tiere reckten und streckten sich und zitterten dabei, bis sie warm waren. Vorsichtig tasteten ihre Läufe durch den hart gefrorenen Schnee. Dann brachen sie auf.

Der Leitwolf schnürte voran.

Bis weit in den Tag hinein suchten sie nach einer Beute. Doch sie fanden nichts. Einmal glaubten sie etwas zu hören. Stimmen. Das war, als der Nebel sich gegen Mittag allmählich verzog, um erneut dichtem Schneetreiben Platz zu machen. Doch da war dieser Geruch, ganz deutlich. Der alte Wolf kannte ihn. So rochen Ochsen. Noch nie hatte er ein solches Tier gerissen, aber er wusste um das Fleisch, das Fett, die Knochen dieser Kolosse. In seiner Erinnerung war er wieder das Jungtier, als das er mit seinem Rudel einst ein solches Tier gefressen hatte, als es noch nicht ganz kalt am Wegrand gelegen hatte.

Solch ein Ochse konnte das Rudel vor dem Hunger bewahren. Ein einziges dieser Tiere würde ausreichen. Mehr noch, sie würden nicht nur satt werden, sondern auch die Kälte würde ihren Schrecken verlieren. Das alles wusste er aus der Erinnerung. Diese Spur hier roch nach vielen Tieren. Und nach Menschen. Diese Wesen, das wusste er auch, würden sich und die Ochsen verteidigen. Seiner Unruhe und seiner Erinnerung folgend, trabte der Leitwolf schneller voran, und das Rudel folgte ihm.

Sie mussten noch weiter ins Tal hinunter und begannen mit dem Abstieg von den schneebedeckten Hängen. Es dauerte, bis sie den schützenden Wald im Tal erreicht hatten, und erst dort, im Dämmerlicht des späten Tages, blieben die Tiere stehen. Ihre Flanken zuckten, während ihre schmalen Leiber nach Luft pumpten. Das Rudel wartete ab, was ihr Anführer vorhatte.

Noch einmal witterte der Leitwolf. Da war er, unverkennbar und sehr nah. Jener Geruch nach Rauch, der von einem Feuer stammte. Dort mussten Menschenwesen sein und bei ihnen die Ochsen. Der alte Wolf lief voran, und die Jäger folgten ihm. Schattengleich huschten sie los.

32

Der Weg war in den letzten Stunden nicht besser geworden, aber Winthir blieb zuversichtlich. Er glaubte fest, noch vor Einbruch der Dunkelheit die Hütte zu erreichen. Vor Jahren war sie von einem Bauern errichtet worden, dessen Idee es gewesen war, Reisenden ein Nachtlager anzubieten. Pilger, Wandermönche, aber auch Jagdknechte und Händler nutzten diese Unterkunft. Aber ein Feuer machte eines Tages alles zunichte, und die Hütte brannte nieder. Nur eine große Scheune, ganz aus Felssteinen errichtet und mit der Rückseite an den blanken Fels gebaut, blieb unversehrt. Auch das massive Dachgebälk war intakt geblieben, und im Inneren ließ sich sogar ein Feuer entzünden, versicherte Winthir. Alle glaubten ihm seine Geschichte.

Es schneite erneut.

Sie wussten, sollte der Schneefall aufhören, würde es so kalt wie die Nächte zuvor werden. Doch davor fürchteten sie sich nicht, denn ihre Vorräte sollten ausreichen, und mehr als drei Tage würden sie bis Brixen nicht mehr brauchen.

Jetzt saßen sie erneut bei einer Rast zusammen, eng an ein Feuer gerückt. Die Männer hatten sich ihre Schuhe ausgezogen, auch die Woll- oder Lederfüßlinge, und streckten ihre schmutzstarrenden Füße nahe an die heißen Flammen. An Stöcken aufgehängt baumelten ihre Beinlinge, die es galt, so rasch wie möglich zu trocknen. Was für ein herrliches Gefühl, nach Stunden in feuchtkalten Schuhen in die wohlig warmen, trockenen Beinlinge hineinzuschlüpfen.

Pellrich schnupperte mit der Nase in die eisige Luft.

»Da brennt doch was«, bemerkte er.

Die Übrigen schnupperten ebenfalls, blickten auf das Feuer, und Kai begann zu lachen.

»Hähnchen, dein Schuh brennt!«

Der starrte nur dumm darauf, während die Übrigen sich bereits vor Lachen bogen. Es dauert tatsächlich noch einige Momente, bis er endlich auf das Missgeschick reagierte. Angewidert warf er den schwelenden Schuh neben sich und scharrte hastig Schnee darauf.

»Beim schwarzen Arsch des Teufels«, fluchte er, und die anderen mussten aus lauter Schadenfreude noch mehr lachen.

Es stank nach versengtem Leder.

»Das ist schon der zweite Schuh, den mir das Feuer röstet«, jammerte Hähnchen und hob den traurigen Rest in die Höhe.

»Koste doch, ob er gar ist, dann hast du gleich was für deinen Bauch. Musst nur noch Salz dazugeben, aber davon haben wir genug«, bemerkte Severin, und kaum hatte er das gesagt, prustete er wieder vor Lachen los.

Die anderen Männer lachten noch mehr, als sie sahen, wie Hähnchen tatsächlich über den Vorschlag nachdachte. Kai zog sein Bein zurück und fuhr sich mit der Hand über den Fuß. Die Fußsohle war schwarz vom Ruß, aber das angenehm warme Gefühl in den Zehen ließ ihn wohlig seufzen. Severin imitierte Hähnchens einfältiges Gesicht, während die übrigen Gefährten sich wieder ihre warmen Beinlinge anzogen.

Da ertönte lang gezogenes Geheul.

Die Ochsen warfen die Köpfe hoch und begannen an ihrem Joch zu zerren. Alle lauschten mit angehaltenem Atem. Sogleich folgte ein zweiter Ruf, von einem kurzen Bellen begleitet.

»Wölfe«, flüsterte Hähnchen.

Winthir blickte sich um, die Übrigen folgten ihm und sahen nach allen Seiten.

»Höllenbrut«, knurrte er leise und tastete nach seinem Spieß.

Kai beobachtete ihn dabei.

»Was willst du damit?«

»Was wohl?«, grinste der Salzhändler und streichelte den Schaft beinahe zärtlich.

Dann blickten sich alle um, so als glaubten sie tatsächlich, in der diesigen Umgebung etwas zu entdecken.

Kai hatte nicht das Gefühl einer Gefahr, denn außer einigen Kadavern hatte er noch nie Wölfe aus der Nähe gesehen. Im Babenberger Land gab es kaum noch welche. Es kursierte zwar eine Fülle an Geschichten über Isegrim und seine Listen. Aber Kai wusste, jeder Bluthund war furchterregender und, wie er aus der Vergangenheit auf der herzoglichen Burg wusste, für einen Mann gefährlicher.

»Nicht mehr lang, dann ist es dunkel«, sagte Pellrich.

Kai antwortete nicht darauf, sondern griff nach einem Holzscheit, wog es in der Hand und streifte dann den Schnee ab.

»Die sind weit weg und tun uns nichts. Isegrim ist scheu«, entgegnete er.

»Es ist kalt, ja, und wer weiß schon, wie hungrig er ist?«, bemerkte Pellrich.

»Die Hütte muss doch bald kommen, oder?«, rief Kai in Winthirs Richtung. Der nickte kurz.

Kai warf den Holzscheit ins Feuer, und bald züngelten die Flammen und erleuchteten den Wald links und rechts neben dem schmalen Weg.

»Die Biester fürchten sich vor unserem Feuer«, sagte er.

Hähnchen kicherte, und wie immer, wenn er das tat, klang es bei ihm wie ein leise glucksender Wasserlauf.

Aber Pellrich rollte die Augen. »Isegrim ist mit dem Teufel im Bund. Oder ist es der Teufel sogar selbst, der da ruft?«

»Ach hör auf«, unterbrach ihn Kai gut gelaunt. »Das ist Aberglaube, der uns als Kinder geängstigt hat. Lass doch die Biester heulen.«

Aber keiner lachte. So, als ob Kais letzte Bemerkung eine Aufforderung gewesen wäre, lauschten sie alle erneut. Doch es war nichts mehr zu hören. Dies bestätigte nur die vielen Geschichten über Meister Isegrim. Seine Ausdauer, seine Schläue, wenn er seine Beute einmal entdeckt hatte, seine List bei der Jagd. Geschichten, nichts weiter.

Doch gleich hinter dem hellen Schein des Feuers begann der dunkle Wald, und eine solche Geschichte nahm ihren Anfang.

Im Wald lag der Schnee so fein wie Staub. Der Leitwolf duckte sich, und seine scharfen Augen sahen trotz der Entfernung alles ganz genau. Wie er es gewittert hatte: Ochsengespanne. Und Menschenwesen. Die fürchtete er. Aber der Hunger und die Aussicht, erneut eine Nacht in eisiger Kälte mit leerem Bauch verbringen zu müssen, ließen ihn keinen Moment an Aufgabe denken.

Das Rudel bestand aus vierzehn Tieren. Das reichte aus, um diese Wesen dort unten einzukreisen. Drei besonders erfahrene Jäger sollten an verschiedenen Stellen gleichzeitig angreifen.

Zwei weitere Gefährten würden den größten und stärksten Ochsen ausspähen und ihn töten, was auch immer geschah. Er selbst würde sie anführen. Nur eines hinderte ihn, jetzt gleich loszuschlagen. Keiner der Ochsen stand frei. Sie waren alle an diese großen Ungetüme gebunden. Zwar konnten sie sich so nicht wehren oder gar weglaufen, aber wenn sie einen Ochsen töteten, würde das andere Tier sie mit seinen Hörnern und Hufen nicht an die frische Beute lassen, und so hätten sie nichts gewonnen.

Es galt zu warten.

33

»Auf, auf, ich hab Hunger und will mein feines Abendbrot«, sagte Kai und schnalzte genießerisch mit der Zunge.

Die Ochsen vor dem ersten Wagen nahmen dies wie eine Aufforderung und begannen sich ins Joch zu stemmen. Muskeln und Sehnen unter dem Fell zuckten, als sich der Wagen ächzend bewegte. Die Männer griffen in die Speichen der Räder und schoben mit an. Als der erste Wagen fuhr, stapfte Winthir an die Spitze und führte das Gespann.

Kai und die übrigen Männer wiederholten alles beim nächsten Wagen, so lange, bis alle drei Gespanne gleichmäßig ächzend durch den hohen Schnee rollten. Es knirschte und knarrte, und frisch gefallener Schnee stäubte von den steif gefrorenen Planen auf sie herunter. Das schwindende Tageslicht war weit über ihnen an den Bergkämmen zu sehen, hier im Talgrund wurde es immer dunkler.

Winthir hatte behauptet, die Unterkunft müsse nach der nächsten Wegbiegung kommen, spätestens nach der übernächsten. Keiner von ihnen war ungeduldig, und niemand machte sich ernsthafte Sorgen, denn Winthir machte auch jetzt den Eindruck, als sei er seiner Sache sicher.

Die Kälte war streng, und Kai fror nun stärker als die zwei Tage zuvor. Obwohl er einen langen Umhang aus dicker Wolle trug, dazu einen Schal aus grober Wolle, zwei Leibwärmer aus demselben Material, und die Füße in den Lederschuhen dick mit Leinenstreifen umwickelt hatte, kroch ihm die knackende Kälte allmählich durch Mark und Bein. Außerdem war er hungrig. Insgeheim freute er sich auf ein warmes Feuer, gebratenen Speck, Käse, Brot und Wein. Er trat auf der Stelle, bis das Blut in seinen klammen Gliedern wieder in Bewegung geriet. Erneut schob er das Fuhrwerk an, als er sah, dass hohe Schneewehen ein Rad beinahe verschwinden ließen.

»Wir sollten Licht machen!«, rief jemand.

Kai konnte nicht sagen, wer dies gerufen hatte, denn alle waren sie dick vermummt, und jedes gesprochene Wort klang dumpf. Er keuchte vor Anstrengung und spürte, wie sein Atem gefror und sich als Reif über den Schal in seinem Gesicht legte. Aber wenn er sich anstrengte, um die Wagen anzuschieben, wurde die Kälte ein wenig erträglicher. Ein wenig nur, aber immerhin.

34

Der Leitwolf wartete geduldig, bis die Gespanne hinter der Wegbiegung verschwunden waren. Dann brachen sie auf. Zusammen mit seinen Jägern folgte er dem schmalen Weg. Das war mühsam, denn der Schnee lag hoch. Aber sie versteckten sich nicht mehr im verschneiten Unterholz neben der Straße oder hinter den Schneewehen, sondern trabten schnell der Spur des Wagenzuges hinterher.

Der Leitwolf wusste genau, dass diese Verfolgung ihre letzten Kräfte forderte, denn der hohe Schnee, die strenger werdende Kälte und der Hunger machten ihnen immer mehr zu schaffen. Nun galt es durchzuhalten, denn sie waren ihrer vermeintlichen Beute ganz nahe.

Auf einmal drehte der Wind.

Das geschah fast unmerklich und dabei so schnell, dass es auch für den erfahrenen Leitwolf überraschend kam. Die Menschen da vor ihnen rochen nichts, aber die Nasen der

Ochsen hatten das Rudel gewittert. Die Wölfe hielten still und duckten sich im Schnee. Der Leitwolf hob langsam den Kopf, und seine Augen beobachteten genau, was weiter geschah.

Die Ochsen blieben zitternd stehen.

»Was ist los?«, fragte eine Stimme hinter Kai.

Das war Pellrich. Die Führungsleine noch in der Hand, stapfte er um das Gespann herum.

»Weiß nicht, die haben sich plötzlich erschreckt«, antwortete Kai.

Die Ochsen standen nur da, atmeten schwer und rollten ihre massigen Schädel hin und her.

»Was haben die?«, wollte auch Severin wissen, der ebenfalls näher getreten war.

»Nichts«, wandte Kai ein, »gar nichts, kommt weiter. Wir sollten hier nicht stehen bleiben, sonst frieren wir noch fest.«

»Die haben Angst«, sagte Pellrich auf einmal und blickte sich um. »Die haben vor irgendetwas Angst, das ist es.«

»Pellrich, du Hasenfuß«, schalt ihn Kai. »Wovor sollten sie denn Angst haben? Hier ist nichts. Kalt ist es, ja, und die Kälte wird uns allen den Hintern eisen, wenn wir den Ochsen beim Tanz zuschauen. Also los, auf! Auf und weiter!«

Jetzt hatte auch Winthirs Gespann an der Spitze angehalten. Er trat neben den Weg und versank sofort bis zur Hüfte in einer Schneewehe.

»Bei den Gebeinen unseres Herrn«, entfuhr es ihm zornig. Mühsam arbeitete er sich aus dem Schnee heraus.

»Was ist mit euch?«, rief er sichtlich ungehalten.

Kai winkte ihm. »Nichts, wir kommen gleich!«

Da setzte das Geheul der Wölfe ein, und dieses Mal war es nahe. Sehr nahe.

»Bei allen Heiligen«, raunte Severin, »die sind noch da.«

Er blickte sich um, und alle taten es ihm gleich, so als ob sie im unruhigen Licht der Fackeln etwas erkennen konnten. Doch da war nichts zu sehen.

»Weiter«, befahl Kai, »ist nicht mehr weit.«

Erneut lachte er, hoffend, dass seine unbekümmerte Fröhlichkeit ausreichen würde, die ängstlichen Männer zu beruhigen. Und tatsächlich ließen sich alle von seiner Zuversicht anstecken und trieben die Ochsen an. Gemeinsam brachten sie die Wagen wieder zum Rollen. Von der Spitze des Zuges tönte Winthirs Stimme.

»Ich seh die Hütte!«, schrie er und winkte mit seinem Spieß. »Seht nur, dort!«

Keiner der Männer sah etwas, aber sie glaubten ihm, und auf einmal schien alles wie von selbst zu gehen. Es war fast dunkel, und der Schnee lag hier nicht mehr so hoch.

35

Der Leitwolf spürte es. Die Ochsen hatten sie tatsächlich gewittert. Aber die Menschenwesen ließen sich nicht beirren. Sie trieben die Zugtiere vor den Frachtwagen weiter, bis die Ochsen vor Schweiß dampften. Das roch der Leitwolf, so wie er die Angst der Tiere roch.

Die übrigen Wölfe waren kaum noch zu halten. Ständig beäugten sie ihren Anführer und winselten leise. Sie hatten Hunger.

Der Leitwolf blickte dem Treck nach.

Die einzige Deckung waren die Schneeverwehungen links und rechts der Straße. Doch er machte keine Anstalten, sich näher an den Wagenzug heranzupirschen. Für die übrigen Wölfe schien es tatsächlich so, dass ihnen die so sicher geglaubte Beute gerade entkam. Der Leitwolf stand noch immer da und sah dem Wagenzug nach. Trotz der Kälte begann es erneut zu schneien. Als der letzte Wagen hinter der Biegung verschwunden war, knurrten einige der Wölfe leise und beäugten wieder das Leittier.

Doch da hob der große Wolf auf einmal den Kopf und sog die Luft ein. Lautlos setzte er sich in Bewegung, und sogleich folgte ihm das Rudel.

»Hierher!«, rief Winthir.

Er hatte seinen Wagen bereits vor den Eingang des Steinhauses gelenkt. Als die übrigen Wagen sich daranmachten, ebenfalls in eine Kurve einzuschwenken, lief Winthir zu seinem Gespann zurück und begann alles, was er an Decken finden konnte, vom Wagen zu zerren. Er wollte die dampfenden Leiber der Ochsen zudecken. Sie schwitzten, und wenn man sie jetzt nicht warm hielt, konnten sie erfrieren. Auch die übrigen Wagen hielten an, und die Männer suchten ebenfalls nach Decken.

Die Ochsen aber witterten ihre Verfolger erneut.

Doch dieses Mal waren sie zu erschöpft, um ihre Angst zu zeigen. Nun zitterten sie mehr wegen der Kälte als vor Furcht. Und sie bemerkten nicht, wie ein gieriges Augenpaar nach dem anderen sie anstarrte.

»Bindet sie erst los, wenn ihr sie zugedeckt habt!«, rief Kai.

Die Männer folgten seinen Worten und bedeckten die schweißnassen Ochsen mit Decken. Als sie das letzte Tier von seinem Joch gebunden hatten, führte ein Teil der Männer die ersten Tiere hin zum Eingang der großen Scheune.

Der Leitwolf gab jetzt einen kurzen knurrenden Laut von sich.

Das Signal zum Angriff. Wie Schatten hetzte das Rudel in einem weiten Bogen durch die Dämmerung. Hähnchen sah sie als Erster.

»Wölfe!«

Bevor er nach seiner Peitsche greifen konnte, sprang eines der Tiere auf ihn zu, biss ihn ins Handgelenk und riss ihn um. Er fiel rücklings in den Schnee und spürte, wie es ihm auf einmal warm übers Gesicht und den Hals hinunterlief. Seltsam, ich friere gar nicht mehr, war sein letzter Gedanke, während er durch den Biss in seine Kehle verblutete.

Ein weiterer Wolf lief direkt an Winthir vorbei, kümmerte sich gar nicht um ihn, sondern sprang auf den Rücken des Ochsen und biss in dessen Genick. Ein zweiter Wolf sprang dazu, hing an der Flanke des Zugtieres und verbiss sich dort. Der Ochse rollte nur mit seinen großen Augen, dann brach er stöhnend in die Knie. Ein weiterer Wolf sprang hinzu und riss den Hals des Ochsen auf, und das warme Blut rann ihm über die Lefzen. Winthir hob seinen Spieß, um ihn auf einen der Räuber zu schleudern. Da schoss unter dem Wagen ein weiterer Wolf hervor, sprang ihm gegen die Brust und warf ihn zu Boden. Winthir schrie und wälzte sich auf die Seite, versuchte sich so vor dem Rachen mit den scharfen Zähnen zu schützen. Erst stieß er mit der Faust, dann mit beiden Armen nach der Schnauze des Wolfs, rollte sich erneut zur Seite, und die Zähne des Raubtiers gingen ins Leere. Er trat mit beiden Füßen nach dem rasenden Tier und brüllte dabei aus Leibeskräften. Da ließ der Wolf von ihm ab.

»Ins Haus!«, hörte er Kai schreien. »Mit den Ochsen ins Haus!«

Aber es war wie in einem schlimmen Traum.

Aus der Dunkelheit schien ein Wolf nach dem anderen zu kommen. Die ausgehungerten Räuber waren selbst durch Spieße, Peitschenhiebe und Fußtritte nicht von ihrer Beute abzubringen. Kai schlug wie ein Berserker mit einer brennenden Fackel um sich. Dabei wich er Schritt für Schritt zurück. Ein besonders großer Wolf packte seinen Umhang und zerrte daran, bis Kai ihm das Stück überließ. Pellrich und Severin versuchten verzweifelt, die Ochsen in den Schuppen zu treiben, was ihnen nur mit Mühe gelang. Die völlig panischen Tiere wollten einfach davonlaufen.

Winthir war wieder auf die Beine gekommen, und mit einem Stoß rammte er seinen Spieß einem weiteren Wolf in die Seite. Das Tier jaulte vor Schmerz, krümmte sich dann und fiel zu Boden, wo es heftig zitternd liegen blieb. Winthir packte den Schaft und zog den Spieß zurück. Er richtete ihn gegen einen weiteren Wolf. Doch die ausgehungerten Tiere hatten nur noch Augen für ihren sterbenden Gefährten. Rasend in ihrem Jagdtrieb, war dieser für den Moment eine leichtere Beute als die Ochsen. Sie zerrissen den verletzten Wolf und schleppten die einzelnen Teile des Kadavers zurück in die schützende Dunkelheit. Winthir spürte, wie in ihm etwas hinaufkroch, das seine Angst nur noch mehr schüren würde. Er schrie erneut und hetzte mit aller Kraft zum Eingangstor, wo man ihn hastig ins Innere zog. Hinter ihm trieb Kai die letzten zwei Ochsen hinein.

»Helft mir!«

Winthir stürzte auf das Tor zu, weitere Wölfe hetzten aus der Dunkelheit heran, aber Kai stieß ihnen die brennende Fackel entgegen. Da hielten sie an, knurrten und fletschten wütend ihre Zähne, aber sie kamen nicht näher. Gemeinsam schlossen die Männer das Tor, und Kai ließ einen dicken Holzbalken dagegenkrachen, der den Eingang zusätzlich verschloss.

»Hähnchen!«, schrie Severin auf einmal und wollte den Balken beiseite zerren.

Kai packte ihn an den Schultern.

»Er ist noch draußen!«, schrie Severin.

»Ich weiß doch«, rief Kai und schüttelte ihn. »Wenn du rausgehst, werden dich die Bestien in Stücke reißen.«

Der Mann starrte ihn an.

»Bleib hier, wir können nichts mehr für ihn tun!«, sagte Winthir, und die Übrigen senkten stumm die Köpfe.

Da lehnte Severin seinen Kopf gegen das Tor und begann zu schluchzen.

Der Leitwolf fraß zuerst, und nach den ersten hastigen Bissen folgte das übrige Rudel. Gierige Kiefer waren damit beschäftigt, Knochen zu zermalmen, das Mark herauszulecken und den Bauch mit allem zu füllen, was nährte und wärmte: Fleisch, Fett und Blut. Sie fraßen, so viel sie konnten.

Dann, ein wenig später, der Leitwolf war als Erster mit seinem Mahl fertig, trat er langsam auf das Menschenwesen zu. Die Leiche lag auf dem Rücken im Schnee, und als der alte Wolf zaghaft den Kopf senkte und schnupperte, stieg ihm der Blutgeruch in die Nase. Vorsichtig stieß er den Körper mit der Schnauze an. Das Menschenwesen hatte noch geschrien, aber jetzt war es still. Irgendwie konnte der alte Wolf ihn nicht als Beute betrachten und ließ ihn in Ruhe.

Der Leitwolf hatte klug gejagt, das Rudel verdankte seiner Umsicht und seiner List das Überleben. Einen Ochsen hatten sie gerissen, und die dampfenden blutigen Reste verschwanden gerade in ihren Mägen. Ein Wolf war von den Menschenwesen getötet worden aber an ihn erinnerte sich bereits kein Mitglied des Rudels mehr. Ein Teil der Tiere war jetzt satt und wachte über das übrige Rudel, bis der letzte Rest der Beute in allen Mägen verschwunden war.

Er bellte kurz. Das war das Zeichen zum Aufbruch. Im Nu verschwand das Rudel in der Dunkelheit und begann den Aufstieg in den Hochwald, wo sie sicher waren.

36

Die Ansiedlung lag in einer weiten Ebene, nur durch Moränenhügel unterbrochen. Dichte Wälder umgaben die wenigen Häuser, und eine schmale Straße durchzog das Grün. Dazwischen erkannte man das glitzernde Band des Flusses, der sich in unzähligen Nebenarmen in den weiten Auwäldern verlor.

Mit bloßem Auge war vereinzelt gerodetes Land zu erkennen, auf dessen höchster Erhebung sich eine Kirche ausmachen ließ. Sie leuchtete frisch gekalkt, am Dach und am Turm wurde noch gearbeitet.

Der Wagenzug hatte angehalten, und die Männer sammelten sich um Winthir.

»Das ist Munichen«, sagte er und deutete mit dem Arm auf den kleinen Hügel vor sich, »die Kirche von Sankt Peter war das Erste, was die Benediktiner gebaut haben.«

Dieses Mal erinnerte Kai sich genau. Er war schon einmal hier gewesen, damals mit Gottfried, als der mit ihm ins Land der Badenser aufgebrochen war. Er hatte an die Gegend nur wenig Erinnerungen, aber an das Mädchen, an das erinnerte er sich noch.

Je länger er dastand und die Gegend auf sich wirken ließ, umso mehr helle Flecken erkannte er ringsum. Alles gerodete Flächen, auf denen kleine Weiler wuchsen, umgeben von kleinen Äckern und Wiesen. In kleinen Gemarkungen, alle von Hecken eingefasst, wuchs Hopfen. Er staunte, wie viele dieser Ansiedlungen es gab, und alle waren sie unweit in Nachbarschaft der Ansiedlung am Hochufer des Isarflusses.

»Der Weiler in dieser Richtung heißt Sentilinga, dort muss Päsingen liegen«, erklärte Winthir und deutete derweil mit den Armen in verschiedene Richtungen.

Kai hörte nur mit einem Ohr hin und betrachtete die Landschaft vor sich. Er hörte von weiteren Orten, die ihm nichts sagten, die zum Teil viel länger besiedelt waren als der kleine Markt Munichen. Winthir schien sie alle zu kennen. Sie hießen Kiesinga, Haidhusir, Hadelaichen, Suapingan und waren in den dichten Waldungen gar nicht zu erkennen.

»Munichen«, murmelte er.

»Bei den Mönchen, ja«, lachte Winthir, »aber die Leute hier haben mit dem Lateinischen nicht mehr viel am Hut. Obwohl es hier nicht wenig Lombarden gibt, die Handel treiben. Aber die ziehen meist weiter, verkaufen ihren Wein und ihr Tuch überall.«

»Es riecht nach Frühling und nach Frieden«, entgegnete Severin düster. »Hähnchen hätte es hier gefallen.«

Die übrigen Männer murmelten leise, und Kai sah, wie Pellrich ein Kreuz schlug. Während Severins Worte noch nachklangen, stellte Kai fest, wie unfertig die Ansiedlung noch war. Trotzdem übte sie eine ganz eigene Wirkung auf ihn aus, und er stellte fest, dieser Ort gefiel ihm.

Severin schritt zu seinem Gespann zurück und ließ die Peitsche knallen. Die Tiere zogen an, und der Wagen rollte los.

»Kommt, bis zur Kirche ist es nicht mehr weit, und dort können wir ein Gebet sprechen.«

»Glaubst du, dass mir danach zu Mute ist?«, wollte Kai wissen, und Winthir schüttelte den Kopf.

»Bist du nun Christ oder nicht?«

»Ich denke schon, aber …«

»He, vergiss nicht, mit Gottes Hilfe sind wir hierher gelangt.«

»Nicht alle«, entgegnete Kai mit einem Blick auf Severin leise.

Ein flacher, breiter Graben voll Wasser versperrte ihnen den Weg. Auf der gegenüberliegenden Seite ragte eine hohe Mauer auf, die nur noch an einer Stelle nicht ganz geschlossen war. Zahlreiche Taglöhner waren damit beschäftigt, dort noch Steine aufzuschichten. Kein Zweifel – die Mönche wollten die Ansiedlung mit einer sicheren Umgrenzung einfassen. In diesen Zeiten ständiger Fehden und Kriege war eine Stadtmauer die einzige Möglichkeit, damit sich in ihrem Schutz ein Marktflecken zu einer Stadt vergrößern konnte. Weiter drüben führte eine Behelfsbrücke aus frisch gehauenen Baumstämmen über den Graben. Als man ihren Ochsentreck sah, hielten nicht wenige in ihrer Arbeit inne, um zu ihnen herüberzublicken.

Dann kam ein Mann über den breiten Steg. Er trug grob geschnitzte Holzpantinen an seinen braun gebrannten Füßen, ein Wams, das kaum seine Knie bedeckte, und darunter lange Beinlinge. Um die Hüften hatte er einen Schurz aus ungegerbtem Leder gebunden. Er war unbewaffnet.

»Holla Fuhrleute, wer seid ihr?«

»Gott zum Gruße«, rief Winthir fröhlich, »Salzsäumer sind wir, und unsere Reise begann im Lateinischen.«

»Lombarden?«, fragte der Mann ein wenig misstrauisch.

»Jesus Christus bewahre«, lachte Winthir, »unser Herr ist Friedrich der Rotbärtige.«

Der Mann nickte zufrieden. »Ich heiße Melchior. Wir alle sind aus einem Weiler, Päsingen genannt. Da leben wir seit einem Jahr. Aber hier gibt es Arbeit und Brot. Und Forellen aus der Isar.«

Er lachte und deutete hinter sich. »Dafür bauen wir die Mauer.«

»Es heißt, hier gibt's einen Salzmarkt«, begann Winthir.

»Freilich gibt's den, und da werdet ihr was zu sehen bekommen. Sogar die Vöhringer handeln ihr Salz nur noch bei uns.«

Er trat zur Seite, und Winthir schnalzte mit der Zunge. Die Ochsen zogen an. Sie passierten erst den Steg über den Wassergraben, dann das bereits im Bau befindliche Tor. Frauen, die in großen Weidenkörben Fische und Kohl zur Baustelle schleppten, erklärten ihnen, wo der Salzmarkt zu finden sei. »Einfach nur der Erhebung nach, wo die Kirche steht«, sagten sie. Da trieben sie ihre Ochsen ein letztes Mal an, bis sie tatsächlich auf einen baumumstandenen Anger unweit einer steinernen Kirche gelangten. Und als sie einen Pfennig an die Brüder im Kloster gezahlt hatten, gestatteten ihnen diese, dass sie ihre Wagen im Schatten der Bäume anhielten, die Ochsen ausspannten und das Salz abluden. Bis zum Beginn des Marktes war es nur noch diese eine Nacht.

Unweit der Kirche drängten sich gemauerte Häuser, die jedoch nicht verputzt waren. Sie waren alle aus großen Schottersteinen gemauert. Die Mauer, welche die Einwohner der Ortschaft Munichen gerade bauten, bestand bereits aus demselben Gestein. Nur die Mauerkrone war aus gebrannten Lehmziegeln gefertigt, und der Geruch des Holzkohlenrauches lag wie eine Dunstglocke über den Häusern. Trotzdem musste Kai insgeheim staunen. Bei seinem letzten Besuch waren es nur eine Hand voll Häuser gewesen, die sich alle, wie um Schutz zu suchen, um die Kirche von Sankt Peter drängten. Jetzt aber gab es sogar eine Straße, die sich von der Kirche zu einem Tor erstreckte, das sie das Talburgtor nannten. Gleich dahinter erstreckte sich eine Landstraße bis zur Isar, die zwischen Weidenauen nur zu ahnen war.

Es wurde mit großem Eifer überall gebaut.

Trotz der weit ausladenden Flusswälder wuchs der kleine Ort immer näher an die breiten sumpfigen Flussauen der Isar heran. Neben vielen Fischern und Lohndienern siedelten sich mehr und mehr Handwerker an. Es gab bereits einen Fassbinder, einen Bäcker und zwei Schlachter, die auf dem Markt ihre Ware anboten. Dazu kam, dass die Fuhrwerke und Handelskarawanen, von Augsburg oder Ingolstadt kommend, genauso zahlreich waren wie die Händler aus dem Gebirge. Der Ort selbst hatte in diesen Tagen laut einer Schätzung etwa sechshundert Einwohner und war damit bald so groß wie die zahlreichen Nachbardörfer.

Severin und Pellrich wollten nicht länger bleiben, sondern weiterziehen. Beide hatten sie noch mitgeholfen, die Wagen zu entladen und aus den Leinwandbahnen einen Verkaufsstand zu bauen. Dann verabschiedeten sie sich. Ihr Ziel war ein Wagenzug, der nach Landshut wollte. Dort wurden noch Fuhrknechte gebraucht, und Männer wie Pellrich und Severin waren hochwillkommen.

Der Markt begann, und das ungewöhnlich milde Wetter hatte regen Andrang zur Folge. Geflügelhändler bauten ihre Stände auf, es gab Steckrüben aus dem Umland genauso wie

Hafer und Gerste. Gaukler und sogar Tänzer aus der Gegend von Haidhusir sah man.

Aber mit ihrem Salz waren Winthir und Kai vom ersten Tag an in aller Munde. Wie von selbst schien es sich herumgesprochen zu haben, denn sogar weiße Mönche aus Tölz wollten das besondere Salz sehen, es kosten und natürlich kaufen. Vor allem Klosterbrüder kauften gleich viele Pfund auf einmal und ließen sich das Salz in große, eigens dafür mitgebrachte Lederhäute füllen. Die trugen die frommen Brüder dann auf dem Rücken über Tage hinweg zurück in die Klöster. Mit diesem Salz machten sie Arzneien, aber auch Tinkturen, und in Freisingen wollten sie es sogar zum Seifensieden benutzen. Was immer damit geschah, Kai und Winthir war es einerlei, solange die Leute es nur kauften.

In den Tagen des Salzmarktes gelang es ihnen tatsächlich, ihre beinahe drei Tonnen Salz an den Mann zu bringen, und das, was ihnen die Mönche und Fahrensleute nicht mehr abkauften, erstanden die Fleischer aus Munichen.

Dann kam der letzte Markttag.

Bis zum Mittag war Kai ständig beschäftigt gewesen. Beinahe unermüdlich hatte er das feine Meersalz verkauft. Winthir konnte ihm nicht helfen, denn der führte seit Sonnenaufgang die Ochsen zur Tränke. Er ließ sie saufen, bis ihre Bäuche prall waren. Sie wollten alle Tiere verkaufen. So führte Winthir immer einen Ochsen zum Viehmarkt hinüber. Den Tieren war es auf dem saftigen Anger gut gegangen, und Fuhrknechte oder Händler kauften per Handschlag, schirrten sie an ein Joch und ließen die Tiere einmal im Kreis auf dem Platz gehen. Waren sie einverstanden, zahlten sie den geforderten Preis.

Ein Mälzer trat unter das schattenspendende Tuch und wollte Salz kaufen. Kai wunderte sich, dass er nicht das schneeweiße Solesalz, wie es aus den Salzbergwerken kam, wollte. Das war billiger als ihr Salz und reichte zum Bierbrauen allemal. Doch dieser Mann verlangte ausschließlich das begehrte Meersalz.

Kai begann die gewünschte Menge abzuwiegen. Als er dabei einmal aufsah, blickte er direkt in zwei große dunkle Augen. Sie gehörten zu einem jungen Mädchen, noch keine achtzehn Jahre alt, sehr einfach, aber sauber gekleidet. Eine gestärkte Schürze aus braunem Leinen über dem Kleid reichte ihr beinahe bis zum Boden. Er fuhr sich mit der Hand über die Stirn und starrte sie an wie ein Wesen aus einem Traum.

»He Meister, was ist denn nun?«, fragte der Mälzer, und als Kai nicht gleich reagierte, folgte er dem Blick des Salzhändlers und sah, wohin er schaute.

Doch er lächelte nicht. »Verwiegt euch nicht, Meister.«

»Keine Sorge«, meinte Kai und hängte den Sack an den großen Haken.

Sogleich begann der Gegenarm der Salzwaage sich sanft zu neigen. Es fehlte noch etwas, und Kai wuchtete den beinahe zwanzig Pfund schweren Sack wieder vom Haken und ließ ihn vor sich auf die Erde plumpsen. Ein Bein dagegen gestellt, damit er nicht umfiel, öffnete er den Sack erneut und füllte noch einige Hand voll Salz dazu. Dann schnürte er ihn mit einer Schnur wieder zu und stemmte die Last erneut in die Höhe, um sie an den Haken zu hängen. Diese Mal stimmte das Gewicht.

»Ist es so recht?«, wollte er von dem Mann wissen, und der nickte.

»Passt.«

Dann deutete er mit der Hand auf das Mädchen, das noch immer wartend in einer Reihe anstand.

»Hüte dich vor dem Frauenzimmer«, raunte der Mann.

»Warum?«

»Sie ist eine Hexe.«

»Wer sagt das?«

»Jeder hier weiß es.«

Kai lächelte und blickte zu ihr hinüber. Wenn es einer Frau gelang, nur durch ihren Anblick dafür zu sorgen, dass sein Herz heftiger denn je schlug, dann war sie tatsächlich eine Hexe. Aber eine ganz besondere. Aber das sagte er dem Mälzer natürlich nicht.

»Hüte dich«, raunte ihm der Mann zu und griff nach dem schweren Salzsack.

Kai blickte erst den Mann an und sah dann zu dem Mädchen hin. Sie trug das lange hellbraune Haar unter einer einfachen Haube. Aber das war nichts gegen ihr Gesicht. Es war hübsch. Sehr hübsch sogar.

»Das Frauenzimmer bringt dir Unglück. Es klebt an ihr.«

Kai blickte seinen Kunden an. Der Mann ging ihm mit seinem Gerede allmählich auf die Nerven.

»Ich hab noch Bruchsalz. Willst du davon auch noch, oder ist es genug?«, wollte Kai wissen und deutete auf die wenigen Salzvorräte, die sie noch hatten.

»Das reicht, verlangst ja auch einen stolzen Preis«, maulte der Mälzer.

Kai lächelte. »Es kommt von weit her, und nur ich kann's dir anbieten. Es steht dir aber frei …«

»Lass gut sein«, entgegnete der Mann und zählte ihm die Pfennige auf die Hand.

Kai prüfte das Geld. Prägung und Härte stimmten, und Heinrich den Löwen mit dem Schwert erkannte er gleich. Das war Geld, das Heinrich in Badenweiler prägen ließ, und damit konnte man in Sachsen genauso bezahlen wie hier in Bayern. Doch den Menschen hier galten Waren im Tausch mehr als Geld. Münzen waren ihnen nicht geheuer. Trotzdem gab es immer mehr Händler und Handwerker, die sich auf keine Tauschgeschäfte mehr einließen, sondern für ihre Waren lieber Münzen nahmen.

Der Mälzer griff nach dem Sack. Er ging leicht in die Knie und hob ihn auf seine Schulter. Dann verließ er mit einem raschen Kopfnicken den Stand. Kai wischte Salzkrümel von seinen Beinlingen und blickte dabei verstohlen zu dem Mädchen hin. Sie stand noch immer da, bald war sie an der Reihe. Sie hatte bemerkt, dass er sie pausenlos ansah, und je ungenierter er dies tat, umso mehr schien sie sich zu bemühen, nicht in seine Richtung zu blicken. Es gelang ihr jedoch nicht. Immer wieder warf sie ihm einen Blick zu, um ihm gleich wieder auszuweichen, wenn sie merkte, dass auch er sie ansah. Kai musste für sich lachen. Wenn sie wirklich eine Hexe war, dann aber eine schüchterne! Noch etwas fiel ihm auf: Niemand stand nahe bei ihr, ganz so, als würde sie sehr streng riechen. War an den Worten des Mälzers doch etwas dran? Hexen, hieß es, rochen ja nach Pech und Schwefel, Ziegenpisse und verfaulten Eiern.

»Wo gaffst du denn wieder hin?«, erklang eine fröhliche Stimme neben ihm.

Winthir war zurück und trat neben ihn. Kai fragte gleich: »Wie ist es gewesen?«

»Gut, sehr gut. Alle Tiere verkauft, so wie du gesagt hast. War nicht viel zu handeln. Die Händler haben das bezahlt, was wir wollten.«

»Vielleicht waren wir zu billig«, meinte Kai eher scherzhaft.

Winthir grunzte nur gut gelaunt. Beide wussten, dass sie für ihre wohlgenährten Ochsen einen guten Preis erzielt hatten.

»Es gibt zu wenig Zugtiere für zu viele Frachtwagen«, plauderte Winthir weiter, während er einen kräftigen Schluck Wasser aus einem Bottich nahm. »Sind viele Weinhändler, die bald zurück in die Lombardei wollen, um frischen Roten zu holen. Nahe beim Tor zur Dienergasse hab ich gehört, dass ein Vertreter des Fürsten hier Quartier machen wird.«

»Wann?«

»Das weiß niemand genau zu sagen. Und ob es hier in Munichen sein wird, weiß auch keiner.«

»Vielleicht in Vöhringen?«, warf Kai ein.

»Die Leute dort sind ein wenig wütend auf die Municher.«

»Warum das?«

»Weiß nicht, darüber will keiner reden.«

Winthir trat noch etwas näher, senkte seine Stimme, als müsste er fürchten, jemand könne das hören, was er sagte: »Sie sprechen von einer Brücke und dass der Herr die Sünder straft. Aber was da passiert ist, ist lange her.«

Kai antwortete nichts darauf.

»Ich hab Durst«, verkündete Winthir aufgeräumt, »wir sollten selber einen guten Schluck trinken und reden.«

Kai nickte zum Einverständnis und sah sich um.

»Das Mädchen. Wo ist sie hin?«

»Ha, welches Mädchen?«, wollte Winthir wissen.

»Sie stand da drüben beim Mehlhändler.«

»Und, was ist mit ihr?«

»Erst hab ich geglaubt, sie zu kennen.«

Kai schwieg. Sollte er von seiner ersten Begegnung in der kleinen Ansiedlung damals, vor Jahren, berichten? Er beschloss, dies im Augenblick lieber für sich zu behalten, und band sich seinen Schurz ab.

»Ich komm gleich wieder«, begann er.

»Wo willst du hin?«, wollte Winthir wissen.

»Sie suchen, natürlich.«

»Natürlich!«, polterte Winthir ein wenig ungehalten. »Sie ist nur ein Weib, und du wirst ihr ein wenig schöntun; ein paar liebe Worte und dann die Hoffnung, dass sie so sittsam nicht ist, wie sie vorgibt.«

»Kennst dich ja gut aus mit den Frauen«, entgegnete Kai spöttisch.

»Kai«, begann Winthir erneut, »lässt du wegen einer Weibergeschichte das Geschäft schleifen? Wir wollten doch etwas bereden …«

»Keine Angst, ich komm wieder, sobald ich sie gefunden hab. Sie kann ja nicht weit sein. Du kannst ja derweil schon mal den Stand abbrechen.«

37

Jetzt war er bereits zweimal den Weg in Richtung Fluss gegangen, aber sie war wie vom Erdboden verschluckt. Das konnte er nicht verstehen, denn es gab hier nur wenige Gassen, die direkt vom Markt abzweigten. Aber sie war sicher nicht in Richtung der Kirche gegangen. Dort standen die Häuser eng, und es wimmelte von Taglöhnern, Straßenhändlern und Bauern, die ihre Ware in großen Körben anboten. Die würden ein junges Mädchen nicht so einfach durchspazieren lassen. Der Viehmarkt war zu Ende, und in diese Richtung wollte sie gewiss auch nicht. Blieb also nur der Weg zur Isar hinunter. Das war noch ein Stück zu Fuß. In dieser Richtung würde er nach ihr suchen. Vielleicht wussten die Fischer dort etwas.

In der Ansiedlung waren wie jeden Tag auch Mönche angekommen. Es waren keine der üblichen Bettelmönche, die durchs Land zogen und immer da, wo Menschen lebten, zu predigen begannen. Immer das Wort und dazu die Aufforderung, sich bereitzuhalten, wenn der Herr nach Christen verlangte, die sich auf den Weg ins Heilige Land begeben sollten.

Unweit des Ufers standen sie da, und drei Männer redeten laut auf sie ein. Diese waren schmutzig und ungepflegt, nur ihre Waffen glänzten. Es waren keine Ritter, eher Kriegsknechte zu Pferd, obwohl Kai sie als Wegelagerer bezeichnet hätte. Die Mönche waren einfach, aber sauber gekleidet, und es schien, als wären sie allesamt nur auf eine Reise von einem nicht so weit entfernten Kloster aufgebrochen. Kai war sicher, dass es Benediktiner waren. Einer der Bewaffneten schubste plötzlich einen der Mönche grob, und der stürzte zu Boden. Der Waffenknecht setzte ihm seinen Fuß auf das Knie.

»Was glaubst du passiert, wenn ich zutrete?«

»Mein Sohn …«

»Maul halten, Pfaffensack!«, fuhr ihn der Mann an. »Merk dir: Kein Wort mehr, sonst schützt dich auch dein Rock nicht vor dem Zorn unseres Herrn.«

Was Kai schon geahnt hatte. Es waren Waffenknechte, auch wenn sie kein Wappen ihres Brotherrn trugen. Er wusste nicht genau, warum er das Bedürfnis hatte, sich einzumischen, aber sein nächster Schritt kam ihm wie selbstverständlich vor. Er griff fest nach seinem langen Wanderstock und trat auf die Gruppe zu.

»Gott grüße euch, ihr Herren«, sagte er und neigte dabei den Kopf erst in Richtung der Knechte, dann eher kurz, in Richtung der Mönche.

Sein höfliches Auftreten verfehlte seine Wirkung nicht. Die angesprochenen Männer beugten ihre Köpfe in der Annahme, einen Vornehmen vor sich zu haben. Kai blickte erst auf den am Boden liegenden Mönch und dann freundlich in die Runde.

»Soll ein so schöner Tag Anlass für Streit sein?«

Der Knecht grinste und fuhr sich mit seiner schmutzigen Hand über sein genauso schmutziges Gesicht. Als er lachte, roch Kai, dass der Mann getrunken hatte.

»Diese Mönche behaupten, dass sich die Municher versündigen, wenn sie ihren Salzpfennig verlangen. Dies würde nur den Vöhringern zustehen. Was meinst du dazu, junger Freund?«

Kai wusste wenig über diesen Streit. Ihn störte eher die Art, wie der Knecht mit dem Mönch umging. Er erinnerte sich an den Hof des Löwen, wo er höfliches Betragen gelernt hatte und wo sich eine Fehde an schlechtem Benehmen entzünden konnte. Diese Knechte schienen alle drei betrunken zu sein und hatten die Mönche herausgefordert, weil sie wussten, dass sich ein frommer Bruder kaum zur Wehr setzen würde. Aber Kai wusste, ein frommer Gottesmann würde mit der Wahrheit nicht hinter dem Berg halten.

»Lasst sie ihrer Wege gehen, Freund«, begann er, »das da sind fromme, brave Leute.«

Jetzt trat ein weiterer der wartenden Waffenknechte dazu. Er legte seine Hand an den Gürtel, und Kai erkannte das kurze, breite Messer.

»Warum mischst du dich überhaupt ein?«

Kai verlagerte sein Gewicht kaum merklich auf sein linkes Bein und bemühte sich, die Hand mit dem Stock ruhig zu halten.

»Hab ich das getan, ja? Wollte nur fragen, ob ein solcher

Tag es wert sein kann, einen Mönch in den Dreck zu stoßen.«

Der Mann legte den Kopf ein wenig schief. Diese Rede schien er nicht ganz verstanden zu haben, und auch der Ton schien ihn ein wenig zu verunsichern. Kai blickte schnell auf den Mönch vor ihm auf dem Boden.

»Erhebt Euch, lieber Bruder, es ist noch früh im Jahr, und ich glaube kaum, dass die Erde schon so warm ist, dass man sich darauf ausruhen könnte.«

Der Mönch wollte sich aufrappeln, da trat der Mann ein wenig vor und trat dem Mönch heftig gegen die Schulter. Der Fromme fiel auf den Rücken, und dann standen beide Knechte da, zwischen ihren Füßen den Klosterbruder.

»Was mischst du dich da ein?«, zischte der Sprecher erneut und starrte Kai grimmig an.

»Will nur wissen, was euch der Mann getan hat.«

»Er behauptet, dass eine Sünde, vor Jahren hier begangen, von unserem Herrn befohlen wurde.«

»Wovon redet ihr?«, wollte Kai wissen.

»Eine Brücke führte einst über die Isar.«

»Die im Namen eures Herrn brannte«, entgegnete der Mönch vor ihnen auf dem Boden heftig.

»Hundsfott!«, schrie der erste Knecht und trat nach dem Mann am Boden.

Der aber wich ihm aus und versuchte zwischen den Beinen der Männer wegzukriechen.

»Halt ein!«, befahl Kai und stellte sich dem Mann in den Weg, und er blickte auf den Mönch zu seinen Füßen. »Was weißt du darüber?«

Der Mönch wollte etwas sagen, während der Knecht versuchte, Kai zur Seite schieben.

»Nichts weiß er, gar nichts, und damit es so bleibt, werden wir ihm sein Schandmaul gleich mal ein wenig stopfen.«

Der Knecht zog sein Messer.

Kai wusste nicht, was in ihn gefahren war, aber er wusste, dass ein Stück seiner Vergangenheit ganz nah war. Sein Stock stieß blitzschnell vor, so wie es ihn Gottfried einst gelehrt hatte. Er traf das Handgelenk des Mannes, und das Messer lag auf dem Boden, bevor der Knecht wusste, wie dies geschehen konnte. Er fluchte vor Schmerz, rieb sich die schmerzende Hand und trat vor, um mit der anderen Hand nach Kai zu greifen. Aber ein wuchtiger Stoß mit dem Stockende gegen den Magen des Knechtes, ein zweiter, gut gezielter Schlag an die Schläfe des anderen, und beide Männer gingen stöhnend zu Boden. Der dritte Knecht blieb zögernd stehen. Kai machte einen Schritt auf ihn zu, wog seinen Stock in beiden Händen und ging dabei leicht in die Knie.

»Ich kann dir damit deinen Schädel wie ein Hühnerei knacken«, sagte er drohend.

Tonfall und Haltung verfehlten ihre Wirkung nicht. Der Mann schüttelte nur den Kopf und half seinen beiden stöhnenden Begleitern auf.

»Jetzt verschwindet. Oder soll euer Herr erfahren, dass ihr eigene Gesetze schafft, wo doch allein sein Gesetz gilt?«

Leise fluchend trollten sich die Männer. Jetzt erst wandte Kai sich um. Die anderen Mönche hatten ihrem Kameraden ebenfalls aufgeholfen und blieben ein wenig verlegen stehen.

»Gott schütze dich mein Sohn, er wird dir dies vergelten.«

»Schon gut. Wovon haben die Kerle geredet?«, wollte Kai wissen.

Die Mönche sahen den Mann, dem sie aufgeholfen hatten,

an, aber der schwieg. Er strich sich die Kutte glatt. Dann erst blickte er auf.

»Wir werden zu Sankt Peter erwartet. Komm heute Abend dorthin, und frage nach Bruder Ulrich. So heiße ich, und ich zeige dir jemanden, der dabei war.«

»Wo dabei war?«

»Als zu Vöhringen die Salzbrücke brannte.«

Kai spürte, wie sein Herz schneller schlug.

Der Mönch wandte sich um und schritt davon, seine übrigen Begleiter folgten ihm, ohne sich noch einmal umzublicken.

Kai stand da und vergaß, den Mund zu schließen. Er sah ihnen lange nach, und als er sich dann umwandte, schimmerte zwischen den frischen grünen Weidenzweigen das Wasser. Er folgte einem Weg über schlammigen Boden, und als er das Flussufer beinahe erreicht hatte, sah er, dass hier fleißige Hände an einer Verbreiterung der Brücke bauten. Überall stapelten sich Holzstämme, und Männer mit Beilen waren damit beschäftigt, aus einem Stamm einen Balken zu schlagen. Unweit des Ufers stand unter einem rasch errichteten Dach ein großer Eisentopf auf einem Feuer. Es roch nach dem zähen Pechbrei. Für einen Augenblick schossen in rascher Folge Bilder durch seinen Kopf, und das letzte war besonders grausam: eine Frau. Sie brannte lichterloh. Ihm wurde schwindlig, und er musste sich auf das Ende eines Baumstamms setzen. Da saß er und atmete schwer.

»Ist dir nicht gut?«, wollte eine Stimme hinter ihm auf einmal wissen.

Er wandte sich um und sah in das Gesicht, das er die ganze Zeit gesucht hatte. Das Mädchen blickte ihn an. Sie schien ernstlich besorgt.

»Mir ist nur etwas schwindlig«, stammelte Kai nach der ersten Verblüffung und versuchte zu lächeln.

»Hier, trink das«, sagte sie fürsorglich und kramte in einem Korb, den sie an einer Schnur über der Schulter trug.

Sie zog einen kleinen Trinkbeutel aus Leder heraus. Skeptisch blickte er sie an, und da lachte sie das erste Mal.

»Es ist Wasser, ganz einfach Wasser aus dem Brunnen, du kannst unbesorgt sein.«

Er nahm einen tiefen Schluck. Das Wasser war kühl und schmeckte frisch. Er reichte ihr den Beutel zurück.

»Danke, ich hab dich oben am Markt beim Mehlhändler gesehen.«

»Ich weiß«, lächelte sie, »ich habe dich auch gesehen. Du bist einer der Salzhändler, nicht wahr?«

»Ja«, entgegnete er.

Nachrichten schienen sich wie auf jedem Markt rasch herumzusprechen. Sie sagte nichts, sondern nahm den Beutel und verstaute ihn wieder in ihrem Korb. Er wollte etwas sagen, irgendetwas Galantes, aber ausgerechnet jetzt wollte ihm nichts einfallen. Sie strich sich eine Haarsträhne aus dem Gesicht und schob sie unter ihre Haube. Er beugte sich ganz langsam etwas vor und schnupperte. Sie roch weder nach Pech und Schwefel oder gar nach Ziegenpisse und verfaulten Eiern. Sie roch nach Blumen, frischem Heu und der Stärke, mit der die Frauen ihre Kleider wuschen.

»Du bist Kai aus dem Hause Zierl.«

»Woher weißt du das?«, wollte er wissen.

Erneut lachte sie, und als sie das tat, hätte er alle Salzpfennige gegeben, nur um sie weiter so lachen zu hören.

»Seit Tagen reden alle auf dem Markt über euch beide, dich und deinen Freund. Winthir heißt er. Euer Salz aus der Lombardei ist in aller Munde.«

Sie lachte erneut, und er nickte. Natürlich, warum auch nicht? Namen waren keine Geheimnisse.

»Ich muss weiter, meine Leute warten auf mich«, sagte sie.

Aber sie ging nicht, sondern blickte ihn unverwandt an. Eine ihrer langen Haarsträhnen wickelte sie dauernd um ihren Finger. Dann sagte sie: »Es ist lange her, dass ich einen Jungen traf mit großen, traurigen Augen. Ein Junker war bei ihm. Aber ich habe nur diesen Jungen gesehen.«

Als sie das gesagt hatte, wandte sie sich um und lief mit raschen Schritten davon. Kai rappelte sich auf.

»Wie heißt du?«, wollte er wissen, und da wandte sie sich noch einmal um, lachte fröhlich und rief: »Lisa!«

Sie winkte ihm kurz zu und eilte weiter, bis sie im angrenzenden Weidenwald verschwunden war. Verblüfft starrte Kai ihr nach.

»Lisa«, murmelte er langsam, und dann wiederholte er ihren Namen noch mindestens dreimal.

Mindestens.

38

Die Stadtmauer war fast fertig, und das Tor an dieser Stelle bis auf die Zinnenbewehrung ebenfalls. Doch noch immer waren Arbeiten im Gange. Knechte hoben schwere Findlinge auf den Rücken weiterer Knechte. Diese trugen die Steine zu einer schmalen Leiter, um damit auf das Gerüst hinaufzusteigen. Oben auf der Mauerkrone warteten der Maurer und seine Gehilfen. Gemeinsam wuchteten sie dann den Stein auf seinen Platz, wo ihn der Maurer sogleich ausrichtete, um ihn dann mit Kalkmörtel zu befestigen. Zwar gab es hölzerne Kräne, aber ein solcher Kran, Winde genannt, war teuer. Man benötigte Geld für gutes Holz und starke Taue. Zudem, eine Winde ließ sich nicht einfach kaufen, sondern ein Windenmeister fertigte sie auf der Baustelle an. Das war nicht billig, und die Windenknechte musste man ja auch bezahlen. Die Taglöhner aber, die Steine und Kalkschütten auf die Mauern hinauftrugen, kamen den Markt viel billiger, denn Lohnknechte gab es genug. Munichen mit seiner sicheren Stadtmauer zog immer mehr Menschen aus den umliegenden Weilern und Siedlungen an. Auch Pilger blieben hier auf ihrer Durchreise hängen, um sich auf diesem Bauplatz für ein paar Pfennige zu verdingen.

Der Boden ringsum war trotz der Trockenheit der letzten Tage feucht, an manchen Stellen schlammig. Die Arbeiter schafften Kalk und Wasser in großen Holzbottichen heran. Was sie bis zum Abend nicht verbrauchten, gossen sie auf die Erde. So sah an manchen Stellen der Boden aus, als hätte es frisch geschneit. Trat man durch das Tor in das Innere, passierte man bereits die Torwächter. Sie erinnerten daran, dass es nicht mehr lange dauern konnte, dann würden der Markt und die Kirche von einer schützenden Mauer umgeben sein. Dann sollte jedermann nur noch durch diese Tore hineingelangen. Und jedes dieser Stadttore bewachten dann Knechte, die auch die Zollgebühren erhoben.

Neben das Tor schmiegten sich zahlreiche kleine, flache Hütten, und bei manchen bildete die fertige Stadtmauer die rückwärtige Wand. Es roch nach Rauch, heißem Fett, Wasser und Holz. Der stete Stallgeruch hier schien kräftiger als draußen auf der schmalen Landstraße. Kai blieb stehen, und Winthir, der ihn begleitet hatte, sah sich um.

»Ist es hier? Hat sie das gesagt?«, wollte er wissen.

»Sie hat gar nichts gesagt«, entgegnete Kai, »der Mönch meinte, an der Kirche würde ich jemanden treffen.«

»Aber an der Kirche sind wir längst vorbei«, entgegnete Winthir und wandte sich um, dahin, wo sie gerade hergekommen waren. »Da war niemand.«

Aus einem der Häuser ertönte lautes Lachen.

Ohne sich um Winthir zu kümmern, trat Kai näher. Im rechten Winkel zur inneren Stadtmauer war eine weitere Mauer aus Flusskieseln errichtet, allerdings viel niedriger. Sie gehörte zu einem Haus, das mit Holzschindeln gedeckt war. Die Front, die auf die enge Gasse davor zeigte, war bis in Mannshöhe mit Kalk verputzt, der Rest des Gebäudes zeigte die blanken Steine der Schottergegend. Winzige rahmenlose Fenster waren zu erkennen. In der Hausfront war ein Tor, gerade hoch und breit genug, dass ein Handkarren hineinfahren konnte. Es erinnerte ihn an das Haus der Zierls in Innsbruck, nur dass dieses Gebäude viel einfacher gebaut war. Kai trat näher und sah, dass dieses Tor in einen Hof führte.

»Komm rein, junger Herr!«, rief eine Stimme.

Eine Hand winkte ihm, und Kai erkannte Ulrich, den Mönch, dem er am Nachmittag unweit des Flussufers beigestanden hatte. Er und Winthir folgten der Einladung und traten durch den dunklen Durchgang. Nach einigen Schritten standen sie in einem kleinen, blitzsauberen Hof. Auch hier war der Boden mit den typischen Flusskieseln gepflastert, und im letzten Licht des Tages leuchteten sie noch einmal, denn sie waren allesamt wie blank geputzt, was von zahlreichen Füßen herrührte, die darauf gingen. Die Rückseite des Hofes schloss direkt an die Stadtmauer an und war an manchen Stellen bewachsen. Das Grün war noch frisch und saftig so früh im Jahr.

»Gott schütze dich, tapferer Freund, und auch deinen

Begleiter. Kommt, setzt euch zu uns!«, begrüßte sie der Bruder.

Kai erkannte die übrigen Mönche. Er und Winthir stellten sich vor und nannten ihre Namen. Die Mönche nickten freundlich und überließen das Sprechen Bruder Ulrich.

»Du wolltest mir jemanden zeigen, der…«, begann Kai, aber Ulrich lachte höflich, und die übrigen Brüder lachten ebenfalls.

»Alles zu seiner Zeit, junger Freund. Jetzt ist es noch zu früh. Trink erst was. Wir haben vier Fässer Bier aus unserem Kloster hierher gebracht, und der Wirt ist ein Freund und…«

Er hielt mitten im Satz inne, denn jetzt trat ein Mann aus dem Haus. Der war klein, aber seine Gestalt kräftig und gedrungen. Auffallend war sein dichter, langer Bart, was ungewöhnlich war. Solche Bärte trugen nur Menschen, die sich einen Bader nicht leisten konnten oder ganz alt waren. Doch dieser Mann war weder alt noch sah er aus, als wäre er arm. Als er Kai und Winthir entdeckte, trat er rasch auf sie zu.

»Gott segne euch in dieser Stunde!«, sagte er höflich.

Mit einem schnellen Blick auf Kais langen Stock in dessen Hand fuhr er fort: »Du musst der Mann sein, der mein Bier gerettet hat.«

Kai blickte etwas verdutzt. Er verstand nicht genau, wovon der Mann sprach, zumal dieser einen ganz eigenen Dialekt redete, der hier unter den Bewohnern weit verbreitet schien. Er musste genau hinhören, um alles zu verstehen.

»Ja, das ist er, Meister Guldein«, erwiderte Ulrich. »Der tapfere Salzhändler, ein braver Mann.«

»Ein Salzsäumer«, murmelte der Wirt anerkennend und nickte dazu. »Du und dein Freund, setzt euch her. Alles, was ihr trinkt und esst, geht auf meine Kosten. Ohne dich hätten die Knechte die Mönche verjagt und mir das Bier gestohlen.«

Kai und Winthir nahmen auf der Bank Platz.

»Das hätten sie wirklich getan?«, wollte Winthir wissen.

»Was, Bier stehlen? Das haben diese Dummköpfe schon einmal gemacht. Weil sie allesamt Diebe und üble Gesellen sind und weil sie ihrem Herrn am liebsten in Demut in den Arsch kriechen würden. Heinrichs Knechte eben.«

Er lachte verächtlich, was Kai einen Stich versetzte. Es war nicht so lange her, dass auch er in Heinrichs Diensten gestanden hatte. Besser, niemand erfuhr dies. Es schien, als mochte man den Herzog hier nicht besonders.

»Ja«, lachte Guldein, »alles, was Heinrich gefällt, halten sie für richtig. Was für Schwachköpfe!«

Der Wirt lachte wieder, aber Ulrich zog ihn am Ärmel und blickte auf die beiden jungen Männer.

»Meister Guldein meint, dass man hier die Leute aus Freisingen nicht besonders schätzt.«

»Aber das Bier dafür umso mehr«, entgegnete Winthir schnell, und alle mussten lachen.

»Ich sehe schon, du lässt dir deine Gunst auch erst durch den Magen gehen. Das gefällt mir«, antwortete der Wirt und verschwand wieder in dem Gebäude.

»Meister Guldein ist hier der Wirt. Sein Haus und diesen Hof hat er nun schon das fünfte Jahr«, erklärte Ulrich. »Er war der Erste, der sich an diesem Teil der Stadtmauer angesiedelt hat.«

Kai und Winthir blickten sich um.

»Immer wenn wir eine Fuhre Bier nach Munichen schaffen, kehren wir hier bei ihm ein«, fügte Ulrich hinzu.

»Bevor wir die Kirche zum Heiligen Peter aufsuchen«, ergänzte ein weiterer Mönch, der bisher nichts gesagt hatte.

»Natürlich«, beeilte sich Ulrich zu bestätigen, »aber gegen eine Stärkung des Leibes hat der Herr nichts einzuwenden, wenn man sich seiner übrigen Aufgaben nur allezeit bewusst ist und sie nicht vernachlässigt.«

»Aber wenn man eine Aufgabe vergisst?«, fragte Winthir frech.

»Niemals!«, erklärte Ulrich feierlich und blickte zum Himmel, während er die Hände faltete.

Daraufhin mussten sie alle lachen.

Bruder Ulrich schob Kai eine große Kanne hin und forderte ihn auf, davon zu kosten. Kai, der nie ein großer Biertrinker gewesen war, nahm einen Schluck von dem dunklen, kastanienbraunen Getränk und leckte sich sogleich genießerisch die Lippen. Winthir zog ihm die Kanne ungeduldig weg und nahm selbst einen kräftigen Zug.

»Bei der Güte unserer lieben Frau«, entfuhr es ihm, aber der fromme Ausruf ließ die anwesenden Mönche nur vergnügt nicken.

»Das ist ein Trunk der Götter!«, erklärte Winthir begeistert und schnalzte mit der Zunge, bevor Kai etwas sagen konnte.

»Götter sind heidnischer Aberglaube«, entgegnete Ulrich in gespieltem Tadel.

Winthir tat so, als hätte er dies nicht gehört, und trank erneut.

»Das ist das Herrlichste, was ich je getrunken habe, außer dem Weißen aus den Dörfern am Berg drunten im Gebirge.«

»Kein Vergleich, mein Freund, kein Vergleich«, entgegnete Kai vergnügt, und die Mönche lachten erneut. Abwechselnd tranken sie von dem süffigen dunklen Bier, das die Mönche mitgebracht hatten.

Dann trat erneut der Wirt aus dem Haus. Er trug weitere

Kannen für Kai und Winthir, dazu einen Holzeimer. Den stellte er einfach neben sie auf die rohe Sitzbank, nahm einen großen Schöpflöffel und begann reihum neu einzugießen. Als Kai an die Reihe kam, wehrte der ab.

»Nicht so schnell, Herr Guldein.«

»Aber junger Freund, willst du meine Gastfreundschaft nicht?«, begann der Wirt mit gespielter Entrüstung.

Kai musste lachen.

»Das schon, aber dieser Tropfen steigt mir in den Schädel wie der Saft in einen jungen Baum.«

»Und wenn schon, Salzsäumer. Ein Rausch lässt uns manche Mühsal leichter ertragen.«

»Nicht der Rausch, Guldein, sondern Gottes Wort«, entgegnete Ulrich erneut mit leisem Tadel.

»Da habt ihr Recht, Bruder Ulrich«, bestätigte Guldein, »Gottes Wort *und* der Rausch.«

Da lachten sie erneut alle, und Kai musste zusehen, wie ihm der Wirt noch einmal großzügig die Kanne füllte. Der Duft des frisch gebrauten Bieres stieg ihm in die Nase, die letzten Sonnenstrahlen verschwanden gerade. Doch es war angenehm, in diesem Hof zu sitzen, so einen Schluck zu trinken und an nichts weiter zu denken. Die Mauern ringsum gaben die Wärme des Tages ab, und es würde noch ein wenig dauern, bis sie aufbrechen mussten. Seit langem hatte Kai sich nicht mehr so wohl gefühlt. Er schloss die Augen und genoss diesen Augenblick.

Er hörte nackte Füße über den Boden laufen und sah auf. Eine Gestalt huschte vorbei. Kai erkannte nur, dass es ein Mädchen war. Aber bis er begriffen hatte, dass er dieses freundliche Lachen und dieses Gesicht kannte, war sie durch das Hoftor verschwunden. Er schüttelte seinen Kopf und rieb sich die Augen.

»War das nicht….? Heißt sie nicht Lisa?«

»Du kennst sie?«, begann Ulrich erstaunt.

»Ich hab sie getroffen, erst auf dem Markt, dann heute Nachmittag am Fluss.«

Die übrigen Mönche nickten freundlich, sagten aber nichts weiter. Kai sprang auf und konnte die Kanne Bier gerade noch festhalten, sonst wäre sie umgefallen. Er wollte an den Sitzenden vorbei, aber der Mönch zog ihn am Ärmel. »Halt, junger Freund, wo willst du denn hin?«

Kai wandte sich um. Er sah erst Ulrich, dann die übrige Runde an. Keiner der Mönche lachte mehr. Winthir blickte ihn an, trank dabei aber mit einem langen Zug aus seiner Kanne.

»Lass sie gehen«, sagte Ulrich behutsam.

»So, und warum?«

»Sie ist…«, begann er, dann hielt er inne.

Die übrigen Mönche schwiegen und blickten ihren Wortführer nur an.

»Sie ist mit dem Teufel im Bunde«, sagte Guldein mit spöttischem Ton.

Er blickte die Mönche der Reihe nach an.

»So ist es doch, ihr frommen Brüder, was?«, fragte er, und sein Ton war nun beinahe verächtlich geworden.

»Sie ist mit dem Teufel im Bunde, jawohl«, begann Ulrich ruhig und ernst zu sprechen, »und du solltest nicht spotten.«

Guldein lachte höhnisch. »Sie geht mir zur Hand, ist fleißig und hilft mir im Haus und in der Küche. Das Geschäft geht gut, und dafür lasse ich sie hier wohnen. Mit dem Teufel hat sie nichts zu schaffen, und der Gehörnte war nie Gast in meinem Haus.«

Kai blickte durch das Hoftor, durch das das Mädchen gerade verschwunden war.

»Der Teufel prüft uns mit der Frau«, begann einer der Mönche und legte Kai seine Hand auf den Arm, »und mit einer Frau, die eine solche Larve trägt, ganz besonders. Das Herz eines frommen Mannes wird auf sie hereinfallen, und es ist um ihn geschehen. Um ihn und seine Seele. So ein Weib weckt Begehrlichkeiten bei einem Mann, und das tut sie mit den Augen und dem Mund, dem Leib und vielerlei sonst. Das Fieber, das ihrem Anblick folgt, ist das Fieber des Begehrens.«

»Danke, ich werde daran denken«, entgegnete Kai trocken und zog seinen Arm weg.

Er wandte sich an den Wirt. »Hast du Unterkunft für uns beide?«

Guldein wandte den Kopf zu dem Gebäude, das eine Längsseite des Hofes einnahm.

»Auf der Tenne über dem Stall. Da liegt noch ein wenig Heu, und wenn euch die Mäuse dort oben nicht stören, dann …«

Kai schüttelte gleich den Kopf und blickte zu Winthir.

»Nach diesem Bier stört mich gar nichts mehr«, entgegnete der zufrieden und rülpste herzhaft.

Er nahm erneut einen tiefen Schluck, aber Kai eilte bereits durch das Tor hinaus auf die Gasse.

39

Dieses Mal fand er sie schneller als bei ihrem letzten Zusammentreffen, und als er sie eingeholt hatte, fiel ihm ein, dass er nicht einmal genau wusste, wie er sie ansprechen sollte. Damals, bei den Frauen auf der Burg, war das einfach gewesen. Die Frau eines Adeligen richtete immer zuerst das Wort an ihre Untergebenen, denn Höhergestellte sprachen den Niederen zuerst an. Und unter ihresgleichen war dies ohne Unterschied, nur dass der Mann sein Wort zuerst an die Frau richtete.

Aber das hier war etwas anderes. Er sah, dass sie ihn bemerkt hatte. Sie schien gewartet zu haben. Sie trug keine Schuhe, und mit ihrem nackten Zeh zog sie eine Spur durch den staubigen Straßenbelag. Dann blickte sie auf und schob sich eine vorwitzige Haarsträhne unter ihre Haube. Er trat langsam auf sie zu und blieb vor ihr stehen. Wieder sog er die Luft ganz vorsichtig ein, aber was er roch, war für ihn pure Lieblichkeit. Sein Herz klopfte schneller.

»Gott sei mit dir«, grüßte er höflich. »Du warst so schnell vorbei, ich merkte nicht gleich, dass du es bist.«

Jetzt krauste sie ihre Stirn. Er sah, dass sie feine Sommersprossen auf ihrem Nasenrücken hatte. Ein weiteres Detail, das ihm gefiel.

»Natürlich bin ich es, wer sollte ich sonst sein?«, fragte sie fröhlich, und ihre Fröhlichkeit war es auch, die ihn ermutigte weiterzusprechen.

»Guldein sagte, dass du bei ihm wohnst.«

»Ich bin seine Magd«, erklärte sie rasch, »nichts weiter.«

Kai glaubte, so etwas wie Röte in ihrem Gesicht zu entdecken, aber er konnte sich auch getäuscht haben. »Ich wollte dich nicht kränken.«

»Das tut Ihr nicht, mein Herr«, sagte sie höflich.

»Kai heiße ich«, stellte er sich vor, »Kai aus dem Hause Zierl.«

»Ich weiß, wer du bist«, entgegnete sie, wieder in die persönliche Anrede verfallend.

»Du hast heute Nachmittag gesagt, du hättest einen Jungen getroffen …«

Sie nickte schnell. »Erinnerst du dich nicht mehr? Du kamst vor beinahe zehn Jahren hier vorbei. Mit einem Junker. Du saßest auf einem Pferd.«

Er nickte. »Ja, stimmt. Ich traf damals ein Mädchen … es sprach mit mir. Das warst du?«

Sie lächelte ihn an, und er lächelte zurück.

»Der Himmel richtet die Dinge immer aufs Rechte ein, findest du nicht?«, fragte er, und wieder lächelte sie ihn nur an.

Kai musste sich zwingen, sie nicht so anzustarren. Sein Herz klopfte nicht einen Deut ruhiger, und es war ihm beinahe ein wenig schwindlig. Das musste von dem Bier herrühren. Jetzt wandte sie sich zum Gehen.

»Darf ich dich begleiten?«, wollte er wissen.

Sie blickte ihn an.

»Warum?«

»Warum? Vielleicht will dir jemand etwas Schlechtes?«

Erneut lächelte sie, und jetzt war er sich endgültig sicher, dass dieses Bier einfach zu stark gewesen war. Beide Knie drohten ihm einzuknicken.

»Aber weißt du nicht, dass ich mir selbst helfen kann? Ich bin doch eine Hexe.«

Als sie das gesagt hatte, musste Kai glauben, der Himmel ging gerade auf. Dann ging sie weiter, einen Korb über die Schulter gehängt.

Er stand da und blickte ihr ein weiteres Mal nach. Dann seufzte er tief; er fand, es roch nach frischen Blumen.

40

Als er in die Schänke zurückkehrte, wimmelte es dort, wie im Hof, von Menschen. Kai konnte weder Winthir noch die fröhlichen Mönche entdecken. Er trat in den großen, niedrigen Schankraum und sah Guldein, der eines der Fässer am Ende des Raumes aufgebaut hatte und daraus unermüdlich hölzerne Krüge oder Zinnkannen mit dunklem Bier füllte. Eine mollige, fröhliche Frau erhielt von einer Reihe Zechern einen Groschen, und dafür bekamen die Durstigen jeder eine der begehrten Kannen. Es herrschte ein ziemlicher Lärm, und die Luft war schwer vom Schweiß und Feuerrauch, dem klebrigen Bier und ungewaschenen Leibern. Kai bahnte sich einen Weg bis zu dem Wirt.

»Wo ist mein Freund?«

»Der Salzsäumer?«, fragte Guldein fröhlich und antwortete im selben Atemzug: »Schnarcht oben auf der Tenne. Verträgt das schwarze Bier nicht.«

»Und die Mönche?«

»Sankt Peter.«

Kai verstand und bahnte sich wieder einen Weg hinaus. Sankt Peter, da wollte er ja ebenfalls hin. Im Hof sog er die kühle, frische Luft ein. Ihm war immer noch schwindlig, und auf einmal hatte er das Gefühl, als drehe sich alles um ihn. Das Bier dieser Mönche zeigte seine Wirkung, und gegessen hatte er auch nicht viel. Nein, so wollte er den Weg zur Kirche nicht machen. Er musste sich erst einmal hinlegen und schlafen. Er trat in den Stall. Die Ochsen wandten bei seinem Eintritt die großen Köpfe, musterten ihn, um dann weiter ihr Futter zu kauen.

Behutsam kletterte er zur Tenne hinauf. Im fahlen Licht

erkannte er Winthir, in seine Decke eingerollt, im Heu schlafend. Sein Gepäck lag dabei. Kai rollte auch seine Decke auf dem Heu aus. Er hätte gerne ein Talglicht angemacht, aber das war streng verboten. Die Angst vor einem Brand war in diesen Zeiten bei den Menschen allgegenwärtig. Wie Geister und Dämonen fürchteten die Menschen das verzehrende Feuer.

Kai rollte sich auf den Rücken und versuchte zu schlafen, aber der Schlaf wollte nicht kommen. Das Bier war schwer gewesen, aber er hatte doch nicht so viel davon getrunken, dass er nun leicht hätte einschlafen können.

Der Hof war bereits leer geworden, denn dort war es kühl. Doch aus der Schänke ertönten lautes Geschrei und Gesänge. Kai wusste, das würde noch eine kleine Weile so gehen. Die meisten Besucher waren keine Knechte von den Baustellen. Die brauchten ihren Schlaf, denn für die meisten von ihnen war die Nacht bald wieder zu Ende, und ihr Tagwerk begann. Diese Gäste hier waren allesamt Reisende. Pilger, Fuhrleute, Handwerker, ein paar Kaufleute.

Seine Augen gewöhnten sich allmählich an die Dunkelheit. Er verschränkte seine Arme im Nacken und starrte in die Dunkelheit über sich, lauschte auf das leise Huschen der Mäuse über die blanken Holzbohlen. Manchmal raschelte es über ihm. Das waren Eulen, die zu ihrer nächtlichen Jagd aufbrachen oder von so einem Streifzug zurückkehrten. Unter sich hörte er das Schnaufen und Atmen der Ochsen.

Kai dachte an Guldein. Der Mann gefiel ihm. Er war großzügig gewesen. Dieser Wirt, stellte er fest, hatte allen Grund, zufrieden zu sein. Seine Schänke war voll; vier große Fässer frisches Dunkelbier, das den Winter in den kühlen Kellern des Klosters verbracht hatte war nun reif, eine Schar durstiger Zecher zufrieden zu stellen. Seinen Stall vermietete er auch noch an die Händler. Man musste schon ein Dummkopf sein, um hier nicht schönes Geld zu erwirtschaften. Während er darüber nachdachte, kam er zu dem Schluss, dass in so einem Markt das Tagwerk eines Wirts eine einträgliche Sache war. Vielleicht sollten sie lieber eine Schänke eröffnen, statt als Salzsäumer zu arbeiten? Er würde morgen mit Winthir darüber reden. Morgen, nachdem er eine Nacht darüber geschlafen hatte. Und er würde die Mönche aufsuchen.

Aber er konnte nicht schlafen.

Er lag weiterhin wach, auch als die Geräusche der Zechenden allmählich leiser wurden, um dann ganz zu verstummen. Er musste an Lisa denken. Während er sich ihr bildhübsches Gesicht vorstellte, wusste er, dass ihn dieses Mädchen gefangen hatte. *Der heilige Benedikt sagt: Ein Mann, der mit seiner eigenen Frau so innigen Umgang hat, dass er, selbst wenn sie nicht seine Ehefrau gewesen wäre, mit ihr zu verkehren gewünscht hätte, begeht eine Sünde.* Seltsam, wie ihm genau diese Worte wieder in den Sinn kamen. Aber es war genau das, was er immer mehr fühlte. Er wollte ganz nah bei ihr sein, um sie zu spüren, den Duft ihrer Haut und ihres Haars zu atmen. War das die Liebe der Menschen? Er wusste es nicht, aber er wusste, dass er nichts anderes wollte. Nur sie wollte er.

Darüber schlief er ein.

41

Er schreckte aus seinem Schlaf hoch.

Wovon war er aufgewacht? Wenigstens von keinem dieser Träume, die ihn immer noch manches Mal plagten. Er lauschte in die Dunkelheit hinein, hörte aber nur Winthirs Schnarchen neben sich. Hatte ihn das geweckt? Vorsichtig tastete er in der Finsternis nach dem Gefährten, fühlte einen Teil der Decke, unter der der Salzhändler lag. Er schüttelte ihn, aber Winthir grunzte nur wohlig, um dann weiter zu schnarchen.

Kai lauschte in die Dunkelheit. Wie lange er geschlafen hatte, wusste er nicht. Aber es konnte nicht sonderlich lange gewesen sein. Er hatte ganz kalte Füße und zog sich die Decke darüber. Doch er konnte nicht wieder einschlafen. Leise klapperte er mit den Zähnen. Er fror. Wurde er am Ende gar krank? Winthir rollte sich im Schlaf auf die Seite, und sein Schnarchen verstummte, um wenig später, wenn auch etwas leiser, erneut einzusetzen. Das hatte Kai nie gestört, aber dieses Mal ertrug er es nicht. Er schob die Decke weg, kroch durch das Heu zu der Stelle, wo sich sein karges Gepäck befand. In der Dunkelheit tastete er nach seinem Kleidersack. Er hatte noch ein Hemd, das würde er sich überziehen, und dazu noch ein paar warme Beinlinge. Dann würde er nicht mehr frieren und wieder einschlafen können.

Da hörte er den Schrei.

Er war nicht sehr laut gewesen, aber ganz deutlich hatte er so etwas wie große Furcht darin gehört. Wer mochte das gewesen sein? Er zog sich hastig das Hemd über und tastete sich über den staubigen Holzboden zu einer winzigen Fensteröffnung, durch dic man den ganzen Hof überblicken konnte. Als sich seine Augen an das Nachtlicht draußen gewöhnt hatten, ließ sich der Hof leidlich erkennen.

Aber da war nichts Auffälliges. Er lauschte mit angehaltenem Atem. Kein Zweifel, von irgendwoher ertönte das leise Wimmern eines Menschen. Es klang ängstlich und verzagt.

Kai schlich in der Dunkelheit bis zu der steilen Leiter, die von der Tenne auf den Stallboden hinunterführte, stieg hinab, bis er das Stroh unter seinen nackten Füßen spürte. Die Ochsen an ihren Futterplätzen zerrten in der Dunkelheit an ihren Stricken. Dazu keuchten und schnauften sie, und Kai musste sie mit leisen Worten beruhigen. Beide Arme von sich gestreckt, tastete er sich bis zur Stalltür, durch deren Ritzen zaghaft silbriges Nachtlicht hereinschien.

Als er die Tür fast erreicht hatte, hörte er einen weiteren Schrei.

Dieses Mal glaubte er, dass es ein Kind war. Warum auch nicht? Im Anwesen des Wirts schliefen viele weitere Menschen. Warum sollte er sich Gedanken über den Schlaf eines Kindes machen? Doch wenn er schon einmal hier war, konnte er eigentlich gleich sein Blase entleeren. Das dunkle Bier trieb, und die kühle Nacht auf der Tenne tat das Ihre dazu. Ihm fiel ein, dass Guldein am hinteren Teil der Mauer ein Loch in den Boden gegraben hatte, wo sich die Zecher erleichtern konnten.

Kai öffnete vorsichtig das Tor und tappte über den Hof. Die glatten Kiesel unter seinen Sohlen waren eiskalt. Nachher, bevor er wieder unter seine Decke schlüpfte, würde er erst seine Beinlinge über seine kalten Füße ziehen.

Er erleichterte sich, und als er über den Hof zurückgehen wollte, hörte er ein leises Wimmern, nicht weit entfernt.

Das Geräusch kam von einer Stelle über ihm. Er legte den Kopf in den Nacken und blickte hinauf. Eine steile, hölzerne Stiege führte an der Außenseite der Hauswand hinauf, bis zu einer kleinen Tür unterm Dach.

Noch einmal lauschte er, und dann siegte die Neugier. Behutsam stieg er, Schritt für Schritt, die steile Leiter hinauf. Dort oben angekommen, spürte er den leisen Lufthauch, den der Nachtwind über die Mauer trug. Und dann, als er lauschte, hörte er es deutlich.

»Schlaf weiter.«

Eine leise, verzweifelte Stimme wimmerte, aber er konnte nichts davon verstehen. Die Stimme murmelte nur noch, wurde leiser und verstummte dann ganz.

»Schlaf jetzt.«

Kai lauschte seinem Herzen und dem Klang der Stimme, die so beruhigend war. Auch wenn sie leise gewesen war, hatte er sie doch erkannt. Sie gehörte Lisa.

Kai wandte sich um und schlich so leise wie möglich die Stiege wieder hinunter. Er kehrte zu seinem Schlafplatz zurück und kroch dort unter seine Decke. Mit wem hatte sie gesprochen? Hatte Guldein nicht gesagt, sie wohne allein in ihrer kleinen Kammer? Hatte sie ein Kind? Verhielt sie sich deshalb so unverbindlich ihm gegenüber? Eine Menge Fragen, die ihn da beschäftigten, und obwohl er sich keine Beinlinge mehr übergestreift hatte, verfiel er bald in einen tiefen, traumlosen Schlaf.

42

Als Kai und Winthir Guldeins Anwesen am frühen Morgen verließen, wehte ein unangenehm kalter Wind, der ihnen durch die Kleider bis auf die Haut fuhr und sie auskühlte, kaum dass sie ein paar Schritte gegangen waren. Das Wetter war in der zweiten Hälfte der Nacht umgeschlagen, und ein immer stärker werdender Wind war aufgekommen.

Sie waren beide zur Kirche gegangen, um dort nach Bruder Ulrich zu fragen. Einer der Frater sagte ihnen nur, dass der Benediktiner und seine beiden Begleiter bereits ganz früh am Morgen aufgebrochen und längst auf dem Weg zurück nach Freisingen waren. Wenn Kai etwas über die Ereignisse um die Brücke erfahren wollte, würde er ihnen folgen müssen. Winthir fand das keinen guten Einfall. Das Wetter wurde von Stunde zu Stunde ungemütlicher, und die Aussicht, sie erst gegen Abend einzuholen, behagte ihm gar nicht. Der Frater tröstete Kai. Er kannte die Mönche gut. Vor allem Ulrich war beinahe alle vier Wochen auf dem Markt und lieferte mit seinen Begleitern eine Ladung schwarzes Bier ab. Außerdem hoffte er, in Munichen bleiben und hier mit dem Bierbrauen beginnen zu können. Aber das entschied natürlich der Abt des Klosters.

»Was weißt du über die Salzbrücke zu Vöhringen?«, wollte Kai von dem Frater wissen.

Der zuckte nur die Schultern.

»Es gibt sie nicht mehr«, entgegnete er und begann die Kerzen vor dem kleinen Altar zu entzünden.

Winthir zog Kai nach draußen, ohne dass der es wirklich wahrnahm. Heute Morgen hatte er noch gehofft, Lisa wiederzusehen. Aber sie blieb verschwunden, und Guldein wollte er nicht fragen. So bemühte er sich, nicht ständig an sie zu denken, aber das fiel ihm schwer.

Bald darauf begann es zu regnen. Es goss ohne Pause vom Himmel, und bald waren die ersten milden Frühlingstage des Jahres nur noch Erinnerung.

43

Ihr Handelskontor sollte eine geeichte Salzwaage, Unterkunft für reisende Salzsäumer und ihr Gesinde, Lagermöglichkeiten für die Waren und Stallungen für Ochsen und Maulesel bieten. Das Haus unweit des Marktes war beinahe fertig, Zimmerleute hatten schon das Dach mit dicken Fichtenbalken neu eingedeckt. Noch fehlte das Tor, durch dessen Durchfahrt man in den Hof gelangen konnte, der einmal zum Handelshaus der ersten Salzhändler in Munichen gehören sollte. Kai und Winthir beaufsichtigten jeden Schritt und jede Tätigkeit der Handwerker mit großem Stolz. Beinahe alles, was sie mit dem Verkauf ihres Rosensalzes verdient hatten, steckte nun in diesem Haus und der dazugehörigen Einrichtung. Wenn die Handelsbeziehungen sich ausbreiteten, würden sie ein gutes Auskommen haben.

Am dritten Tag, nach endlosen heftigen Regenfällen, erschien kein Handwerker mehr auf der Baustelle. Das verwunderte beide sehr, denn die Taglöhner bekamen ihr Geld pünktlich. Dazu gab es für alle ein halbes Fass Wein an jedem Freitag. Kai schickte einen der Jungen aus der Nachbarschaft zur Landstraße hinaus. Er sollte nachsehen, warum die Arbeiter heute Morgen nicht auf der Baustelle erschienen waren. Der Junge kehrte bald wieder zurück. Triefend nass stand er da, und Kai bemerkte, dass der Junge barfuß war. Seine Füße waren dunkel von der Kälte und dem aufgeweichten Schlamm.

»Das Wasser kommt«, sagte der Junge, und seine großen, schreckgeweiteten Augen erzählten den Rest.

Tatsächlich war die Isar durch das Schmelzwasser aus dem Gebirge und die starken Regenfälle so angeschwollen, dass auch die weiten Auwälder links und rechts des Flusses die Wassermassen nicht mehr aufnehmen konnten.

»Wo sind die Arbeiter?«, wollte Kai wissen.

»Ein paar sind noch am Talburgtor. Aber alles flieht herauf zum Markt. Ich soll dir sagen, sie wollen nicht auf die Baustelle gehen, wo doch das Wasser kommt.«

Winthir trat hinzu: »Was ist los?«

»Das Wasser kommt«, sagte der Junge erneut, bevor Kai etwas sagen konnte, »und die Torwache sagt, es geht heut noch bis Sankt Peter.«

»Aber… aber dann ist es bald bei uns«, sagte Winthir ungläubig.

»Lisa«, murmelte Kai plötzlich, »ich muss zu ihr.«

Er hatte all die Tage ständig an sie gedacht, obwohl er sie nicht mehr wiedergesehen hatte. Guldein erklärte ihm einmal, dass sie auch Botendienste leistete oder als Wäscherin am Fluss arbeitete.

»Du musst… sag, hast du Fieber?«, fragte Winthir ungläubig. »Das Wasser wird uns das Haus wegtragen, und dich interessiert nur diese Maid?«

Sie sahen einander unverwandt an, während der Regen nicht einen Augenblick nachließ.

»Was wird aus unserem Geschäft?«, wollte Winthir wissen.

Kai fuhr sich mit dem Ärmel über das Gesicht.

»Was soll werden? Das Wasser wird irgendwann wieder zurückgehen, und danach tun wir das, was wir tun wollten, und …«

»Wenn dann noch was da ist.«

»Winthir, das ist ein gutes festes Haus, und die Wagen stehen im Hof. Das Wasser wird sie nass machen, aber nicht fortspülen.«

Winthir packte ihn an den Schultern. »Kai, das hier ist alles, was wir haben«, beschwor er ihn.

»Für dich vielleicht«, entgegnete Kai, »für mich ist Lisa alles …«

Er stockte und blickte Winthir an. »Bleib nicht hier, ich hab kein gutes Gefühl.«

»Wo soll ich denn hin?«, fragte der Freund gereizt. »Wenn ich hier bleibe und das Wasser steigt, bin ich hier gefangen. Das weißt du, also sag, wo soll ich hin?«

»Komm mit mir«, bat er.

»Ich geh nicht mit, um nach dem Weibsbild zu suchen«, entgegnete Winthir wütend.

Kai wollte keinen Streit. Nicht hier und nicht jetzt. Sie hatten sich noch nie gestritten, nicht einmal so, wie unter Freunden, die sie doch waren. Aber er war sicher, im Augenblick hier nicht viel tun zu können, und er wandte sich zum Gehen.

»Es wird dauern, bis das Wasser so weit kommt. Lauf nach Sankt Peter. Die Kirche liegt hoch genug.«

Winthir drehte sich wütend um und ging ins Haus zurück. Voller Zorn trat er gegen einen großen Sack voll Sägespäne. Der Sack kippte um, und die Späne rieselten auf den Boden. Er stapfte quer durch den Raum und schlug hinter sich die Tür zu. Kai seufzte tief, griff nach einem leeren Sack und legte ihn sich zum Schutz über Kopf und Schultern.

»Lauf zur Kirche«, sagte er zu dem Jungen, »dort bist du sicher.«

Dann eilte er los, an der Kirche vorbei. Immer mehr Menschen kamen ihm entgegen. Sie schleppten kleine Bündel oder in Decken verschnürt ihre wenige Habe mit sich, gefolgt von kleinen Kindern, Schafen, Ziegen, Ochsen und Maultieren.

Kai blieb einmal stehen, um im grauen Licht des Tages zu verschnaufen. Seine Seite tat vom Laufen weh; er wartete, bis der Schmerz wieder verschwand. Doch er hoffte ständig, sie irgendwo zwischen all den Menschen zu sehen.

Am anderen Ende des Marktplatzes lag ein verletztes Pferd. Das Tier war in ein Loch getreten und hatte sich den Vorderlauf gebrochen. Die klagenden Schmerzenslaute waren entsetzlich. Immer mehr Menschen blieben stehen und starrten mit tropfnassen Gesichtern auf das verletzte Tier. Irgendeine Stimme rief nach einem Schlachter. Aber niemand kam, und das Pferd versuchte immer wieder, auf die Beine zu kommen, was ihm nicht gelang. Endlich erbarmte sich der Besitzer des Tieres, zog ein Messer aus seinem Gürtel und strich es ihm mit einem raschen Schnitt durch die Kehle. Der Hals klaffte auseinander, und Blut sprudelte hervor. Schnell bildete sich eine große dunkle Lache. Die ersten Menschen ringsum kauerten sofort neben dem Pferd nieder, um den noch warmen Körper zu zerwirken. Der Besitzer hieb mit seiner Peitsche auf die Leute ein.

»Fort, ihr Lumpenpack, haut ab! Mögen euch die Gedärme faulen, wenn ihr von dem Fleisch fresst!«, schrie er wütend.

In Kais Ohren klang das Gezeter zornig und gemein. Doch es gab genug Menschen, deren Aberglaube stärker als der Hunger war, und sie warfen das Fleisch fort. Er schloss die Augen. Das Greinen der Kinder, das Geschrei des Mannes über sein totes Pferd und der stete Strom fliehender Menschen waren so gleichmäßig wie der strömende Regen. Gott, der Gerechte, Herr des Himmels und der Erde, woher kam nur all dieses Wasser? War das die neue Sintflut, von der die Patres gesprochen hatten? Wer hatte sich so sehr versündigt, dass sie mit diesem Regen gestraft wurden? Kai vermochte es nicht zu sagen. Er fror, und seine Zähne klapperten aufeinander. Lisa. Sie war sicher nicht mehr am Tor, das sie Talburgtor nannten. Wenn das Wasser bereits dort war und die Menschen flohen, dann ... Einerlei, er wollte trotzdem dorthin. So eilte er weiter, und ungeachtet des Regens hoffte er, dass ihn die Bewegung, das Laufen warm genug machen würde.

Als er im dichten Regen die Umrisse des Tores und die hohe Mauer erkannte, sah er auch, dass die Wassermassen bereits als breiter Strom durch das Tor drängten. Beide Torflügel waren noch offen; eine Hand voll Torknechte versuchte verzweifelt, wenigstens einen davon zu schließen. Das Wasser strömte um seine Schenkel, und mit jedem Schritt musste er sich mehr gegen die Strömung stemmen. Ständig trieb irgendwelcher Plunder vorbei, Fässer, abgerissenes Gesträuch, einmal ein Fetzen Stoff, Treibholz. Endlich erreichte er das Tor, und was er sah, war alles andere als beruhigend. Eine lehmig braune Brühe wälzte sich durch den einstmals dichten Auwald bis zur Mauer heran. Von den Hütten der Taglöhner und Schäfer dort draußen war nichts mehr zu sehen, und nichts zeugte mehr davon, dass hier Menschen gehaust hatten, die sich während der Nacht nicht innerhalb der Mauern aufhalten durften.

»Alle Hände hierher!«, rief der Torwächter.

Kai packte mit an und stemmte sich mit weiteren Männern gegen eines der mächtigen Holztore. Zusammen drückten sie dagegen, und es gelang ihnen tatsächlich, den Torflügel trotz des stetig stärker werdenden Wassers zuzudrücken.

»Holz!«, schrie der Mann.

Eichenbohlen wurden herangereicht und am Fuß des Tores ins Wasser gelegt und mit den Füßen auf den Grund gedrückt. Hände und Arme tauchten in das kalte Wasser hinein, um das Tor mit den Bohlen zu verkeilen, in der Hoffnung, es würde der Strömung so lange trotzen, bis sie mit vereinten Kräften auch den zweiten Torflügel zudrücken konnten. Es schien zu halten, und gemeinsam schoben sie den zweiten Torflügel zu.

»Sind da noch Seelen draußen?«, schrie Kai in den brausenden Lärm hinein, den das Wasser, der unablässig herabstürzende Regen und das Geschrei der Stadtknechte machten.

»Weiß nicht«, rief ihm der Torwächter zu, »aber wenn, sind sie längst ersoffen.«

Kai wusste, der Mann hatte Recht. Die lehmige Brühe schwoll mit jedem Augenblick weiter an, und das Wasser war eisig kalt. Niemand würde sich darin lange halten können. Außerdem, kaum jemand konnte schwimmen.

Endlich hatten sie auch den zweiten Torflügel fest verkeilt. Das Tor hätte nicht sehr viel länger offen bleiben dürfen. Obwohl das Wasser weiterhin durch alle Ritzen hereinströmte, wurde der Strom deutlich schwächer. Die Torknechte stopften alles, was sie kriegen konnten, in die Spalten zwischen Mauer und Holz. Das Tor war erst acht Jahre alt und das Holz noch fest und stark. Aber niemand konnte sagen, wie lange es den stetig steigenden Wassermassen würde standhalten können.

Kai keuchte vor lauter Anstrengung, und die Kälte kehrte zurück. Einer der Torknechte blickte sich um. Neben ihm schoss ein Wasserstrahl durch einen Spalt zwischen Mauer und Holz. Der Blick des Mannes blieb an Kais Umhang hängen, und Kai verstand. Er zog ihn sich vom Kopf. Was machte es schon? Er trug längst keinen trockenen Faden mehr auf seinem Leib. Der Mann aber stopfte den Sack hastig in den Spalt und drückte mit einem Holzprügel hinterher. Der Wasserstrom an dieser Stelle versiegte. Trotzdem standen sie alle bis zu den Schenkeln im Wasser. Der Torwächter watete auf ihn zu.

»Dank dir für deine Hand«, keuchte er.

»Schon gut. Wird es weiter steigen?«, wollte Kai wissen.

»Bestimmt«, seufzte der Mann, »aber jetzt haben wir erst einmal ein wenig Ruhe.«

Kai nickte nur als Antwort, und der Regen tropfte ihm von der Nasenspitze. Seine Beine schmerzten. Es war Ende April, und das Wasser war gerade so warm, dass es nicht gefror.

»Du solltest dich wärmen«, meinte der Torwächter, aber Kai schüttelte den Kopf.

»Später, denn ich such jemand.«

»Wenn es deine Leute sind, hoff ich, dass sie in die Stadt gekommen sind, bevor wir hier geschlossen haben. Das ganze Volk ist auf die Seite zum schönen Turm geflüchtet. Aber auch dort sind die Stadtbäche und der Graben überschwemmt. Wir sind vom Wasser eingeschlossen.«

Kai machte sich auf den Weg zurück durch die Stadt. Er folgte der einzigen Straße und kam an der Kirche Sankt Peter vorbei. Hier waren viele Menschen unterwegs. Sie kletterten auf die Bäume, auf Hausdächer oder versuchten, auf die Wehrgänge der Stadtmauer hinaufzugelangen. Doch die

Stadtknechte trieben sie alle zurück. Andere hatten sich da, wo sie gerade standen, erschöpft auf der Erde niedergelassen und zogen Decken oder Felle über sich, in der Hoffnung, sich selbst und ihre karge Habe so vor dem Regen zu schützen. Noch war das Wasser nicht bis hierher vorgedrungen. Kai musste sich immer wieder einen Weg bahnen. Die Glieder klamm von der Kälte, kletterte er über Körbe, Heuballen, Karren und Strohschütten, die ihm den Weg versperrten. Hände griffen nach ihm.

»Kommt das Wasser?«

»Das Stadttor ist geschlossen, und die Mauer hält die Flut draußen«, entgegnete er nur.

»Der Herr im Himmel ist gerecht«, antworteten ihm die Menschen dann, und ein paar Schritte weiter musste er erneut Fragen beantworten und dasselbe wieder sagen. Endlich erreichte er das Stadttor. Es war geschlossen, trotzdem stieg auch hier das Wasser langsam an, denn von draußen drückte der voll gelaufene Stadtgraben herein. Längst waren alle Bäche übergelaufen, aber der Regen ließ nicht nach.

Guldeins Haus war dicht von Menschen umlagert, und es war schwierig für ihn, sich hier einen Weg zu bahnen.

»He du, was willst du?«

Es klang feindselig, und die Blicke der frierenden Menschen waren es nicht weniger. Schon jetzt gab es zu wenig trockene Plätze für die vielen Geflüchteten.

»Verschwinde, der Stauferknecht lässt niemanden mehr ein!«

Sie meinten den Schankwirt mit dieser Schmähung. Kai spürte Ellenbogen, die ihn anstießen, grobe Hände, die nach ihm griffen und ihn festhalten wollten. Unwillig riss er sich los und bahnte sich weiter einen Weg durch die Wartenden. Das Hoftor war verschlossen.

»Pack dich weg, der lässt keinen mehr ein!«

Er ballte beide Hände zu einer hohlen Faust und blies hinein.

»Ich such meine Leute«, entgegnete er und zitterte vor Kälte.

»Dann such sie woanders, du siehst doch, hier ist kein Platz mehr«, geiferte ein Mann erregt. Angst und Verzweiflung ließen ihn so reden.

»Der Wirt lässt keinen ein, außer du zahlst ihm zwei Pfennige auf seine dreckige Hand«, sagte ein anderer Mann neben ihm und spie vor sich auf den Boden.

»He, du Dummkopf«, stieß ihn der andere an. »Ist dir's noch immer nicht genug Wasser?«

»Selber Dummkopf, und schrei mich nicht so an, Gevatter!«

Kai konnte nicht erkennen, wer zuerst angefangen hatte; plötzlich schlugen sich beide Männer gegenseitig mit den Fäusten ins Gesicht. Die Hiebe klatschten auf die nasse Haut ihrer Gesichter, und im Nu bluteten beide aus Mund und Nase.

»Gebt Ruhe!«, riefen Leute ringsum, und Kai hörte ein kleines Kind markerschütternd schreien.

Bald wälzte sich eine ganze Reihe Männer im Schlamm der aufgeweichten Erde. Dieser Tumult gab Kai die Gelegenheit, sich rasch umzudrehen und mit beiden Fäusten gegen das Tor zu hämmern.

»Guldein, lass mich ein! Guldein!«

Eine tiefe Stimme ertönte hinter dem geschlossenen Tor, das in den Hof der Schänke führte.

»Ich hab doch gesagt: Haut ab, verschwindet, ich hab keinen Platz mehr!«

»Guldein, ich bin's, Kai, der Sälzer!«

Daraufhin schob sich die Pforte plötzlich ein wenig auf, und eine Hand winkte ihm. »Komm schon, schnell!«

Kai stürzte auf den schmalen Spalt zu und wollte hineinschlüpfen, aber Hände hielten ihn von hinten an seinem tropfnassen Wams fest.

»Hier geblieben!«, riefen wütende Stimmen.

»Lasst mich los!«, schrie Kai und trat mit beiden Beinen um sich.

»Entweder wir alle oder keiner!«, kreischte es laut.

Durch den Torspalt streckten sich ihm ein Paar Hände entgegen und versuchte ihn hereinzuziehen. Kai spürte, wie ihm irgendjemand einen heftigen Tritt ins Kreuz versetzte. Das tat weh, aber gleichzeitig wurde er so nach vorne geschleudert, und die Hände zogen ihn gänzlich herein. Das Tor wurde mit Gewalt wieder zugedrückt, und das wütende Geschrei draußen ließ ihn erneut frösteln. Jetzt begannen die Menschen Steine und Schlammbrocken gegen das Hoftor und die Außenmauer des Hauses zu werfen. Guldein packte Kai am Ärmel und zog ihn daran bis zur Eingangstür der Schänke.

»Bei unseres Herrn Gebeinen, warum kommst du her?«, fuhr ihn der Wirt ungehalten an.

»Ich suche Lisa. Ist sie hier?«

Kai zitterte heftig, dicke Regentropfen fielen ihm von den Augenlidern und von der Nasenspitze.

»Woher soll ich das wissen?«, knurrte ihn der Wirt an und ließ ihn stehen.

Der Hof war schwarz vor Menschen.

Die meisten hatten sich aus Holzbalken und Kisten, großen Körben und Leinwandbahnen Unterstände gebaut, um sich wenigstens vor der ärgsten Nässe zu schützen. Planen aus grobem Leinen waren gespannt, an den Rändern mit großen Steinen und Stricken gesichert. Der Stoff, schwer vom Regen, hing an vielen Stellen durch und ließ das Wasser in kleinen Sturzbächen durchsickern. So kauerten sie darunter, eng aneinander gedrängt. Die anhaltende Kälte hatte viele Menschen krank werden lassen, überall stank es erbärmlich. Wer schlafen wollte, konnte dies kaum tun, denn ein ständiges Husten und Spucken der Kranken war zu hören.

Kais Augen suchten die Stiege.

Sie war ebenfalls voller Menschen, und er wunderte sich, wie das Holz all die Leute tragen konnte. Trotzdem drängte er hinauf, stieg über fluchende Menschen hinweg, bis er die kleine Kammertür erreichte. Doch bevor er anklopfen konnte, ging die Tür auf, und ein schlanker Arm zog ihn herein. Die Tür schloss sich wieder, und jetzt spürte er sie. Roch sie, atmete sie. Er wollte etwas sagen, aber sie umarmte ihn plötzlich mit beiden Armen und drückte ihn fest an sich. Ewig hätte sie ihn so festhalten können, aber dann ließ sie ihn los und blickte ihn an.

»Du bist nass bis auf die Haut.«

Sie zog ihn mit sich in den kleinen niedrigen Raum. Er sah nur ein schmales Bett mit einem sauberen Strohsack darauf, einen niedrigen Melkschemel und eine kleine, hübsch verzierte hölzerne Truhe. Es roch nicht feucht wie sonst in solchen lichtlosen Räumen, und in einem kleinen Kamin in der Wand brannte tatsächlich ein Feuer. Dorthin führte sie ihn und hieß ihn auf dem Schemel niedersetzen.

»Ich komme gleich wieder«, rief sie und warf ihm ein Schaffell über die Schultern, »zieh derweil deine Schuhe aus!«

Sie verschwand durch eine weitere schmale Tür an der Rückseite des Raumes. Kai streckte seine Hände vor, und als die Wärme langsam seine ausgekühlten Glieder erreichte, begann er, den Schmerz zu spüren.

44

Sie kam tatsächlich bald wieder zurück, über ihrem Kopf und den Schultern eine Decke und unter dem Arm einen dicken Fuder Heu. Sie ließ alles neben ihm auf den Boden fallen, goss Wasser aus einem Holzeimer in einen schweren Kessel, den sie an einem Haken über das Feuer hängte. Dann zog sie unter der Bettstatt eine hölzerne Wanne hervor und stellte sie vor Kais Füße. Sie goss etwas Wasser hinein. Dann nahm sie etwas Heu und begann, seine Füße damit abzureiben. Als das Blut wieder in seine Zehen zurückkehrte, stach es, wie tausend kleine Nadeln. Er stöhnte ein wenig, und sie rieb behutsamer. Zuletzt nahm sie seine beiden Beine und stellte sie in den Wasserbottich. Obwohl das Wasser darin höchstens lauwarm sein konnte, kam es ihm vor, als wollten ihm die Füße zerplatzen. Sie wandte sich um und goss nun langsam heißes Wasser aus dem Kessel nach. Allmählich ließ der Schmerz in beiden Füßen nach, und es machte sich wohlige Wärme breit. Dann nestelte sie an den gebundenen Schnüren, die sein Wams am Hals zusammenhielten.

»Was tust du da?«, fragte er.

»Du wirst Fieber bekommen, wenn du es nicht ausziehst.«

Er schluckte. Nicht dass er sich vor ihr schämte, aber ihre zielstrebige Art verwirrte ihn. Er wollte etwas sagen, aber sie legte ihm nur sanft einen Finger auf den Mund, als Zeichen, dass er schweigen sollte. Da wehrte er sich nicht mehr und ließ zu, dass sie ihm das tropfnasse Wams und das Hemd darunter über den Kopf zog und auf den Boden warf. Dann nahm sie erneut beide Hände voll Heu und begann, ihm die Schultern, den Rücken, die Brust und zuletzt die Arme abzureiben. Er spürte nach wenigen Augenblicken, wie ihm die Wärme sanft in die Glieder zurückströmte und wie das heftige Zittern endlich aufhörte. Allmählich wurde es ihm angenehm warm. Sie nahm die Decke und legte sie ihm um die Schultern. Dann verlangte sie, er solle auch sein Beinkleid ausziehen.

»Jetzt gleich, hier?«

»Du kannst auch in die Schänke hinuntergehen«, sagte sie vergnügt.

Er nickte. Erneut war die Direktheit, mit der sie dies von ihm verlangte, etwas, das ihn durcheinander brachte. Er stellte fest, dass sie ihn auch sonst verwirrte. Sie ist tatsächlich eine Hexe, musste er denken, anders ist dies nicht zu erklären. Er fühlte sich wie betäubt in ihrer Gegenwart, und es machte ihm nichts aus, alles zu tun, was sie verlangte. Er beugte sich ein wenig nach vorne, gewahr, gleich den Geruch von irgendetwas Saurem, Üblen zu riechen. Aber das Einzige, was er roch, waren der würzige Duft nach Heu und der frische Leinenstoff, den sie als Schürze und bodenlanges Kleid trug. Nein, Hexen rochen anders. Er streifte sein Beinkleid herunter. Dann zog er die Decke um sich, denn darunter war er nackt. Sie goss erneut heißes Wasser aus dem Kessel in den Eimer, nahm einen faustgroßen Stein in die Hand und ließ sich neben ihm nieder.

»Und was machst du jetzt?«

»Waschen«, sagte sie einfach, »ich will dich waschen.«

»Das kann ich doch selbst.«

»Lass es mich heute tun«, sagte sie und lächelte.

Er wehrte sich nicht, und sie zog ihm die Decke von der Schulter, tauchte ihre Hände in das Wasser und begann ihm den Rücken sanft zu schrubben. Dann folgten seine Arme, sein Hals, seine Brust, sein Bauch und seine Beine. Er ließ sie gewähren und hielt die Augen geschlossen. Ihre Hände sind die einer Hexe, musste er denken, man spürt sie kaum, aber da, wo sie waren, hinterlassen sie Wärme und Wohlgefühl. Er wartete nur noch darauf, dass ein Feuer in ihm auflodern würde, bis seine Haut zu sieden begann, um seine Seele zu verbrennen. So jedenfalls erzählten es die Priester in der Kirche. Er öffnete die Augen und blickte sie an. Im warmen Licht des Feuers glänzte ihr braunes Haar. Da beugte er sich zu ihr und küsste sie sanft auf ihren Mund. Sie ließ ihn gewähren und antwortete mit einem langen, innigen Kuss.

45

Sie lagen fest aneinander geschmiegt, beide nackt, und lauschten dem steten Regen, der auf das Dach prasselte. Irgendwo in der Kammer gluckste es von Zeit zu Zeit. Regenwasser bahnte sich durch eine kleine undichte Stelle einen Weg und lief die raue Wand hinunter, wo es auf dem Boden eine Pfütze bildete.

»Lisa?«

»Mmh?«

»Die Leute sagen, du wärst eine Hexe.«

Sie schwieg, und er spürte, wie sein Herz nach dieser Frage klopfte.

»Und? Glaubst du dies?«, fragte sie dann schläfrig.

»Ja und nein.«

Da seufzte sie wohlig und gähnte. »Ja und nein?«

»Ja, denn ich spüre, wie ich dir gehören will.«

Sie lachte leise und schmiegte sich noch näher an ihn.

»Nein, ich glaube es nicht«, sagte er dann.

»Was macht dich so sicher?«

Er lachte und drückte sie noch ein wenig fester an sich. Er spürte ihre Nähe, ihre samtig warme Haut, roch den Duft ihres Haars und fühlte die Herrlichkeit des Lebens bei jedem Gedanken an sie.

»Sag, was macht dich so sicher, dass ich keine Hexe bin?«, fragte sie erneut.

»Weiß nicht, ich kann's dir nicht sagen. Ich weiß nur, du bist keine.«

Er schwieg und lauschte auf ihr ruhiges, gleichmäßiges Atmen. Draußen fiel der Regen ohne Pause wie ein Sturzbach vom Himmel.

»Seit ich ein Kind war, habe ich diese Gabe«, begann sie plötzlich zu flüstern, »dann kann ich Dinge sehen.«

Er hielt den Atem an, um ihr zu lauschen. Er wollte nichts dazu sagen, aus Sorge, sie würde nicht weitersprechen.

»Ja, ich sehe manchmal Dinge, die andere Menschen nicht sehen können. Aber ich habe nie darüber nachgedacht. Ich weiß nur, dass es so ist.«

»Was für Dinge?«, fragte er behutsam.

»Ich sehe nicht immer etwas.«

»Was für Dinge?«, wiederholte er.

»Wenn Menschen unglücklich sind, kann ich es sehen, und ich sehe dann auch, was aus ihnen wird.«

»Was aus ihnen wird?«, wiederholte er verwundert.

»Ja, ob sie Gott wieder an seiner Gnade teilhaben lässt oder ob er sich von ihnen abwendet.«

»Das ist alles?«, fragte er beinahe beruhigt.

»Ja.«

»Und was siehst du, wenn Gott sich abwendet?«

»Dann sehe ich, dass jemand sterben wird.«

Jetzt rüttelte der Wind an der kleinen Tür im hinteren Eck der Kammer, und es fröstelte Kai. Sie merkte es.

»Ist dir kalt?«

»Warm ist es mir nicht«, beeilte er sich zu sagen, »aber kein Wunder bei dem Regen.«

Sie sagte nichts, sondern zog die Decke über ihn und kroch dann darunter, ganz nahe an ihn geschmiegt, und gleich wurde ihm wieder warm.

46

Der Regen wollte nicht aufhören.

Keinen noch so kurzen Augenblick verstummte das stete Geräusch der fallenden Tropfen. Nicht mehr lange, und die sechste Nacht in der überschwemmten Stadt würde beginnen. Kai bahnte sich einen Weg durch den überfüllten Innenhof in die Schänke, wo er Guldein traf. Der Wirt war griesgrämig und schlecht gelaunt.

»Was ist los mit dir?«, wollte Kai wissen.

Guldein deutete stumm vor sich. So wie der Hof, war auch die Schänke voller Menschen, die irgendwo lagerten, ganz gleich, ob der Boden nass oder trocken war. Andere kauerten auf den rohen Tischen und ergaben sich aphatisch ihrem Schicksal. In dem gewölbeartigen Raum stank es erbärmlich nach Mensch.

Kai wusste, auch die Tenne nebenan über den Hof war überfüllt, obwohl niemand wusste, ob der Holzbau über dem

Stall die vielen Menschen überhaupt zu tragen vermochte. Doch in ihrer Verzweiflung, sonst keinen trockenen und einigermaßen warmen Platz zu haben, wollte keiner der Flüchtlinge eine mögliche Gefahr sehen. Dies, obwohl in der Bärenschänke an der Stadtmauer weiter oben ein ganzes Geschoss eingestürzt war. Es hatte Verletzte und sogar Tote gegeben. Doch jeder weitere Tag inmitten der ständigen Regenfälle ließ die Menschen allmählich in Gleichgültigkeit verfallen.

Plötzlich öffnete sich die Tür, und drei Mönche traten ein. Bei ihrem Anblick schwiegen die vielen Menschen, es wurde beinahe völlig still. Vorbei die hüstelnden Geräusche, das Greinen der Kinder und das heisere Bellen der Kranken.

»Bei allen Heiligen, der hat uns noch gefehlt«, raunte Guldein zu Kai gewandt.

Zwei junge, stämmige Mönche schritten voran bis zu einem Platz nahe dem Feuer. Hastig rückten die dort Lagernden zur Seite, und die beiden stellten einen Schemel auf. Der dritte Mönch trat näher und setzte sich. Er war viel älter als die beiden Ersteren, und seine Kutte war beinahe Lumpen. Obwohl Kai wenigstens drei große Schritte von ihm entfernt saß, roch er den schweren Geruch, den der Mann verströmte. Um seine Augen war ein schmales Tuch gebunden.

»Halleluja! Was ich nicht sehe, sieht der Herr«, begann er, und Kai wunderte sich über die näselnde Stimme des Mannes, die etwas Bestimmendes hatte. »Preiset den Herrn!«

»Halleluja!«, riefen einige Stimmen im Raum und bekreuzigten sich.

In des Mönches Art zu sprechen lag genug Selbstgefälligkeit, dass Kai den Mann sogleich als unangenehm empfand. Doch der Blinde fuhr fort: »Seht ihr das Zeichen des Gerichts?

Spürt ihr den Regen, hört ihr den Sturmwind? Seht die Fluten und riecht die Sünde! Denn nach ihr stinkt es allerorten, und der Gestank wird mehr und mehr, denn diese Flut trägt die Sünden mit sich wie die Kadaver all derjenigen, die das Wasser verschlungen hat.«

Jetzt waren leise Stimmen zu hören, irgendjemand in der Menge der Wartenden weinte.

»Jawohl, Gottes Zorn ist über euch alle gekommen, und er sagt:

Die Erde wird triefen von Schweiß,
denn vom Himmel wird ein König kommen für alle künftigen Zeiten,
um selbst alles Fleisch, alle Welt zu richten.
Während die Erde ertrinkt in der großen Flut,
wird der Mensch die Götzenbilder verwerfen und dazu den ganzen Reichtum.
Die Sonne wird ihres Lichtes beraubt,
und der Sterne Reigen vergeht.
Der Himmel wird sich umwälzen und der Glanz des Mondes verlöschen.
Die Schuldigen aber wird die Flut hinwegspülen.«

Er hatte dies mit so eindringlicher Stimme gesagt, dass sich niemand entziehen konnte. Die Worte verfehlten ihre Wirkung nicht. Menschen schluchzten, und man spürte die Unruhe verzweifelter Zuhörer.

»Was sollen wir tun?«, rief eine Stimme aus der Schar der Wartenden, und sogleich setzten andere Frager hinzu: »Ja, sag uns Gesegneter, was sollen wir tun?«

Der Mönch begann beide Hände auszustrecken und erhob sich von seinem Platz. Wie er da stand, die Feuerstelle in seinem Rücken, deren größer werdende Flammen ihn beleuchteten und lodernde Spitzen um seine zerlumpte

Kutte zeigten, wirkte er unheimlich. Die langen Schatten, die seine leicht gebeugte Gestalt auf die verrußten Wände warf, fesselte er mit seiner Erscheinung selbst kritische Geister.

»Was sollen wir tun?«

Die flehende Stimme des Fragenden erstarb. Nun schwieg die Menge; die einzigen Geräusche waren das ständige Prasseln des Regens auf das Dach, das Knacken der Holzscheite des Feuers und irgendwo ein stetes Tropfen auf den feuchtklammen Lehmboden. Jemand hustete verhalten, ein Kind greinte leise.

Der Mönch stand da, völlig unbeweglich, und nur seine Lippen bewegten sich. Kai war neugierig. Er kannte die Worte, die er soeben gehört hatte. Zweifelsohne benutzte der Mönch Verse, die Kai einmal in Badenweiler bei Bruder Aethelstan gehört hatte.

»Bete für uns!«, rief erneut eine Stimme aus der schweigenden Menge, und viele Köpfe nickten daraufhin und wiederholten die Bitte leise im Chor: »Bete für uns, Gesegneter.«

»Hat er keinen richtigen Namen?«, raunte Kai Guldein zu.

Doch bevor dieser ihm antworten konnte, meldete sich die Stimme des Bettelmönchs. »Ich hatte einen Namen, junger Freund. Warum auch nicht?«

Sein Kopf drehte sich in Kais Richtung.

»Hab meinen Namen niemals gebraucht. Man heißt mich den Blinden, und das sagt alles über mein Schicksal.«

Er schwieg, und als er an der Stille erkannte, dass die Menschen darauf warteten, dass er weitersprach, begann er zu erzählen: »Höret! Ich komme von einer Pilgerfahrt aus dem Frankenland. Dort war es, als Menschen auf einem Feld Wesen entdeckten, die aus einem Schiff kamen, das die Lüfte durchfahren konnte.«

Erstauntes und entsetztes Raunen setzte ein. Kai erkannte bei den Zuhörern Neugier und Furcht angesichts dieser ungeheuren Vorstellung.

»Jawohl«, begann der Blinde erneut, »ein Schiff weit über den Wolken. Diese Wesen waren wie Menschen anzusehen, und sie waren auch wie Menschen gewandet. Vier an der Zahl, von männlichem Geschlecht, und dazu ein Weib. Sie fielen aus dem Himmel direkt auf die Erde herunter. Aber sie waren nicht tot, o nein, nicht ein Knochen ward verletzt, kein Tropfen Blut wurde vergossen, und keine Stelle ihres Leibes tat ihnen weh. Stattdessen gingen sie über die Felder und hoben auf, was dort wuchs.«

Die Zuhörer murmelten entsetzt über die Ungeheuerlichkeit, von der dieser Mönch berichtete. Der Blinde schwieg und hielt den Kopf gesenkt.

»Was geschah mit ihnen?«, wollte eine atemlose Stimme wissen.

»Christenmenschen aus der Gegend ergriffen sie, weil diese wussten, dass jene gottlos waren. Sie banden sie mit Stricken, weil sie zu richten waren. Dort an der Stelle, wo sie bei ihrem frevelhaften Tun ertappt wurden. Die Menschen steinigten sie, und ich und alle, die dabei waren, sind Zeuge gewesen, wie sie ihr Leben aushauchten. Seid versichert, bei keinem von ihnen sah ich, dass er eine Seele gehabt hätte. Was beweist, dass sie Dämonen waren, nur in Gestalt der Menschen gekommen, um uns zu verderben. Wahrlich, sie waren ohne das Wort, Heiden nur! Sie und ihr Himmelsschiff haben diese Flut bewirkt, die über diese Stadt herniedergeht.«

Erneut begann ein Raunen und Tuscheln unter den Leuten, manche stießen leise Verwünschungen gegen diese einstigen Frevler aus.

»Das hast du selbst gesehen?«, fragte Kai mit spöttischem Ton in seiner Stimme.

Erneut war es augenblicklich still. Zahlreiche Köpfe wandten sich um, und empörte Gesichter blickten nach ihm. Die Frage war ihm so herausgerutscht, denn er fand die Behauptung des Mönchs zwar aufregend, aber nicht sehr überzeugend.

»Was sagst du da?«, fragte der Blinde langsam.

»Wie konntest du sehen, dass sie ohne Seele waren? Du bist doch blind.«

Der Mann reckte sein Gesicht in die Richtung, aus der er die Stimme gehört hatte. »Immer sind es die Ungläubigen, die am Wort zweifeln.«

Einige Menschen in Kais und Guldeins Nähe rückten ein wenig ab, doch ihn störte das nicht. Der Blinde schwieg, nur die Haut um seine Mundwinkel zuckte.

»Ich stellte nur ein Frage und wollte nicht an deiner Rede zweifeln, nein«, mühte sich Kai, und da grinste der Mann breit, sodass man eine Reihe kleiner, schwarzer Zähne sehen konnte.

»Das Wasser wird alle verschlingen, denn das Ende ist nah!«

Er schrie diese Worte so plötzlich, dass die vor ihm Versammelten augenblicklich zu rufen und laut zu jammern begannen. Die Menschen wollten sich kaum mehr beruhigen. Die beiden Mönche hatten zu tun, die Menschen davon abzuhalten, den Blinden zu berühren oder sich zu seinen Füßen niederzuwerfen.

»Nur wenn ihr Buße tut, kann der Untergang aufgehalten werden!«, schrie er laut und breitete beide Arme aus.

»Halleluja!«, riefen nun erste Stimmen. *»Halleluja!«*

Kai beobachtete die Szenerie, sah die Furcht in den Augen der Menschen, die mit angstverzerrten Gesichtern beteten, sah die weinenden Kinder, Menschen, die sich auf den Boden warfen, um dort so zu verharren. Der Mönch wandte ihm das Gesicht zu. Er ist blind!, musste sich Kai beschwörend sagen, denn so, wie der Mönch sich in seine Richtung wandte, den Kopf ein wenig schief gelegt lauschte, sah es aus, als sehe er ihm genau mitten ins Gesicht. Und obwohl da keine Augen waren, musste Kai seinen Blick von dem blinden Mann abwenden. Er schüttelte den Kopf, als ob er seine Gedanken neu ordnen müsste. Gegen seinen Willen spürte er die Wirkung dieses Mannes. Während sich die Menge ringsum nur mühsam beruhigte, ließen sich die drei Bettelmönche am Feuer nieder.

Schon bald begannen die ersten Menschen ihnen von dem wenigen, was sie selbst besaßen, abzugeben. Ein Laib Brot, Käse, ein paar Eier, ein ganzes Huhn. Die beiden Mönche, die bisher stumm neben dem Blinden verharrt hatten, nahmen die Gaben und hielten sie ihrem blinden Gefährten hin. Abwechselnd flüsterten sie ihm ins Ohr, was es war und wer es gegeben hatte. Dann nickte der Blinde und strich, wie zum Einverständnis, mit den Fingerspitzen über die Gaben. Schließlich hob er die rechte Hand und segnete den, der gegeben hatte. Der Spender kehrte auf seinen Platz zurück, sichtlich zufrieden, weil er für sich einen Teil der großen Schuld bezahlt hatte, für die Gott sie alle gerade strafte.

Kai beobachtete dies und bemerkte auch, wie sich Augen verstohlen nach ihm umblickten, in der Hoffnung, auch er würde dem Mönch eine Gabe abtreten. Doch er tat nichts dergleichen. Er wusste, dieser Blinde ohne Namen war ein Bettelmönch, wie sie so zahlreich durch das Land zogen, das

Wort Gottes verbreitend, von mildtätigen Gaben lebend. Dieser Mann hier schien die Kraft des Wortes in einem besonderen Maße zu besitzen, denn Kai konnte nicht umhin, ihn insgeheim für seinen Auftritt zu bewundern. Dieser Mönch verstand es, mit seiner Rede Furcht zu verbreiten, sich aber die Aussicht auf Rettung durch Gottes Güte gut bezahlen zu lassen. Dieser Handel war nicht ungewöhnlich, denn die meisten Menschen, die in Gottes Diensten standen, taten in diesen Zeiten nichts anderes. Es gab wenige Kirchen, und das Wort Gottes verbreiteten die Wanderprediger und Mönche. Aber von diesem Mann ging etwas Unheimliches und sehr Bestimmendes aus. Dazu seine beiden Begleiter, die mehr wie Wächter denn wie Brüder im Geiste wirkten.

Kai folgte Guldein hinaus in den Regen und half ihm, Holz zu schlagen, damit das große Feuer im Schankraum wie auch der Herd in der Küche nicht ausgingen. Später, als die meisten der Menschen sich für die Nacht niedergelassen hatten, um zu schlafen, drängte es ihn, mit dem seltsamen Mann zu sprechen. Aber so, als ob er Kai bei seinem Nachdenken dauernd beobachtet hätte, hob der blinde Mönch auf einmal den Kopf und hielt mit dem Kauen inne. »Frage, was du fragen willst, und ich werde dir antworten.«

Kai lachte überrascht und ein wenig spöttisch.

»Wieso glaubst du, dass ich etwas fragen möchte?«

»Weil ich es spüren kann«, antwortete der Blinde und erntete augenblicklich bewunderndes Raunen derjenigen ringsum, die nicht schlafen konnten und noch zuhörten.

»Nun, ich habe wirklich ein Frage an dich«, sagte Kai.

Der Blinde legte seinen Kopf schief.

»Sprich«, sagte er.

»Sag, sind Demut und Verzicht mit der Keuschheit verwandt?«, begann Kai und beugte sich ein wenig vor.

»Deine Frage ist ungehörig.«

»Ungehörig?«

»Du weißt wohl nicht, dass, wer keusch ist, Demut in sich hat, so viel, dass es ihm leicht fällt, auf die Annehmlichkeiten des Fleisches zu verzichten.«

»Du gibst also zu, dass das Fleisch Annehmlichkeiten bietet?«

Der Blinde schwieg. Er stellte sein Essen zur Seite. Kai sah, dass der Mann spindeldürre Finger hatte. Spindeldürr und schmutzig.

»Erzähl mir von der Liebe«, verlangte Kai.

Der Mönche gluckste spöttisch, bevor er antwortete. »Das ist einfach. Die Liebe ist diejenige zu Gott, und nur bei ihm wirst du sie finden.«

»Und was sagt Gott über die Liebe zu einer Frau?«

Wieder schwieg der Blinde, und als Kai sich verstohlen umblickte, erkannte er, dass ein Großteil der Zuhörer ihrem Disput aufmerksam folgte.

»Willst du, dass ich meine Frage wiederhole?«, wollte Kai leise wissen, aber kaum hatte er das gesagt, beugte sich der Blinde ein wenig vor und starrte wütend in seine Richtung.

»Schweig du, wo doch zu schweigen ist. Die Liebe zu Gott steht immer über der Liebe zu den Menschen. Er will so, dass wir das, was er geschaffen hat, halten, verteidigen und schützen. Nur der Himmel allein lenkt unser Geschick. Die Sonne, den Regen, den Wind. Den Tag lässt er auf die Nacht folgen. Er sorgt für all das, weil wir es brauchen, um unser Tagwerk verrichten zu können. In Demut und Gehorsam. Er allein. Dafür will Gott unsere ganze Aufmerksamkeit und alle Hingabe zu ihm. Aber wir Menschen sind oft zaghaft im Glauben und zweifeln. So wie du. Auch du zweifelst.«

»Ei, sieh an, warum wohl?«

Der Blinde schwieg.

»Warum wohl?«, begann Kai erneut, und als er keine Antwort erhielt, sprach er weiter. »Ich will es dir sagen: Weil ich die Liebe kennen gelernt habe. Und sie ist der Geist, das Fleisch, der Wind, der Tag und die Nacht. Alles zusammen und noch mehr ist sie. Sie ist ein Weib. Und jetzt sag mir, ist Gott dieses Weib?«

»Du Ketzer frevelst seinem Geist! Es war Eva, ein Weib, die uns in Sünde stürzte, und so war es das Weib, das die Sünde den Menschen brachte. Vergiss niemals, ihr Geschlecht ist dazu da, uns zu prüfen.«

»Aber ohne Weib keine Menschen und ohne Menschen…«

»Still!«, befahl der Blinde und lehnte sich zurück. »Sei still!«

Kai erkannte, dass es ihm tatsächlich gelungen war, diesen Mann aus der Reserve zu locken. Jemand zupfte ihn am Ärmel. Es war Guldein. Er griff nach ihm und zog ihn sanft hinaus in die Küche. »Salzsäumer, du schweigst besser.«

Er antwortete nicht, denn er bemerkte, dass Guldein es nicht dulden wollte, unter seinem Dach den blinden Mönch zu verärgern.

Kai spürte, wie sein Kopf schmerzte. Erst das Gerede dieses seltsamen Mönchs, dazu die zahlreichen Menschen in der Schänke, der stete Regen und dann diese tiefe Sehnsucht nach Lisas Nähe. Hier stank es bei jedem Atemzug ganz erbärmlich. All das konnte einen ganz verrückt machen. Er ließ Guldein ohne ein weiteres Wort in seiner Küche stehen und suchte den Weg nach draußen.

Obwohl der Regen nicht nachlassen wollte, war ihm die

kühle Luft allemal angenehmer als die Gerüche in der Schänke. Er wollte jetzt nur zu Lisa und stieg zu ihrer Kammer hinauf. Aber sie war nicht da. Das schmale Bett unter dem Dach war unberührt. Das verwunderte ihn, aber er wollte hier nicht auf sie warten.

So kletterte er zum Wehrgang hinauf. Die Wachen wollten ihn nicht hinauflassen. Erst als ihn einer der Männer als Helfer vom Talburgtor erkannte, ließen sie ihn nach oben. Er lief um die halbe Stadt herum, dahin, wo ihr Handelshaus liegen musste. Eine Fackel an der Wand des Wehrgangs beleuchtete das leise gurgelnde Wasser unter ihm. Er konnte die Mauern des neu gebauten Hauses gerade noch erkennen. Aber dort regte sich nichts, und so blieb ihm nur, stumm auf das lehmige Wasser hinunterzuschauen, das bis zu den Querbalken der Türstöcke reichte.

Ein Wachtposten wollte Winthir noch gesehen haben, wie er zusammen mit weiteren Menschen Zuflucht in der Kirche von Sankt Peter gesucht hatte. Dort gab es angeblich noch trockene Plätze, denn bis dahin war das Hochwasser noch nicht gänzlich vorgedrungen. Kai blickte noch einmal hinüber, dorthin wo die Kirche lag, und sah trotz der Dunkelheit die Umrisse des Gotteshauses wie eine Insel inmitten des Wassers liegen. Der Anblick hatte für ihn beinahe etwas Tröstliches.

Er hörte ein leises Winseln. Eine Holzplanke trieb dicht unterhalb der Mauer vorbei. Darauf saß ein junger Hund, der ängstlich in das Wasser starrte. Immer wieder eine seiner Pfoten ausstreckend, stellte das Tier fest, dass es sich seinem Schicksal ergeben musste, darauf hoffend, dass die Gewalten es irgendwo hintreiben würden, wo es trocken oder wenigstens sicher war.

Kai sah die Planke davontreiben und in der Dunkelheit

verschwinden. Da spürte er auf einmal Angst, spürte, wie sie ihm den Rücken hinaufkroch, unsichtbar und kalt. Da war etwas. Etwas, das schlimmer war als seine vagen Erinnerungen und bedrohlicher als die Wasserflut, in der der kleine Markt Munichen gerade versank. Er rannte zurück.

47

Sie hieß Martha und war die Frau des Friedrich Pellifex, eines Pelzhändlers. Der wohlhabende Mann, der aus einem Ort namens Luttenwang stammte, hatte auf dem Markt gute Geschäfte gemacht. Eigentlich wollte er mit seiner hochschwangeren Frau längst zurück nach Hause reisen, doch die schweren Regenfälle machten dies unmöglich.

Marthas Schwester lebte in Munichen. So bot es sich an, sie und ihre Familie vor der Geburt des Kindes noch einmal zu sehen. Aber nun stand die Niederkunft schneller bevor, als ihr eine Hebamme zu Hause prophezeit hatte. Vielleicht waren all die Aufregung, die Angst vor dem Hochwasser und die vielen Menschen ringsum daran schuld.

Martha ging es schlecht.

Für den Pelzhändler war es schwer genug gewesen, in der völlig überfüllten Schänke noch einen Platz für sie zu finden. Doch er drückte Guldein gleich zwei Silberpfennige in die Hand, damit der für seine Frau nur einen trockenen Platz fand. Der Wirt wollte das Geld erst nicht nehmen, weil der Pelzhändler in all den Jahren immer großzügig gewesen war und ihm einmal sogar Geld geliehen hatte. Aber es trifft ja keinen Armen, hatte er zuletzt gedacht und die Münzen genommen. Dafür überließ er ihm und seiner Frau die Küche und sorgte dafür, dass das Herdfeuer nicht ausging. So hatte es Martha wenigstens warm.

Doch seit mehr als einer Stunde plagten sie jetzt bereits die Wehen, und es sah aus, als sollte es bis zur Niederkunft nicht mehr lange dauern. Pellifex war irgendwo unterwegs und suchte jemanden, der sie aus der überfluteten Stadt bringen konnte.

Die vielen Menschen in der Schänke warteten auf das Ende des Regens und den Rückgang der kalten Fluten. Nach wie vor begehrten zahlreiche Leute vor dem Hoftor Einlass, und nur über die rückwärtige Stadtmauer konnte man das Anwesen noch verlassen.

Kai war genau auf diesem Weg zurückgekehrt und fand Lisa in der Küche. Natürlich wollte er sie fragen, wo sie gewesen war, andererseits befürchtete er, sie mit seiner Neugier vielleicht zu verärgern. Lieber wollte er warten, bis sie ihm selbst von sich erzählte. Jetzt war er nur glücklich, sie zu sehen, nahm sie zur Seite und küsste sie zärtlich auf die Stirn.

»Kannst du ihr helfen?«, fragte er leise mit einem Blick auf Martha, und sie schüttelte sogleich den Kopf.

»Ihr Kind liegt quer im Leib«, raunte sie ihm zu, »das kann nur eine Hebamme schaffen.«

»Ist keine Frau in der Schänke in dieser Kunst bewandert?«

»Sie könnten schon helfen, aber…«

Sie hielt inne und blickte ihn an. »Du musst die alte Weibel finden. Sie hat schon viele Kinder zur Welt gebracht, und jeder vertraut ihr.«

Die Aussicht, sie erneut allein zu lassen, gefiel ihm gar nicht. Aber er wollte ihr auch nicht von seiner Ahnung erzählen.

»Wo finde ich sie?«

»Hinter dem Salzmarkt. Sie lebt da in einem kleinen Haus. Du musst fragen.«

»Dort ist alles überschwemmt...«

Die Frau des Pellifex stöhnte und hielt sich vor Schmerzen ihren Leib. Lisa trat schnell zu ihr und legte ihr ein feuchtes Tuch auf die Stirn.

»Ich glaubte erst, der Regen hört auf, aber ich hab mich getäuscht«, meinte Kai. »Sag, wo ist ihr Mann?«

»Weiß nicht.«

Lisa wartete, bis sich der Leib der Frau neben dem Ofen gleichmäßig hob und wieder senkte. Der Schmerz schien etwas nachzulassen, wenn sie auch wusste, dass er dafür beim nächsten Mal umso heftiger wiederkehren würde.

Lisa ließ sich neben ihr nieder und wartete, bis sie gleichmäßig atmete. Martha atmete nun ruhiger und lag beinahe entspannt.

»Sie schläft«, flüsterte sie, und Kai glitt neben sie.

Er spürte auf einmal, wie müde er war. Lisas Nähe, die Wärme ihres Körpers und der ihr so eigene frische Geruch ließen ihn eindösen. Sein Kopf sank in ihren Schoß, und nach wenigen Atemzügen war auch er eingeschlafen.

Lisa strich ihm sanft über das Haar und lauschte dem steten Regen, dem leisen Knistern des Kaminfeuers und den vielen Geräuschen nebenan in der überfüllten Schänke. Sie bemühte sich, nicht ihre Augen zu schließen. Nicht weil sie fürchtete, ebenfalls einzuschlafen, sondern weil sie wusste, dass sie dann etwas sehen würde. Und das wollte sie nicht. Nicht jetzt, denn sie spürte tief in ihrem Innersten, dass es keine schönen Bilder sein würden.

Sie fürchtete sich sehr und hoffte, niemand würde es ihr anmerken.

48

Kai erwachte. Sein Arm war eingeschlafen, und in den Zehen hatte er ein taubes Gefühl. Er musste eine ganze Weile geschlafen haben, denn es war still ringsum, außer dem Schnarchen vieler Schläfer nebenan in der Schänke. Die meisten Menschen waren erschöpft, einmal hörte man ein kleines Kind leise greinen.

Das Feuer war beinahe ganz heruntergebrannt, und ein schwacher Duft nach Holzbrand lag in der Luft. Die Wöchnerin schlief. Lisas Kopf lag auf seiner Schulter, und ihre Wangen waren rot und ganz warm. Er setzte sich vorsichtig ein wenig auf, bis er die raue Wand in seinem Rücken verspürte. Dann legte er seinen Arm um Lisa und sah ihr zu, wie sie schlief.

Da begann sie plötzlich zu zittern, so als ob sie fror, und sie schmiegte sich noch näher an ihn. Doch ihr Zittern wurde immer stärker.

»Mir ist auf einmal so kalt«, murmelte sie, ohne die Augen zu öffnen, und umklammerte ihn dabei fester.

»Du hast wohl nur geträumt«, flüsterte er ihr ins Ohr.

Sie schüttelte nur den Kopf, und ihre Augen waren nun geöffnet.

»Nein«, sagte sie zitternd, »halt mich fest, Liebster, halt mich nur fest.«

Kai spürte, wie sein Herz schneller schlug. Hatte der ständige Regen und die klamme Feuchtigkeit auch sie krank werden lassen?

»Ich habe Angst«, flüsterte sie, »so große Angst. Sie umschlingt mich.«

Kai musste an den seltsam düsteren Moment einer bösen

Vorahnung denken, den er auf dem Wehrgang erlebt hatte, als er Winthir gesucht hatte. Er drückte sie an sich und hielt sie fest. Was war mit ihr? Sanft streichelte er ihren Rücken. Er hob den Kopf und blickte zur Türöffnung hinüber. Er hatte das Gefühl, als wäre da jemand. Und wirklich, in der Tür zur Schänke stand eine Gestalt. Als Kai genauer hinsah, wandte sie sich um und verschwand im angrenzenden Raum. Doch er war sich sicher: Das war der Blinde gewesen! Kein Zweifel. Kai wusste nicht, wie lange er sie schon belauscht hatte. Lisa richtete sich auf und blickte ihn an.

»Was hast du?«

»Der Mönch. Er war hier und hat die ganze Zeit gelauscht.«

Sie wandte sich in seinen Armen um und blickte durch die nun leere Türöffnung.

»Niemand weiß, wo er herkommt, aber er hat große Macht über die Menschen. Er ist mir so unheimlich«, flüsterte Lisa.

Sie machte sich von ihm los und sah nach der werdenden Mutter. Jetzt wirkte sie wieder ruhig und gefasst. Sie lächelte sogar.

»Fort mit diesen düsteren Gedanken. Mir geht es gut, hab keine Sorge. Bitte geh und such die weise Frau.«

Kai zögerte, aber er wusste, sie brauchten Hilfe. Er nickte und erhob sich. Dann drehte er sich noch einmal zu ihr um.

»Lisa …?«

Sie sah ihn an, und wenn sie das tat, klopfte ihm das Herz. So wie jetzt.

»Ich liebe dich.«

Da trat sie auf ihn zu, nahm sein Gesicht in beide Hände und küsste ihn.

»Sorg dich nicht. Geh jetzt.«

49

Dieses Mal hatte er sich keine Fackel mehr mitgenommen, denn über Sankt Peter dämmerte bereits der Tag. Nicht mehr lange, dann würde es hell werden. Es regnete noch immer, wenn auch nicht mehr so heftig wie die Tage zuvor. Trotzdem glänzte das Stück Ziegenhaut, das er sich als Schutz vor der Nässe über den Kopf und die Schultern gelegt hatte, vom Regenwasser.

Vom Haus der weisen Frau war nicht mehr viel zu sehen. Nur das Dach ragte aus den lehmigen Fluten. Darauf hatte das Wasser bereits allerlei Gerümpel abgeladen. Aber es war niemand zu sehen, und Kai bezweifelte, dass die Frau noch hier war. Er rief einige Male ihren Namen, aber er glaubte nicht, dass es viel nützte und sie ihn hören konnte.

»Was schreist du so, Gevatter?«, fragte eine Stimme neben ihm.

Kai erkannte einen der Torwächter, und auch der schien sich an sein Gesicht zu erinnern.

»Ei sieh an, die helfende Hand. Was machst du hier?«

Kai erzählte dem Mann, dass er auf der Suche nach der alten, weisen Frau war.

»So alt ist sie gar nicht«, griente der Wächter und zeigte eine Zahnlücke beim Lachen.

Dann beugte er sich zu ihm und meinte: »Sie hat magische Hände.«

Dabei zwinkerte er, was wohl die Einleitung auf Hinweise zu weiteren, eher delikaten Vorzügen der nicht so alten Frau sein sollte, aber Kai hatte keine Lust, sich derlei Geschichten anzuhören.

»Das Weib von Meister Pellifex braucht Hilfe. Sie wird ein Kind kriegen.«

Der andere richtete sich auf. Er nickte verstehend, lehnte seinen Speer gegen die Brustwehr und beugte sich zu dem Hausdach unter ihm nieder.

»Weibel!«, schrie er. »Zeig dich! Weiß, dass du da drin bist und deine Tränklein kochst. Hier ist jemand, der deine Künste braucht. Weibel!«

Kai blickte hinunter, und tatsächlich schoben sich nach einer Weile einige Dachschindeln zur Seite. Ein nackter, kräftiger Arm erschien. Dann ein zweiter, und zuletzt folgten Kopf und Schulter einer Frau. Sie trug nur ein Hemd ohne Ärmel, am Hals zugebunden. Sie wirkte, als wäre sie gerade aufgestanden. Sie schien auch nicht zu frieren. Ihr gutmütiges Gesicht strahlte über beide rosige Wangen. Diese Frau wirkte so zufrieden und gesund, was zu dem trüben, verregneten Morgen nicht recht passen wollte. Kai fühlte sich bei ihrem Anblick gleich gut aufgehoben. Sie winkte lachend.

»Weibel, der hier braucht deine Hilfe!«, rief der Wächter zu ihr hinunter und deutete auf Kai.

Der nickte mit dem Kopf wie zum Gruß.

»Deus hic, liebe Frau. Ich bin Kai aus dem Hause Zierl. Die Frau des Pellifex kommt nieder, und man sagte mir, du kannst in solchen Stunden helfen.«

»Wie soll ich das machen?«, winkte die Gestalt. »Schau dich um. Ich muss warten, bis das Wasser zurückgeht.«

Kai schüttelte den Kopf. »Aber es ist dringend …«

»Aber sag doch selbst, junger Mann, wie soll ich's denn anstellen?«

Sie hatte Recht.

Das Hochwasser strömte um das Dach, und es war wie ein Wunder, dass die Fluten das winzige Steinhaus nicht bereits davongetragen hatten. Kai richtete sich auf und blickte sich um. Es gab keine Möglichkeit, die Frau dort unten auf die sichere Mauer heraufzuholen. Der Wächter konnte auch nicht helfen. Er fluchte leise und spuckte in hohem Bogen ins Wasser hinunter, zuckte mit beiden Schultern, griff nach seinem Spieß und nahm seinen Rundgang im Regen wieder auf.

Dabei nieselte es auf einmal eher, und die dichte Wolkendecke am Himmel, immer noch grau verhangen, war in Bewegung geraten. Kai beugte sich über die Brustwehr.

»Weibel, sag mir wenigstens, was wir tun müssen. Meine Braut ist bei der Wöchnerin und möchte ihr helfen.«

Sie nickte, und er war sich soeben bewusst geworden, was er da gesagt hatte. Meine Braut. War sie das? Er hatte sie doch noch gar nicht gefragt. Doch er wusste, dass er es tun würde, sobald sich eine Gelegenheit dafür ergeben sollte.

Weibel zwängte ihren nicht eben schlanken Leib noch mehr aus dem Loch im Dach heraus, bis man glauben konnte, sie besäße gar keinen Unterleib. Dann begann sie Kai zu schildern, was bei einer Geburt zu tun sei. Er lauschte ihr aufmerksam und nickte zum Schluss.

»Gott segne dich!«, rief sie ihm zu. »Er wird dir und Lisa helfen. Du musst nur glauben.«

»Ich werd daran denken«, murmelte er und winkte ihr zum Abschied.

50

Der Regen schien tatsächlich aufzuhören.

Die wenigen Schauer, die noch folgten, waren harmlos im Vergleich zu den Regengüssen, die fast eine Woche lang über Stadt und Land niedergegangen waren. Auch der Wind war abgeflaut, und erstmals war es nicht mehr so kalt wie die Tage zuvor.

Als Kai in die Schänke zurückkehrte, führte ihn sein erster Weg erneut zu Lisa. Sie begrüßten einander mit einer innigen Umarmung, und es dauerte, bis sie sich wieder losließen. Dann blickte sie an ihm vorbei, in der Hoffnung, die Hebamme irgendwo hinter ihm zu entdecken. Er schüttelte den Kopf.

Er erzählte ihr, was sie ihm alles aufgetragen hatte. Sein Bericht war wenig ermutigend, dennoch reagierte sie ohne Zögern.

»Ich vertraue ihr, und ich vertraue Gott, dem allmächtigen Herrn.«

Sie wollte sich von ihm losmachen, aber er hielt sie fest und betrachtete sie.

»Ich liebe dich«, sagte er einfach.

Sie lächelte, schob dann eine Haarsträhne unter ihre Haube, genauso wie sie es bei ihrem ersten Zusammentreffen unten am Fluss getan hatte, aber sie sagte nichts.

»Ja, ich liebe dich«, sagte er noch einmal, wie zur Bekräftigung.

Er musste daran denken, wie er Lisa bei seinem Treffen mit der weisen Frau genannt hatte. Seine Braut! So holte er ein wenig mehr Luft als gewöhnlich und fragte sie mit fester Stimme: »Willst du meine Frau werden?«

Jetzt war es heraus. Er hatte sich nicht die Mühe gemacht, darüber nachzudenken, ob er das wirklich wollte, denn es war ihm, als hätte er sie immer schon gekannt und immer schon gewusst, dass er sie einmal fragen würde. Sie blickte ihn eine Weile unverwandt an, lächelte, und dann küsste sie ihn zart auf die Wange.

»Ich habe mir gewünscht, dass du mich das fragst.«

»Und?«

»Ja, Kajetan. Auf ewig.«

Sie küsste ihn noch einmal, und dann wandte sie sich um. Er spürte sein Herz klopfen und eine Zufriedenheit wie nie zuvor in seinem Leben. Lisa legte sich saubere Leinentücher über den Arm. Kai sah ihr dabei zu, er konnte den Blick nicht von ihr wenden. In diesem Augenblick war er fest davon überzeugt, dass das Leben und alles um sie herum gerade stehen blieb, nur damit er Zeit hatte, diesen Moment auszukosten.

Der Pelzhändler trat herein.

Er wirkte nicht mehr stolz und adrett wie sonst, sondern müde, und in seinem immer glatt rasierten Gesicht wuchs ein stoppeliger Bart.

»Ist eine Hebamme da?«

»Nein, aber Gottes Hilfe«, begann Kai und bemühte sich um Zuversicht in seiner Stimme.

Pellifex schloss die Augen und bekreuzigte sich dann.

»O Herr, das ist kein gutes Omen«, murmelte er, aber Lisa unterbrach ihn.

»Sei still, wie kannst du das sagen? Geh und trink einen Schluck, das lenkt dich ab. Da kannst du gleich über einen hübschen Namen für das Kind nachdenken.«

Als Pellifex seine Frau auf dem Strohsack neben dem Herd betrachtete, nickte die nur schwach. Sie schwitzte sehr, und der Schmerz in ihrem Leib machte es ihr kaum möglich zu sprechen. Kai sah zu Lisa und verstand.

»Komm mit, Meister«, entgegnete er und nahm den Pelzhändler am Arm, »lass uns nach einem guten Tropfen schauen, mit dem wir die Geburt deines Kindes feiern können.«

Der Mann lächelte nicht einmal, ließ sich nach einem letzten Blick auf seine Frau aber in die Wirtsstube hinausführen. Dort war es noch immer voll. Immer wieder wagten sich Neugierige vor die Tür, um zu sehen, wie weit das Wasser bereits zurückgegangen war. Trotzdem wollte noch niemand Guldeins Herberge verlassen. Der Blinde weissagte, dass es schon bald weiterregnen würde, und diese düstere Vorhersage förderte die Furcht.

»Das Wasser reicht noch bis zum Schönen Turm!«, rief ein Mann aus, als er wieder hereinkam.

Gemurmel und kaum verhaltenes Schimpfen huben an. Kai ergriff den Pelzhändler am Ärmel.

»Komm, lass uns auf die Stadtmauer steigen.«

Wieder nickte Pellifex müde. Sie bahnten sich einen Weg hinaus. Das Wasser draußen auf der Gasse ging tatsächlich zurück, und Menschen wateten durch die schmutzigbraune Brühe. Beinahe jeder trug irgendwelche Habseligkeiten auf seinen Schultern oder zog Schafe, eine Ziege oder gar ein Schwein hinter sich her. Ein Mann trug eine alte Frau huckepack auf seinem Rücken, und ihm folgten eine jüngere Frau und wohl ihre Kinder, sechs an der Zahl. Wie so viele, warteten sie darauf, dass sich der Wasserspiegel weiter senkte. Aber das Tor im Schönen Turm blieb geschlossen. Eine große Menschenmenge hatte sich davor versammelt, und es wurden immer mehr.

»Macht auf!«, riefen immer wieder laute Stimmen.

Im Inneren der Stadtmauer standen vor dem Tor eine Reihe Wächter. Sie warteten auf einem Podest aus groben Balken, so dass sie nicht im knietiefen Wasser stehen mussten. Mit einem Helm auf dem Kopf, jeder mit einem Spieß bewaffnet, starrten sie grimmig auf die graue Menschenmenge, und Unmut auf beiden Seiten war deutlich spürbar.

»Tor auf, ihr Dummköpfe!«

»Macht schon auf, ihr Welfenknechte!«

»Sag das noch Mal, du Hundefresser!«, schrie der Anführer der Torwächter aufgebracht. »Seid ihr alle blind? Wo wollt ihr hin? Das Wasser steht noch viel zu hoch, und es gibt keinen Weg und keinen Steg.«

»Denk dir nur, das weiß ich auch«, rief ein Mann und bahnte sich einen Weg nach vorne, »aber ich bin lieber da draußen als hier, wo es nichts mehr zu beißen gibt.«

Ein weiterer Mann drängte sich durch die Mauer der Menschen nach vorne.

»Genau, ich hab fünf Kinder und eine Frau. Hungern schon den dritten Tag, und niemand will uns noch was geben.«

»Das stimmt«, raunte Pellifex zu Kai gewandt, »das Wasser hat alles verdorben. Die Mönche haben noch was zu beißen übrig, aber die Brühe steht weit um Sankt Peter. Am Talburgtor wollten Spitzbuben eine Sau stehlen, aber der Thirsch hat sie ertappt und ihnen mit einem Stock die Diebsfinger verziert. Die stehlen nichts mehr …«

Das Talburgtor, musste Kai denken, Winthir war dort irgendwo oder noch in der Kirche. Wie es in ihrem Haus unweit des Marktes wohl aussah?

»Das Tor bleibt zu!«, rief der Anführer der Torwächter.

»Und wie lange noch?«, wollte der erste Frager wissen.

»Der Rat wird es uns sagen«, kam es als Antwort.

»Das ist Schafscheiß, was du da redest«, ereiferte sich ein anderer Mann in der wartenden Menge, »ich weiß es vom Veit aus der Stadtgasse.«

»Was weißt du?«, unterbrach ihn ein Mann.

»Drüben über dem Wald warten die Leute aus Sentilinga. Sie wollen in die Stadt und ihr Korn verkaufen.«

»Das glaubst du doch wohl selbst nicht«, ereiferte sich nun ein anderer Mann in der Menge, »nur der Fürst hat die Scheuer voll, und bis in das Hoflager des Löwen ist das Wasser nicht gekommen.«

Kai musste beinahe lachen. Hoflager? Was meinten die Leute damit? Hier gab es keine Lager des Herzogs. Vielleicht meinte der Mann Heinrichs pompöses Jagdlager irgendwo im Gebirge. Sonst residierte er in der fernen Babenburg. Und bis dahin war das Wasser sicher nicht gekommen.

Nein, Heinrich hatte sich tatsächlich seit längerer Zeit nicht mehr im Bayerischen sehen lassen, und ob er je in Munichen gewesen war, konnte niemand mit Bestimmtheit sagen. Einer seiner Lehnsritter übernahm die Verwaltung, und Kai wusste auch, dass den Löwen die ferne Stadt Bremen und die Handelshäuser der Kaufleute dort mehr interessierten. Dort wurde Geld verdient, nicht hier in Munichen, dem kleinen Markt, der im Augenblick nur ein schmutzig brauner See mit einer Kirche darin war. Aber das erzählte er weder Pellifex noch sonst jemandem der Wartenden hier.

Kai und der Pelzhändler kümmerten sich nicht um die aufgebrachte Menge vor dem Tor, sondern kehrten wieder in die Schänke zurück.

Marthas Wehen kamen in immer kürzeren Abständen. Lisa suchte noch immer nach Frauen, die ihr helfen konnten.

»Ich brauch noch wenigstens zwei helfende Hände«, bat sie Kai.

Er verstand und trat in die Schankstube. Sogleich fand er, dass der Geruch nach Holzrauch, feuchter Wolle und den Ausdünstungen der zahlreichen Menschen jedes Mal schlimmer wurde. Er trat zwischen die Wartenden.

»Hört mich an!«, begann er. »Die Frau des Pellifex wird ihr Kind noch heut bekommen, aber die gute Weibel vom Kirchhof kann nicht kommen. Sie ist in ihrem Haus vom Wasser eingeschlossen. Wer hilft, im Namen Christi, und geht Lisa als Hebamme zur Hand?«

Nach diesen Worten blickte er sich um und sah in die vielen Gesichter. Da saßen sie, verhärmte Frauen, nicht mehr jung und eine Schar Kinder um sich, keines wirklich satt und keines richtig gesund. Alle hatten sie Kinder geboren und wussten um die Mühsal und den Schmerz, den eine Geburt mit sich brachte. Doch nach Kais Frage blickten sie nur immer wieder verstohlen zu der einzigen, offenen Feuerstelle unweit der Wand.

Dort saß der Blinde.

So als ob er nur darauf gewartet hatte, begann er zu sprechen.

»Wahrlich, ich sage euch: Wer ihr zur Hand geht, wird sich versündigen.«

»Was für ein Geschwätz!«, rief Kai, bevor der Mann weiterreden konnte, und nun war es beinahe totenstill in dem großen Raum.

Alle starrten ihn an, weil er es gewagt hatte, an den Worten des Blinden zu zweifeln, der doch mit Gottes Gnade gesegnet war.

»Ich sage es euch: Sie ist eine Hexe«, antwortete der Blinde mit der unheilvollen Stimme und erhob sich.

Seine beiden Begleiter stützten ihn, und als er den Kopf ein wenig schüttelte, ließen sie von ihm ab und kauerten sich neben ihm auf dem Boden nieder.

»Dieses Mägdlein sucht zu gefallen, schöne Augen zu machen, um ein Mannsbild leicht mit ihrem Blick zu betören.«

»Hör auf!«, fuhr ihn Kai an. »Du hast sie nie gesehen und sprichst von meiner Braut.«

Ein Raunen ging durch die Wartenden. Der Blinde sah auf, und als die zwei Mönche an seiner Seite Anstalten machten, auf Kai zuzutreten, hob er die Hand. Da blieben seine beiden Begleiter stehen, und er begann laut zu sprechen.

»Höret! Der Teufel hat sie geschickt, um uns zu prüfen, denn heute Nacht hab ich sie in meinem Geiste gesehen. Sie fliegt durch die Lüfte.«

Er machte nach diesen Worten eine Pause, und seine Hand, mit der er diese ungeheure Behauptung unterstrichen hatte, verharrte reglos in der Luft. Die Zuhörer raunten leise.

»Ich hab sie nie fliegen gesehen«, meinte Kai höhnisch.

»Nein?«, fragte der Mönch. »Was tut sie dann mitten in der Nacht bei der Kirche, wo doch ringsum das Wasser ist? Wie sonst kann es ihr gelingen, so schnell zu kommen und zu gehen? Sag, wie kommt sie dorthin?«

Kai schluckte. Dass sie in der Kirche gewesen war, wusste er nicht, und er konnte auch nicht sagen, was sie dort getan hatte. Er ertrug das Gerede dieses Blinden nicht mehr. Am liebsten wäre er zu ihm hingetreten und hätte ihn …

»Sie wird die Wehrgänge entlanggelaufen sein«, begann Kai mühsam beherrscht, »dort ist es leicht zu gehen. Ich weiß es, denn ich selbst bin den Weg auch gegangen.«

In diesem Augenblick hörte man laute Schmerzensschreie aus der Küche. Einige Frauen in der Schänke rührte das Mitleid, und obwohl sie von ihren Männern leise zurückgehalten wurden, fehlte sicher nur ein bittendes Wort, um doch zu helfen.

»Helft uns!«, flehte dieses Mal Pellifex, der neben Kai getreten war.

Sein Blick eilte hastig von einer der Frauen hin zur nächsten. Die ersten sah man, wie sie sich anschickten, mitzugehen in die kleine rußgeschwärzte Küche.

»Wer der Metze zur Hand geht, dient Belzebub. Wer dem Herrn der Finsternis dient, verliert die Gnade Gottes auf ewig«, sagte der Blinde drohend.

Kai wandte sich wütend um. Keine der Frauen machte mehr Anstalten, ihnen zu helfen. Er wollte etwas sagen, aber der rasch hinzugetretene Guldein zog ihn weg.

»Lass gut sein«, raunte ihm der Wirt zu, »die Leute folgen ihm, denn er ist von Gott gesegnet.«

Kai glaubte vor lauter Wut gleich platzen zu müssen. Er schüttelte den Kopf, ließ den Wirt stehen und stürzte in die Küche zurück. Viel konnte er nicht tun, außer Wasser auf dem offenen Feuer zu erhitzen und dafür zu sorgen, dass dieses nicht ausging. Niemand folgte ihnen. Mit knappen Worten erzählte er Lisa alles.

»Dann versuche ich es alleine«, entgegnete sie, »hab schon einmal zugesehen. Aber sie muss es warm haben.«

»Ich hol noch Holz«, entgegnete Kai. Sie nickte nur.

Er trat durch eine schmale Tür an der Rückwand der rußgeschwärzten Küche und gelangte so in den Hof. Unter einem Vordach lag Guldeins Holzvorrat. Der Regen hatte tatsächlich aufgehört, und die Luft roch feucht, aber frisch. Die Sonne ließ sich nach wie vor nicht sehen, aber darüber hatte Kai keine Zeit nachzudenken. Vor dem Holzverschlag warteten einige Männer. Sie hielten Knüppel in den Händen, einer hielt die Axt, mit der Guldein sonst sein Holz spaltete. Kai trat die wenigen Schritte auf sie zu. Das meiste Holz am Boden war durch den andauernden Regen feucht und durchtränkt. Erst weiter oben waren trockene Scheite zu erkennen.

»Was willst du hier?«, zischte einer der Männer.

Er kannte ihn vom Sehen aus der Schänke.

»Was wohl?«, fragte er ungehalten. »Die Frau dort drinnen muss es warm haben.«

»So, warm, ja? Und wir? Was wird aus uns?«, fragte der Mann.

Kai wollte etwas darauf erwidern, aber der Mann sprach bereits weiter, und in seiner Stimme war die kaum unterdrückte Wut zu hören.

»Ich hab selbst vier Kinder, eins ist mir gestorben, weil es so kalt war. Der Blinde hat gesagt, die junge Maid ist eine Metze und mit dem Teufel im Bunde. Wir werden kein Holz geben, damit sie ihr heidnisches Werk tun kann.«

Kai spürte, wie der Zorn in ihm wuchs.

»Sie hilft nur der Frau des Pellifex! Der geht es schlecht, und wenn ihr keiner hilft, wird es böse enden.«

»Wenn die Metze ihr hilft, auch«, entgegnete der Mann und wog drohend seinen Holzknüppel in der Hand.

»Hör zu, ich will keinen Streit«, beschwor Kai die Männer vor ihm, aber der Sprecher wollte ihn nicht weiterreden lassen.

»Hast du nicht gehört? Kein Holz. Weder für dich noch für die kleine Füchsin!«

»Sie ist meine Braut, du Hornochse!«, schrie Kai wütend.

»Was ist hier los?«, ertönte eine Stimme. Sie gehörte Guldein, der zu ihnen trat.

Er blickte erst zu Kai, dann zu den Männern vor seinem Holzverschlag.

»Weg da von meinem Holz«, sagte er ruhig. »Ihr habt wohl vergessen, dies ist mein Haus. Ich allein bestimme, was hier geschieht.«

»Nicht, wenn die Metze es warm haben will«, antwortete der Mann mit der Axt in der Hand hitzig.

Kai hätte sich am liebsten auf ihn gestürzt, doch die übrigen Männer blickten grimmig. Guldein ließ sich nicht beirren, doch als er einen Schritt auf die Männer zu machte, holte einer von ihnen aus und warf einen Holzscheit nach ihm. Der traf den Wirt am Kopf, und mit einem Schmerzenslaut taumelte Guldein zurück, bis er mit dem Rücken an die winzige Tür zur Küche stieß.

»Schlangenbrut!«, schrie er wütend und hielt sich seine Schläfe.

Kai sah, dass er blutete. Nun fingen auch die anderen Männer an, mit Holzstücken nach ihnen zu werfen. Kai wurde am Leib und an beiden Armen getroffen. Er bückte sich, schützte dabei den Kopf mit beiden Armen. Dann griff er sich schnell die dicksten Scheite und zog den blutenden Wirt an seiner Seite ins Innere der Küche zurück. Als sie die Tür hinter sich geschlossen hatten, warf Kai das gesammelte Holz zu Boden und legte schnell den Riegel vor.

»Herr im Himmel!«

Lisa sah den blutenden Wirt, der sich auf Kai stützte. Wütende Hiebe und zornige Verwünschungen waren vor der schmalen Tür zu hören.

»Die zünden mir noch das Haus an«, stöhnte Guldein und griff nach einem Stück Tuch, das bereits für Martha bereitlag.

Er hielt es sich an die Schläfe, und ein dunkler Faden Blut lief an der Seite entlang bis zum Hals hinunter.

»Ihr müsst von hier weg«, begann der Wirt und bemühte sich, keinem ins Gesicht zu schauen.

»Das kann nicht dein Ernst sein, Guldein. Sei doch barmherzig«, begann Kai bestürzt.

»Barmherzig? Schaut hinaus! In die Schänke, den Hof, den Stall! Gott ist mein Zeuge, ich war lang genug barmherzig. Ihr müsst gehen. Alle beide, und die nehmt gleich mit«, sagte Guldein, und sein blutverschmiertes Gesicht deutete in Marthas Richtung, die auf dem Boden neben dem Ofen lag und sich den Leib hielt.

»Meister Guldein …«, begann Kai beschwörend.

»Ich hab dieses Haus mit meinen eigenen Händen erbaut und …«

Er stockte und drückte sich das Stück Leinen erneut an seine blutende Schläfe. Fragend stand Kai vor ihm, und Lisa sah von ihrem Platz neben dem Herd auf. Dann sprach er, und er klang müde und erschöpft.

»Der Blinde wird das Haus mit einem Fluch belegen, und niemand wird hier mehr einkehren. Wenn ich euch helfe, verlier ich alles, was ich habe.«

Er schüttelte den Kopf, und Kai spürte in diesem Augenblick, wie sehr der Glaube an Gott, aber mehr noch der Aberglaube das Leben der Menschen immer wieder in die gleiche Bahn aus Furcht lenkte. Es war die Angst vor den finsteren Mächten, dem Teufel und seiner Macht über die Menschen, die sie zwang, Dinge zu tun, die sie in ihrem Innersten gar nicht tun wollten.

»Geht jetzt, geht fort aus meinem Haus. Alle!«

»Bist du von Sinnen? Wohin sollen wir denn gehen, mit ihr erst recht?«, wollte Kai wissen und deutete auf die Frau neben dem Ofen, deren Wehen immer kürzer aufeinander folgten. »Sie kann nicht gehen, das siehst du doch.«

»Ich weiß doch«, stöhnte Guldein und sah erst Kai und dann Lisa dabei an. »Aber ich kann nichts anderes tun. Verzeiht mir.«

»Der Herr soll dir verzeihen, denn ich glaub nicht, dass ich es kann«, entgegnete Kai wütend.

Er ließ Guldein stehen und wandte sich zum Gehen. Vor ihm in der Tür stand der Blinde. Er lächelte.

»Der Gerechte wird grünen wie ein Palmbaum und wie eine Zeder breit wachsen. Denn immer gibt es für ihn einen Platz an Gottes Seite.«

»Scher dich fort!«, schrie Kai und bückte sich nach einem Holzscheit, doch Lisa fiel ihm in den Arm. »Nicht, versündige dich nicht.«

»O Maria, hilf«, wimmerte Martha.

Jetzt bäumte sie sich auf und hielt sich dabei den Leib. Lisa stützte sie, ohne sich um den blinden Mönch in der Türe zu kümmern.

»Das Kind, es kommt. Kai, bleib bei mir.«

Er ließ sein Holzscheit zu Boden fallen und kniete neben Lisa nieder. Als er noch einmal aufsah, war der Blinde verschwunden.

Martha mühte sich nach Kräften, aber sie litt sehr. Das Kind hatte sich anscheinend doch noch gedreht. Jetzt wollte es nicht länger warten und schickte sich an, das Licht dieser Welt zu erblicken. Schon war der winzige Kopf zu sehen, und Lisa griff behutsam zu, während Kai ein sauberes, vorher angewärmtes Tuch bereithielt. Pellifex, von den Schmerzensrufen seiner Frau angelockt, stand in der Tür.

»Nun komm schon her!«, befahl ihm Kai, und der Pelzhändler fiel neben seiner Frau auf die Knie.

Und während Pellifex ihre Hand hielt, gelang es Lisa, das Kind zu holen. Es war sehr klein, und sein Gesicht beinahe blau. Aber Lisa brachte es mit einem behutsamen Schlag auf den Rücken zum Schreien und hüllte es dann in das warme Tuch.

»Ein Mädchen«, sagte sie und lächelte erst Kai, dann die Eltern an.

»Gott sei gelobt«, murmelte Martha erschöpft und schloss die Augen.

»Keine Sorge«, sagte Lisa zu Pellifex gewandt, »sie ist nur müde. Sie war sehr tapfer.«

Pellifex nickte nur stumm und nahm seine kleine Tochter in die Arme.

»Wie winzig sie ist«, stellte er fest, aber Lisa unterbrach ihn.

»Sie wird schon werden, keine Sorge. Der Herr beschützt sie.«

Und als Pellifex noch immer zweifelnd aufsah, fügte Lisa hinzu: »Sie ist ein Kind der Sonne. Nach dem Regen kommt die Sonne, und hatten wir nicht Regen genug?«

Sie behielt Recht.

Draußen drangen die ersten Sonnenstrahlen seit vielen Tagen durch die Wolken. Das Kind war schwach. Man musste von der Gestalt der Menschen nicht viel verstehen, um zu sehen, dass es für das kleine Mädchen schwer werden würde, unter diesen Umständen am Leben zu bleiben.

Martha war noch schwach, aber sonst schien sie guten Mutes zu sein. Doch musste sie unbedingt ruhen, erschöpft wie sie war. Lisa kümmerte sich um den kleinen Wurm, und immer, wenn Kai sie dabei beobachtete, wurde ihm warm ums Herz.

Der Blinde ließ sich nicht mehr in der Küche sehen, und auch Guldein war nicht mehr hereingekommen. Kai hielt an der Tür zum Schankraum wie ein Wachtposten aus. Er wusste, dass ihnen die Leute nicht wohlgesonnen waren. Manchmal hörte er den Blinden draußen reden, und seine Stimme entfachte in ihm nur noch Zorn. Er hasste diesen Mann und seine Hetzreden. Und er hasste die enge, kleine Küche und den faulig süßlichen Gestank, der sich überall ausbreitete, je mehr das Wasser zurückging. Mehr denn je sehnte er sich nach Licht und Luft. Der Regen hatte aufgehört, die Wolken waren verschwunden, und ein strahlend blauer Himmel wölbte sich über der noch immer überfluteten Stadt.

Das Wasser ging jetzt rascher zurück und gab zahlreiche ertrunkene Menschen und Tiere frei. Stinkend lagen die Leichen in der immer stärker werdenden Sonne, und bald wimmelte es von kleinen schwarzen Fliegen. Kai, der noch einige Male zum Luftschnappen vor die Türe getreten war, erinnerte sich bei dem Anblick an die unglückliche Handelskarawane, die er zusammen mit Winthir und den übrigen Gefährten im Wald an der Meeresküste entdeckt hatte.

Lisa war ganz vernarrt in das Kind.

Sie umsorgte es und drängte Martha, die Kleine zu stillen, was sie trotz ihrer Schwäche tat. Als Kai einmal in den Schankraum schlich, zupften ihn Frauen am Ärmel und wollten wissen, wie es dem Kind ginge. Doch als ihn mehr als eine fragte, ob das Kind schief gewachsen war, wusste er, dass der Aberglaube stark genug war. Er war beinahe stolz darauf, ihre Befürchtungen zu verneinen. O nein, die Kleine hatte keinen Wolfsrachen, kein schiefes Maul und auch keine kurzen Arme. Ihre Ohren und ihre Nase waren winzig, aber ausgewachsen, und sie schien hören und sehen zu können. Es gab keinerlei Hinweise auf eine Missbildung, und damit konnte kein Fluch auf dem Kind lasten. Der Teufel hatte keine Macht über sie. Natürlich war sie sehr klein und noch recht schwach, aber ein paar Tage guter Pflege und die Milch ihrer Mutter, und sie würde sich zu einem gesunden, kräftigen Kind entwickeln. Den fragenden Frauen schien dies genug zu sein, und mehr als einmal hörte er ein befreites Amen oder sah eine der Frauen sogar ein Kreuz schlagen. Im Grunde, musste er denken, sind sie alle Mütter. Nur der Aberglaube sowie die Angst vor dem blinden Mönch und ihren eigenen Männern hielten sie davon ab, das Kind zu sehen und in die Arme zu nehmen. Aber Kai war sich sicher, dass auch dies nur noch eine Frage der Zeit war.

Trotzdem blieb er wachsam. Irgendetwas sagte ihm, dass sich der Mönch nicht geschlagen geben würde.

Inzwischen ging das Wasser immer weiter zurück.

Martha ging es den Umständen entsprechend gut, und die Kleine entwickelte sich prächtig. Pellifex sorgte sich um zwei Dinge: Seine Tochter hatte noch keinen Namen, und sie war noch nicht getauft. Kai versprach, bei den Brüdern von Sankt Peter eine Taufe vorzubereiten.

Er drängte Pellifex, mit seiner Frau und dem Kind so schnell wie möglich in sein neu erbautes Haus unweit der Kirche umzuziehen. Es war zwar noch nicht endgültig fertig, aber dort war es ruhiger und allemal sauberer als in der noch immer übervollen Schänke des Guldein. Aber Pellifex wollte das Angebot nicht annehmen, solange es seiner Frau nicht besser ging.

Winthir war nicht mehr aufgetaucht, und Kai machte sich Sorgen um ihn. Als er nach ihm fragte, wusste niemand etwas zu sagen. So richteten er und Lisa sich derweil alleine in dem Haus ein. Alle Wände bis zu den Türstöcken waren durchnässt. Es würde dauern, bis sie abgetrocknet waren.

So lange wohnten sie auf der Tenne, die über dem großen Stall lag. Dort war es trocken, nur ließ sich der Raum nicht heizen. Eines der ersten Gesetze im Markt zu Munichen besagte, dass keine Feuer in Ställen und Scheunen entzündet werden durften. Die Angst vor einer Feuersbrunst war groß.

Seit zwei Tagen räumte er den angeschwemmten Schutt aus den Räumen, Pellifex half ihm dabei. Auch die ersten Taglöhner meldeten sich, er war sicher, wenn die Sonne weiter schien und der erste warme Wind kam, würden die Mauern rasch austrocknen. Dann konnten sie bald in das stattliche Haus ziehen. Und es gab gute Nachrichten! Von Salzburg kamen die Weinhändler herauf, und der Markt putzte sich bereits. Die Geschäfte würden bald wieder gehen.

Doch dann kam alles ganz anders.

Es begann ganz unscheinbar und in keiner Weise bedrohlich.

Es war die dritte Nacht in dem Haus unweit des Marktes.

Kai erwachte; seit der Flut war sein Schlaf nicht mehr so tief. Das seltsame Gefühl aus Furcht und Argwohn in ihm war noch da, wenn auch nicht stark genug, dass es ihm eine ständige Warnung sein musste. Er merkte nur, dass er sich um viele Dinge Sorgen machte, die ihn früher kaum berührt hatten, und seine größte Sorge galt immer Lisa.

Leise drehte er sich um und rückte näher an sie heran. Er mochte ihren schlanken, warmen Leib spüren und … Aber da war nichts! Er tastete nach ihr, aber was er fühlte, war nur ein Sack aus Leinen, mit Stroh gefüllt. Kai setzte sich auf seinem Lager auf.

»Lisa?«, murmelte er.

Sie konnte nicht hier sein, sonst hätte sie diesen Mummenschanz doch nicht veranstaltet. Was geschah hier? Er spürte, wie er auf einmal zu schwitzen begann. Da war wieder diese Ahnung, diese unerklärliche Furcht, die in ihm hinaufkroch und seinen Atem schneller gehen ließ. Seine Kehle war auf einmal wie ausgetrocknet. Er schob die Decke von sich und tastete in der Finsternis nach seinem Hemd, streifte es über, genauso wie sein langes Beinkleid und die ledernen, fest besohlten Schuhe. Er tastete sich bis zur Tür. Sie hatten den ganzen Raum über der Tenne mit einer Mauer abtrennen lassen, weil sie hier noch eine Kammer einrichten wollten, worin später einmal Fuhrknechte bei ihrem Aufenthalt nächtigen konnten. Rasch kletterte er die Leiter bis zum Stallgrund hinunter. Hier hatten sie noch nicht aufgeräumt. Die Flut hatte die Wagen angehoben und an die Wand gedrückt. Schmutzig und noch ein wenig feucht waren sie, aber sonst unbeschädigt geblieben. Schon morgen sollten Knechte sie in den Hof bringen, um sie dort in der Sonne trocknen zu lassen.

»Lisa?«, fragte er noch einmal in die Dunkelheit hinein, obwohl er wusste, dass sie ihm nicht antworten würde.

Er schlich aus dem Stall in den Hof. Dort war es still, bis auf das leise Rauschen des Nachtwindes. Beinahe konnte man meinen, er wäre ganz alleine, und für einen Moment hatte er die Vorstellung, der Markt Munichen sei leer und verlassen und er wäre der einzige Mensch, der in dieser kleinen mauerumwehrten Stadt zurückgeblieben war.

Er schlich bis zum Hoftor. In der Ferne hörte er einen Hund bellen, dem weitere Hunde antworteten. Eine Eule, die drüben im halbfertigen Turm von Sankt Peter nistete, segelte beinahe lautlos über seinen Kopf hinweg auf der Suche nach Mäusen. Er blickte sich um.

Direkt am Eingang hatte die Wasserflut den festgestampften Boden aufgeweicht und alle sorgsam verlegten Kiesel weggeschwemmt. Nun musste die Einfahrt wieder neu befestigt werden, und so lange blieb das Tor offen. Kai trat hinaus auf die Gasse.

Wo war sie? Wieso schlich sie mitten in der Nacht davon, täuschte ihn durch einen Sack Stroh? Er erinnerte sich plötzlich an die Worte des Blinden. *Was tut sie mitten in der Nacht bei der Kirche, wo doch ringsum das Wasser ist?*

Die Kirche, sie ist bei der Kirche, fiel es ihm plötzlich ein. Er schlich los. Es war nicht ganz einfach, durch die Finsternis voranzukommen, auch wenn der Weg bis zur Kirche nicht besonders weit war. Bei Tag hätte er den Weg mühelos gehen können, jetzt in der Dunkelheit war es ein Abenteuer. Mehr als einmal wäre er beinahe in einen Haufen Gerümpel getreten, das am Straßenrand neben den Häusern aufgetürmt war, bis sich die Menschen mitnehmen würden, was sie noch gebrauchen konnten. Endlich erreichte er Sankt Peter.

Die Kirche lag still vor ihm. Er wusste, dieser Ort war noch immer Zuflucht für all die heimatlosen Flutopfer, denen das Hochwasser das wenige genommen hatte, was sie selbst besaßen. Ihm fiel wieder ein, dass er seit dem Besuch bei Bruder Ulrich nicht mehr hier gewesen war. Die Flut war ihm und seinen Bemühungen zuvorgekommen.

Er schlich einmal um das Gebäude. Gleich neben der Kirche hatten sich die Mönche aus Isarsteinen eine Unterkunft gebaut, die in den letzten Jahren um ein Stockwerk erhöht worden war. Unten waren die Mauern mit Kalk verputzt, darüber blinkte der Schotter hervor, von starken Holzbalken als Gerüst dazwischen gehalten und gestützt. Es war still, so unheimlich still. Aber nur so lange, bis er an den Fuß der steilen Treppe trat, auf der eine Leiter hinaufführte bis unter das Dach. Wie einst in Guldeins Hof.

Und wie damals in jener Nacht hörte Kai erneut ein leises Greinen. Dann die Stimme.

»Schlaf jetzt.«

»Lisa«, murmelte Kai, und er wunderte sich, dass er nicht mehr sonderlich überrascht war.

Er spürte einen leisen Groll in sich. Dieses Mal würde er nicht warten, ob sie es ihm eines Tages selbst sagte, nein. Dieses Mal wollte er alles wissen. Hatte er nicht ein Anrecht darauf? Er war doch ihr zukünftiger Ehemann, so hatten sie es sich doch versprochen. Nein, dieses Mal wollte er Gewissheit! Er schlich die Treppe hinauf.

51

Der Raum lag unter der Erde, als Keller gedacht und entsprechend ausgeführt worden. Wie alle Gewölbe in der Stadt war die Decke niedrig und spannte sich in kunstvoller Wölbung von einer Wand zur anderen. Das Wasser hatte ihn vollständig gefüllt und alles, was darin war, überflutet. Jetzt war beinahe alles abgeflossen und hatte Berge von Getreide aus einer Gegend irgendwo bei Bruck hinterlassen. Schmierige Bahnen aus aufgequollenem, verdorbenem Korn lagen auf dem Boden. Eine Fackel brannte und erhellte so gerade die Mitte des Raums.

Dort stand der Blinde.

Er stand nur da und rührte sich nicht. In beiden Händen hielt er einen langen Stock mit einer eisernen Spitze daran, auf beiden Seiten scharf geschliffen.

Einer der beiden Mönche aus seiner Begleitung war die enge Treppe hinuntergeschlichen. Er blieb stehen und wagte nicht zu atmen. Das war nicht leicht, denn hier unten stank es entsetzlich. Der Geruch kam von dem noch immer feuchten Raum, dem verdorbenen Getreide und dem blinden Mann. Der Mönch wusste, je mehr er roch, umso mehr ließ der Geruch seinen Magen rumoren. Nicht mehr lange, und das feine Gehör des Blinden musste dies hören, und dann war er ertappt. Er wusste auch, der Meister mochte es nicht, wenn man sich an ihn heranschlich. Er hörte sehr gut, und er bemerkte auch, ob man sich ihm heimlich und verhalten näherte. Der Mönch wollte sich räuspern, etwas sagen, aber in diesem Moment bewegte sich etwas im Fackellicht.

Er blickte genau hin.

Tatsächlich, am Rand der einstigen Getreidehaufen war eine Bewegung zu sehen. Eine Ratte. Ein nicht mehr junges Tier und nicht so fett, wie Ratten in den Häusern der Menschen gemeinhin werden konnten. Bewahre uns vor dieser Brut, musste der Mönch für sich denken, aber dieses Tier war beinahe so groß wie die Biester auf den Burgen der Fürsten.

Die Ratte blieb still sitzen und schien vor der unbeweglichen Gestalt, kaum zwei Schritte entfernt, keine Scheu zu haben. Sie streckte die Schnauze witternd in die Luft, und als sie sich dabei auf den Hinterbeinen aufrichtete, beide Pfoten vor der Brust, blitzte das Fackellicht in ihren dunklen Knopfaugen. Sie ließ sich auf alle vier Pfoten nieder, schnupperte, lief zwei, drei vorsichtige Schritte näher an den Blinden heran und richtete sich erneut auf.

Da stieß der Stock mit der Spitze daran nach vorne, und ein kurzes, ersticktes Quieken war das letzte Lebenszeichen des Nagers. Die blanke Klingenspitze sah ein Stück weit am Nacken des Tieres wieder heraus.

Der Mönch, der dies beobachte hatte, war über die Treffsicherheit des blinden Mannes verblüfft.

»Sag mir, was du zu sagen hast, Delius«, sprach der Blinde, ohne sich nach ihm umzuwenden.

Der Angesprochene schluckte und beeilte sich, beflissen näher zu treten.

»Er geht zu ihr, Meister.«

»Und wo ist sie jetzt?«

»In der Kirche.«

»Bei den Gebeinen Jesu Christi, dann können wir nichts tun, es ist geweihter Boden und...«

Delius unterbrach ihn hastig. »Nicht drinnen. Im Haus des Hubertus ist sie.«

Da lächelte der Blinde, und seine Hand tastete den Schaft des Holzspießes entlang, bis seine Fingerspitzen den noch warmen Leib der Ratte spürten. Er tastete weiter, bis zu der Stelle, an der das Eisen in das Fleisch gefahren war. Langsam zerrieb er das klebrige Blut zwischen seinen Fingerspitzen.

»Die Trompeten von Jericho sollen uns führen und den Ketzer und seine Hexe von der Erde tilgen.«

»Ja, Meister.«

»Führ mich in Guldeins Haus zurück!«

»Ja, Meister.«

Der Mönch trat zu ihm und führte ihn durch den steilen Treppenaufgang nach oben. Die Fackel nahmen sie mit.

52

Kai lauschte an der Kammertür.

Er fröstelte. Die Nacht war kühl, und in ihm war eine Unruhe, weil er spürte, dass sich hinter dieser Kammertür etwas verbarg, was mit ihm zu tun hatte. Mit ihm und Lisa. Es würde eine Veränderung bringen, vor der er sich fürchtete.

»Lisa«, murmelte er, beinahe in der Hoffnung, sie würde ihn nicht hören.

Tatsächlich blieb es hinter der Tür still, und er war beinahe froh darüber. Ja, lieber war er feige, als dass er etwas heraufbeschwor, was nur das zerstören konnte, was ihn so trieb: das Glück zwischen ihm und diesem Mädchen. Sollte sie doch eine Hexe sein, sollte er sich versündigt haben, was machte das schon? Wenn das eine große Sünde war, so wie es die Mönche und die Frater predigten, dann war ihm auf einmal bewusst, warum es immer wieder Menschen gab, die dem Drang des Fleisches nachgaben. Es war stärker als alles andere …

»Komm herein«, sagte ihre Stimme hinter der Tür.

Er erstarrte beinahe und lauschte.

»Ich weiß, dass du es bist, Liebster«, sagte sie in genau der Stimme, die er von ihr kannte und so liebte.

»Komm herein«, forderte sie ihn noch einmal auf.

Da drückte er den Riegel, und die kleine Kammertüre schwang auf.

Er trat ein.

Unter der Schräge des rohen, nur mit Holzbalken gedeckten Daches stand eine grobe Bettstatt mit einem Strohsack darauf. Ein Talglicht gab spärliches Licht. Kai erkannte einen Mann, der dort still lag. Er musste alt sein, sein graues Haar und sein müdes altes Gesicht ließen dies vermuten. Er schien krank zu sein. Doch der Geruch von Krankheit und Siechtum in der Kammer war nicht stark.

Kai schloss langsam die Tür hinter sich und blieb, beide Schultern daran gelehnt, stehen. Lisa kniete neben dem Bett. Auf der Stirn des Mannes lag ein nasses Tuch. Sie griff nach einem Krug und goss sich etwas Wasser über die Hände, verrieb es und trocknete sie dann mit einem weiteren Tuch ab. Der Atem des Mannes ging langsam und gleichmäßig, er schlief. Dann erhob sie sich und trat auf ihn zu.

»Nein«, sagte er, »bleib, wo du bist.«

»Liebster…«

»Nichts Liebster«, entgegnete er schärfer, als er es eigentlich wollte, »du hast mich getäuscht.«

»Weil ich einen Kranken pflege?«, fragte sie verwundert.

Kai bemühte sich, nicht auf das Bett mit dem schlafenden Mann darauf zu sehen.

»Nein, weil du dich fortschleichst, mitten in der Nacht.«

Sie nickte langsam und atmete tief ein. Das kleine Licht auf dem Schemel neben der Bettstatt flackerte leise.

»Ich will dir alles erklären.«

»Jetzt und hier, ja?«

»Warum nicht?«

»Es ist spät, vielleicht zu spät«, sagte er mit einem Anflug von Stolz und bereute es beinahe augenblicklich.

»Zu spät?«

Sie schüttelte den Kopf.

»Was glaubst du, was ich hier tue?«

»Es tut nichts zur Sache, was ich glaube. Du bist hier und nicht bei mir. Dann ist dir dies hier wichtiger.«

»Du hast Recht. Dieser Mann ist mir so wichtig wie nichts auf der Welt. Außer dir.«

Kai wusste nicht, was er sagen sollte. Er sah nur sie, ihre Gestalt, ihr Haar, wo zarte Strähnen unter ihrer züchtigen Haube hervorspitzten, ihre schlanke, feste Gestalt, ihr Gesicht. O Herr im Himmel! Warum schaffst du so ein Gesicht? Selbst hier in diesem kargen Licht in diesem kargen Raum schien es zu strahlen. Weil du weißt, Herr, dass ein Mann anfängt sich selbst zu verlieren, bis er verloren ist? Ihr gehört? Einer Frau mit diesem Gesicht!

»Wer ist das?«, stieß Kai hervor und reckte sein Kinn bei seiner Frage in Richtung der Bettstatt.

Sie wandte sich um, und er entdeckte nun einen zärtlichen Zug in ihrem Gesicht, der ihn sogleich eifersüchtig werden ließ, bevor er dagegen ankämpfen konnte.

»Sag mir, wer das ist!«, forderte er erneut und trat dabei einen Schritt näher.

»Mein Vater.«

Diese Antwort ließ ihn stehen bleiben. Er starrte sie an und dann wieder die schlafende Gestalt.

»Er ist krank, Liebster«, begann sie. »Krank an seiner Seele, denn er hat große Schuld auf sich geladen.«

»Schuld?«

Sie nickte. »Er war einst Brückenwärter am Übergang in Vöhringen.«

Kai schluckte, und Bilder schossen an ihm vorbei wie Schimären. In der engen Kammer roch es auf einmal nach Pech. Nach schwarzem, brennendem, blasenschlagendem Pech. Und wieder war da diese Frau inmitten der Flammen.

Er schüttelte den Kopf. Dann wollte er etwas sagen, aber es gelang ihm nicht. Sie trat auf ihn zu, und bevor er sich dagegen wehren konnte, umschlang sie ihn mit beiden Armen und zog ihn sanft an sich. So hielten sie sich beide fest und standen lange unbeweglich. Nur das rasselnde Atmen des Alten in seinem Bett hinter ihnen war zu hören. Und dann auf einmal blickte sie zu ihm auf, und er sah, dass sie weinte.

»Noch heute Nacht werden Menschen sterben, die wir kennen und die wir lieben. Sie werden aus unserem Leben verschwinden, und wir können nichts dagegen tun«, schluchzte sie.

Er hörte sein Herz klopfen.

»Hast du das gesehen?«, fragte er beinahe tonlos. Sie nickte nur, und da drückte er sie wieder an sich.

»Wer? Wer ist es?«

Sie schüttelte den Kopf und weinte erneut. Er erinnerte sich. Hatte sie nicht gesagt, dass sie dies sehen könne? *Dann sehe ich, dass jemand sterben wird.*

»Lisa«, flüsterte er, »ich bin bei dir. Auf ewig.«

Und so sanken sie auf den Boden, immer noch fest umschlungen, und er konnte sie nur ganz fest an sich halten, während sie still neben ihm schluchzte.

53

Erst hörte er sie nur, dann sah er sie.

Vom Tor im Schönen Turm die Gasse herunter leuchtete ein Meer an Fackeln, und es wurden immer mehr, die sich ihnen aus den überfüllten Häusern anschlossen.

»Hexe! Hexe!«, skandierten die Menschen und folgten dem Blinden.

Er schritt, von seinen beiden Begleitern geführt, der Menge

voraus. Kai sah sie, und einen Moment lang dachte er tatsächlich, er könne vor die Menge hintreten und sie aufhalten. Er würde ihnen alles erklären, sie überzeugen, dass seine Lisa, seine Braut, seine zukünftige Frau keine Hexe sei. Im Gegenteil, sie war etwas, was er insgeheim gesucht und nun gefunden hatte. Die Wahrheit. Herr im Himmel, ja sie war die Wahrheit. Die Liebe in Gestalt dieser Frau.

Doch je länger er die aufgepeitschte Menge betrachtete, den voranschreitenden blinden Mönch und die Menschenmenge dahinter, wusste er, sie würden ihm nicht glauben. Was wussten sie schon von der Wahrheit? Sie, die jeden Tag um Nahrung kämpfen mussten, sie, denen ein Hochwasser alles, was sie besaßen, nehmen konnte, ohne dass ihnen jemand half, sie, die sie Kinder gebaren, die niemals alle aufwachsen sollten, sondern schon vorher starben, sie, die sie dem Hunger immer näher waren als einem Gefühl der Zufriedenheit. Wie leicht war es, ihnen zu sagen, dass eine Hexe an all ihrem Elend schuld sei.

Er wandte sich um und rannte zurück.

Als er das schmale Haus neben der Kirche erreicht hatte, blieb er unten stehen, wartete nicht, bis er einigermaßen zu Atem kam.

»Lisa!«, schrie er in die Dunkelheit hinauf.

Er sah, wie sich ein schwaches Licht dort oben bewegte. Das Talglicht. Sie öffnete die Tür.

»Komm, wir müssen fort. Der Blinde führt die Leute her. Sie wollen dich, mich, uns beide.«

Das Gejohle und Geschrei, das Rufen der Menschen auf der Straße hinter ihm wurde immer lauter. Er sah nur, wie sie langsam den Kopf schüttelte, sich dann umwandte und in die Kammer zurück trat. Langsam schloss sie die Tür. Da rannte er so schnell die Treppe hinauf, dass er meinte zu fliegen, und stieß die Tür auf. Lisa kniete neben dem Bett ihres Vaters.

»Komm doch! Du musst fort !«

»Geh nur und lass uns allein!«

Aus der Ferne ertönte der Lärm der aufgepeitschten Menge. Sie sah ihn an und dann den Mann auf dem schmalen Bett.

»Ich kann ihn doch nicht allein lassen. Jetzt doch nicht.«

Er kniete neben ihr nieder, umfasste ihre Schulter mit seinen Händen und drehte sie zu sich. »Lisa, du musst mitkommen. Ich... ich kann nicht ohne dich sein, und wenn ich denke, dass sie dir etwas tun, dann...«

»Dann ist es eben so«, sagte sie einfach.

»Lisa!«

Er hielt sie fest, dann sah er sich um. In der beinahe finsteren Kammer unter dem Dach gab es nichts, womit er sich hätte verteidigen können. Außer einem Schemel, der neben dem Bett des Kranken stand. Er griff danach. Er war nicht schwer, aber das Holz noch fest. Kai stellte sich neben die Tür, holte aus und schlug den Hocker mit voller Wucht gegen die Wand. Er tat dies noch einige Male, das Holz vibrierte, und an den Mauerrändern des Türstocks bröckelte der Kalk. Er griff nach den Beinen des Schemels und brach sie ab.

»Sie sollen nur kommen«, entgegnete er grimmig und blickte sich zu Lisa um.

Durch den Lärm war der alte Mann erwacht.

»Sie kommen und wollen mich holen?«, wimmerte er.

»Still, Vater, ganz still«, beruhigte sie ihn, »niemand will dir etwas Böses.«

»Der Junker hat gesagt, ich soll's tun. Er hat es doch gesagt.«

Kai wandte sich um. Was redete der Greis da? Lisa blickte zu ihm.

»Er kam eines Nachts nach Hause, verwirrt und völlig verstört. Erzählte von einer Brücke, die brannte.«

»Dein Vater war dabei?«, fragte Kai erstaunt.

Lisa nickte zögernd. »Sicher weiß ich es nicht, niemand weiß es, denn er hat nicht viel darüber gesagt. Sein Geist ist seitdem verwirrt.«

»Wann ist das gewesen?«

Lisa antwortete nicht gleich.

»Wann war er Brückenwärter?«

»In dem Jahr, als ich dich und den Junker auf dem Pferd traf.«

Sie sah erst zu ihm, dann wieder auf das Bett. Der Mann murmelte leise und wälzte sich dabei hin und her.

»Mein Gott, warst du am Ende ebenfalls dabei?«, fragte sie.

Er antwortete ihr nicht, denn seine Gedanken rasten.

»Und der Junker damals auf dem Pferd?«, fragte sie, und er antwortete ihr: »Er fand mich an einer Stelle im Fluss.«

»Hab getan, was er gesagt hat«, phantasierte der Mann plötzlich. »Junker, schöner Junker. Hab alles getan, wie du gesagt hast, aber das Feuer.«

Er wimmerte jetzt leise wie ein Kind. Kai blickte auf den Mann, dann auf Lisa. Sie kam einer Frage zuvor.

»Das sagt er seitdem. Dass er nur getan hat, was der Junker befohlen hat, und der Himmel möge ihm vergeben.«

»Dann hat er die Isarbrücke angezündet.«

Lisas Augen waren auf ihn gerichtet, groß und rund, ungläubig und staunend, und Kai begriff allmählich. »Dein Vater hat meine Familie getötet.«

Sie schüttelte langsam den Kopf, hielt sich die Hand vor

den Mund, um nicht zu schreien, und mit der anderen Hand streichelte sie die Hand des schwitzenden, phantasierenden Mannes.

»Hexe! Komm heraus!«, brüllte es von draußen, und Kai wandte sich um.

Er lugte aus dem winzigen Fenster neben der Türe.

Der Vorplatz bis hin zur Kirche war voller Menschen. Es schien, als wäre ganz Munichen auf den Beinen und hätte sich hier an dem schmalen Haus neben der Kirche versammelt. Bis zum Tagesanbruch konnte es nicht mehr weit sein, aber noch war kein Lichtschein des neuen Tages zu sehen. Der Blinde stand in der vordersten Reihe, und erneut verspürte Kai eine unglaubliche Wut. Jetzt, da er dem Schicksal seiner eigenen Familie so nahe war, da er endlich erfahren konnte, was damals geschehen war, da er endlich seine Erinnerungen wiederfinden sollte. Wenigstens einen Teil. Wenigstens einen winzigen Teil.

»Zeig dich, Hexe!«

»Verschwindet!«, schrie Kai hinter seiner verschlossenen Tür, und seine Hand umklammerte fest den Rest des Schemels.

Unten trat der Blinde bis an den Absatz der Treppe heran.

»Hör mir zu, Salzsäumer! Die Hexe wollen wir haben. Sie wird ihrer Strafe nicht entgehen. Auch du hast Sünde auf dich geladen, aber dir wird nichts geschehen, wenn du sie uns auslieferst.«

»Eher würde ich dem Teufel meine Seele schenken«, schrie Kai, und die Menge geriet bei diesen Worten erneut in Unruhe. »Sie ist meine Braut, und wer ihr Böses will, muss an mir vorbei!«

Kai linste vorsichtig hinaus. Er sah den Blinden. Der grinste, und in dem Licht der zahllosen Feuer sah er dabei unheimlicher denn je aus. Er trat langsam zurück und wandte sich zu der wartenden Menge um.

»Wer holt sie?«

»Ich!«, schrie eine Stimme und drängte nach vorne.

Kai blickte genau hin, aber er hatte richtig gesehen. Das war Pellifex, der Pelzhändler. Kai erkannte ihn kaum mehr wieder. Sein Gesicht war verzerrt, sein Haar wirr und nass, seine Kleidung nur noch in Fetzen. Der Mann stapfte die enge, steile Treppe hinauf, bis er beinahe vor der schmalen Kammertüre stand.

»Mach auf!«, schrie er mit einer Stimme, die nicht zu ihm gehören konnte.

Er hielt sich dabei mit beiden Händen am Geländer fest, denn er zitterte am ganzen Leib.

»Mach auf und schick die Hexe heraus!«, kreischte er.

Kai riss die Tür auf, gerade so weit, dass sie sich gegenüberstehen konnten.

»Pellifex, bist du von Sinnen? Was tust du da?«

»Die Hexe, ich will die Hexe«, stieß er hervor.

»Bist du toll geworden? Lisa hat deiner Frau geholfen. Hast du das vergessen?«

»Tot!«, schrie er zurück. »Sie ist tot! Martha ist tot, tot, tot!«

Die Worte dröhnten in der kleinen Kammer, und Kai hörte, wie Lisa sich schluchzend neben das Bett ihres Vaters kauerte. *Dann sehe ich, dass jemand sterben wird.*

»O Gott, sei ihrer Seele gnädig«, murmelte Kai erschüttert, »was für ein Unglück.«

»Kein Unglück!«, schrie der völlig verzweifelte Mann vor ihm. »Sie hat sie verhext. Sie, die Hexe war es!«

Bevor Kai etwas antworten konnte, stieß sich der Mann vom Geländer ab und machte einen Satz auf die Tür zu. Es gelang ihm, Kai am Arm zu packen und die Tür weiter aufzudrücken.

»Lass los, du Narr!«, schrie Kai wütend und versuchte, den Mann abzuwehren.

Es gelang ihm nicht.

Pellifex umklammerte seinen Arm wie mit einer Zange. Noch immer hielt Kai den Rest des hölzernen Schemels in der Hand, doch er zögerte. Er konnte doch den Mann nicht einfach niederschlagen. Aber Pellifex entwickelte auf einmal eine Kraft, wie sie nur Verzweifelte haben können. Er drängte Kai in die Kammer zurück, und als der an ihm vorbeiblickte, erkannte er die ersten Gestalten aus der Menge, die mit Fackeln in der Hand die steile Treppe heraufstiegen. Er versuchte verzweifelt, den hageren Pelzhändler zur Tür zurückzudrängen, aber er wusste, dies konnte ihm nur gelingen, wenn er keine Rücksicht nahm.

Kai stieß ihm erst mit dem Ellenbogen, dann mit der geballten Faust gegen die Brust. Pellifex schnappte nach Luft, griff instinktiv an die schmerzende Stelle und ließ Kai dabei los. Der duckte sich und rammte ihn mit der ganzen Kraft seines Körpers gegen die Brust. Der Pelzhändler stolperte rückwärts und flog beinahe hinterrücks zur Tür hinaus. Die Ersten aus der Menge hatten das Ende der steilen Treppe beinahe erreicht. Pellifex fasste mit beiden Händen nach dem offenen Türrahmen und hielt sich daran fest. Er sah auf, und für einen kurzen Augenblick trafen sich ihre Blicke. In den Augen des Mannes erkannte Kai eine unendliche Verzweiflung.

Die ersten Fackeln, dahinter die ersten Gesichter tauchten auf, und Kai wusste, ihm blieb keine andere Wahl mehr. Er holte aus und schlug den Rest des Holzschemels mit ganzer Kraft gegen die Hände, mit denen sich Pellifex noch immer in den Türrahmen krallte. Erst schien der Mann den Schmerz nicht zu spüren. Dann aber brüllte er, ließ los und hielt sich die Hände, und Kai holte erneut aus. Er schleuderte den Rest des Schemels auf Pellifex und traf ihn am Kopf. Der Mann sackte auf die Knie. Dann rutschte er und fiel mit ausgebreiteten Armen den ersten Männern hinter ihm entgegen. Die hatten damit nicht gerechnet und verloren sogleich selbst den Halt. Ein Menschenknäuel rollte schreiend und fluchend die steile Treppe hinunter, bis sie das dünne Geländer aus Holz durchbrachen und in einem wilden Durcheinander auf den Erdboden stürzten.

Kai stand am Ansatz der Treppe, hörte die Flüche und Schreie, sah auf das Durcheinander aus lauter Menschen und brennenden Fackeln. Schnell wandte er sich um, schlug die Tür zu und legte den Riegel vor.

»Zündet das Hexennest an!«, befahl der Blinde dem Mönch mit dem Namen Delius.

»Aber Meister, das lockt die Wache her…«

»Zündet es an«, zischte er, »ich will die Hitze der Flammen spüren.«

»Ja, Meister.«

Kai lehnte sich keuchend an die Tür.

Der alte Mann warf sich stöhnend in seinem schmalen Bett hin und her.

»Wir müssen weg, und ihn nehmen wir mit.«

»Aber wie soll das gehen?«

Lisa hatte Recht. Der kleine Raum bot außer der kleinen Fensteröffnung neben der Tür keine Möglichkeit hinauszugelangen.

Plötzlich hörten sie ein neues Geräusch.

Irgendjemand kroch über die Holzbalken. Staub und Rindenreste rieselten erst auf den Boden, dann auf das Bett des Kranken.

»Sie kommen übers Dach!«

Lisas Augen waren starr vor Schreck. Hastig blickte sich Kai um. Auf dem Boden lag noch ein hölzerner Fuß des zerbrochenen Schemels. Den ergriff er, glitt neben Lisa und zog sie neben sich an die Wand. Als er den Kopf wandte, hörte er das wütende Geschrei der Menge draußen. Sie durchsuchten die Schutthaufen rings um die Kirche nach allem Brennbaren und schleppten es heran, warfen es an den Fuß der Treppe und traten zurück.

»Kommt raus, oder das Hexenloch wird brennen!«

Delius stieß seine Fackel in den Haufen aus Plunder, Reisig und Müll am Fuß der Treppe. Weitere Hände taten dasselbe.

Kai schloss die Augen. Er spürte, wie sich Lisa an ihn schmiegte. Nun wurde ein Dachbalken angehoben.

»Kai!«

Die Stimme!

»Kai, bist du da?«

Er öffnete die Augen und sah eine Hand von der Decke ragen. Sie winkte nach ihm. »Komm her, hier bin ich!«

Er griff fester nach dem Holz in seiner Hand, trat an die Stelle und blickte hinauf, mitten in Winthirs Gesicht.

»Halleluja«, entfuhr es Kai.

»Wir holen euch raus, die Mönche sind auch da.«

Kai wandte sich um. Der helle Flammenschein leuchtete herauf und warf plötzlich groteske Schatten an die Wände. Da waren sie wieder, die Bilder. Er roch das Pech, Holz, Tannduft, Haare. Verschmorte, verbrannte Haare. Die Frau inmitten der Flammen.

»Lisa, schnell!«, schrie er.

Er wartete nicht, dass sie ihm folgte, sondern stürzte zu ihr, griff sie an der Hand und zog sie zu der Wand gegenüber.

»Erst Vater«, protestierte sie.

»Später«, hörte Kai sich sagen und packte sie um die Hüften.

Er hob sie hoch, hin zur Decke. Wie leicht sie ist, dachte er. Wie eine Feder. Winthir und ein weiterer Arm griffen nach ihr und zogen ihre Gestalt mit Schwung in die Höhe, bis auch ihre nackten Füße in dem dunklen Loch über ihm verschwanden. Er wandte sich um und wollte nach dem Mann greifen, der sich in seinem Bett aufgestützt hatte.

»Weg mit dir!«, schrie der plötzlich, und Kai bekam einen Stoß direkt auf sein Nasenbein, dass er nur noch blitzende Lichtpunkte sah.

Er spürte das warme Blut auf seiner Lippe.

»Du wirst mir nichts mehr befehlen, Hundsfott«, schrie der Mann, und die Kraft, die in den weiteren Hieben und Stößen steckte, überraschte Kai.

Er kam nicht dazu, etwas zu sagen, denn dunkler Qualm drang herein und raubte ihm fast den Atem. Er sah kaum noch etwas. Es würgte ihn im Hals, und er hustete. Er suchte den alten Mann. Der kroch zur Tür, und das Letzte, was Kai sah, war, wie er sie öffnete. Eine Feuerzunge fauchte durch die Öffnung und ließ den einstigen Wärter der Isarbrücke in den Flammen verschwinden, als wäre er nur ein Schatten.

»Kai!«

Er glaubte zu ersticken. Langsam taumelte er zu dem Loch an der Decke zurück und streckte die Hände in die Höhe. Sogleich fühlte er sich gepackt und mit einem Ruck nach oben gezogen. Im ersten Dämmerlicht erkannte er Winthir und die Benediktiner. Er sah Lisas Mund, und er

sah, wie sie eine Frage formte. Er schüttelte nur den Kopf. Während unten die Menge jubelte, schlugen die ersten Flammen durch die Dachbalken.

»Weg hier!«, befahl Winthir.

Sie krochen bis zur Rückwand des Hauses, an der eine lange Leiter lehnte. Nacheinander stiegen sie daran hinab. Kai keuchte und hustete. Seine Augen tränten, und sein Kopf dröhnte. Die Leiter schwang bei jedem Tritt nach, und er musste sich mit aller Kraft festhalten. Einmal blickte er auf. Lisa kletterte nach ihm herab, und er sah ihre schlanken Füße, spürte ihre Nähe. Am Fuß der Leiter wartete Guldein auf sie.

»War nicht leicht, euch Turteltäubchen zu finden«, knurrte er, »was bin ich froh, dass die Stadt nicht groß ist.«

Er griff Kai am Ärmel, Lisa an der Hand und zog sie mit sich, und während er das tat, wandte er noch einmal den Kopf.

»Die Leiter, Winthir, die Leiter«, mahnte er.

Der verstand und wartete, bis auch die Mönche herabgeklettert waren. Dann trat er die Leiter um. Die Mönche eilten, die Kutten geschürzt, in der Dunkelheit zu ihrer Kirche zurück. Was immer auch geschah, das Feuer durfte nicht auf Sankt Peter übergreifen.

Ungehindert erreichten sie alle vier das Talburgtor.

»Jetzt halt dein Versprechen«, sagte Guldein zu einem der Torwächter.

Der nickte nur und hatte kaum ein Auge für sie. Eine Reihe Wachtposten hatte ihre Helme aufgesetzt und griff eilig nach ihren Spießen.

»Werden das Pack schon auseinander treiben«, sagte er grimmig und nickte Kai zu. »Alles Glück für euch beide, helfende Hand.«

Kai nickte zum Dank und folgte Guldein und Winthir durch die Pforte neben dem Tor. Draußen war es ruhig, und der Dunst, der über der feuchten Morgenfrische lag, war grau und kündigte den nahenden Tag an. Unter einer großen Esche war ein Maultier angebunden. Winthir trat hin, band das Tier los, während Guldein Lisa hochhob und in den Sattel setzte. Sie umarmte ihn, und er ließ es sich gefallen. Winthir atmete heftig, genau wie Kai. Sie waren bei ihrer Flucht alle außer Atem gekommen. Er steckte ihm einen kleinen Beutel zu.

»Ist genug, um nicht zu hungern. Komm zurück, wenn sie es vergessen haben. Dein Platz ist hier, so lange führe ich das Handelshaus. Du bleibst Salzsäumer hier in Munichen.«

Kai nickte, nahm den Zügel aus Winthirs Hand. Beide drückten sich einen Moment lang die Hände.

Dann zog Kai das Tier mit sich und stolperte den Weg entlang. Als er sich noch einmal umblickte, waren Winthir und Guldein verschwunden.

Langsam hob sich der Morgendunst, und ein neuer Tag begann.

sah, wie sie eine Frage formte. Er schüttelte nur den Kopf. Während unten die Menge jubelte, schlugen die ersten Flammen durch die Dachbalken.

»Weg hier!«, befahl Winthir.

Sie krochen bis zur Rückwand des Hauses, an der eine lange Leiter lehnte. Nacheinander stiegen sie daran hinab. Kai keuchte und hustete. Seine Augen tränten, und sein Kopf dröhnte. Die Leiter schwang bei jedem Tritt nach, und er musste sich mit aller Kraft festhalten. Einmal blickte er auf. Lisa kletterte nach ihm herab, und er sah ihre schlanken Füße, spürte ihre Nähe. Am Fuß der Leiter wartete Guldein auf sie.

»War nicht leicht, euch Turteltäubchen zu finden«, knurrte er, »was bin ich froh, dass die Stadt nicht groß ist.«

Er griff Kai am Ärmel, Lisa an der Hand und zog sie mit sich, und während er das tat, wandte er noch einmal den Kopf.

»Die Leiter, Winthir, die Leiter«, mahnte er.

Der verstand und wartete, bis auch die Mönche herabgeklettert waren. Dann trat er die Leiter um. Die Mönche eilten, die Kutten geschürzt, in der Dunkelheit zu ihrer Kirche zurück. Was immer auch geschah, das Feuer durfte nicht auf Sankt Peter übergreifen.

Ungehindert erreichten sie alle vier das Talburgtor.

»Jetzt halt dein Versprechen«, sagte Guldein zu einem der Torwächter.

Der nickte nur und hatte kaum ein Auge für sie. Eine Reihe Wachtposten hatte ihre Helme aufgesetzt und griff eilig nach ihren Spießen.

»Werden das Pack schon auseinander treiben«, sagte er grimmig und nickte Kai zu. »Alles Glück für euch beide, helfende Hand.«

Kai nickte zum Dank und folgte Guldein und Winthir durch die Pforte neben dem Tor. Draußen war es ruhig, und der Dunst, der über der feuchten Morgenfrische lag, war grau und kündigte den nahenden Tag an. Unter einer großen Esche war ein Maultier angebunden. Winthir trat hin, band das Tier los, während Guldein Lisa hochhob und in den Sattel setzte. Sie umarmte ihn, und er ließ es sich gefallen. Winthir atmete heftig, genau wie Kai. Sie waren bei ihrer Flucht alle außer Atem gekommen. Er steckte ihm einen kleinen Beutel zu.

»Ist genug, um nicht zu hungern. Komm zurück, wenn sie es vergessen haben. Dein Platz ist hier, so lange führe ich das Handelshaus. Du bleibst Salzsäumer hier in Munichen.«

Kai nickte, nahm den Zügel aus Winthirs Hand. Beide drückten sich einen Moment lang die Hände.

Dann zog Kai das Tier mit sich und stolperte den Weg entlang. Als er sich noch einmal umblickte, waren Winthir und Guldein verschwunden.

Langsam hob sich der Morgendunst, und ein neuer Tag begann.

sah, wie sie eine Frage formte. Er schüttelte nur den Kopf. Während unten die Menge jubelte, schlugen die ersten Flammen durch die Dachbalken.

»Weg hier!«, befahl Winthir.

Sie krochen bis zur Rückwand des Hauses, an der eine lange Leiter lehnte. Nacheinander stiegen sie daran hinab. Kai keuchte und hustete. Seine Augen tränten, und sein Kopf dröhnte. Die Leiter schwang bei jedem Tritt nach, und er musste sich mit aller Kraft festhalten. Einmal blickte er auf. Lisa kletterte nach ihm herab, und er sah ihre schlanken Füße, spürte ihre Nähe. Am Fuß der Leiter wartete Guldein auf sie.

»War nicht leicht, euch Turteltäubchen zu finden«, knurrte er, »was bin ich froh, dass die Stadt nicht groß ist.«

Er griff Kai am Ärmel, Lisa an der Hand und zog sie mit sich, und während er das tat, wandte er noch einmal den Kopf.

»Die Leiter, Winthir, die Leiter«, mahnte er.

Der verstand und wartete, bis auch die Mönche herabgeklettert waren. Dann trat er die Leiter um. Die Mönche eilten, die Kutten geschürzt, in der Dunkelheit zu ihrer Kirche zurück. Was immer auch geschah, das Feuer durfte nicht auf Sankt Peter übergreifen.

Ungehindert erreichten sie alle vier das Talburgtor.

»Jetzt halt dein Versprechen«, sagte Guldein zu einem der Torwächter.

Der nickte nur und hatte kaum ein Auge für sie. Eine Reihe Wachtposten hatte ihre Helme aufgesetzt und griff eilig nach ihren Spießen.

»Werden das Pack schon auseinander treiben«, sagte er grimmig und nickte Kai zu. »Alles Glück für euch beide, helfende Hand.«

Kai nickte zum Dank und folgte Guldein und Winthir durch die Pforte neben dem Tor. Draußen war es ruhig, und der Dunst, der über der feuchten Morgenfrische lag, war grau und kündigte den nahenden Tag an. Unter einer großen Esche war ein Maultier angebunden. Winthir trat hin, band das Tier los, während Guldein Lisa hochhob und in den Sattel setzte. Sie umarmte ihn, und er ließ es sich gefallen. Winthir atmete heftig, genau wie Kai. Sie waren bei ihrer Flucht alle außer Atem gekommen. Er steckte ihm einen kleinen Beutel zu.

»Ist genug, um nicht zu hungern. Komm zurück, wenn sie es vergessen haben. Dein Platz ist hier, so lange führe ich das Handelshaus. Du bleibst Salzsäumer hier in Munichen.«

Kai nickte, nahm den Zügel aus Winthirs Hand. Beide drückten sich einen Moment lang die Hände.

Dann zog Kai das Tier mit sich und stolperte den Weg entlang. Als er sich noch einmal umblickte, waren Winthir und Guldein verschwunden.

Langsam hob sich der Morgendunst, und ein neuer Tag begann.

Teil Drei

Der Hoftag des Kaisers

»Ich Friedrich,
Erster nach Gott, römisch-deutscher Kaiser,
bin nur Gott allein verpflichtet.
Nur ihm allein. Sacrum Imperium.«

54

In der Kirche war es angenehm kühl.

Zu beiden Seiten neben dem Altar zierte eine Reihe prächtiger Kerzenständer den großen Raum. Tageslicht schien in schmalen Streifen zu den Fenstern herein, jede der winzigen Scheiben aus hauchdünnem Pergament filterte dies und ließ nicht zu, dass es bis auf den Boden der Kirche gelangte. An beiden Seiten waren so die Mauern der Kirche in eine matte Helligkeit getaucht.

Eine der Seitentüren öffnete sich, zwei Mönche traten ein.

Der eine von ihnen war groß gewachsen, mit breiten Schultern und blond gelocktem Haar, der andere klein, untersetzt und mit dem dünnen Kranz der Tonsur versehen. Er wirkte eher gemütlich. Sie waren beide Benediktiner und trugen die dunklen, groben Kutten ihrer Gemeinschaft, an den nackten Füßen einfache Sandalen. Im Angesicht des Altars knieten sie nieder, senkten die Köpfe und verharrten so in einem kurzen frommen Gruß. Dann schlugen sie jeder ein Kreuzzeichen, erhoben sich gleichzeitig, um sich prüfend umzublicken.

Fleißige Hände hatten kostbar bestickte Wandteppiche aufgehängt und weitere Teppiche auf dem Steinfußboden ausgebreitet. Ein handgeschnitzter Stuhl stand jeweils auf einer Seite des Altars. Ein Platz war für Bischof Kleos, den Abgesandten des Papstes, gedacht, der andere Stuhl war dem Kaiser vorbehalten.

Beide Männer begannen in stiller Übereinkunft, das Arrangement zu überprüfen. Der kleinere der beiden Mönche bückte sich und strich eine Falte am Eck des Teppichs glatt. Der größere schob einen der schweren Stühle, auf dem der Kaiser selbst Platz nehmen sollte, zur Seite. Erst wenigstens zehn Schritte vor dem Alter ließ er ihn auf einem Teppich stehen. Der andere Mönch betrachtete ihn dabei.

»Der Kaiser sollte immer im Angesicht Gottes sitzen«, bemerkte Thomas.

Er trat einen Schritt zurück, betrachtete die Aufstellung der Stühle, die lehnenlosen Hocker für die Prälaten und Frater, die einfachen Schemel für die Schreiber, den Platz dahinter an der Wand entlang ohne Sitzgelegenheiten, reserviert für die Mönche. Als er sich prüfend umsah, schickte ein Sonnenstrahl warmes Licht in die Kirche. Für einen Augenblick konnten beide Mönche ahnen, wie klar dieses Bauwerk wirken konnte, wenn es nur ausreichend Licht erhielt.

»Wir brauchen noch mehr Kerzen«, beschied Bruder Leonhard.

Thomas nickte zur Bekräftigung. Da wandten sie sich um und verließen die Kirche, nicht ohne vor dem Altar noch einmal niederzuknien und sich zu bekreuzigen.

Dann, nach einer Weile der Stille, öffneten sich ganz langsam die beiden hohen, schweren Eichenportale wie von unsichtbarer Hand, um die zahlreichen Besucher einzulassen. War der Platz vor der Kirche noch mit lautem Rufen, dem Klirren von Waffen und Zaumzeug und dem dumpfen Wirbel von Trommeln erfüllt, schwiegen die Eintretenden nun, als könnten sie im Haus Gottes seinen Bewohner selbst in seiner Ruhe stören.

Die Angehörigen des Klerus nahmen als Erste ihre Plätze unweit des Altars ein, dicht gefolgt von zahlreichen Rittern und Lehnsherren, die entlang der Kirchenmauer Aufstellung nahmen. Die meisten von ihnen trugen lange Röcke, die ihnen bis zu den Knien oder gar den Knöcheln reichten. Manche hatten nicht einmal die Kettenhemden abgelegt. Nur Helme und große Schilde sah man nicht, aber kein Ritter war ohne sein Schwert.

Jetzt ertönten Fanfaren, und Bischof Kleos trat ein.

Er schritt unter den Blicken aller Anwesenden zum Altar. Die Vertreter der Kirche sah man respektvoll, die Lehnsmänner aber blieben in ihren Mienen eisig.

Am Altar angekommen begrüßten weitere Würdenträger der Kirche den Bischof, und man geleitete ihn zu seinem Platz, wo er sich niederließ. Ein Frater hielt seinen Hut, ein weiterer reichte ihm den goldenen Kelch, aus dem der Römer einen Schluck trank.

Erneut ertönten die Fanfaren.

Alle wussten, dies kündigte den Kaiser an. Unmut war in den Gesichtern der anwesenden Ritter zu sehen. Dass der Klerus seinen Herrschaftsanspruch zeigte, indem dessen Vertreter als Erster die Kirche betreten hatte, machte die Haltung der Römischen Kirche deutlich. Damit begann dieser Hoftag unter denkbar schlechten Vorzeichen. Nun teilte sich die Menge, und auf einmal begannen immer mehr Gesichter zu lächeln, zu schmunzeln. Nicht wenige nickten anerkennend. Dann lachten und klatschten sie laut.

Friedrich kam hoch zu Ross!

Er ritt auf einem prächtig gezäumten Schimmel, ihm folgte eine Reihe seiner Ritter zu Fuß, angeführt von seinem Kanzler und engsten Vertrauten, Rainald von Dassel. Auch Friedrichs Haupt war unbedeckt, so wie es sich im Hause des Allmächtigen geziemte. Als der Kaiser seinen Platz erreicht hatte, stieg er vom Pferd und ließ zu, dass ihm dabei sein Vetter Heinrich den Arm zur Stütze reichte. Als der Kaiser sicher stand, sah er sich lächelnd um, grüßte seine Ritter und genoss ihren lang anhaltenden Applaus.

Jetzt waren es die Kirchenvertreter, die mit eisigen Mienen dreinblickten, während das Pferd durch den Mittelgang der Kirche wieder hinausgeführt wurde. Der klappernde Tritt der Hufe des Tieres auf dem steinernen Boden blieb für die nächsten Augenblicke das einzige Geräusch.

Friedrich nahm würdevoll auf seinem Sessel Platz, legte sein Schwert vor sich über die Knie und winkte. Da trat ein Page heran, mit einer fein ziselierten, prächtigen, sichtlich schweren Schatulle in beiden Händen. Heinrich trat dazu, öffnete den Deckel und nahm eine neu gearbeitete Krone aus Gold heraus, hielt sie in die Höhe und zeigte sie den Wartenden. Dann trat er vor und setzte Friedrich die Krone auf. Damit war das Haupt des Kaisers aller Deutschen im Hause Gottes nicht länger unbedeckt. Als Heinrich zurücktrat und respektvoll den Kopf senkte, begann von der Seite der Ritter wohlwollendes Geraune, während die Kirchenmänner weiterhin in eisigem Schweigen verharrten. Rainald von Dassel begann zustimmend in die Hände zu klatschen, und Heinrich tat es ihm gleich. Wenig später klatschten erneut alle Ritter, und der Applaus ebbte erst nach Minuten wieder ab. Wenn es einen Affront durch die Vertreter der Kirche gegeben hatte, konnte man spätestens jetzt wieder von einem Gleichstand ausgehen. Kleos hob die rechte Hand, schlug ein Kreuzzeichen und begann zu sprechen.

»Gegrüßt seid ihr Herren im Hause Gottes, und sein Segen sei alle Zeit mit Euch.«

Eilig begannen sich alle Anwesenden zu bekreuzigen, und erst als dies geschehen war, fuhr er fort. »Wir sind hier zusammengekommen, um jene zwiespältigen Fragen zu klären, die für Unmut und falsches Verständnis gesorgt haben. Dies soll und darf nicht länger sein. Hört deshalb folgende Botschaft, die euch der Heilige Vater übermitteln lässt: Das Reich Deutscher Nation ist nur ein Lehen, das wir, die Heilige Kirche Roms, dir, Friedrich, zu treuen Händen übertrugen.«

Ein Raunen ging durch die Menge der versammelten Vasallen. Viele sahen sich an, und nicht wenige von ihnen schüttelten die Köpfe. Der Abgesandte des Papstes hob die Hand und gebot Ruhe. »Dieses Lehen entstammt der Gunst unseres Heiligen Vaters, und er lässt es durch mich erneuern. Dies will ich also gerne tun, und ihr seid alle Zeugen.«

Ein Flüstern in den Reihen der Ritter begann, als Rainald von Dassel, der treue Kanzler des Kaisers, in die Mitte trat.

»Ihr verdreht erneut die Tatsachen«, begann Rainald ernst. »Lasst euch allen gesagt sein, dass wir, Kaiser Friedrich als Regent und Herrscher der Deutschen, uns dieses Diktat nicht gefallen lassen werden.«

»Hört, hört!«, riefen Stimmen auf der Seite der Kaisertreuen.

Der Bischof hob seine Hand und bat um Ruhe.

»Was du sagst, Rainald, ist nicht richtig. Vergesst niemals, ihr Herren, der Kaiser hat einen Eid geleistet, und dieser gilt für alle deutschen Stämme im Reich. Doch Alexander ist Herr *aller* Christenmenschen, selbst wenn sie nicht unter der Kaiserkrone leben. Sag selbst, ist er damit nicht von höherem Rang?«

»Niemals!«, schrien wütende Stimmen aus den Reihen der Ritter durcheinander, und Barbarossa kam nicht umhin zu lächeln.

Einige der kirchlichen Würdenträger beugten sich zu dem Abgesandten des Papstes und flüsterten aufgeregt.

»Seit Hadrian ist jeder Papst ein Vikar Gottes!«, bekräftigte der Bischof mit lauter Stimme.

Höhnisches Gelächter aus den Reihen des Adels war die Antwort.

»Was ihr da sagt, ist eine Anmaßung. Jawohl, das ist es!«, rief Rainald von Dassel.

Beifallrufe und zustimmendes Gelächter aus den Reihen neben und hinter ihm waren die Antwort.

»So hört mich an!«, rief Kleos. »Vikar Gottes bedeutet Stellvertreter auf Erden!«

»Ihr dreht die Worte, bis sie euren Belangen passen!«, rief des Kaisers Kanzler, bevor jemand auf diesen neuen Einwand antworten konnte. »Man heißt Lehrer so. Jawohl, ein Vikar ist ein Lehrer, der die Worte Gottes an die Menschen auf Erden weitergibt. Nichts mehr und nichts weiter! Ein Lehrer!«

»Nein, *ihr* verdreht die Worte!«, ereiferte sich nun ein groß gewachsener Mönch, und Mitstreiter machten ihm Platz. »Das Wort stammt aus der Sprache der Franken und bedeutet Stellvertreter. Damit ist der Heilige Vater der Vertreter Gottes auf Erden. Jawohl, sein Stellvertreter.«

»Niemals!«, riefen erneut einzelne Adelige.

»Aber ja!«, bekräftigten die Priester und Mönche in Richtung der Lehnsleute, bis der Bischof selbst um Ruhe und Zurückhaltung bat.

»Der Papst ist Herr aller Christen und damit auch dein Herr, Friedrich. Alles andere wäre Ketzerei.«

Erneutes Raunen ging durch die Menge der versammelten Vasallen. Viele blickten sich um, und nicht wenige von ihnen schüttelten die Köpfe. Etliche Ritter legten die Hand an den Griff ihrer Schwerter. Doch bevor neue Zwischenrufe kamen, hob der Abgesandte Hadrians erneut seine Hand.

»Dies ist der Wille Gottes! Vergesst niemals, wer sich seinem Einfluss entzieht, dem entzieht der Allmächtige seine Gnade. Und es ist sein Wort, das uns leitet. Natürlich ist ein Papst auch ein Lehrer, aber das ändert nichts an der ihm übertragenen Aufgabe, die Kirche auf Erden zu führen und ihr vorzustehen.«

»Amen«, murmelten die Mönche im Chor und bekreuzigten sich.

»Unfug!«, polterte Friedrich und erhob sich von seinem Platz.

Seine Nasenflügel bebten, und da, wo sein rotblonder Bart an beide Mundwinkel stieß, zuckte sein Gesicht vor Erregung.

»Das ist Unfug«, wiederholte er im Rund der versammelten Würdenträger. »Von jeher ist der Kaiser des Heiligen Römischen Reiches dem Stuhl Petri gleichrangig. Damit bin ich, Friedrich, Kaiser aller Deutschen, Gott selbst verpflichtet. Vor ihm allein beuge ich mein Knie, nur vor ihm. Nicht vor einem Papst.«

Mit grimmigem Gesicht musterte der Kaiser die Kirchenvertreter. Sein Blick wanderte von Gesicht zu Gesicht und verweilte auf jedem einzelnen von ihnen gerade lang genug, dass die Männer der Reihe nach verlegen wurden. Zuletzt hob er ein Ende seines Umhangs und legte es sich nach Art der Römer über einen Arm. Die andere Hand stützte er auf sein Schwert. So stand er da. Vom Scheitel bis zur Sohle ein Herrscher. »Ich, Friedrich, Erster nach Gott, römisch-deutscher Kaiser, bin nur Gott allein verpflichtet. Nur ihm allein. *Sacrum Imperium.*«

Lauter Applaus seiner Lehnsmänner war die Antwort auf seine Rede.

»Sacrum Imperium!«, antworteten erste Stimmen aus

den Reihen der Vasallen, und immer mehr Fürsten und deren Gefolgsleute stimmten mit ein. Erst sein Kanzler Rainald von Dassel, dann der Clan der Babenberger aus der Markgrafschaft Österreich, genauso wie Albrecht der Bär, Markgraf von Brandenburg, und natürlich des Kaisers Vetter, Heinrich der Löwe, Herzog der Ländereien Sachsen und Bayern.

»Sacrum Imperium!«, skandierten die Lehnsleute laut.

Friedrich stand da, genoss die lauter und lauter werdenden Beifallrufe, und als Kleos plötzlich hastig aufstand, wurden die Rufe noch lauter. Der Kirchenobere hob seinen Arm und gebot Ruhe, doch die Ritter skandierten weiter. Sichtlich erbost griff er nach seinem Umhang und raffte ihn um die Schultern zusammen. Gefolgt von seinen Begleitern schritt er hastig hinaus, die Rufe der aufgebrachten Fürsten zur Begleitung.

»Sacrum Imperium!«

Der Boden und die Mauern des gewaltigen Kirchenhauses schienen leise zu beben, während die Menge immer wieder diese zwei Worte rief.

»Sacrum Imperium!«

Friedrich stand da und lächelte.

55

Der Abend begann erneut mit dem Einzug der Versammlungsmitglieder. Dieses Mal saß Barbarossa bereits auf seinem prächtigen Stuhl, die Reichsinsignien, von zwei Pagen auf samtene Kissen gebettet, neben sich. Wieder trug er die schmale goldene Krone. Die Würdenträger der Kirche beeilten sich bei diesem Anblick, ihre Plätze einzunehmen.

Auf ein Kopfnicken des Kaisers trat nicht Rainald von Dassel, sondern Heinrich der Löwe vor die versammelten Würdenträger der Kirche. Sein Blick suchte den Bischof von Freisingen, der ebenfalls auf Wunsch des päpstlichen Vertreters anwesend war.

»Bischof Otto von Freisingen! Vor den hier anwesenden Männern spreche ich zu Euch. Ich sollte Euch zwar mit Missachtung strafen, weil Ihr Rechte beansprucht, ohne mich zu fragen. Mir kam es zu, diese Rechte zu bewahren, zumal in einem Land, das meine Väter mir zu erblichem Besitz hinterlassen haben. Weil mir aber Eure Person lange bekannt ist, habe ich beschlossen, diesen Verstoß gegen das Lehnsrecht zu vergessen und Euch meine volle Gunst zuzuwenden. Unter der Bedingung, dass Ihr die Besteuerung meines Landes zum Wohle Eures Bistums nicht länger von meiner Hand empfangen wollt.«

Als er mit seiner Ansprache fertig war, blieb er stehen, um die Reaktion des Bischofs abzuwarten. Doch der reagierte nicht, sondern nickte nur huldvoll in Heinrichs Richtung, dann in Richtung eines seiner Begleiter. Dieser, ein Mönch, erhob sich. Er hielt ein Pergament in der Hand, und mit einem kurzen Kopfnicken grüßte er in Richtung des sitzenden Kaisers. Dann begann er zu sprechen.

»Der Kaiser bekräftigt dem hochedlen Vetter Heinrich, genannt der Löwe, Herzog von Sachsen und Bayern und seinem Kontrahenten, Otto, dem teuersten Oheim vor unserem Herrn Jesus Christus, dass der Disput ein für alle Mal getilgt sei. Er erinnert an das Schiedgericht zu Augsburg. Was dort mit kaiserlichem Siegel festgelegt wurde, bleibt so bestehen.«

Der Mönch trat auf seinen Platz zurück. Geflüsterte Worte huschten hin und her, neugierige Blicke sahen sich nach

Heinrich um. Der Herzog hielt sich nur mühsam in seiner Gewalt und warf einen raschen Blick zu seinem Vetter.

Er sah, wie Friedrich es vermied, zu ihm zu blicken.

Heinrich presste seine Lippen zusammen. Dieser Hasenfuß, dachte er wütend, Taktierer! Er fürchtet die Pfaffen ja doch und kriecht nun vor ihnen in dieser Angelegenheit! Will sich sein Maul nicht gänzlich verbrennen und wählt darum diese Politik!

Leises Stimmengemurmel begann, und als Friedrich sich von seinem Platz erhob, taten dies auch die Anwesenden und wandten sich zum Kirchentor. Er sagte nichts, sondern schritt voran, von seinem Kanzler begleitet. Heinrich bahnte sich einen Weg durch die hinausdrängenden Vasallen, die ihm bereitwillig Platz machten. Der Herzog blieb neben Friedrich stehen.

»Was soll dieses Spiel?«, zischte er.

»Schweig, viele Ohren können uns hören«, murmelte Friedrich, und Heinrich musste sich zwingen, nicht einen schnellen Blick in die Runde zu werfen.

Doch glaubte er spätestens jetzt die höhnischen Blicke missgünstiger Vasallen in seinem Rücken zu spüren. Heinrich trat näher an Friedrich heran und beugte den Kopf ein wenig nach vorne. Da ergriff ihn der Kaiser am Arm.

»Komm mit, lieber Vetter! Lass uns einen Schluck trinken.«

Er zog ihn mit sich, und die übrigen Vasallen folgten ihnen in gebührend höflichem Abstand.

»Ich hatte dein Wort, Friedrich.«

»Die Umstände machen es notwendig, diesen Streit nicht wieder zu benennen.«

»Umstände? Was für Umstände? Friedrich, ich hatte dein Wort!«

Der Kaiser schwieg und schritt dem Ausgang der Kirche zu. Er hielt Heinrich noch immer am Arm, der sich zur Ruhe zwingen musste.

»Friedrich, dein Wort als Kaiser,« zischte er mühsam beherrscht und entwand sich jetzt dem Griff seines Vetters.

»Manchmal ist das Wort eines Kaisers das Pergament nicht wert, auf dem es steht«, entgegnete Friedrich.

Heinrich blieb stehen, wandte sich dann abrupt um und stürmte aus der Kirche hinaus.

56

Der Diener hielt die Türe auf.

»Seine Majestät der Kaiser bittet dich einzutreten.«

Heinrich lachte höhnisch, trat dann aber in den Saal, in den sich Friedrich nach der letzten Rede zurückgezogen hatte. Die Tür schloss sich, und sie waren allein. Friedrich deutete auf einen großen Krug und zwei bereitgestellte Kelche aus schwerem Silber.

»Wein?«, fragte er.

Heinrich schüttelte statt einer Antwort nur heftig den Kopf.

»Du bist mir böse, natürlich.«

Friedrich seufzte bei dieser Feststellung, und Heinrich schwieg.

»Ich musste es tun«, sagte Friedrich knapp.

Heinrich schwieg noch immer. Beide Arme vor der Brust verschränkt, lehnte er mit dem Rücken an der Wand.

»Ich musste es tun«, wiederholte Friedrich beschwörend.

»Ja, weil du die Pfaffen verprellt hast mit deinem Anspruch auf Thron und Reich. Erster nach Gott! Wolltest du einen Streit nicht vermeiden? Jetzt hast du ihn und versuchst nun zu retten, was zu retten ist. Jawohl, komm ihnen nur entgegen, damit sie nicht alles hinwerfen und den Hoftag verlassen.«

Friedrich sog langsam die Luft ein, und sein breiter Oberkörper hob sich dabei. Da war es wieder, dieses seltsame Gespenst in seinen Gedanken. War die Ordnung, in der Ritter die Herren und die übrigen Menschen die Untertanen waren, in Gefahr? Wankte sie? Mehr noch, was geschah, wenn sich diese Ordnung änderte? Waren es tatsächlich jene mächtig gewordenen Herren des Klerus, die dabei den Anfang machten?

Friedrich schwieg und nahm einen Schluck aus seinem Kelch.

»Ist es nicht so, teurer Vetter?«, bellte Heinrich.

»Ich bitte dich, es mir gegenüber nicht an Höflichkeit fehlen zu lassen«, begann Barbarossa grimmig. »Vergiss niemals, ich, der Kaiser, lebe und kämpfe für jene Ordnung, die das Weltenbild der Menschen zusammenhält. Eine Ordnung, von Gott dem Allmächtigen selbst so bestimmt. Wie auch mein Amt von seiner Gnade bestimmt ist. Ich bin der Kaiser aller Deutschen.«

Während er sprach, spürte Heinrich, wie sehr er jedes Wort genau überlegte.

»Aber ich kann auch keinen Disput mit der Kirche gebrauchen. Alexander kann schon morgen mein Gegner sein, und dann habe ich das Nachsehen in meinem Streit gegen die Lombarden.«

»Der Papst sucht längst Verbündete.«

»Glaubst du, das weiß ich nicht?«, fragte Barbarossa. »Römische Pfaffen sind am normannischen Hof und wetzen dort ihre Schnäbel in der Hoffnung, nur ja viele Ritter auf ihre Seite zu bringen. Männer, die einst mir den Treueid geschworen haben.«

»Und nun?«, fragte Heinrich und bemühte sich, nicht zu höhnisch zu klingen.

»Was und nun?«, antwortete ihm Friedrich unwirsch. »Was passiert, wenn die Normannen sich für den Kaiserthron interessieren?«

»Das Amt ist dir von Gott selbst übertragen. Nur der Allmächtige kann es dir wieder nehmen. Was also fürchtest du?«

»Jedes Amt weckt Begehrlichkeiten. Die Normannen fühlen sich stark. Was, wenn sie den Thron auf einmal für sich beanspruchen?«, antwortete er düster und blickte auf seinen Vetter, der noch immer neben der Tür stand. »Gottes Gedanken sind manchmal unerklärlich, und doch müssen wir sie hinnehmen.«

»So wie deine Gedanken auch«, bemerkte Heinrich.

»Herr im Himmel! Diese leidige Brücke und die Schied in Augsburg. Natürlich, du hattest die Hoffnung, ich nehme den Spruch gegen die Freisinger zurück. Nun, ich hab es nicht getan, und das nimmst du mir übel. Das ist es doch, nicht wahr?«

»Darum geht es längst nicht mehr. Warum soll ich Abgaben an Otto zahlen? Ich bin der Landesfürst, und Munichen gehört zu meinem Lehen. Hab ich von den Freisingern je einen Teil verlangt?«

Heinrich presste die Lippen zusammen, und nur am Zucken seiner Wangenknochen erkannte Barbarossa, wie erregt sein Vetter war.

»Mit meinem Siegel hat der Markt Stadtrecht«, erklärte Heinrich. »Trotzdem kommst du Otto entgegen? Ich frage dich, warum?«

»Politik«, erklärte Friedrich knapp.

»Du willst die Entscheidung von Augsburg also nicht widerrufen?«

»Noch einmal, es ist und bleibt meine Entscheidung und damit Politik. Meine Politik.«

Friedrich schwieg, seufzte tief, und dann trank er. Wein lief ihm aus dem Mundwinkel. Er setzte den Kelch ab und wischte sich mit dem Handrücken über seinen dichten, roten Bart.

»Du bist mein engster Vertrauter, und ich hoffe sehr, dass ich diesen Schachzug machen kann, weil du ihn gutheißen wirst.«

»Du machst mich dabei zum Gespött der Lehnsherren.«

»Du übertreibst, Heinrich«, seufzte der Kaiser.

»Ich sage, wie es ist. Glaubst du, ich habe nicht bemerkt, wie der Babenberger und seine ganze Sippschaft sich die Hände gerieben haben? Dieser Pfalzgraf will schon lange meine Lehen für sich. Alles, die bayerischen Ländereien, meinen Titel. Ich weiß, dass er den Mönchen in Freisingen Angebote macht, in der Hoffnung …«

»Der Graf …«, begann Friedrich lahm, aber Heinrich unterbrach ihn.

»Und er ist den Normannen wohlgesinnt!«

»Gib Acht, Heinrich, eine Verleumdung kann dich einen Fehdegang kosten.«

»Na und wenn schon! Ich fehde mich mit jedem, der es wagen sollte, mir mein Recht streitig zu machen!«, sagte er laut.

»So, mit jedem?«, fragte Friedrich beinahe belustigt.

»Ja«, entgegnete Heinrich mit grimmigem Nachdruck und blickte seinem Vetter fest in die Augen. »Mit jedem. Das ist *meine* Politik.«

So standen sie eine Weile voreinander, und die Macht und das Vorrecht um uralte Rechte stand zwischen ihnen. Jetzt waren sie so wenig Freunde und Blutsverwandte wie irgendwelche Gegner irgendwo im Reich. Friedrich straffte die Schultern.

»Der Rechtsspruch von Augsburg bleibt bestehen.«

Heinrichs Nasenflügel bebten, doch noch bevor er antworten konnte, winkte Barbarossa ab.

»Ich muss nachdenken und will dies alleine tun.«

Heinrich beugte den Kopf zum Gruß, umgriff mit der Hand den Knauf seines Schwertes, und als er das kühle Metall des Schwertknaufs spürte, umschloss er diesen so fest, dass ihm die Knöchel schmerzten. Dann verließ er den Raum.

57

Ein gutes Dutzend Männer stand im Kreis und überprüfte seine Waffen und Ausrüstungen. Sie wappneten sich für einen Übungsgang, den jeder Ritter einmal am Tag absolvierte. Selbst das Treffen bei diesem Hoftag änderte an dieser Gewohnheit nichts.

Immer mehr Ritter traten hinzu, wurden von den übrigen begrüßt oder bisher unbekannten Gesichtern vorgestellt. Pagen eilten hin und her, reichten ihren Herren Übungsschilde, Schwerter oder halfen ihnen beim Anlegen der Rüstungen.

Weitere Männer traten durch das Tor. Unter ihnen immer mehr Herren in lange Kutten, Ordensgewänder oder gar in kostbaren Samt gekleidet. Die Ritter machten kühl, aber höflich Platz. Dann ertönte eine Fanfare, und augenblicklich hörte das Stimmengemurmel, Lachen und Scherzen auf. Alle Blicke wendeten sich dem Mann zu, der nun den Übungshof betrat.

»Sei gegrüßt, Friedrich, unser Kaiser.«

Der Kaiser trug eine wattierte Übungsrüstung aus Stoff, und zwei Pagen, die ihm folgten, trugen seinen Helm, Schwerter und einen leichten Schild. Friedrich galt als begeisterter Schwertkämpfer, auch wenn er nicht die Routine und das Geschick so manchen Ritters hatte. Aber er war furchtlos und ausdauernd, und noch nie hatte ihn jemand einen Kampf aufgeben sehen. Friedrich baute sich in Positur vor seinen Rittern auf.

»Nun, ihr Herren? Wo ist mein erster Gegner?«, lachte er, und seine dröhnende Stimme schallte weit über den Übungshof.

Die Ritter zögerten.

Natürlich galt es als große Ehre, gegen Friedrich anzutreten. Doch keiner wagte den ersten Schritt. Wer wollte schon den deutschen Kaiser in die Schranken weisen oder gar verletzen? Es war bekannt, wer immer gegen ihn antrat, musste richtig kämpfen. Friedrich hasste zaghaftes Geplänkel.

»Was ist, ihr Zauderer, was ist los? Ihr seid Ritter, ihr Herren, und ziert euch? Ist euch der Ort nicht angenehm? Oder war die Versammlung heute zu lang und ihr seid müde? Oder habt ihr etwa Angst?«

Die letzten Worte Barbarossas klangen höhnisch. Bei einer solchen Frage konnte ein Ritter, ein Mann von Ehre noch dazu, sich nicht länger zurückhalten und musste den Herausforderer fordern. So verlangten es die Regeln.

Doch selbst jetzt zögerten die Ritter noch.

Der Hof hatte sich mittlerweile gefüllt. Wer von den Waffen- und Pferdeknechten irgendwo abkömmlich war, ließ seine Arbeit liegen und sah zu, ob er nicht bei den folgenden Kämpfen zugegen sein konnte. Der Klerus war ebenfalls zahlreich vertreten. Stimmungen, Huld und Ansehen zwischen dem Kaiser und seinen engsten Vasallen ließen sich nirgends besser als auf dem Kampfplatz beobachten.

»Ihr Herren, was ist denn nun?«

Friedrich schüttelte ungeduldig den Kopf und blickte sich im Halbrund der wartenden Männer um. Plötzlich trat ein Ritter aus dem Kreis vor Barbarossa hin.

»Ich, Ortolf von Piscator, fordere dich, mein Fürst«, sagte der Mann, und Barbarossa grinste.

»Ritter Ortolf, welch eine Überraschung. Gegen dich habe ich noch nie gefochten.«

»Nein, noch nie«, antwortete der Ritter bescheiden und lächelte dabei.

Er war beinahe doppelt so alt wie Barbarossa, und jeder kannte den Ritter des kleinen Lehens. Bereits sein Vater Rudolf Piscator, genannt der Fischer, war zuverlässiger Vasall König Konrads gewesen. Nach dessen Tod war der Einfluss des alten Lehnsherrn geschwunden, aber noch erinnerte ein stolzer Name an ein altes Geschlecht.

»Ich schwor Euch Treue, mein Kaiser. Wenn Ihr wollt, dann überprüft selbst, wie gut ich mein Schwert führen kann.«

Der Ritter lächelte noch immer höflich, während er sich seine ledernen Handschuhe anzog.

Barbarossa lachte. Einer der beiden Pagen trat zu ihm und setzte ihm den Übungshelm auf. Der zweite Page hielt eines der Schwerter und den Schild. Barbarossa wollte danach greifen, doch dann stutzte er. Sein Vetter Heinrich der Löwe trat aus der Gruppe der wartenden Ritter, nahm dem Pagen den

Übungsschild aus der Hand und reichte ihn seinem Kaiser. Friedrich hub an, etwas zu sagen, aber ein Blick zu Heinrich ließ ihn schweigen. So nickte er nur zu dieser Geste, griff nach dem Schild, packte ihn und trat zurück. Dann hob er beide Arme, ließ, in der Rechten sein Schwert, in der Linken den Schild, beide Arme kreisen. Das allein erforderte Kraft, denn selbst der kleinere Übungsschild war aus Eichenholz und dementsprechend schwer. Aber jeder hier wusste um Barbarossas Körperkräfte. Auch Ortolf setzte sich seinen Helm auf, die dicke Polsterung dunkel verfärbt vom Schweiß.

Der Kaiser trat in den Kreis und zog mit seinem Schwert ein Kreuz vor sich in den Sand. Mit einem Fuß trat er auf das Signet und blickte nach seinem Gegner. Ortolf trat näher und blieb vor dem Kaiser stehen. Beide Männer senkten ihre Klingen, begrüßten sich, wie es die Sitte verlangte. Dabei blickten sie einander an und suchten im Gesicht des Gegners nach dem Augenblick des Angriffs.

Friedrich war ungeduldig und hob sein Schwert.

Mit einem kurzen, rauen Schrei trat er vor, hob den Schild ein wenig in die Höhe und hieb nach Ortolf. Der riss seinen Schild schnell nach oben und fing den Schlag ab. Genauso parierte er auch den nächsten. In gleicher Weise wehrte er alle Attacken ab, aber ging nicht ein Mal zum Gegenangriff über.

Barbarossa begann schneller und wuchtiger nach Ortolf zu schlagen. Der Ritter bemühte sich, jeden Schwerthieb nur mit seinem Schild abzufangen, ohne sein Schwert zu benutzen. Unmerklich rückte er jedoch immer näher an seinen Gegner heran.

Die erfahrenen Kämpfer ringsum nickten.

Ihnen war klar, was der Ritter vorhatte: Barbarossa war

für seine schweren, kraftvollen Schläge bekannt. Aber genau diese konnte er nun nicht so richtig anwenden. Ortolf wehrte weiterhin fast jeden Hieb mit dem Schild ab und benutzte sein Schwert nur, um die wuchtigen Schwerthiebe seines Gegners abzulenken. Genau das verleitete Friedrich immer mehr zum Dreinschlagen. Nun begann Ortolf mit der Breitseite seines Schwerts nach einem Bein seines Gegners zu zielen. Fast immer traf er, weil Barbarossa, allmählich müde, immer wieder vergaß, den Schild zum Schutz rechtzeitig zu platzieren.

Jeder wusste, dass trotz der gedämmten Übungsrüstung und einem stumpfen Schwert ein solcher Schlag ordentlich wehtat. Barbarossa schwitzte, während Ortolf sich nur wenig bewegte. Doch wenn er es tat, waren seine Bewegungen geschmeidig und ohne das kräftezehrende Ungestüm seines Gegenüber. Die Routine eines erfahrenen Kämpfers wurde immer deutlicher.

Heinrich, der abseits stehend den Kampf verfolgte, tat dies ohne sichtliche Regung. Doch jeder, der ihn näher kannte, wusste, wie sehr er in Gedanken mitkämpfte. Beim Glauben an den allmächtigen Gott, von einem kleinen Lehnsritter würde er sich nicht so vorführen lassen.

Barbarossa keuchte vor Anstrengung, und wieder gelang Ortolf ein Hieb auf das Schienbein des Kaisers und dann zwei Treffer auf seine ungedeckte Schulter. Die Zuschauer ringsum raunten. Bei einem echten Kampf würde Barbarossa den so getroffenen Arm kaum mehr bewegen können.

Barbarossa trat schnell zurück, holte tief Luft.

Er atmete schnell, bis er sich beruhigt hatte. Dann ging er erneut auf Ortolf los. Doch nun wirkte er auf einmal wie ausgewechselt. Als ob er verborgene Kräfte mobilisiert hätte, trieb er den Gegner mit schnellen, wuchtigen Hieben quer über den Übungsplatz. Jeder Treffer saß, auch wenn Ortolf einige noch mit seinem Schild mildern konnte. Aber er kam nicht einmal mehr dazu, selbst einen Treffer anzubringen. Dafür traf ihn ein schwerer Hieb direkt an der Schläfe. Ortolf schwankte. Es schien allen Beobachtern, als kämpfe er gegen eine drohende Ohnmacht. Doch Friedrich nutzte diesen Moment aus und hieb ihm zwei weitere wuchtige Schläge auf den Oberarm. Beim ersten konnte der Ritter den Schild noch ein wenig anheben, aber nicht schnell genug. Die schwere Übungsklinge fand ihren Weg noch über der schützenden Schildkante und traf. Der zweite Schlag gleich hinterher traf mit dumpfer Wucht auf genau dieselbe Stelle.

Der Ritter ließ den Schild abrupt sinken und stand nun ohne Deckung da. Er stöhnte, doch bat er nicht um Schonung, auch als Barbarossa einen erneuten Angriff startete. Ortolf hob seinen Schild nicht mehr in die Höhe, sondern versuchte jetzt, mit seinem Schwert die Schläge zu parieren. Doch ein weiterer Hieb auf sein Handgelenk ließ ihm die Klinge aus der Hand fallen. Barbarossa trat schnell vor und stellte einen Fuß auf die am Boden liegende Waffe.

Ortolf blieb stehen.

Jetzt keuchte er schwer. Die Hand, die eben noch das Schwert gehalten hatte, zerrte an seinem Übungshelm. Doch die Finger gehorchten ihm nicht, und so ließ er die Hand sinken.

»Ein sauberer Kampf, mein Fürst«, sagte er schwer atmend.

Barbarossa hob sein Schwert.

»Danke für euer Kompliment und für einen schönen Waffengang.«

»Jederzeit wieder, mein Herr und Fürst«, bemühte sich der Ritter und verbeugte sich ein wenig.

Er hielt sich derweil den Arm mit dem Schild daran. Sein Page kam gelaufen, und als sich sein Herr zu ihm umwandte, stürzte er auf ihn zu, stützte ihn und führte ihn aus dem Rund der Zuschauer.

»Rotbart hat ihm den Arm gebrochen«, raunten die am nächsten stehenden Zuschauer leise.

»Wer?«, rief Barbarossa laut. »Wer ist der Nächste? Wer wagt es?«

Er riss sich den Helm vom Kopf und warf ihn neben sich auf den Boden. Trotz der dick wattierten Rüstung bildeten sich darauf dunkle Schweißflecken. Er stapfte ein paar Schritte im Rund herum, und wenn er den Kopf rasch wendete, flogen Schweißtropfen von seinen roten Haarspitzen. Angesichts des eben gesehenen Kampfes begann das Zögern erneut. Die anwesenden Ritter wussten alle, dass sie ohne Rücksicht kämpfen mussten, um Barbarossas wilde Schläge parieren zu können.

Da fiel der Blick des Kaisers auf seinen Vetter. Heinrich nickte grimmig, griff nach seinem Schild und zog sein Schwert.

Alle wussten, dass nun zwei Männer gegeneinander fochten, die im Zwist miteinander lagen. Die Gunst des Löwen bröckelte. Trotzdem gebot es die Eitelkeit beider, eine gute Figur abzugeben.

Heinrich wirkte drahtig und beweglich. Er war gerne an der frischen Luft, wovon die leichte, aber gleichmäßige Bräunung seiner Haut zeugte. Er jagte mit großer Leidenschaft, ging zum Fischen und ritt für sein Leben gern. Der Herzog galt als versierter Kämpfer, und in den Feldzügen gegen die Wenden im Osten hatte er bewiesen, dass er zu Recht mächtigster Vasall des Kaisers im Lande war. Die Rettung Barbarossas vor der Wut der Römer war legendär und

Stoff unzähliger Geschichten. Doch im Gegensatz zu seinem Vetter wirkte Heinrich bereits beim Reden ungestüm und aufbrausend. Genauso war er auch im Kampf.

Friedrich begann mit der gleichen Taktik wie zuvor bei Ritter Ortolf.

Mit wuchtig geführten Schlägen seines Schwertes versuchte er, auch seinen neuen Gegner über den Platz zu treiben, um ihn zu ermüden. Schnell war den Zuschauern klar, wenn nur jeder dritte dieser schweren Hiebe den Herzog traf, würde die Waffenübung kaum länger dauern als der Gang zuvor.

Doch der Löwe war ein anderer Gegner.

Er kannte die Art seines Vetters zu kämpfen aus vielen gemeinsamen Übungsstunden. Und im Gegensatz zu ihm war er noch ausgeruht. So wich er den Schlägen aus und ließ Barbarossa laufen. Darüber geriet der Staufer allmählich so in Wut, dass er die Schwerthiebe dichter platzierte und Heinrich kaum Gelegenheit gab, seinerseits einen Treffer zu landen.

So ging es eine Weile lang hin und her.

Barbarossa fehlten sicher die Feinheiten eines Schwertkampfes, aber seine Konstitution schien unerschöpflich. Scheinbar mühelos steckte er jeden Treffer weg, und während die anfangs leichtfüßigen Bewegungen des Herzogs immer langsamer wurden, stapfte Barbarossa wie ein Bär um seinen Gegner herum und hieb ihm jedes Mal erneut die Breitseite seines Schwerts auf die Übungsrüstung, dass diese nur so staubte.

Plötzlich blieb der Kaiser stehen, trat einen Schritt zurück und warf seinen Schild weg. Dafür umklammerte er den Schwertgriff mit beiden Fäusten, atmete tief und spie neben sich auf den Boden. Er lachte grimmig, und Heinrich verstand.

Nun ging es nicht mehr um einen bloßen Schwertkampf, sondern um die Ausdauer zweier Körper, die sich einen solchen Raubbau leisten mussten, um einen Sieger zu finden. Auch er warf seinen Schild zu Boden, trat mit dem Fuß noch einmal dagegen, dass dieser über den Übungsrund hinausschlitterte, und seine Fäuste umschlossen den Schwertknauf.

Die Zuschauer johlten laut.

Es war warm, und die schweißdurchtränkten Übungsrüstungen beider Männer dampften wie das Fell geschundener Rösser. Mit einem Schrei ging dieses Mal Heinrich auf seinen Vetter los. Friedrich parierte. Mit einem hell klingenden Ton krachten beide Schwerter aufeinander. Das taten sie wieder und wieder, und jedes Mal stoben kleine Funkengarben von beiden Klingen.

Schlag auf Schlag erfolgte.

Beide Kämpfer trieben sich abwechselnd quer über den gesandeten Hof. Längst waren alle Stimmen verstummt. Was die Männer da zu sehen bekamen, war kein Übungskampf mehr. Das war etwas anderes, etwas Tieferes, etwas, was hinter verschlossenen Türen zwischen beiden Männern begonnen hatte und nun seinen Ausbruch fand. Hier und jetzt.

Dann war keiner von beiden mehr in der Lage, sein Schwert gegen den anderen zu führen. Beide atmeten schwer, und dann sank ganz langsam erst die breite Gestalt des Kaisers, dann Heinrichs Körper in die Knie. So verharrten sie beide voreinander, bis Heinrich den Griff seiner Waffe losließ.

»Du bist wahrhaftig ein Teufelsbraten, Heinrich«, keuchte Barbarossa erschöpft.

»Du bist mir eben ein Vorbild, lieber Vetter.«

Die Zuschauer applaudierten.

Teil vier

Der Feldzug des Kaisers

Amor vincit omnia.

Die Liebe besiegt alles.

58

Es war Krieg, und niemand nahm ihn ernst.

Warum auch, die Sonne schien warm, und der Himmel wölbte sich über das Land und ließ es leuchten. Ein Schilfmeer erstreckte sich weiter, als selbst die schärfsten Augen blicken konnten. Vogelschwärme stiegen aus dem endlos wogenden Grund auf.

Den ganzen Tag über rückten zahlreiche Bewaffnete an. Kaum Herren, aber Knechte und Freiwillige, die aus dem Städteverbund von Mailand stammten. Männer aus Mailand, Cremona, Mantua, Bergamo, Brescia, Parma, Padua, Verona, Piacenza und Bologna. Ihrem Schwur folgend waren sie allesamt gekommen, und keiner von ihnen war ohne Waffen. Der Marsch war lang, aber nicht mühselig gewesen. Sie marschierten durch gleiches Land mit gleicher Sprache, jeder voller Überzeugung für die einzig richtige Sache: Kaiser Friedrich Barbarossa sollte nicht Herrscher der Städte sein.

Ja, die Sonne schien warm, die Vögel jubilierten, und jedermann fragte sich, war das der Krieg? Sie waren doch jetzt bereits die Sieger! Der Papst stellte ihnen Waffen und Gerät, bezahlte ihren Wein und was sie auf dem Marsch zur Küste verzehrten. Und er segnete sie.

Am Horizont sahen sie das Meer. Messer Gandolfo, der Anführer der Freien aus Mailand, ritt als einer der wenigen auf einem Pferd. Nicht weil er sich als neuer Vertreter der lombardischen Patrizier verstand, sondern weil er nicht mehr sehr gut zu Fuß war. Das und eine Reihe anderer kleiner Gebrechen hinderte ihn jedoch nicht daran, dem Heer voranzureiten.

Einige Männer kamen auf ihn zugelaufen.

Doch die Vorsicht seiner schwertbewehrten Wachen war nicht nötig. Die Männer vor ihnen stammten aus seinem Heer.

»Deus hic, Gandolfo!«

Der Mailänder zügelte sein Pferd. Die Männer langten bei ihm und den übrigen Getreuen an, keuchten und hielten sich die Seiten. Es war kein Vergnügen, mit schwerer Henze, Helm und Schwert in der warmen Sonne zu laufen.

»Und, habt ihr sie gesehen?«, wollte der Patrizier wissen.

»Das brauchten wir gar nicht, Signore, sie sind leicht zu hören.«

»Deutsche Ritter, geschwätzig und sorglos.«

Gandolfo lächelte, als die übrigen Männer lachten.

»Aber ihr habt sie auch gesehen, ja?«

»Ja, Signore. Sie kommen die Küste herauf.«

»Wie viele sind es?«

»Schwer zu sagen, nicht alle Ritter sind in Rüstung, da kann man schlecht zählen, Signore.«

»Nenn eine Zahl«, forderte ihn Gandolfo auf.

»Sechs mal eintausend Männer zu Pferd, vielleicht ein paar weniger.«

Gandolfo pfiff leise. Madonna mia, Mutter der Schmerzen, das waren tatsächlich viele, und im Gegensatz zu seinen Leuten waren sie alle beritten. Er war nie ein Krieger gewesen, aber er wusste, ein Ritter in voller Rüstung war kaum aufzuhalten. Außer durch Gottes Zorn, wie der Bischof sagte. Der hatte leicht reden, denn wie so ein Gotteszorn aussehen sollte, konnte ihm der hohe Herr nicht sagen.

Er würde es ihm auch jetzt nicht sagen können, denn er war auf diesem Feldzug nicht dabei, sondern blieb im sicheren Mailand. Aber die vordringlichste Frage blieb unbeantwortet: Warum sollte Gott an einem solch schönen Sommertag zornig sein?

»Des Kaisers Männer sind zahlreich wie Fliegen am frischen Most«, bemerkte Silvio.

Der Cremoneser war Winzer und in Gedanken noch immer zu Hause. Aber das waren die meisten von ihnen.

Gandolfo seufzte, setzte sich im Sattel auf und wandte sich um. Noch längst waren nicht alle Krieger da, und er wusste nicht, wie lange es dauern würde, bis alle versammelt, in Schlachtordnung aufgestellt, den Angriff erwarten konnten. Und wie viele würden angesichts der feindlichen Ritter davonlaufen? Madre mia, was für Zeiten.

»Kämpfen wir, Signore?«

»Haben wir denn eine Wahl?«, fragte Gandolfo zurück, und seine Getreuen grinsten.

»Es geht um alles«, murmelte Silvio leise.

»Das tut es, *Amico mio*, das tut es.«

Es war Krieg, und niemand nahm ihn ernst. Warum auch? Die Sonne schien warm, und Wolken, weiß und harmlos, segelten über den Himmel und warfen kurze Schatten auf das Land. Bald kam das Meer in Sicht, und das erstreckte sich noch viel weiter, als selbst die schärfsten Augen blicken konnten.

59

Über dem steilen Hang kreisten zwei Bussarde im Wind, Sie ließen sich von der warmen Luft in die Höhe tragen, und die Leichtigkeit, mit der dies geschah, verblüffte Friedrich. Fast meinte er, die Wärme zu sehen, wie sie den Hang heraufstieg, um die Vogelschwingen zu tragen, als wären sie ein seidenes Tuch. Er hatte Greifvögel immer geliebt. In Gedanken sah er ihre stolzen Köpfe ganz nahe vor sich, während er die Rufe hörte.

Der warme Sommerwind trug die Gerüche nach Erde und Ginster herauf. Außer dem heiseren Schreien der kreisenden Vögel war es still.

»Gandolfo«, murmelte er, und so, als ob die Nennung dieses Namens das Stichwort war, konnte er am Horizont die Staubwolke über dem Land sehen.

Sie marschierten also an der Küste entlang. Klug, dachte er unwillkürlich, wirklich klug. Für einen Tuchhändler besaß dieser Mailänder genug taktisches Geschick, um auch als Stratege zu glänzen. Die Straße war fest und trocken, und zur Not ließ sich Nachschub noch zusätzlich über das Meer heranschaffen. Wenn es nötig war, sogar schneller als über die wenigen schmalen Wege im Hinterland.

»Gandolfo«, murmelte Friedrich erneut und neben ihm räusperte sich jemand.

»Habt Ihr etwas gesagt, Majestät?«

Er wandte sich nicht um, weil er wusste, wer hinter ihm stand. Rainald von Dassel, die treue Seele. Nie ließ er ihn alleine hadern, nie ohne bedeutende Worte. Und nie duzte er ihn. Was sollte er tun, wenn es eines Tages die tröstende Anwesenheit seines Kanzlers nicht mehr gäbe?

»Gandolfo«, sagte Friedrich ein drittes Mal und deutete auf den Truppenaufmarsch am fernen Horizont. »Ich wollt, ich müsste nicht gegen ihn ziehen.«

Rainald schwieg. Friedrich sprach weiter.

»Er ist ein kluger Mann und versteht es, Menschen zu führen. Es wäre mir lieber, er wäre an meiner Seite statt manch einem, der auf mich geschworen hat.«

»Besiegt ihn, Majestät. Und dann zeigt Euch großmütig. Lasst ihn auf Euch schwören, und fortan ist er ein Vasall an Eurer Seite.«

Friedrich lachte rau und strich sich über seinen Bart.

»Rainald, ich merke, du kennst ihn nicht wirklich. Gandolfo hat seinen eigenen Stolz, obwohl er nicht von Adel ist. Niemals würde er sich mir zum Verbündeten erklären. Nein, eher würde er darum bitten, ich möge ihn eigenhändig erschlagen.«

Da war es wieder, dieses seltsame Gespenst in seinen Gedanken. Die Ordnung, in der die Ritter Herren waren und alle übrigen Menschen deren Untertanen. Niemals durfte sich diese Ordnung ändern. Er selbst, Kaiser Friedrich der Rotbärtige, lebte und kämpfte für jenes Weltenbild, das den Menschen Halt gab und sie zusammenhielt, und er würde dies tun, bis zum letzten Atemzug seines Lebens.

»Die Knechte wollen Herren werden. Kann es unbarmherzigere Gegner geben?«

Rainald wusste darauf keine Antwort. Doch die Müdigkeit in den Ausführungen des Kaisers verblüffte ihn.

»Wir werden sie schlagen«, sagte Rainald bestimmt.

»Was macht dich dabei so sicher?«

Rainald wollte etwas antworten, doch Friedrich schüttelte heftig seufzend den Kopf und schwieg.

»Ich wollte, wir müssten dies nicht tun, aber es gibt wohl

keine andere Wahl. Jawohl, wir werden sie schlagen, aber wir werden sie nicht besiegen. Nach diesem Krieg wird nichts mehr so sein, wie es war.«

Rainald schwieg.

Dieser Mann da war der Kaiser und Fürst. Nie hatte er an seinem Recht, Herrscher aller Christen zu sein, gezweifelt. Und jetzt machte ihm ein Tuchhändler aus Mailand Sorge?

Friedrich erhob sich.

Er rieb sich die linke Schulter. Sie schmerzte seit Tagen, und manchmal konnte er nicht einmal den Zügel seines Pferdes halten, ohne dass ihm ein wütender Schmerz den Arm hinauf bis zur Schulter fuhr. Der Medicus trug Salben und Tinkturen auf und beschwor damit beinahe eine Heilung. Doch richtig mit der Sprache rückte er nicht heraus, und damit gab er zu, dass er nicht wusste, woher die Schmerzen rührten. Friedrich ahnte, dass etwas in ihm steckte, das es ihm schwerer und schwerer machen würde, ein Pferd oder gar ein Schwert zu halten. Doch er durfte sich nichts anmerken lassen, niemand sollte davon wissen. Ein kranker Heerführer war ein schlechtes Omen für die Kämpfer.

Er trat auf den schmalen Weg zurück, und Rainald folgte ihm.

Hier roch es nach Pinien, und Barbarossa sog den Duft ein. Er liebte ihn, so wie er die Gerüche von Ginster und Meer liebte und den schweren Duft der Erde in diesem Teil des Reiches. Ja, er liebte dieses Land, und er hatte mehr Zeit seines Lebens hier verbracht als jenseits der Alpen. Gegen seine Bewohner ins Feld zu ziehen bereitete ihm Unbehagen.

Bei seinem Pferd angelangt, hielt er sich am Sattel fest. Er wollte aufsteigen, doch er blieb neben dem Tier stehen und schloss die Augen, in der Hoffnung, der Schmerz in seinem Arm würde ausbleiben. Doch erneut raste ein stechendes Gefühl seinen Arm hinauf und blieb in seiner Schulter, wo es anfing zu pochen.

»Mein Herr Jesus Christus«, stöhnte er leise und knirschte mit den Zähnen.

»Ist Euch wohl, mein Fürst?«, fragte Reinhard besorgt hinter ihm.

Friedrich lachte mühsam.

»Zuviel gegessen, mein Lieber. Mein Wanst ist so voll, dass ich nicht auf die alte Mähre hinaufkomme. Gib deinem Kaiser einen Stoß und erzähl es nicht weiter«, lachte Barbarossa grimmig.

Rainald half ihm aufs Pferd. Als Friedrich saß, bemühte er sich, ruhig zu atmen. Er ließ den schmerzenden Arm einfach hängen, und allmählich beruhigte sich das heftige Pochen in seiner Schulter. Mit der anderen Hand griff er nach dem Zügel.

»Rainald, bevor die Schlacht beginnt, will ich ein zweites Schwert haben«, sagte er. »Lass es mir hier an den Sattel binden.«

»Mein Fürst …«

»Tu nur einfach, worum ich dich bitte«, entgegnete er milde und wendete das Pferd. »Frag nicht warum, tu es einfach.«

Das Tier stieg behutsam den Weg hinunter in die kleine Senke, wo die getreuesten seiner Vasallen auf den Kaiser warteten.

60

Der Kaiser nimmt zwei Schwerter mit in die Schlacht!

Diese Neuigkeit verbreitete sich wie ein Lauffeuer. Ein schlimmes Omen, raunten die einen, die kluge Entscheidung eines versierten Kriegers, meinten die anderen. Doch Rotbarts Handeln verunsicherte sie. War der Kaiser argwöhnisch geworden? War es ein Zeichen des Himmels, das er sorgsam in die Tat umsetzte? Oder steckte ihm das Erlebnis vor Jahren in Rom noch so in den Knochen?

Damals war er auf seinem Weg zum Sitz des Papstes mit Steinen und Straßenkot beworfen worden. Aufgebrachte Römer traten ihm und seinen engsten Getreuen in den Weg, und es wurden immer mehr. Die Bürger der Stadt bewaffneten sich und griffen ihn und seine Ritter an. Damals verlor er sein Schwert, und nur das rasche und beherzte Eingreifen seines Vetters Heinrich bewahrte ihn vor dem Schlimmsten. Der Herzog kam ihm mit einem Trupp Ritter zu Hilfe. Ohne Zögern machten er und seine Männer jeden bewaffneten Römer nieder, der sich ihm und dem Kaiser in den Weg stellte. Von diesem Tag an hatte in Rom niemand mehr offen gegen den Kaiser rebelliert.

Beinahe in Sichtweite der Küste ließ Barbarossa sein Heer halten.

Das ständige Marschieren, das Warten auf eine Gelegenheit zum Angriff und dazu der schwülheiße Sommer zerrten am Gemüt aller. Friedrich wollte zu einer Entscheidung kommen und wusste, dass er dazu den Gegner zur Schlacht zwingen musste. Gandolfo wich ihm aus. Die Lombarden zogen sich beim Herannahen des kaiserlichen Heeres zurück, und den deutschen Rittern blieb nur, den Nachschub der Rebellen zu stören. Doch immer wenn sie einen Handelszug aufhielten, mussten Barbarossas Leute erst prüfen, ob die Händler Kaisertreue oder Anhänger der Städte waren. Und waren sie dann tatsächlich kein Freund des Bundes aller Städte, immer voran Mailand und seine Wortführer, war noch längst nicht sicher, wem sie sich zugehörig fühlten. Zudem, galt nicht die Verstellung als geschickte Finte des Krieges, die in diesen Zeiten auch scheinbar harmlose Händler benutzten?

Diese ständigen Kontrollen zwangen die Ritter zu langen Tagesreisen in das Umland, wobei sie ständig die Grenzen Venedigs berührten. Das war nicht ungefährlich. Barbarossa konnte sich einen weiteren Konflikt nicht erlauben.

Pfalzgraf Otto, genannt der Ältere, drängte darauf, die Lombarden da zu treffen, wo sie am empfindlichsten waren: in ihren Städten. Er wollte Mailand angreifen. Barbarossa zögerte, und Heinrich, der missmutig und übel gelaunt von Beginn an bei diesem Feldzug dabei war, lachte Otto unverhohlen aus und verspottete ihn. Dies reichte aus, um den stetig schwelenden Argwohn zwischen den beiden Männern endgültig in offenen Streit zu verwandeln. Otto forderte Heinrich auf Ehre, und nur ein Machtwort des Kaisers verhinderte eine Fehde in den eigenen Reihen der Vasallen. Doch sicheren Beobachtern blieb es nicht länger verborgen: Friedrich ergriff mehr und mehr Partei für den gemäßigten Pfalzgrafen. Damit war längst kein Geheimnis mehr, dass Heinrichs Macht zunehmend schwand.

Dann kam die tückische Krankheit über sie. Das Fieber aus den Sümpfen erfasste alle, Fürsten, Ritter und Knappen.

Innerhalb nur einer Woche lagen Hunderte auf dem Krankenlager, und viele von ihnen rangen mit dem Tod. Aber dies sollte nur die erste Katastrophe dieses Feldzugs werden.

61

Der Gestank unweit der Sandhügel war entsetzlich.

Den ganzen Tag über schleppten müde Gestalten die Toten dorthin, um sie zu bestatten. So wie den ganzen Tag zuvor und all die anderen Tage. Das Fieber verbreitete sich rasend schnell, verschonte kaum jemanden und warf eben noch Gesunde auf das Krankenlager, schneller als ein Tag vergehen konnte. Niemand wagte mehr, das Zelt oder den Lagerplatz eines anderen zu besuchen.

Barbarossa plagte selbst ein leichtes Fieber, aber es war nicht von der Art, die immer mehr Mitglieder seines Heeres das Leben kostete. Dafür fühlte er ständige Schmerzen in der Schulter und jetzt auch in den Knien. Als man ihm berichtete, dass Gandolfo weiter auf sie zumarschierte, war ihm klar, dass die Lombarden eines so sehr wollten wie er selbst: eine Entscheidung.

»Greift an, mein Herr und Kaiser«, beschwor ihn Rainald von Dassel.

Diesen Rat gab er Barbarossa selbst dann noch, als er längst ebenfalls auf dem Krankenbett lag und um sein Leben kämpfte. Und immer wenn das mörderische Fieber etwas zurückging und er einigermaßen klar bei Verstand war, wiederholte er es, ja beschwor er seinen Kaiser, den Angriff zu wagen. Und alle Vertrauten Barbarossas, Pfalzgraf Otto und selbst Heinrich der Löwe taten einhellig das Gleiche.

Somit stand Friedrichs Entschluss fest.

Sobald es Tag wurde, würden seine Ritter in der Ebene unweit des Weilers Lignano aufmarschieren und sich den heranrückenden Lombarden in den Weg stellen. Dann mussten diese umkehren oder kämpfen. Oder sie ergaben sich. Aber daran glaubte Barbarossa keinen Moment. Dazu kannte er Gandolfo zu gut.

Die Händler auf der Seite der Lombarden blieben im Schutz des Heerlagers. Werber begannen herumzuziehen, in der Hoffnung, noch Freiwillige zu finden. Doch ihre Ausbeute war gering, auch wenn sie ein gutes Handgeld boten und die Aussicht, die gegnerischen Ritter bis aufs Hemd auszuplündern.

Hier, im Feldlager der Städte, saßen Kai und Lisa seit mehr als einer Woche fest. Seit ihrer überstürzten Flucht aus Munichen waren sie unterwegs gewesen. Sie kamen bis zu den beiden großen Seen im Süden des Marktes Munichen. Dort erfuhren sie, dass ein Ritterheer nur wenige Tage vor ihnen Richtung Süden marschierte, und der Anführer war Kaiser Friedrich. Er führte die Kämpfer gen Italien, um die rebellischen Städte ein für alle Mal zu unterwerfen. Es gab eine Menge Gerüchte, aber zurückkehrende Pilger erzählten Kai, dass auch Heinrich mit einem großen Tross an der Seite seines Vetters ritt. Damit wusste er, wo er nach Gottfried suchen musste. Er konnte nur noch daran denken und ließ sich nicht davon abbringen. Lisa wollte mitkommen. Sie fürchteten beide das, was ihnen diese Reise bringen würde: Kai die Begegnung mit seinem einstigen Retter, und Lisa die drohende Entfremdung zwischen ihnen. Sie sprachen nicht darüber. Lisa hoffte ihn umstimmen zu können, doch Kai kannte nur ein Ziel: seine Rache.

So folgten sie dem Heer, das sie nach nur zwei Tagen einholten. Kai stellte fest, dass diese Welt, die er einst in Badenweiler kennen gelernt hatte, nicht mehr die seine war. Die kaiserlichen Ritter waren misstrauisch, und Kai vermied es bald, weiter nach Heinrichs Ritter zu fragen. Gottfried war nicht bei ihnen, und niemand wusste etwas über ihn zu sagen.

Das Wetter war schön, und die Reise gen Süden über das Gebirge ließ den Groll auf den Junker bei Kai langsam schwinden. Doch noch immer wollte er nicht umkehren. In Bozen trafen sie Kriegsknechte der Mailänder. Als Kai dort erfuhr, dass Messer Gandolfo selbst der Anführer des Städtebundes war, erinnerte er sich an alte Zeiten. Eilig folgten sie der Handelsstraße bis fast zur Grenze, dort, wo Venedig begann. Dort wartete Gandolfo. Kai bat um eine Unterredung, und der reiche Kaufmann empfing ihn herzlich. Hier, auf der Seite des Städtebundes, waren sie sicher, denn die ständigen Kontrollen der Kaiserlichen konnten gefährlich für sie werden. So blieben sie beide, doch es wäre ihnen lieber gewesen, heimzukehren. Kai dachte immer wieder an das Haus in Munichen und stellte fest, wie all sein Zorn, die Wut über Gottfried und seine Machenschaften allmählich schwächer wurde.

Das kam durch Lisa.

Seit dem Tod ihres Vaters war sie meist still und in sich gekehrt gewesen. Einmal erzählte sie ihm alles, was sie wusste, und das war nicht sehr viel: Wie ihr Vater eines Nachts heimgekommen war, völlig verwirrt, seine Familie nicht mehr erkannt hatte. Lisas Mutter und ihre beiden jüngeren Geschwister waren in das Heimatdorf ihrer Mutter zurückgegangen. Dort waren sie alle nur wenige Monate später an einem bösen Fieber gestorben. Lisa war in Munichen bei ihrem Vater geblieben, hatte ihn gepflegt und auf die heilenden Hände der Mönche gehofft. Doch ihre Visionen waren nun immer öfter gekommen, und dies hatten die abergläubischen Menschen gefürchtet. Selbst die bis dahin gütigen Mönche hatten sich von ihr abgewandt. Kai erfuhr, dass ihr Vater immer von einer brennenden Brücke fantasiert habe und dass sie ihn manchmal auf dem Rücken von der Kirche in Guldeins Schänke getragen hatte, um ihn nahe bei sich zu haben. Doch sein Zustand war niemals besser geworden. Sie hatte als Magd in Guldeins Schänke gearbeitet, und er war auch der Einzige, der sich nie an ihrer Gabe gestört hatte.

62

»Gott zum Gruße«, sagte Pietro und setzte sich ungefragt zu ihnen.

»Sei willkommen«, entgegnete Kai höflich, und Lisa nickte nicht unfreundlich.

Pietro war Tuchweber, und in seiner Begeisterung für den Städtebund hatte er seine Heimatstadt Cremona verlassen, fest entschlossen, das Weberschiffchen gegen einen scharfen Spieß zu tauschen. Begeistert folgte er den raschen Unterweisungen durch die Kriegsknechte. Wie alle Freiwilligen hatte er neben seinem Spieß eine Lederbrünne und Beinschienen erhalten. Wie einst die römischen Legionäre. Sogar ein Schwert! Jetzt war Pietro ein Krieger und dürstete nach dem verhassten Kaiser und seinen Vasallen. Aber Kai wusste es besser.

Sie würden sich zur Schlacht treffen, und nicht nur Gandolfo sollte dann niederknien und um die Gunst und das Wohlwollen Gottes beten. Denn sie trafen auf ein Heer wohlgerüsteter, im Kampf erfahrener Ritter zu Pferd. Der einzige Vorteil auf ihrer Seite war das zahlenmäßig größere Heer, bestehend aus lauter Fußvolk. Und Rittern.

Tatsächlich verstärkte sich das Heer der Lombarden seit Tagen mit Rittern, die unverhohlen die Seite wechselten.

Meist handelte es sich dabei um kleine Lehnsherren, die ihren Eid auf den Kaiser nicht länger aufrechterhalten wollten. Angelockt durch Versprechungen der Städte, wechselten sie die Seite und tauschten ihre Gesinnung wie ein verschwitztes Wams.

»Wir werden sie doch schlagen, nicht wahr, *Amici*?«, wollte Pietro wissen.

Wir werden sie doch schlagen, nicht wahr? Die ständig ängstlich gestellte Frage, seit sie das erste Mal Friedrichs Truppen und den Staub, den sie seit Wochen aufwirbelten, gesehen hatten.

»Sag schon«, drängte Pietro erneut, und im Feuerschein glänzte sein Gesicht vor Schweiß in der noch immer warmen Nacht, »sind doch deine Landsleute.«

»Hast du schon einmal gekämpft?«, wollte Kai wissen, und Pietro wand sich sogleich verlegen auf seinem Platz.

»Ich … nun, ich war bei der Stadtwache«, entgegnete er.

Kai blickte ihn aufmerksam an, bis Pietro den Kopf senkte.

»Nein«, gestand er dann kleinlaut, »nein, noch nie.«

Er schüttelte den Kopf, und Lisa bekreuzigte sich stumm.

»Pietro, das sind Ritter. Der Krieg ist ihr Leben.«

»Pah, sind auch nur Menschen. Hast du nicht gehört? Das Fieber geht in ihrem Lager um. Alle wissen, dass sie in jeder Woche tausend Seelen durch die Seuche verlieren. Eigentlich bräuchten wir nur zu warten, bis sie zu schwach sind, um gegen uns zu kämpfen.«

Er probierte ein Lachen, doch angesichts Kais Miene ließ er es sein. Der Salzhändler blickte ihn an. Er wusste, dass Pietro dies nur sagte, um sich Mut zu machen und von der Angst abzulenken, die alle Menschen überkam, wenn sie das erste Mal vor einer Schlacht standen.

»Pietro, so wenig wie ein Ritter ein Tuch weben kann, so wenig werden Männer wie du dieses Heer schlagen.«

Pietro sah ihn an, und dann nickte er stumm. Er schluckte und schwitzte jetzt so stark, dass Kai ihn riechen konnte.

»Was soll ich tun, *Tedesco*? Kann doch nicht weglaufen. Hab einen Eid geschworen. Aber wenn ich mich jetzt aus dem Staub mache, bin ich vogelfrei. Gandolfo hat selbst gesagt, dass man alle Deserteure aufhängen wird. Also, sag selbst, was soll ich tun?«

»Bete, Pietro! Bete, dass einer der Heiligen morgen bei dir ist und dich beschützt.«

Der Tuchweber nickte kläglich, erhob sich dann und verschwand in der Dunkelheit. Das stete Schnauben der Pferde, einmal der Schrei eines Esels und das leise Blöken der Schafe unweit der Lagergrenze waren die wenigen Geräusche der Nacht.

»Liebster?«

Kai schloss für einen Moment die Augen und drückte ihre Hand. Er hatte es oft gedacht und tat es jetzt wieder: Wenn es ein Wort gab, das er als letztes in seinem Leben hören wollte, dann wäre es das. Und sie musste es so sagen wie gerade eben.

»Ja …?«

»Versprich mir, dass du nicht kämpfen wirst.«

»Das hab ich dir bereits versprochen.«

»Versprich es noch einmal.«

»Ich verspreche dir, dass ich nicht gegen die Ritter des Kaisers kämpfen werde.«

»Was auch immer geschieht«, sagte Lisa.

»Was auch immer geschieht«, entgegnete er.

»Dann lass uns heimkehren.«

Er antwortete nicht gleich. So viele Bilder schwirrten

durch seinen Kopf, und so viele davon konnte er nicht erklären. Aber eines stand nach der wochenlangen Reise von Munichen bis hierher fest: Es war dumm gewesen, nach Gottfried zu suchen. Was hätte es auch geändert, wenn sie noch einmal miteinander gesprochen hätten? Kein Schiedgericht würde das Unrecht wieder gutmachen können. Kai erkannte, dass es an der Zeit war, die Vergangenheit ruhen zu lassen. Nur so konnte er das Leben führen, das er sich wünschte. Zusammen mit Lisa.

»Liebster, bitte! Lass uns heimkehren.«

»Das werden wir.«

Irgendwo ertönte das Schnauben eines Pferdes. Nun rückte sie ganz nahe an seine Seite.

»Küss mich«, bat sie ihn, und er tat es.

Er spürte sie und kam sich mehr denn je wie ein Narr vor. Noch war der Schmerz über all das Vergangene in ihm, aber längst nicht mehr so schlimm.

»Wir gehen nach Munichen zurück, ja?«, flüsterte sie erneut.

Er nickte und drückte sie erneut an sich.

»Morgen Lisa, gleich morgen kehren wir heim. Was immer auch passiert. Noch ehe der Sommer zu Ende ist, sind wir zurück und beginnen neu. Ich verspreche es dir.«

Sie blieben sitzen, fest umschlungen, und blickten in das Feuer vor sich, beobachteten die Flammen. Kai wollte sie fragen, noch einmal fragen, wie damals. Willst du die Meine werden? Und wenn sie es dann sagte, sollte sie ein Padre der Mailänder trauen. Er wollte nicht mehr länger warten, er wollte mit seiner Ehefrau nach Hause zurückkehren. Er dachte für einen Moment an Winthir und an das Haus, in dem sich die Salzhändler treffen sollten. Das Hochwasser …

Die Huftritte eines Pferdes klangen ganz nah. Metall

klirrte leise. Kai blickte auf. Im Lichtschein ihres Feuers stand ein Schlachtross und senkte den Kopf. Sein Reiter glitt langsam und ein wenig steif aus dem Sattel. Mit einer Hand umfasste er den Griff seines Schwerts, und er trat so weit näher, dass er im Lichtschein des Feuers zu erkennen war. Er trug einen Helm mit einem Visier davor, dazu ein Kettenhemd bis zu den Knien. Stumm deutete er auf den Platz, auf dem gerade noch Pietro gesessen hatte. Kai ahnte, dass einer der Werber der Lombarden noch kräftige Männer für den Kampf suchte. Aber er würde sich nicht überreden lassen. Doch die Höflichkeit gebot es, dem Mann einen Platz am Feuer anzubieten. So nickte er dem Reiter einladend zu.

»Setzt Euch zu uns, Herr Ritter, und sagt, woher Ihr kommt.«

Der Mann nickte und folgte der Aufforderung. Sein Pferd begann sogleich das Gras auf dem Boden ringsum abzugrasen.

»*Amor vincit omnia*«, sagte der Mann.

Kai lief ein eisiger Schauer über den Rücken, und er konnte gar nicht anders, als zu antworten. »Die Liebe besiegt alles.«

Der Ritter saß da, mit einem Hauch von Anmut in seinen schwerfälligen Bewegungen.

»Gottfried?«, hauchte Kai, und Lisa richtete sich neben ihm auf.

»Ja, Kai. Ich bin es«, murmelte die kaum noch bekannte Stimme.

Er trug schwarze Reithandschuhe, und mit einer Hand schob er das Visier über das Gesicht. Sein Helm war viel zu groß, und darunter verbarg ein dunkles Tuch sein ganzes Gesicht, als wäre er aussätzig.

»Ich sehe, es ist dir nicht schlecht ergangen«, sagte Gottfried, und Kai wunderte sich um die verhaltene Stimme. »Du umgibst dich mit Schönheit.«

Noch immer die galanten, schmeichelnden Worte!, dachte Kai. Gottfried wandte den Blick, und so, wie er Lisa dabei betrachtete, spürte Kai sogleich einen Anflug von Eifersucht. Er erinnerte sich an die Leichtigkeit, mit der Gottfried immer Menschen für sich gewonnen hatte.

Kai spürte, wie trocken sein Mund war.

»Ja, ich hab mein Glück gefunden. Und du?«

Gottfried nahm den Helm vom Kopf. Dann nestelte er an einem Knoten unter seinem Kinn und wickelte das seidene Tuch ab, das um seinen Kopf geschlungen war. Als der Lichtschein des Feuers ihn dann beleuchtete, schrie Lisa auf, bevor sie sich schnell beide Hände vor den Mund hielt. Kai stöhnte nur und wich dann unwillkürlich zurück.

Der Anblick war entsetzlich.

Das einst so hübsche Gesicht war grausam entstellt, und selbst mit sehr viel Phantasie hätte man sich die einmal edlen, ebenmäßigen Züge darin niemals vorstellen können.

»Großer Gott im Himmel«, begann Kai, und dann stockte er.

So, als wäre sein Wort schon die Frage gewesen, deutete er auf das zerstörte Gesicht des Ritters.

»Was willst du sagen, Kai? Wolltest du fragen, wer das getan hat, ja?«, fragte der Ritter, und Kai hörte in der Frage noch immer jenen leisen, ein wenig ironischen Ton heraus, der ihm immer zu eigen gewesen war.

Lisa zitterte, als wenn ihr kalt wäre, und dabei war die Nacht so mild und lau wie selten.

»Der Übermut kommt vor dem Fall, und Vögel, die zu hoch fliegen, kommen der Sonne nahe und büßen für ihre

Dreistigkeit. Ikarus musste dies einst erfahren, und er hat dafür bezahlt.«

Gottfried lachte rau, und Kai bemühte sich, angesichts der schrecklichen Larve nicht die Augen zu schließen. Er musste sich geradezu zwingen, in das zerstörte Antlitz zu blicken.

»Dieses Gesicht ist das Ergebnis eines Lebens«, entgegnete der Ritter und begann zu erzählen.

Wie er als Knappe und später als Bursche Heinrich diente. Beide verband sie eine seltsame Übereinkunft. Heinrich, der junge Herzog, ehrgeizig, skrupellos und, wo es angebracht war, ohne störende Gewissensbisse, und Gottfried, heimlich gezeugter Sohn eines Mönchs und einer Nonne. Dies galt ihm immer als Stigma, bis ihm bewusst geworden war, wie sehr ihn der Himmel mit zwei Besonderheiten ausgestattet hatte: Schönheit und einem scharfen Verstand. Beides lernte er schnell und geschickt zu gebrauchen. Dass er Heinrich und den meisten seiner Vasallen im Geist überlegen war, wusste jeder. Heinrich beschäftigte ihn als seinen Vertrauten und Sekretär. Und es gefiel ihm, ihn, Gottfried, zu fördern. So schwor ihm der junge Mann den Treueid.

Doch Gottfried verband etwas mit dem Hof des Herzogs, was viel schwerer wog: Clementia, die Frau seines Herrn.

Er war ihr zugetan, so wie es die Minne ziemte, gefiel sich in der Rolle des Verehrers, weil er sich ihr näherte, wie es sonst nur ein fahrender Ritter tat, dem dies seinem Stand entsprechend erlaubt war. Gottfried betete Clementia an, rühmte ihre Schönheit, schrieb Verse und sang für sie. Und er schlief mit ihr.

Natürlich verstieß dies gegen die Regeln und Sitten der weit gerühmten hohen Minne der Ritterschaft, aber er war ein genauer Beobachter und wusste bald zu unterscheiden.

Im Leben musste man trennen: Zwischen dem Denken der Kirche und des Ritterstandes und der Lust nach Sinnenfreuden. Dazwischen lag die Wahrheit. Davon war er jedenfalls fest überzeugt. Und war das Leben nicht leer und öde ohne die Wonne des Fleisches? Eine Frau blieb bei aller Verehrung einfach eine Frau und blieb es auch, wenn sie Gemahlin eines Herrn und Fürsten war.

Das erste Mal geschah es in jener Nacht, in der Kai entschied, die Burg für immer zu verlassen. Da beschloss Gottfried, Clementia zu verführen, nur um seinen Herrn zum Hahnrei zu machen. Und weil ihm sein schönes Gesicht und seine perfekte Gestalt bis dahin willfährige Dienste geleistet hatten, schlief er mit Clementia in jener Nacht mit dem tiefen Gefühl der Genugtuung.

Doch nach diesem einen Mal wurde daraus eine Leidenschaft, deren Grund einer tiefen Zuneigung zu dieser Frau entsprang. Ja, der Sohn eines abtrünnigen Mönches und einer ehrlosen Nonne liebte die Frau des Löwen. Und sie liebte ihn. Und die Verzweiflung über diese ungehörige Verbindung war wie eine ständige Qual, der sie beide doch nicht entfliehen konnten. Sie bemühten sich ja verzweifelt darum. Beschworen den Anstand und die Würde, schworen den Verzicht aufeinander. In ihrer Liebe aber taten sie dennoch das, wonach sich ihre Herzen sehnten. Wenigstens gelang es ihnen dabei, die nötige Vorsicht vor einer Entdeckung nie zu vergessen.

Nach dem, was geschehen war, vermochte Gottfried nicht mehr zu sagen, ob Heinrich tatsächlich so ahnungslos gewesen war. Er wusste, sein Herr musste geahnt haben, wie es um sie beide, seinen Diener und seine eigene Gemahlin stand. Die verklärten Blicke zwischen dem jungen Mann und der nicht so viel älteren Frau. Das Besondere, das in der

Luft lag, wenn sie denselben Raum betraten, an derselben Tafel speisten oder sich im Hof wie durch Zufall begegneten. Sie, die Fürstin zu Pferd, die Wangen leicht gerötet nach einem schnellen Ritt über die Felder, von der Falkenbeize kommend. Er aus der Studierstube seines Herrn tretend, lächelnd, höflich grüßend, galant. Glücklich.

Die Herzogin wurde schwanger und gebar ein Kind, das jedermann bei Hofe als Heinrichs Sohn ansah. Heinrich hegte wohl leisen Zweifel, aber Clementia vermochte diesen geschickt zu zerstreuen.

Nach all der Zeit, die nach dem Erlebnis mit der Narrenkappe vergangen war, wusste Gottfried sicher, dass es Heinrich nicht eilig hatte, ihn zum Ritter zu schlagen. Aber er wollte nicht länger warten, denn seine Liebe offen zu zeigen war ihm verwehrt, und sein eigen Fleisch und Blut ebenfalls. So wollte er wenigstens als Ritter Klarheit erfahren und an dem Stolz und der Würde dieses Standes teilhaben.

Genau ein Jahr nach der ersten Nacht mit Clementia forderte er Heinrich vor Zeugen heraus.

Beim Stechen auf dem Turnierplatz wollte er seinen eigenen Herrn besiegen und dadurch die Ritterwürde erlangen. Dafür, dass er einen altgedienten Kämpfer aus dem Sattel warf, konnte ihm Heinrich diese Gunst nicht verweigern. Und wenn doch, hatte Gottfried auch dafür vorgesorgt: Kaiser Friedrich, der zu dieser Zeit als Gast in Badenweiler erwartet wurde, würde es angesichts dieses Kampfes tun.

Doch es kam anders.

Heinrich kämpfte mit einer Wildheit, dass Gottfried schnell merkte, dass ihm der Löwe die Ritterschaft nicht so einfach schenken wollte. Als Gottfried einem heftigen Angriff auswich, rutschte er dabei aus dem Sattel, und es gelang ihm nicht schnell genug, sich wieder auf den Rücken seines Pferdes hinaufzuziehen.

Doch er fiel nicht zu Boden, sondern verfing sich mit einem Fuß im Steigbügel seines Pferdes. Das Tier, durch einen Lanzensplitter an der Flanke verletzt, ging durch. Zuerst durchbrach es die Barrieren des Turnierplatzes, dann jagte es quer über den Grund vor der Burg, ihn, den verunglückten Ritter im Steigbügel, hinter sich herschleifend.

Hier schwieg Gottfried in seiner Erzählung, und Kai wagte nicht zu atmen.

»Ich wusste nicht, wie lang es ging«, sprach er weiter, »ich spürte nicht, wie mir Haut und Fleisch in Fetzen vom Gesicht gerissen wurden, wie mir die Knochen im Leibe brachen. Nein, ich spürte nichts. Keinen Schmerz, keine Angst. Ich sah nur sie, ihr Gesicht. Clementia. Als endlich jemand mein Pferd anhalten konnte, glaubte niemand, dass dieses Bündel Fleisch noch ein Mensch sein könnte.«

Er atmete tief ein, was ein röchelndes Geräusch gab, als sich die Atemluft zwischen den Verwachsungen seines Gesichts ihren Weg suchte.

»Heinrich kniete neben mir, und da, wo er unter dem Brei von Blut und rohem Fleisch noch den Rest meines Gesichts vermutete, sprach er zu mir. Das war Gottes Gericht, sagte er, hätte er dich nicht gerichtet, so hätte ich es getan. Dann zog er sein Schwert, berührte mich damit und verkündete laut, dass ich hiermit zum Ritter geschlagen sei, auch wenn ich nicht lange genug am Leben bleiben würde, um mich als solcher zu beweisen.«

»Aber du bist nicht gestorben«, stieß Kai beinahe atemlos hervor, und die kaum verhohlene Bewunderung in seiner Stimme musste auch Gottfried auffallen.

»Ja, ich blieb am Leben. Meine Knochen unzählige Male

gebrochen, mein Gesicht für immer entstellt. Aber ich lebte. Und als mir nach langer Ohnmacht, nach Wochen voll Fieber und unsäglicher Schmerzen bewusst wurde, dass ich endlich mein Ziel erreicht hatte, nämlich ein Ritter zu sein, klammerte ich mich an das Leben, wie es nur jemand tut, der dem Tode so nahe war.

Ich hatte den ersehnten Ritterschlag erhalten, aber ich wusste auch, dass Heinrich dies nicht aus Edelmut getan hatte. Oder als letzte Geste seinem einstigen Diener gegenüber, nein. Dafür ist er ein zu berechnender Mensch. Er tat es, weil unzählige Augen auf ihn gerichtet waren und weil er, hätte er es nicht getan, sich hätte rechtfertigen müssen. Vor dem Kaiser und den verhassten Bischöfen. Wollte er wirklich all seine Geheimnisse wahren, dann konnte er gar nicht anders. Außerdem, was riskierte er? Er schlug mich zum Ritter, fest davon überzeugt, dass niemand solche Verletzungen überleben konnte.

Bruder Aethelstan pflegte mich, und Heinrich verfügte, dass er mit mir die Burg verlassen musste. Doch nach einem Jahr waren die schlimmsten Wunden verheilt. Ich lernte wieder gehen, reiten, ein Schwert führen. Aber nach Badenweiler bin ich nie mehr zurückgekehrt.

Seitdem ziehe ich durch die Welt, verdinge mich als Kämpfer für einen Platz zum Schlafen und einen Krug Wein. Als ich hörte, dass Friedrich gegen die Lombarden zieht, schloss ich mich dem Tuchhändler an. Gandolfo ist ein schlauer Fuchs, und trotzdem braucht er jeden Ritter zu Pferd. Er erzählte mir von einem Salzhändler aus Munichen, und ich wollte zu ihm, in der Hoffnung, etwas über dich zu erfahren. Ich wusste nicht, dass dieser Salzhändler und du eine Person sind. O Kai, du musst wissen, was damals passiert ist…«

Die letzten Worte kamen ihm mit Mühe über seine verwachsenen Lippen. Jetzt schwieg er, denn Kais Blick war der eines jungen Mannes, der einen alten Gegner endlich gestellt hatte. Und Gottfried ahnte, dass er alles wusste.

»Du hast die Meinen getötet«, sagte Kai ruhig. »Du, mein Retter, hast meine Familie auf dem Gewissen. Der Mann, den ich einst bewunderte und der mich wie einen Bruder behandelte.«

»Ich habe die Wünsche meines Herrn ausgeführt. Damals, in jenem Moment, als die Brücke brannte und ich sah, dass keines der Gespanne mehr entkommen konnte, wusste ich, dass ich nun den Weg der Sünde …«

»Genug!«, stieß Kai hervor und spürte, wie ihn Zorn und Schmerz bei der Erinnerung doch noch zu überwältigen drohten. »Verfall jetzt nicht in Selbstgerechtigkeit. Gib einfach zu, was geschehen ist. Sag es einfach. Sag, was du getan hast!«

Eine Weile sprach keiner der beiden. Sein zerstörtes Gesicht blickte ihn an, und Kai bemühte sich, den Blick von ihm nicht abzuwenden.

»Ja«, begann Gottfried langsam zu sprechen, »ja, ich habe deine Familie auf dem Gewissen. Auch wenn es niemals Absicht war, sie umkommen zu lassen. Ich sollte nur die Brücke zerstören. An dem Tag war ein Gewitter, und ein Blitzschlag traf das Holz, bevor Dankred dazu kam, es anzuzünden.«

»Das sagst du nur, um dich von deiner Schuld reinzuwaschen.«

»Es ist die Wahrheit, denn ich stand oben im Wald und habe alles mit angesehen. Der Brückenwächter sollte es tun, aber ihn traf keine Schuld.«

Lisa schluchzte leise und lehnte ihr Gesicht an seinen

Arm. Kai spürte, wie ihre Tränen auf seine Haut tropften. Immer noch starrte er Gottfried an und brachte dabei kein Wort hervor. Der Ritter schloss die Augen, bevor er weitersprach.

»Ja, so war es. Ich habe alles mit angesehen. Zu dieser Zeit hätte ich alles für meinen Herrn getan, nur um ihm zu gefallen. Ich hatte doch ein großes Ziel! Und er war es immer, der es mir zeigte, mir vor Augen hielt: den Ritterstand. Als die Brücke in Flammen aufging, wollte ich nur fliehen, zurück nach Badenweiler, zur Frau meiner Träume. Zu meiner Frau.«

»Deiner Frau? Der Frau des Herzogs«, stieß Kai grimmig hervor, während Lisa neben ihm noch immer still weinte.

Gottfried schüttelte langsam den Kopf, und während er das tat, beleuchteten die Flammen sein Gesicht und machten es scheußlicher als jede Steinfigur auf den Söllern eines Doms.

»Heute weiß ich es. Clementia war immer die Meine. Vom ersten Tag an, als ich sie sah. Und sie ist es noch, hörst du? Ich weiß, dass sie nach der Trennung von Heinrich wieder geheiratet hat. Humbert von Savoyen, er und weitere Ritter dienen unter Barbarossas Farben. Aber wir gehörten immer nur uns.«

»Und warum bist du hier und kämpfst auf der Seite der Lombarden?«, fragte Kai, obwohl es ihn in Wahrheit nicht wirklich interessierte.

Gottfrieds Antwort war erneut ein raues Lachen, und dabei verzerrte sich sein Gesicht zu einer schrecklichen Fratze.

»Weil sie hier ist! Hörst du? Sie ist hier! Clementia, an der Seite ihres zweiten Mannes. Sie will verwundete Kämpfer pflegen. So kann ich ihr nahe sein, denn seit meinem Sturz habe ich sie nicht mehr gesehen. Man sagte ihr, ich sei tot.

Meinen Verletzungen auf dem Turnierplatz erlegen. Ich will sie nur noch einmal sehen, heimlich. Sie soll mich nicht sehen. Sieh mich an. Sie würde sich mit Abscheu von mir wenden.«

Kai spürte Lisas Wärme an seiner Seite. Dann blickte er zu Gottfried, und für einen Moment glaubte er, er müsste ihn umarmen, ihm nahe sein, wie einst. Doch der Augenblick verging, und so blieb jeder da, wo er war.

»Ich sehe, du hast auch eine Liebe gefunden«, begann Gottfried. »So wie ich einstmals. Ja, die Frau meines einstigen Herrn ist meine Wahrheit. Die Wahrheit, Kai! Erinnerst du dich? Es stimmt alles, was Bruder Aethelstan einst darüber sagte: Die Liebe besiegt alles! Weil sie verzeiht. Schmach, Unbill, jedes Leid…«

Kai erhob sich, zog Lisa zu sich und streichelte ihr über das Haar.

»Lass uns gehen, Lisa«, sagte er, und sie nickte an seiner Seite und blickte nicht mehr auf.

»Kajetan!«

Der Ritter blickte ihnen nach, bis die Dunkelheit beide verschluckt hatte.

Da weinte er leise.

63

Die Schlacht begann an einem Morgen im August des Jahres.

Als das Heer des Mailänder Bundes auf die Streiter des deutschen Kaisers traf, waren beide Seiten bis zum Moment des ersten Aufeinandertreffens schier betrunken von ihren Träumen und Hoffnungen. Hoffnungen vor allem, denn jeder erhoffte sich etwas. Ruhm die einen, andere die Festigung ihrer Macht. Wieder andere wollten die Klärung nicht gestellter Fragen oder eine neue Ordnung für alle Zeit neu festlegen. Und einige wollten sogar alles zugleich.

Ritter und Patrizier, Kriegsknechte und Händler, Diener und Knappen. Sie zeigten all die Eigenschaften, die sie trugen wie ein Muttermal, helle oder dunkle Haare und ebensolche Haut: Angst und Todesmut, Hass und Furcht in dem nun folgenden Gemetzel.

Sie stürzten aufeinander, scharfe Schwerter und Streitäxte in den Händen. Und diese Klingen trennten Arme und Beine vom Rumpf, schlitzten Hälse und Bäuche auf. Sie blendeten und entmannten, zerstückelten und zerteilten. Und erst wenn ihr wütendes Bemühen vollkommen vollbracht war, traten sie zurück, um nach neuen Opfern Ausschau zu halten, gewahr, gleichzeitig Opfer zu werden und selbst so zu enden. Aber jede Schlachtung, bei der ein Lamm sterben sollte, hatte weniger Schrecken als dieser Opfergang zweier bewaffneter Heere.

Einer der Ersten, die fielen, war Ritter Gottfried.

Seine Bewegungen waren zu langsam. Ehe er den schützenden Schild in die Höhe reißen konnte, traf ihn ein wirbelnder Morgenstern am Kopf und ließ ihn rückwärts aus dem Sattel fallen. Er musste bereits tot gewesen sein, als er auf die staubige Erde der Lombardei stürzte. Nachsetzende Krieger traten über seinen geschundenen Leib.

Heinrich, vom Staub bedeckt, schwitzend und blutbespritzt, hatte dies beobachtet, als er zum Heerlager zurückgaloppierte. Er kannte die Farben auf dem Schild und die mit blutroter Farbe eigenhändig geschriebenen Worte darauf. Doch er fühlte nichts. Am Rande des Lagers sprang er vom Pferd und winkte seinem Burschen.

»Bring den Hengst!«, befahl er. »Das Ross hier lahmt.«

Der Bursche nickte und rannte zu den wartenden Streitpferden.

Ein Kelch voll Wein wurde dem Herzog angeboten, doch er lehnte ab und verlangte stattdessen nach Wasser.

Ein hölzerner Bottich wurde ihm gereicht, in dem das klare Wasser silbern schimmerte. Heinrich schöpfte es mit der hohlen Hand, und es war ihm gleich, dass sich noch Blut und Schweiß daran befanden. Gierig trank er und spuckte den Rest auf den Boden. Er hätte gerne nach seiner Frau Mathilde gesehen, sich ihr als Krieger gezeigt. So wie er war, mit Blut und Staub bedeckt, das Wams über dem Kettenhemd vom Schweiß ganz dunkel.

Ein Schatten fiel auf ihn, und er blickte auf. Vor ihm stand eine Frau. Clementia.

Seit langer Zeit sah er sie wieder.

War es tatsächlich so viele Jahre her?, musste er denken, und für einen Moment dachte er auch daran, dass sie die Frau war, die ihm seine Kinder geboren hatte. Seltsam, bei ihrem Anblick fühlte er einen Stich in der Brust, der aus einer Eifersucht stammte, die doch lange zurück lag und längst vergessen schien. Er wollte es gar nicht, aber in diesem Augenblick fühlte er, wie er sie noch immer begehrte. Sich von ihr zu trennen und neu zu heiraten war ein Zugeständnis an seinen Vetter und dessen Politik gewesen, und lange Zeit wusste er nicht, ob er sich dagegen hätte wehren sollen. Jetzt wusste er es. Hätte er die Wahl, er würde es nicht noch einmal tun.

Clementia trat nicht zu ihm, sondern blieb stehen und schwieg.

Sie blickte ihn nur an, und Heinrich wurde auf einmal verlegen, was gar nicht seine Art war. Dies ging ihm im Moment so weit, dass er den Blick von ihr losriss und seinen Kopf zurück auf das Schlachtfeld wandte, von dem er gerade gekommen war.

Welf von Ravensburg kam aus dem Getümmel geritten und parierte sein schwitzendes Pferd vor ihnen. Seinem Schlachtross troff der Schaum in dicken Flocken vom Maul.

»Was für eine Schar von Bastarden und Hurenböcken!«, lärmte er, den Blick nur auf den Herzog gerichtet.

Er deutete auf die hinter ihm tobende Schlacht.

»Aber sie wehren sich leidlich.«

Erst jetzt erkannte er die einstmalige Herzogin und da wurde ihm bewusst, was er gerade gesagt hatte. Das war eines Ritters unwürdig, angesichts einer Dame zu fluchen, noch dazu von so hohem Stand.

»Edle Clementia, wie dumm von mir und ungeschickt dazu, ... nehmt bitte meine Entschuldigung an«, stammelte er, doch sie winkte ab.

»Grämt Euch nicht, Herr von Ravensburg, der Augenblick für höfliches Gebaren ist schlecht gewählt. Ihr habt Euch nichts vorzuwerfen.«

»Ich danke Euch für Euer Verständnis, edle Dame. Lasst mich dafür im nächsten Angriff Euer Ritter sein. Jeden erschlagenen Feind widme ich Euch.«

Sie nickte und wollte sich abwenden, weil sie wusste, dass die beiden Männer miteinander sprechen wollten. Welf beugte sich zu Heinrich.

»Diese Rebellen haben deutsche Ritter in ihren Reihen. Den mit der blauen Raute wollte ich erschlagen, aber was für ein Pech. Mein Neffe war schneller.«

Welf lachte.

»Ich weiß«, meinte der Herzog und nahm die Zügel des

Hengstes, den der Bursche vor ihn hingeführt hatte, »den hätte ich mir gerne selber geholt.«

»Warum, kanntest du ihn, Heinrich?«

»Ja, er war einst mein Schwertträger und mein Page. Und er war der Troubadour meiner ersten Frau.«

Jetzt blickte er wieder zu Clementia, und Welf tat es ihm gleich.

Heinrich sah, wie ihr Gesicht zuckte. Bei Gott, sie rang um Fassung. Der Schmerz über diese Nachricht zerrte an ihr, und die plötzliche Eifersucht, die Heinrich auf einmal verspürte, war so stark, dass es ihm schier die Luft raubte. Mit einer Hand umkrallte er den Rand seines Sattels so fest, dass sie ihn schmerzte. Selbst jetzt besitzt dieser Bastard sie, musste er denken. Selbst jetzt, da er tot im Staub liegt.

Doch sie hatte sich in der Gewalt. Warum auch nicht? Sie war einmal seine Gemahlin gewesen, die Frau des Herzogs von Bayern, Mutter seiner Kinder. Sie wusste, was sich gehört, und dass er dies selbst jetzt noch von ihr erwartete. Und tatsächlich, sie enttäuschte ihn nicht. Clementia raffte ihr langes Kleid und wandte sich zum Gehen.

Welf und Heinrich blickten ihr nach, bis sie zwischen den ersten Zelten am Rande des Heerlagers verschwand. Jetzt erst stieg Heinrich auf sein leichtes Handpferd, gab ihm die Sporen und jagte in das Schlachtengetümmel zurück. Welf und weitere Ritter folgten ihm.

64

Die Lombarden wehrten sich verbissen.

Gegen Mittag wusste Friedrich Barbarossa, dass er diese Schlacht nicht so einfach gewinnen konnte, wie seine Ritter erst geglaubt hatten. Inmitten eines Pulks berittener Söldner wehrten sie sich erbittert. Die zahlenmäßig überlegenen Lombarden umkreisten immer einen von ihnen, hieben mit Dreschflegeln, Sensen und Feldhacken auf ihn ein, setzten mit Spießen und Stangen hinterher, bis er vom Pferd fiel. Kam er dann nicht gleich wieder auf die Füße, bedeutete es immer sein Ende.

Die Ritter fuhren wie die Offenbarung des Jüngsten Gerichts in die Reihen der Angreifer. Was ihre schweren Schlachtrösser nicht gleich niedertrampelten, erledigten ihre Schwerter, Streitäxte, Morgensterne, ihre eisenbeschlagenen Keulen.

Das Gemetzel tobte hin und her, und weder die Lombarden noch die deutschen Ritter wollten weichen.

Barbarossa hatte insgeheim Recht behalten. Die Schlacht war noch längst nicht gewonnen. Er hätte gerne ein Wort von Rainald gehört, doch sein Kanzler und Vertrauter war in der Nacht zuvor eines der letzten Opfer des verheerenden Fiebers geworden.

Am frühen Nachmittag ging der Kampf in die nächste Runde.

Beide Seiten warfen frische Kämpfer in die Auseinandersetzung, und wieder war nach stundenlangem, mörderischem Gemetzel nicht erkennbar, wer die Oberhand behalten würde. Gandolfo nahm seine Truppen im Zentrum zurück, und dieses Mal folgten ihm die deutschen Ritter nicht, sondern zogen sich zurück. Beide Seiten signalisierten ihre Bereitschaft, sofort weiterzukämpfen, sollte eine der Seiten kehrtmachen und wieder vorrücken.

Auf einem Hügel, nicht weit davon entfernt, stand eine Schar Ritter und beobachtete die zurückflutenden Truppen. Fast alle warteten in einem Halbkreis, und ihre Burschen hielten die Pferde, die Helme und die Schilde. Die Fahnen des Kaisers flatterten im Wind. Barbarossa saß auf einem Schemel, sein Schwert an der Seite, ein weiteres Schwert vor sich, quer über seinen Schoß gelegt.

»Friedrich, wir sollten jetzt nicht ausruhen«, verlangte Heinrich ungestüm, und jedermann in der Runde wusste, dass Heinrich dem Gegner keine Zeit zum Verschnaufen lassen wollte. »Lass sie uns verfolgen, ihnen nachsetzen. Glaub mir, die sind müde. Der Zeitpunkt ist günstig, jetzt können wir sie schlagen!«

»Gemach, Heinrich! Gemach«, entgegnete der Kaiser ruhig, ohne den Blick von den zurückgehenden Streitern zu wenden.

»Vetter, du wirst doch jetzt nicht warten wollen?«

»Hast du keine Augen im Kopf?«, fuhr der Ritter Otto, Pfalzgraf und Vertrauter des Kaisers, dazwischen. »Unsere Männer sind auch müde.«

Seit Beginn des Feldzugs lag die unausgesprochene Fehde zwischen diesen beiden Rittern in der Luft, denn Otto verachtete Heinrich so sehr wie dieser den Grafen.

»Müde«, bellte Heinrich zurück, »du vielleicht, aber …«

»Was?«

»Ich sagte, du, Otto, magst ja müde sein. Leg dich doch in den Schatten, wir werden derweil den Waffengang beenden.«

»Wer hat dich denn zum Richter über diesen Kampf bestellt?«, schrie Otto.

»Still jetzt!«, schnaubte Barbarossa dazwischen und blickte auf. »Es nützt uns nichts, wenn die Reste meines Heeres, das, was Fieber und dieser Kampf übrig gelassen haben, aufgerieben wird. Wir verhandeln.«

Alle blickten ihn an.

»Was«, entfuhr es Heinrich, »du willst verhandeln?«

»Ja«, erklärte Barbarossa, »nur so retten wir das Heer.«

Heinrich starrte ihn entgeistert an, die übrigen Ritter wechselten rasche Blicke miteinander.

»Mein Kaiser, du willst mit Tuchwebern und Weinhändlern verhandeln?«, fragte Heinrich mühsam beherrscht. »Mit Schweinehirten und Tagedieben, die sich zu Dutzenden zusammenrotten müssen, um einen einzigen Ritter zu erschlagen? Bestien, schlimmer als Wölfe! Mit diesem Pack willst du reden?«

»Ich will es nicht, ich muss es.«

Heinrich richtete sich auf und blickte sich um.

Sein Gesicht war grau, und jedermann sah ihm die Erschöpfung an. Die Getreuen des Kaisers senkten die Köpfe. Nein, gern hörten es die stolzen Vasallen nicht, aber der Kaiser hatte Recht. Es blieb ihnen tatsächlich kaum eine Wahl. Sehr wahrscheinlich würden sie diese Schlacht gewinnen, aber der Preis dafür wäre am Ende höher als bei jedem Feldzug zuvor.

»Hört mich an!«, begann Heinrich leidenschaftlich. »Wir sind deutsche Ritter, und wenn wir hier klein beigeben, wird das zu einem neuen Krieg führen. Was, wenn weitere Städte sich weigern, Tribut zu bezahlen? Müssen wir im Winter noch mehr Rebellen niederwerfen? Kämpfen wir schon bald gegen Nürnberg oder Augsburg?«

»Mal den Gehörnten nicht an die Wand und beschwör keine Geister«, knurrte Otto.

Ein Reiter kam herangesprengt und zügelte sein Pferd vor der kleinen Versammlung. Er trug ein langes, weißes Tuch an seiner Lanze.

»Mein Kaiser, Gandolfo will reden. Mit dir selbst, lässt er ausrichten.«

»Sag ihm, dass ich komme.«

Der junge Reiter nickte, wendete sein schweißbedecktes Pferd und jagte in gestrecktem Galopp zurück. Heinrich lachte verächtlich auf; die übrigen Ritter wandten sich von ihm ab und blickten nun auf ihren Anführer.

»Du, Otto, führst die Truppen zurück und bietest Gandolfo einen Platz für die Verhandlungen an!«, befahl Barbarossa, während er sich von seinem Platz erhob.

Der Mann nickte und stülpte sich seinen Helm auf das schweißnasse Haar. Einen raschen und höhnischen Seitenblick auf Heinrich konnte er sich aber nicht verkneifen. Auch die übrigen Ritter stiegen eilig auf ihre Pferde. Wenig später jagten sie davon, und eine Staubwolke war das Einzige, was zurückblieb. Nur Heinrich und Friedrich standen da und blickten ihnen nach.

»Mein Kaiser, mein Herr«, begann Heinrich förmlich.

»Was ist?«

»Bitte, entlasse mich mit meinem Hofstaat und lass mich heimkehren.«

»Warum so eilig? Und so plötzlich, Vetter?«

»Wichtige Lehnsangelegenheiten zwingen mich dazu. Ich denke, der Zeitpunkt ist gut gewählt, ich werde sicher nicht mehr gebraucht.«

Friedrich sah seinen einst wichtigsten und mächtigsten Vasallen lange an. Dann nickte er. »Du hast Recht, Heinrich. In dieser Angelegenheit wirst du nicht mehr gebraucht.«

Barbarossa ließ ihn stehen, schritt an ihm vorbei zu seinem Pferd, das ein wenig abseits von einem Burschen gehalten wurde. Ein Waffenknecht wollte ihm den Helm reichen. Aber Friedrich schüttelte den Kopf.

»Nein, ich brauch ihn nicht mehr«, sagte er nur und stieg auf sein Pferd.

Er drückte dem Tier die Sporen in die Seite, und es setzte sich in Bewegung. Leise kündigte sich neuer Schmerz in seiner Schulter an.

65

Noch am gleichen Tag zogen die beiden Heere in entgegengesetzter Richtung davon.

Die Verluste auf beiden Seiten waren groß, und an Plünderung, die man ihnen einst versprochen hatte, dachte niemand.

Kai und Lisa halfen den zurückkehrenden Männern, versorgten Verletzte, schafften Wasser und Nahrung heran. Lisa ging dem Medicus zur Hand. Kai hoffte insgeheim auf Gottfrieds Rückkehr, doch dann erfuhr er von einem Mann aus Bologna, dass er gefallen war. Der Mann weigerte sich, ihn auf das Schlachtfeld zu führen, sondern schüttelte immer nur den Kopf und bekreuzigte sich. Da nahm Kai seinen langen Stock in die Hand und schritt los.

Er fand ihn hinter einer sanften Bodenwelle. Kai hätte ihn nicht mehr erkannt, wenn ein Arm nicht den Schild umklammert hätte, den Gottfried einst selbst mit den Worten beschrieben hatte, die sein Leben bestimmen sollten. Kai blickte lange stumm auf ihn nieder. Er konnte nicht weinen, so wie er es damals lange nicht konnte, als er seine Familie verloren hatte. Dann hüllte er ihn in ein Leinentuch ein und begrub ihn unweit eines einzelnen großen Baumes. Der Blick von diesem Platz zeigte nichts Außergewöhnliches, außer dass der Ausblick so schön war wie jeder Blick über das grüne Land ringsum, über dem mild das letzte Sonnenlicht schien und den Abendhimmel beleuchtete.

Als er sich auf den Weg zurück zu den Linien der Rebellen machen wollte, kam ihm eine Frau zu Pferd entgegen. Drei bewaffnete Knechte begleiteten sie. Als sie ihn erkannten, hielt das Pferd an, und einer der Männer trat auf ihn zu.

»Gott schütze dich, Herr. Die edle Frau Clementia von Savoyen macht dir ihre Aufwartung.«

»Warum diese Ehre?«

»Sie wünscht dich zu sprechen.«

Kai nickte, und da führte ein weiterer Knecht das Pferd näher, auf dem Clementia im Damensattel saß. Kai zog seinen Hut, verbeugte sich so, wie er es einst gelernt hatte, und dabei merkte er, wie lange diese Zeit bereits her war. Sie wollte vom Pferd steigen, aber bevor einer der Waffenknechte helfen konnte, trat er dazu und half ihr. Er bemerkte, dass sie geweint hatte, und wusste nicht, was er nun sagen sollte. So schwieg er.

»Ich erinnere mich an dich«, sagte sie.

Er sah, dass sie erneut mit sich kämpfte. Sie blickte erst auf den frischen Grabhügel hinter ihm, dann hob sie schnell den Kopf und sah über das Land. Das Licht wurde schwächer, es begann allmählich dämmrig zu werden. Eine Weile sagten sie gar nichts, und eine seltsame Verlegenheit war zwischen ihnen zu spüren. Er erinnerte sich und stellte fest, dass er sie seit jener Nacht auf der Badenweiler Burg nicht mehr gesehen hatte. Sie war noch immer eine anmutige

Frau, und ihre stille, vornehme Art war unverändert wie einst.

»Darf ich dir meinen Arm zur Stütze bieten?«, begann Kai.

Sie nickte und legte ihren schlanken Arm auf den seinen, und so gingen sie, bis sie unter dem Laubdach des Baumes standen. Da blieb sie stehen und blickte auf den Grabhügel.

»Hast du ihn begraben?«

»Ja«, antwortete Kai.

Er bückte sich und hob den Schild vom Boden auf. *Amor vincit omnia.* Keiner von beiden sprach etwas. Kai stieß die stumpfe Spitze am Kopfende des Grabhügels in die Erde. Dann suchte er große Steine und schichtete sie so auf, dass der Wind den Kampfschild nicht einfach umwehen konnte. Clementia sank in die Knie, senkte den Kopf und betete. Zuletzt schlug sie ein Kreuzzeichen. Sie blieb auf dem Boden knien und strich mit einer Hand über die von der Sonne erwärmte Erde des Grabhügels, ganz sanft, als streiche sie über frisches Leinen. Dann blickte sie auf.

»Er hat mir alles erzählt«, begann Kai zu sprechen, »von seinen Träumen und seiner großen Liebe zu dir.«

»Mir ist, als wäre es gestern gewesen«, hauchte sie beinahe.

»Ja, aber alles geschah bereits vor langer Zeit. Damals lebte ich noch in der Burg. Da erzählte er es mir bereits, nur habe ich es nicht verstanden. Aber vor der Schlacht sahen wir uns noch einmal. Nun weiß ich alles. Jetzt erst verstehe ich ihn.«

Sie fasste eine Hand voll Erde, ließ sie auf das Grab rieseln und strich sie glatt. Dann blickte sie ihn wieder an.

»Der Junge mit dem leeren Gedächtnis und den traurigen Augen.«

»Edle Dame, ich heiße Kajetan und stamme aus dem Hause Zierl. Ritter Gottfried war mein Freund. Ich hoffe, der Herr im Himmel schenkt ihm seinen Frieden.«

Sie nickte und bekreuzigte sich. Er half ihr auf, und sie schürzte ihr langes Kleid, während Kai sie zu ihrem Pferd begleitete. Dort beugte sie sich zu ihm, küsste ihn auf die Stirn und griff dann nach dem Sattel. Kai half ihr aufs Pferd. Dann, während sie die Zügel ordnete, blickte sie noch einmal auf ihn herab.

»Und was wirst du nun tun?«

»Ich kehre heim. Mit meiner Frau.«

»Dann sei der Allmächtige immer mit euch, auf all euren Wegen! Amor vincit omnia, Kajetan.«

Da lächelte er, und der Gedanke darüber, warum ihm dieses Lächeln so leicht fiel, wärmte ihm das Herz und ließ die Trauer über Gottfrieds Ende ein wenig erträglicher werden.

»Ja, es stimmt. Die Liebe besiegt alles. Denn sie ist der Geist, das Fleisch, der Wind, der Tag und die Nacht. Sie heißt Lisa und ist meine Frau«, antwortete Kai.

Jetzt lächelte sie sogar und wendete ihr Pferd.

Die Waffenknechte grüßten ihn mit einem respektvollen Kopfnicken und führten das Pferd über das weite Feld zurück. Kai blickte ihnen so lange nach, bis sie nicht mehr zu erkennen waren.

Die Sonne war beinahe verschwunden. Nur ein schmaler goldener Streifen lag noch über dem Horizont, und auch der würde verblassen. Er trat noch einmal an Gottfrieds Grab und rüttelte an dem Kampfschild. Aber der stak ganz fest. Das musste er auch, denn Kai wusste nicht, ob er noch einmal hierher zurückkehren würde.

Als er in das Lager der Lombarden zurückkehrte, standen

eine Menge Kämpfer auf einer kleinen Anhöhe unweit der staubigen Straße, die sich von hier aus durch die Ebene schlängelte, bis sie im Schatten des Abends vor ihnen verschwand. Stumm beobachteten sie den Abzug des kaiserlichen Heeres.

Epilog

Im Juli des Jahres 1173

66

Über dem Markt von Munichen wölbte sich ein strahlend blauer Himmel. Seit Wochen hielt dieses schöne Wetter bereits an, und das Einzige, was die Menschen vermissten, war etwas Regen, der den Staub von dem Land und den Dächern waschen konnte und den ausgedörrten Boden tränkte.

Beinahe jeden Tag zogen Handelszüge durch die Stadt und verweilten auf dem Markt. Seit dem verheerenden Hochwasser war die Stadt weiter gewachsen. Es gab nun Wirte und Wechsler, Küfer und Fassbinder, Hufschmiede und Viehhändler, Bäcker und Schlachter, die alle ihr Auskommen hatten, wenn die Händler auf dem Markt anlangten, um ihre Waren zu verkaufen. Alle Tore in der Stadtmauer waren den Tag über geöffnet und ließen Menschen und ihre Tiere passieren.

Die Isar herunter rauschten beinahe jede Woche schwere Flöße, gesteuert von schweigsamen, braun gebrannten Holzknechten. Es gab entlang der Isar einen Holzmarkt, mindestens so groß wie der nicht eben kleine Salz- und Viehmarkt im Zentrum. Die Zahl der Einwohner stieg ständig an, und wer auf seinem Weg nach Augsburg oder weiter ins Reichsgebiet war, hielt auch in Munichen, etwas, was noch vor zwei Jahrzehnten kaum jemand getan hätte.

Unweit des Marktes stand ein großes, prächtiges Gebäude, die glatt verputzte Vorderseite bis unter den Giebel mit prächtigen Bildern geschmückt. Dies war das Handelshaus

Winthir und Zierl, das man eher im wohlhabenden Landshut oder gar im reichen Augsburg zu finden vermeinte. Doch fast alle Salztransporte kehrten hier ein. In diesem Haus verbrachten die Händler und Fuhrknechte die Nächte, ließen die Zugtiere neu beschlagen und die Wagen richten. Wer wollte, konnte seine Waren so lange sicher und trocken lagern, bis ein Käufer kam, selbst wenn er von weit her anreisen musste. So konnte man hier Waren kaufen, ohne dafür auf den Markt gehen zu müssen. Dic Auswahl war groß: Salz aus Hallein, Mehl und Getreide aus der Gegend um Passau, Leinen und Wolle aus Sachsen, Holzkohle aus dem Badischen und Wein aus Venetien und der Lombardei.

Das Haus bot mit seinem großen Innenhof und dem umlaufenden Gang im ersten Stock einen prächtigen Anblick. Die Anordnung der vier hohen Gebäude zu einem Viereck war ungewöhnlich, und in Munichen gab es nur dieses eine Haus, das sich eine solche Bauweise gestattete. In den Städten der Lombardei setzte sich diese Art des Hausbaus längst durch, aber hier in Munichen war der Bau Winthirs Idee gewesen.

Er liebte dieses Haus und hatte den steten Umbau all die Zeit persönlich begleitet. Ganz besonders mochte er den Wandelgang auf dieser Seite. Wenn er sein Studierzimmer verließ, musste er nur den schattigen Gang hinaus zur nächsten Türe treten, hinter der sich die kleinen Stuben der Schreiber befanden. Fünfzehn Schreiber beschäftigten er und Kai, und das war gewiss nicht wenig. Und fast alle wohnten hier mit ihren Familien.

So wie jetzt, stand er wenigstens einmal am Tag einen Moment lang dort, nur um das Treiben im Hof unten zu beobachten. Er trat an die brusthohe Mauer. Außen war sie längst verputzt, und im Hof begannen die Zimmerleute ein

Gerüst zu errichten, auf dem später die Maler stehen und den ganzen Innenhof mit ihren bunten Bildern schmücken sollten. Zumindest hatte Meister Katzmair versprochen, noch diese Woche zu beginnen. Außen, an der Hausfront, die zur Straße zeigte, war er fertig geworden. Winthir blickte sich um. Zwei Maurer waren damit beschäftigt, die Brustwehr innen mit feuchtem Kalk sauber zu verputzen. Am Mittag würden auch sie fertig sein. Er sah, wie die beiden Männer schwitzten.

»Zum Mittagsläuten sollen eure Kehlen genug Erfrischung haben«, sagte er.

Die beiden Männer wandten sich um und nickten freudig. »Vergelts euch der Herr, Meister Winthir.«

Er lächelte nur statt einer Antwort, beugte sich wieder über die steinerne Brüstung und blickte hinunter. Im Hof wimmelte es von Knechten, die Wagen entluden, Säcke und Fässer auf andere Frachtwagen wuchteten, Schreibern, die mit Holzbrettern, auf die Pergamentbögen gebunden waren, alles auf seine Richtigkeit überprüften, Botenjungen, die mit Aufträgen versehen durch die Stadt eilen sollten, und Holzknechten, die schlanke Holzstämme für das Gerüst abluden. Direkt unter ihm wurden Ochsen in die Stallungen geführt. Und er sah Lisa, Kais Ehefrau, die sich mit dickem Bauch über den Hof bewegte, über dem Arm einen großen Korb mit frischen Brotwecken, die sie verteilte. Auch eine Sitte, die er, Kai und seine Frau einmal eingeführt und so beibehalten hatten, wie so vieles, das in ihrem Zusammenleben geschah.

Er wollte ihr etwas zurufen, aber er ließ es bleiben, als er sah, wie sich Knechte und Schreiber gleichermaßen aus dem Korb bedienten, wobei Lisa sie in ihrer herzlichen Art dazu ermunterte. Winthir fand auch jetzt wieder, dass Kai Glück gehabt habe. Dass er selbst noch nicht die richtige Frau gefunden hatte, störte ihn nicht so sehr. Er freute sich auf die bevorstehende Geburt des Kindes so sehr, als wäre es sein eigenes.

Das Leben und die Arbeit hier im Handelshaus beschäftigten ihn den ganzen Tag über. Seit Jahren ging es mit ihrem Unternehmen ständig bergauf, und er glaubte fest, dass Kai und Lisa ihm Glück gebracht hatten. Und eines Tages würde auch er ein hübsches Mädchen heimführen. Nur würde er hier heiraten und nicht wie die beiden damals in Padua, als sie vom Feldzug in der Lombardei heimgekehrt waren.

Wie lange das schon wieder her war, seit das junge Paar nach dem Hochwasser und den tragischen Ereignissen unweit der Kirche zurückgekommen war. Sie blickten alle nicht zurück, sondern begannen zu dritt mit dem Aufbau dieses Hauses. Unweit des alten Marktes konnten sie den Grund billig erwerben. Das war in direkter Nachbarschaft des Hauses, das damals die Flut beinahe unversehrt überstanden hatte. Mit ihren Frachtwagen gründeten sie den Handel, von dem nun bald achtzig Menschen lebten, die fast alle unter dem mächtigen Dach des Handelshauses wohnten.

Lisas Korb war jetzt leer, und lachend raffte sie ihren langen Rock, um noch einmal in die Küche zurückzukehren und Nachschub zu holen. Winthir wusste, sie würde so lange nicht aufhören, bis jeder etwas erhalten hatte. Aber dies war die einzige Arbeit, die man ihr zugestand, zu allem anderen, hatte Kai gesagt, müssen andere Hände helfen. Er hatte ständig Angst um sie und das Kind unter ihrem Herzen.

Winthir blickte auf.

Vor ihm, quer über dem breiten Hof lag das Wohnhaus, in dessen drei Stockwerken all die Menschen wohnten. Er und

Kai zusammen mit Lisa bewohnten das dritte Geschoss. Am Fenster der Stube stand Kai und blickte ebenfalls in den Hof hinunter. Und so, als ob er nur darauf gewartet hätte, blickte er auf und sah die Gestalt des Freundes gegenüber auf der Galerie. Er winkte, und Winthir winkte zurück. Der Kopf in dem kleinen Fenster verschwand, und da man im Inneren des Hauses überall hingelangen konnte, stand Kai bald darauf neben ihm.

Er deutete mitten in die Geschäftigkeit des Hofes hinab und zeigte auf Lisa, die gerade wieder aus der Tür der großen Küche trat, den Korb am Arm voll mit frischen, noch warmen Brotwecken.

»Sie kann nicht still sitzen und gar nichts tun.«

Seine Frau trug ein einfarbiges Kleid aus hellem Leinen mit einer langen weiß gestärkten Schürze darüber. Und auf dem Kopf eine kleine Haube, von einem dünnen Band unter dem Kinn gehalten. Die Haare schimmerten goldbraun, und immerzu drängten einzelne Strähnen hervor. Ihr hübsches Gesicht strahlte.

Die beiden Männer schwiegen. Die Sonne schien nun in den Hof, und auch auf der Galerie wurde es warm.

»Hab heute Morgen Meister Guldein getroffen«, begann Winthir. Kai antwortete nicht.

Der musste an die Erlebnisse vor Jahren in der Schenke denken. Seitdem hatte er den Wirt nur an den großen Festtagen wieder gesehen, aber nie mehr mit ihm gesprochen. Das kam ihm reichlich albern vor, aber er wusste auch, dass Guldein eigen war. Lisa hatte gemeint, es würde sich alles wieder einrenken. Kai wollte ihn zur Taufe seines Kindes einladen, und dort würde er ihm die Hand reichen.

»Heinrich lässt in Braunschweig einen Dom bauen«, sagte Winthir, und Kai nickte nur wie in Gedanken.

Die beiden Maurer waren mit ihrer Arbeit fertig und legten Werkzeug in eine leere Holzdaube.

»Wir sollten heute die Entwürfe von Meister Katzmair betrachten. Er will den Kaiser malen«, begann Winthir erneut, und Kai lächelte wieder nur.

Winthir trat behutsam näher, als der Freund nicht antwortete. Der wandte den Kopf und blickte auf.

»Träumst du noch deine schlimmen Träume?«, fragte Winthir.

»Das hat Lisa mich schon manches Mal gefragt«, sagte Kai.

Dann schwieg er wieder, und erst nach einer Weile sprach er weiter, und seine Miene war ernst. »An die Frau im Feuer denke ich nicht mehr. Diese Träume liegen weit zurück. Gott sei gepriesen dafür.«

»Weißt du, wer diese Frau gewesen ist?«

Kai zuckte mit beiden Schultern.

»Nein. Ist auch besser so.«

In diesem Augenblick gab es geschäftigen Aufruhr im Hof. Laute Rufe der Knechte ertönten, und jedermann machte Platz für einen Wagenzug, der, seit gestern bereits angekündigt gewesen, nun endlich ankam. Sechs große Wagen, jeder eine Tonne schwer, beladen mit Bruchsalz aus Hallein und Innsbruck, rollten nacheinander in den Hof. Kai wurde immer unruhig in solchen Momenten. Es war wegen Lisa, die im Hof stand, während die unberechenbaren Ochsen auf dem mit Menschen und Tieren gefüllten Platz ankamen. Er wusste, dass die Tiere manchmal ordentlich ausschlugen, und tödliche Unfälle durch einen keilenden Ochsen waren nicht so selten.

»Ich muss hinunter«, sagte er, und Winthir folgte ihm.

Im Hof grüßten die Bediensteten respektvoll die beiden

Männer. Kai suchte nach Lisa, aber eine der resoluten Mägde aus dem Haus hatte sie schon beiseite gezogen und war mit ihr im Haus verschwunden. Kai wollte ihr folgen, aber dann erkannte er einen der Fuhrknechte wieder. Er hieß Peter und führte diesen Wagentreck für eine Reihe von Händlern von Innsbruck nach Braunschweig. Er galt als erfahren und sehr umsichtig. Mehr als einmal wollten ihn Kai und Winthir bereits für ihr Unternehmen gewinnen. Doch der Sonnepeter, wie er wegen seiner dunkelbraunen, ledergegerbten Haut von jedermann genannt wurde, hing an seiner Heimat und an seiner großen Familie.

»Gott sei hier!«, grüßte der Fuhrmann, als er die beiden Partner erkannte.

»Gott zum Gruße, Sonnepeter!«, riefen Kai und Winthir beinahe aus einem Mund.

Der Fuhrmann stapfte auf sie zu und schüttelte ihnen herzlich die Hände.

»Gelobt sei der Herr für die kürzeste Fahrt, die ich je gemacht habe. Ging beinahe wie der Blitz.«

Er lachte.

»Musst uns alles erzählen«, forderte ihn Winthir auf und zog ihn am Ärmel mit sich.

Währenddessen führten Knechte die ersten abgeschirrten Ochsen zur Hofschwemme, um sie zu tränken und dann in die Stallungen zu führen, wo man sie ordentlich füttern würde. Die Unterbrechung der Reise würde nur wenige Tage dauern, und in dieser Zeit sollten die Tiere ruhen und ordentlich zu Kräften kommen.

Dann saßen sie jeder auf einem kleinen Schemel in der kleinen Stube, in der sonst die Fuhrknechte beim Mittagsmahl oder abends beim Wein saßen. Kai schob eine Bank heran, und Winthir stellte eine Kanne Wein darauf, dazu einen halben Laib frisches Brot und ein großes Stück Schinken. Der Sonnepeter zog ein langes, scharfes Messer aus seinem Gürtel und säbelte erst von dem Fleisch, dann von dem Brot eine ordentliche Scheibe herunter. Abwechselnd biss er vom Brot und dem Schinken ab und kaute genüsslich. Dabei schloss er die Augen. Kai und Winthir beobachteten ihn amüsiert. Als er fertig gekaut hatte, nahm er einen langen Zug aus der Kanne, setzte sie ab und fuhr sich mit dem Ärmel über den Mund. Dann nickte er anerkennend.

»Ein feiner Wein«, bemerkte er.

»So wahr mir Gott helfe, den trinken wir selber auch«, entgegnete Winthir fröhlich.

Der Sonnepeter nickte. »Das letzte Mal, Meister Winthir, hast du mir ein dunkles Bier angeboten, und dieses Mal wollt ich davon ein ganzes Fass mitnehmen.«

»Steht bereit«, entgegnete jetzt Kai, und der Knecht seufzte zufrieden.

Winthir holte Luft, und Kai wusste nur zu gut, was nun kommen würde: Sein Freund würde den Sonnepeter erneut fragen, ob er nicht bei ihnen als erster Fuhrknecht bleiben wollte. Doch der Fuhrmann beugte sich auf seinem Platz nach vorne, blickte sich nach allen Seiten um, und erst als er feststellte, dass sie in der Stube alleine waren, begann er zu sprechen.

»Dies ist meine letzte Fahrt für Hannes Zierl.«

Er machte eine Pause und blickte Kai dabei unverwandt an. Der sah plötzlich die Tage in Innsbruck vor sich, die seltsamen Erlebnisse mit seinem Onkel und seiner Tante und dem vermeintlichen Taufpaten. Ob der alte Mönch, Bruder Johann, noch lebte?

Die beiden Freunde und Geschäftspartner fragten nicht, sondern warteten, bis der Fuhrmann weitersprach. »Es war vor beinahe einem Jahr gewesen, da kam eine Frau in das Haus und verlangte den Meister zu sprechen. Sie war nicht sehr alt, und niemand kannte sie. Wie alle Besucher hieß man sie im großen Gemach warten. Als Meister Hannes und seine Frau eintraten, hörte man die hochherzige Frau auf einmal schreien. Sie schrie so laut, dass es im ganzen Haus zu hören war. Jeder, der dort gerade zu tun hatte, eilte herbei, um den Grund zu erfahren. Denn beim Wort unseres Herrn Jesus Christus, das Geschrei von ihr fuhr einem bis ins Mark. Es war ganz schrecklich, und die hochherzige Frau wollte nicht mehr aufhören. Sie schrie immerfort weiter, und derweil kam die unbekannte Frau die Treppe herunter. Der Meister stürzte aus dem Gemach. Er stand oben an der Treppe, und wir erkannten ihn kaum wieder. Völlig in Schweiß gebadet, befahl er uns, die Frau aufzuhalten. Doch niemand von uns wagte es. Denn es war etwas Seltsames an ihr. Ich selbst starrte sie nur an, als sie an uns allen vorbeischritt, die Tür zum Hof öffnete und das Haus verließ. Als uns dann der Meister erneut anschrie, sie doch um Christi willen aufzuhalten, stürzten wir ihr nach.«

Der Sonnepeter starrte schweigend auf seine Weinkanne, ohne erneut davon zu trinken.

»Was geschah dann?«, wollte Kai beinahe atemlos wissen.

»Fort, weg, verschwunden. Sie war wie vom Erdboden verschluckt, und niemand hat sie mehr gesehen.«

»Hat sie etwas gesagt?«, wollte nun Winthir wissen.

Der Fuhrknecht blickte erst ihn, dann Kai an und sagte: »Kajetan sagte sie nur, *Kajetan.*«

Nur meine Mutter nannte mich so. Kai spürte, wie ein eiskalter Schauer seinen Rücken hinunterfuhr.

Der Sonnepeter zögerte erst, bevor er weitersprach. »Wir sahen die hochherzige Frau Zierl noch einmal, und bei ihrem

Anblick erschraken wir alle. Ihr Gesicht glich einer Toten, und ihre Augen waren ohne Leben. Ihr Haar war schlohweiß geworden. Von diesem Tag an war sie nicht mehr bei Verstand, und zuletzt musste der Meister sie ins Haus der Frommen Schwestern an der Brücke bringen, denn immerzu musste jemand auf sie aufpassen, weil sie versuchte, sich etwas anzutun.«

Aus dem Hof war raues Gelächter der Fuhrknechte zu hören, und irgendwo im Haus erklang ein Gesang mit mehreren Frauenstimmen.

»Und Hannes? Was geschah mit ihm?«, wollte Kai wissen.

Peter schüttelte den Kopf.

»Von jenem Tag an war der Meister wie vom Unglück verfolgt. Keine Fahrt wollte mehr gelingen, und niemand kaufte ihm mehr Salz oder Tuchwaren ab, niemand wollte mehr ein Gespann für seine Waren leihen. Keines seiner Fuhrwerke kehrte wieder heim. Da kamen Mönche ins Haus und beteten, schwenkten Weihrauch im ganzen Haus, sogar in den Stallungen. Trotzdem, alle glaubten, Zierl und sein Weib wären verflucht, und Gerüchte kamen auf.«

»Was für Gerüchte?«

»Um Zierls älteren Bruder und dessen Familie. Man erzählte sich, dass dieser mit dem Namen Anselm der eigentliche Herr des Hauses war. Da hat Hannes den Rest, was ihm noch geblieben war, verkauft. Nun hofft er auf den Erlös aus dieser Handelsfahrt.«

Der Sonnepeter seufzte und bekreuzigte sich, hob die Kanne an den Mund und trank. Dann aß er schweigend weiter. Kai fühlte sein Herz klopfen, und Winthirs Blick lag auf ihm. Er erhob sich von seinem Platz und verließ die Stube. Als er in den Hof hinaustrat, schien die Sonne warm und freundlich. Die glatten Kiesel, die den Boden auf dem

Hof bedeckten, leuchteten beinahe. Er blickte sich um und dachte daran, was alles geschehen war bis zu dieser Minute, in der er hier stand, verwirrt, grübelnd. Nie mehr hatte er von dem blinden Mönch gehört, genauso wenig wie ihm jemand etwas über Pellifex und seine kleine Tochter erzählen konnte. Doch ein Gefühl der Zufriedenheit war in all der Zeit stärker geworden, und genauso fühlte er sich wieder: zufrieden. Dieses Haus hier war jetzt seine Heimat. Die weise Frau, die Weibel, würde Lisa bei der Geburt helfen. Kai spürte sofort Sehnsucht nach ihr, wenn er an sie dachte. Er ahnte, wo sie jetzt gerade war, und ging zu ihr. Durch das Haus führte ihn der Weg auf die Rückseite in einen Garten, der bis zur Stadtmauer reichte. Dort hatten sie Obstbäume gepflanzt. Kai blieb in der Tür stehen und betrachtete das Bild vor sich.

Lisa saß auf einem kleinen Schemel unter einem Apfelbaum, einen Korb voller Wiesenblumen auf dem Schoß. Sie steckte sie zu einem kleinen Strauß zusammen und band ihn dann mit einem grünen Band an einen langen, daumendicken Haselstock. Die Fuhrknechte trugen so einen Stock gerne und zeigten damit, dass sie noch ledig waren. Als Lisa ihn bemerkte, blickte sie auf und strahlte ihn an.

»Liebster, hast du schon gehört? Der Sonnepeter ist wieder da, und ich binde ein paar Sträuße für ihn. Nein, für seine Männer natürlich«, berichtigte sie.

Kai trat zu ihr, kauerte neben ihr nieder und nahm ihre Hand.

»Sag schon, was erzählt er?«, wollte sie wissen.

»Oh, von seiner Reise. Welches Glück er hatte. Kaum Regen, kein einziger Erdrutsch auf der Straße vom Brenner herüber und alle Tiere heil und gesund, genauso wie die Männer.«

»Sonst nichts?«, fragte sie fast ein wenig enttäuscht, schließlich waren Fuhrknechte voll neuer Geschichten.

Er blickte sie an.

»Lisa, du hast lange nicht mehr gesehen, ob jemand sterben wird«, sagte er ernst.

»Nein«, antwortete sie mit fester Stimme, »diese Gabe ist wohl verschwunden, und darüber bin ich nicht traurig.«

Da rückte er noch näher zu ihr. Ihre Haube war ihr in den Nacken gerutscht, und nun glänzte ihr Haar im warmen Sonnenlicht. Er küsste sie sanft auf ihren Mund. Sie ließ ihn gewähren und antwortete mit einem langen, innigen Kuss.

Nachwort

Die Gründung der Stadt München begann mit dem Brand der Isarbrücke bei Föhring (Vöhringen), und bis heute beschäftigt diese angebliche Begebenheit die Historiker.

Bereits bei der Recherche zu diesem historischen Roman stellte ich fest, wie vielfältig und kompliziert die politischen Verhältnisse der damaligen Zeit waren, die auch bei einem fiktiven Roman nicht ausgeblendet werden können. Die größte Überraschung bot sich bei den Erkenntnissen um den Brand der Isarbrücke.

Dass Heinrich der Löwe überhaupt mit diesem Gewaltakt zu tun hatte, erscheint im Licht der modernen Forschung als unwahrscheinlich. Eher ist die Brücke durch einen Blitzschlag getroffen worden und dadurch in Brand geraten. Wer schon einmal ein heftiges Sommergewitter im Isartal erlebt hat, hält so das Entstehen einer Legende im Laufe der Jahrhunderte für durchaus möglich.

Daneben wird noch immer Heinrichs Bedeutung als eigentlicher Stadtgründer betont. Aber dass er die kleine Ansiedlung bei den Mönchen als zukünftige Stadt überhaupt erkannt und damit gefördert hat, kann man verneinen. Heinrichs Interessen lagen im Norden. Bremen und Schwerin standen ihm näher.

Dennoch stützt sich dieser Roman auf historische Fakten.

So ist die Ernennung zum Markt 1158 urkundlich belegt, und der Schreiber des Dokuments, Rainald von Dassel, war tatsächlich persönlicher Sekretär und Vertrauter des dama-

ligen Kaisers. Auch der Streit zwischen Papst und Kaiser, der Feldzug gegen die Lombarden und die immer stärker werdende Rivalität der einstigen Freunde Kaiser Friedrich und Herzog Heinrich entsprechen historischen Tatsachen. Dass ich dabei Ereignisse auch neu interpretiert habe, liegt in der Freiheit, als Autor eine Geschichte zu erzählen.

So lagen z. B. zwischen dem Brand der Brücke und der Schlacht in der Lombardei in Wirklichkeit fast 18 Jahre, und es ist reine Spekulation, ob Clementia von Zähringen je ein uneheliches Kind gebar. Auch das Hochwasser ist nicht verbürgt, wenn auch in zahlreichen Chroniken immer wieder von solchen Katastrophen entlang der Isar berichtet wird.

Für die Entwicklung von München spielten erst die Wittelsbacher eine wichtige und entscheidende Rolle. Die Erkenntnisse über die Zeit, in der dieser Roman spielt, orientieren sich an dem allgemeinen Wissen über die aufstrebenden Städte im Mittelalter. Als Beispiel nenne ich hier die Beschreibung der weiten Flussauen links und rechts der Isar, der Stadttore, der ersten Stadtmauer, der ältesten Kirche Sankt Peter und des Salzhandels auf dem Markt. Die Namen der Städte und Dörfer sind der Zeit von damals angeglichen worden. Alle Figuren in diesem Buch bedienen sich der damals gebräuchlichen Namen.

Übrigens, dass in dieser Zeit eher Wein als Bier getrunken wurde, ist ebenfalls historisch belegt. Obwohl bereits zu dieser Zeit von vielen Hopfengärten in und rings um die Stadt berichtet wurde, war Hopfen eher als Medizin genutzt worden.

Sollten also versierte Leser historische Schwächen entdecken, liegt es allein am Autor, der solche Fakten opferte, wenn es der Geschichte in diesem Roman diente.

Roland Mueller   Munichen, A. D. 2006

Nachwort

Die Gründung der Stadt München begann mit dem Brand der Isarbrücke bei Föhring (Vöhringen), und bis heute beschäftigt diese angebliche Begebenheit die Historiker.

Bereits bei der Recherche zu diesem historischen Roman stellte ich fest, wie vielfältig und kompliziert die politischen Verhältnisse der damaligen Zeit waren, die auch bei einem fiktiven Roman nicht ausgeblendet werden können. Die größte Überraschung bot sich bei den Erkenntnissen um den Brand der Isarbrücke.

Dass Heinrich der Löwe überhaupt mit diesem Gewaltakt zu tun hatte, erscheint im Licht der modernen Forschung als unwahrscheinlich. Eher ist die Brücke durch einen Blitzschlag getroffen worden und dadurch in Brand geraten. Wer schon einmal ein heftiges Sommergewitter im Isartal erlebt hat, hält so das Entstehen einer Legende im Laufe der Jahrhunderte für durchaus möglich.

Daneben wird noch immer Heinrichs Bedeutung als eigentlicher Stadtgründer betont. Aber dass er die kleine Ansiedlung bei den Mönchen als zukünftige Stadt überhaupt erkannt und damit gefördert hat, kann man verneinen. Heinrichs Interessen lagen im Norden. Bremen und Schwerin standen ihm näher.

Dennoch stützt sich dieser Roman auf historische Fakten.

So ist die Ernennung zum Markt 1158 urkundlich belegt, und der Schreiber des Dokuments, Rainald von Dassel, war tatsächlich persönlicher Sekretär und Vertrauter des dama-

ligen Kaisers. Auch der Streit zwischen Papst und Kaiser, der Feldzug gegen die Lombarden und die immer stärker werdende Rivalität der einstigen Freunde Kaiser Friedrich und Herzog Heinrich entsprechen historischen Tatsachen. Dass ich dabei Ereignisse auch neu interpretiert habe, liegt in der Freiheit, als Autor eine Geschichte zu erzählen.

So lagen z. B. zwischen dem Brand der Brücke und der Schlacht in der Lombardei in Wirklichkeit fast 18 Jahre, und es ist reine Spekulation, ob Clementia von Zähringen je ein uneheliches Kind gebar. Auch das Hochwasser ist nicht verbürgt, wenn auch in zahlreichen Chroniken immer wieder von solchen Katastrophen entlang der Isar berichtet wird.

Für die Entwicklung von München spielten erst die Wittelsbacher eine wichtige und entscheidende Rolle. Die Erkenntnisse über die Zeit, in der dieser Roman spielt, orientieren sich an dem allgemeinen Wissen über die aufstrebenden Städte im Mittelalter. Als Beispiel nenne ich hier die Beschreibung der weiten Flussauen links und rechts der Isar, der Stadttore, der ersten Stadtmauer, der ältesten Kirche Sankt Peter und des Salzhandels auf dem Markt. Die Namen der Städte und Dörfer sind der Zeit von damals angeglichen worden. Alle Figuren in diesem Buch bedienen sich der damals gebräuchlichen Namen.

Übrigens, dass in dieser Zeit eher Wein als Bier getrunken wurde, ist ebenfalls historisch belegt. Obwohl bereits zu dieser Zeit von vielen Hopfengärten in und rings um die Stadt berichtet wurde, war Hopfen eher als Medizin genutzt worden.

Sollten also versierte Leser historische Schwächen entdecken, liegt es allein am Autor, der solche Fakten opferte, wenn es der Geschichte in diesem Roman diente.

Roland Mueller — Munichen, A. D. 2006

Nachwort

Die Gründung der Stadt München begann mit dem Brand der Isarbrücke bei Föhring (Vöhringen), und bis heute beschäftigt diese angebliche Begebenheit die Historiker.

Bereits bei der Recherche zu diesem historischen Roman stellte ich fest, wie vielfältig und kompliziert die politischen Verhältnisse der damaligen Zeit waren, die auch bei einem fiktiven Roman nicht ausgeblendet werden können. Die größte Überraschung bot sich bei den Erkenntnissen um den Brand der Isarbrücke.

Dass Heinrich der Löwe überhaupt mit diesem Gewaltakt zu tun hatte, erscheint im Licht der modernen Forschung als unwahrscheinlich. Eher ist die Brücke durch einen Blitzschlag getroffen worden und dadurch in Brand geraten. Wer schon einmal ein heftiges Sommergewitter im Isartal erlebt hat, hält so das Entstehen einer Legende im Laufe der Jahrhunderte für durchaus möglich.

Daneben wird noch immer Heinrichs Bedeutung als eigentlicher Stadtgründer betont. Aber dass er die kleine Ansiedlung bei den Mönchen als zukünftige Stadt überhaupt erkannt und damit gefördert hat, kann man verneinen. Heinrichs Interessen lagen im Norden. Bremen und Schwerin standen ihm näher.

Dennoch stützt sich dieser Roman auf historische Fakten.

So ist die Ernennung zum Markt 1158 urkundlich belegt, und der Schreiber des Dokuments, Rainald von Dassel, war tatsächlich persönlicher Sekretär und Vertrauter des dama-

ligen Kaisers. Auch der Streit zwischen Papst und Kaiser, der Feldzug gegen die Lombarden und die immer stärker werdende Rivalität der einstigen Freunde Kaiser Friedrich und Herzog Heinrich entsprechen historischen Tatsachen. Dass ich dabei Ereignisse auch neu interpretiert habe, liegt in der Freiheit, als Autor eine Geschichte zu erzählen.

So lagen z. B. zwischen dem Brand der Brücke und der Schlacht in der Lombardei in Wirklichkeit fast 18 Jahre, und es ist reine Spekulation, ob Clementia von Zähringen je ein uneheliches Kind gebar. Auch das Hochwasser ist nicht verbürgt, wenn auch in zahlreichen Chroniken immer wieder von solchen Katastrophen entlang der Isar berichtet wird.

Für die Entwicklung von München spielten erst die Wittelsbacher eine wichtige und entscheidende Rolle. Die Erkenntnisse über die Zeit, in der dieser Roman spielt, orientieren sich an dem allgemeinen Wissen über die aufstrebenden Städte im Mittelalter. Als Beispiel nenne ich hier die Beschreibung der weiten Flussauen links und rechts der Isar, der Stadttore, der ersten Stadtmauer, der ältesten Kirche Sankt Peter und des Salzhandels auf dem Markt. Die Namen der Städte und Dörfer sind der Zeit von damals angeglichen worden. Alle Figuren in diesem Buch bedienen sich der damals gebräuchlichen Namen.

Übrigens, dass in dieser Zeit eher Wein als Bier getrunken wurde, ist ebenfalls historisch belegt. Obwohl bereits zu dieser Zeit von vielen Hopfengärten in und rings um die Stadt berichtet wurde, war Hopfen eher als Medizin genutzt worden.

Sollten also versierte Leser historische Schwächen entdecken, liegt es allein am Autor, der solche Fakten opferte, wenn es der Geschichte in diesem Roman diente.

Roland Mueller — Munichen, A. D. 2006

Nachwort

Die Gründung der Stadt München begann mit dem Brand der Isarbrücke bei Föhring (Vöhringen), und bis heute beschäftigt diese angebliche Begebenheit die Historiker.

Bereits bei der Recherche zu diesem historischen Roman stellte ich fest, wie vielfältig und kompliziert die politischen Verhältnisse der damaligen Zeit waren, die auch bei einem fiktiven Roman nicht ausgeblendet werden können. Die größte Überraschung bot sich bei den Erkenntnissen um den Brand der Isarbrücke.

Dass Heinrich der Löwe überhaupt mit diesem Gewaltakt zu tun hatte, erscheint im Licht der modernen Forschung als unwahrscheinlich. Eher ist die Brücke durch einen Blitzschlag getroffen worden und dadurch in Brand geraten. Wer schon einmal ein heftiges Sommergewitter im Isartal erlebt hat, hält so das Entstehen einer Legende im Laufe der Jahrhunderte für durchaus möglich.

Daneben wird noch immer Heinrichs Bedeutung als eigentlicher Stadtgründer betont. Aber dass er die kleine Ansiedlung bei den Mönchen als zukünftige Stadt überhaupt erkannt und damit gefördert hat, kann man verneinen. Heinrichs Interessen lagen im Norden. Bremen und Schwerin standen ihm näher.

Dennoch stützt sich dieser Roman auf historische Fakten.

So ist die Ernennung zum Markt 1158 urkundlich belegt, und der Schreiber des Dokuments, Rainald von Dassel, war tatsächlich persönlicher Sekretär und Vertrauter des dama-

ligen Kaisers. Auch der Streit zwischen Papst und Kaiser, der Feldzug gegen die Lombarden und die immer stärker werdende Rivalität der einstigen Freunde Kaiser Friedrich und Herzog Heinrich entsprechen historischen Tatsachen. Dass ich dabei Ereignisse auch neu interpretiert habe, liegt in der Freiheit, als Autor eine Geschichte zu erzählen.

So lagen z. B. zwischen dem Brand der Brücke und der Schlacht in der Lombardei in Wirklichkeit fast 18 Jahre, und es ist reine Spekulation, ob Clementia von Zähringen je ein uneheliches Kind gebar. Auch das Hochwasser ist nicht verbürgt, wenn auch in zahlreichen Chroniken immer wieder von solchen Katastrophen entlang der Isar berichtet wird.

Für die Entwicklung von München spielten erst die Wittelsbacher eine wichtige und entscheidende Rolle. Die Erkenntnisse über die Zeit, in der dieser Roman spielt, orientieren sich an dem allgemeinen Wissen über die aufstrebenden Städte im Mittelalter. Als Beispiel nenne ich hier die Beschreibung der weiten Flussauen links und rechts der Isar, der Stadttore, der ersten Stadtmauer, der ältesten Kirche Sankt Peter und des Salzhandels auf dem Markt. Die Namen der Städte und Dörfer sind der Zeit von damals angeglichen worden. Alle Figuren in diesem Buch bedienen sich der damals gebräuchlichen Namen.

Übrigens, dass in dieser Zeit eher Wein als Bier getrunken wurde, ist ebenfalls historisch belegt. Obwohl bereits zu dieser Zeit von vielen Hopfengärten in und rings um die Stadt berichtet wurde, war Hopfen eher als Medizin genutzt worden.

Sollten also versierte Leser historische Schwächen entdecken, liegt es allein am Autor, der solche Fakten opferte, wenn es der Geschichte in diesem Roman diente.

Roland Mueller — Munichen, A. D. 2006

Nachwort

Die Gründung der Stadt München begann mit dem Brand der Isarbrücke bei Föhring (Vöhringen), und bis heute beschäftigt diese angebliche Begebenheit die Historiker.

Bereits bei der Recherche zu diesem historischen Roman stellte ich fest, wie vielfältig und kompliziert die politischen Verhältnisse der damaligen Zeit waren, die auch bei einem fiktiven Roman nicht ausgeblendet werden können. Die größte Überraschung bot sich bei den Erkenntnissen um den Brand der Isarbrücke.

Dass Heinrich der Löwe überhaupt mit diesem Gewaltakt zu tun hatte, erscheint im Licht der modernen Forschung als unwahrscheinlich. Eher ist die Brücke durch einen Blitzschlag getroffen worden und dadurch in Brand geraten. Wer schon einmal ein heftiges Sommergewitter im Isartal erlebt hat, hält so das Entstehen einer Legende im Laufe der Jahrhunderte für durchaus möglich.

Daneben wird noch immer Heinrichs Bedeutung als eigentlicher Stadtgründer betont. Aber dass er die kleine Ansiedlung bei den Mönchen als zukünftige Stadt überhaupt erkannt und damit gefördert hat, kann man verneinen. Heinrichs Interessen lagen im Norden. Bremen und Schwerin standen ihm näher.

Dennoch stützt sich dieser Roman auf historische Fakten.

So ist die Ernennung zum Markt 1158 urkundlich belegt, und der Schreiber des Dokuments, Rainald von Dassel, war tatsächlich persönlicher Sekretär und Vertrauter des dama-

ligen Kaisers. Auch der Streit zwischen Papst und Kaiser, der Feldzug gegen die Lombarden und die immer stärker werdende Rivalität der einstigen Freunde Kaiser Friedrich und Herzog Heinrich entsprechen historischen Tatsachen. Dass ich dabei Ereignisse auch neu interpretiert habe, liegt in der Freiheit, als Autor eine Geschichte zu erzählen.

So lagen z. B. zwischen dem Brand der Brücke und der Schlacht in der Lombardei in Wirklichkeit fast 18 Jahre, und es ist reine Spekulation, ob Clementia von Zähringen je ein uneheliches Kind gebar. Auch das Hochwasser ist nicht verbürgt, wenn auch in zahlreichen Chroniken immer wieder von solchen Katastrophen entlang der Isar berichtet wird.

Für die Entwicklung von München spielten erst die Wittelsbacher eine wichtige und entscheidende Rolle. Die Erkenntnisse über die Zeit, in der dieser Roman spielt, orientieren sich an dem allgemeinen Wissen über die aufstrebenden Städte im Mittelalter. Als Beispiel nenne ich hier die Beschreibung der weiten Flussauen links und rechts der Isar, der Stadttore, der ersten Stadtmauer, der ältesten Kirche Sankt Peter und des Salzhandels auf dem Markt. Die Namen der Städte und Dörfer sind der Zeit von damals angeglichen worden. Alle Figuren in diesem Buch bedienen sich der damals gebräuchlichen Namen.

Übrigens, dass in dieser Zeit eher Wein als Bier getrunken wurde, ist ebenfalls historisch belegt. Obwohl bereits zu dieser Zeit von vielen Hopfengärten in und rings um die Stadt berichtet wurde, war Hopfen eher als Medizin genutzt worden.

Sollten also versierte Leser historische Schwächen entdecken, liegt es allein am Autor, der solche Fakten opferte, wenn es der Geschichte in diesem Roman diente.

Roland Mueller — Munichen, A. D. 2006

Nachwort

Die Gründung der Stadt München begann mit dem Brand der Isarbrücke bei Föhring (Vöhringen), und bis heute beschäftigt diese angebliche Begebenheit die Historiker.

Bereits bei der Recherche zu diesem historischen Roman stellte ich fest, wie vielfältig und kompliziert die politischen Verhältnisse der damaligen Zeit waren, die auch bei einem fiktiven Roman nicht ausgeblendet werden können. Die größte Überraschung bot sich bei den Erkenntnissen um den Brand der Isarbrücke.

Dass Heinrich der Löwe überhaupt mit diesem Gewaltakt zu tun hatte, erscheint im Licht der modernen Forschung als unwahrscheinlich. Eher ist die Brücke durch einen Blitzschlag getroffen worden und dadurch in Brand geraten. Wer schon einmal ein heftiges Sommergewitter im Isartal erlebt hat, hält so das Entstehen einer Legende im Laufe der Jahrhunderte für durchaus möglich.

Daneben wird noch immer Heinrichs Bedeutung als eigentlicher Stadtgründer betont. Aber dass er die kleine Ansiedlung bei den Mönchen als zukünftige Stadt überhaupt erkannt und damit gefördert hat, kann man verneinen. Heinrichs Interessen lagen im Norden. Bremen und Schwerin standen ihm näher.

Dennoch stützt sich dieser Roman auf historische Fakten.

So ist die Ernennung zum Markt 1158 urkundlich belegt, und der Schreiber des Dokuments, Rainald von Dassel, war tatsächlich persönlicher Sekretär und Vertrauter des dama-

ligen Kaisers. Auch der Streit zwischen Papst und Kaiser, der Feldzug gegen die Lombarden und die immer stärker werdende Rivalität der einstigen Freunde Kaiser Friedrich und Herzog Heinrich entsprechen historischen Tatsachen. Dass ich dabei Ereignisse auch neu interpretiert habe, liegt in der Freiheit, als Autor eine Geschichte zu erzählen.

So lagen z. B. zwischen dem Brand der Brücke und der Schlacht in der Lombardei in Wirklichkeit fast 18 Jahre, und es ist reine Spekulation, ob Clementia von Zähringen je ein uneheliches Kind gebar. Auch das Hochwasser ist nicht verbürgt, wenn auch in zahlreichen Chroniken immer wieder von solchen Katastrophen entlang der Isar berichtet wird.

Für die Entwicklung von München spielten erst die Wittelsbacher eine wichtige und entscheidende Rolle. Die Erkenntnisse über die Zeit, in der dieser Roman spielt, orientieren sich an dem allgemeinen Wissen über die aufstrebenden Städte im Mittelalter. Als Beispiel nenne ich hier die Beschreibung der weiten Flussauen links und rechts der Isar, der Stadttore, der ersten Stadtmauer, der ältesten Kirche Sankt Peter und des Salzhandels auf dem Markt. Die Namen der Städte und Dörfer sind der Zeit von damals angeglichen worden. Alle Figuren in diesem Buch bedienen sich der damals gebräuchlichen Namen.

Übrigens, dass in dieser Zeit eher Wein als Bier getrunken wurde, ist ebenfalls historisch belegt. Obwohl bereits zu dieser Zeit von vielen Hopfengärten in und rings um die Stadt berichtet wurde, war Hopfen eher als Medizin genutzt worden.

Sollten also versierte Leser historische Schwächen entdecken, liegt es allein am Autor, der solche Fakten opferte, wenn es der Geschichte in diesem Roman diente.

Roland Mueller — Munichen, A. D. 2006